臺灣原住民文學選集

散文 三

孫大川 主編

目錄

乜寇・索克魯曼

〈一個豆子的生命旅程——布農族傳統豆類農作之生物／文化多樣性〉（二〇一八）

Neqou Soqluman，一九七五年生，南投縣信義鄉望鄉部落（Kalibuan）布農族。投入東谷沙飛（Tongku Saveq）揚名運動、傳統豆類農作復育保種、家族護火及忌殺黑熊文化保育工作。靜宜大學生態研究所碩士後，當過高山嚮導、國立暨南國際大學原住民專班講師、靜宜大學通識教育中心兼任講師，現任教於雲林縣古坑華德福實驗高中。

近來以《Pistibuan 社返家護火隊紀實》榮獲第八屆全球華文星雲文學獎報導文學首獎（二〇一八），繪本《我的獵人爺爺・達駭黑熊》獲選為「年度臺灣兒童文學佳作」（二〇二〇）及「好書大家讀」年度最佳少年兒童讀物獎（二〇二二）。著有《東谷沙飛傳奇》、《Ina Bunun! 布農青春》、《我為自己點了一把火：乜寇文學創作集》、《我聽見群山報戰功》等書。

一個豆子的生命旅程
——布農族傳統豆類農作之生物／文化多樣性

一、繞過半圈的地球

二〇〇八年，我仍是靜宜大學生態研究所的研究生，我所屬的研究室在當年的暑假規劃了一次遠赴南美洲秘魯的學術行程，參與所謂「國際民族生物學大會」，我們同時也參與聯合國在當地舉行的「國際馬鈴薯節活動」，有許多學者、行動者、在地組織，以及原住民人士參與，會議圍繞著「生物—文化多樣性」（bio-cultural diversity），以及與在地生計之間的關係進行各樣的討論。為此，我們至少提早了半年進行籌備，還學了一些西班牙語，但其實一直到出發以前，我根本對於此行的背景、狀況都還很模糊。然而有一張大會所提供的資訊裡的圖片，我以為是豆子，還因此勾起了我小時候記憶中部落家鄉好像有很多樣豆子的印象，但大部分我都不知道它們該叫什麼？有多少樣？也不知道它們現在到底還在不在，或者已經消失了？

暑假一到，我們一行十六人就繞過半圈的地球，抵達位於中南美洲的秘魯首都利馬(Lima)，之後再度轉搭國內班機飛到海拔三千四百公尺高的古印加(Inca)帝國首都——庫斯科市(Cusco)，自此我們就開始展開為期三週都在高海拔的安第斯山脈的活動。

第一週主要是參與生物學大會各樣的學術研討與交流，你不用特別觀察就可以發現這裡擁有各種各類以及色彩繽紛的玉米、豆子和馬鈴薯等農作。到了國際馬鈴薯節，我們被安排參訪了一些與馬鈴薯繁殖有關的場域，如：Potato Park（馬鈴薯公園），那是個古老的馬鈴薯種植場域，保存至今。

圖一：靜宜大學學術參訪團。（乜寇．索克魯曼提供）

我們也到偏遠的 Pichumark 小學觀摩在地的傳統食農教育，其中有間資源教室裡頭擺放了多樣性的農作，讓我印象深刻，也才意識到當初我根本誤會了，那張圖片上的「豆子」其實就是馬鈴薯！而最讓我心臟差點暫停的是，當年聯合國就宣稱透過現代ＤＮＡ科技的驗證，安第斯山脈的馬鈴薯品系多達三千五百多種，這已完全超越了我們所能理解的範疇。

圖二：當地小學的資源教室。（七寇．索克魯曼提供）

這讓我感到興奮，因為小時候我就特別喜歡吃地瓜，而馬鈴薯對我們而言也是地瓜的一種——我們稱之為 hutan-Lipun（來自日本的地瓜），只是臺灣的馬鈴薯僅兩、三種，這裡竟然有三千多種，心想：這下我來到了地瓜王國啊！也一如預期地每一餐都吃得到馬鈴薯，或烤、或煮、或擣成泥等等料理方式都有；在一次部落的參訪行程中，當地人就用土窯的方式控馬鈴薯接待我們，那做法就跟臺灣的土窯地瓜幾乎一模一樣，而且從土窯裡挖出來熱得蒸騰的馬鈴薯還真是好吃，口感不輸地瓜，吃到我是肚子很撐，甚至那幾天我幾乎吃下了這輩子最多的馬鈴薯。只是不知道怎麼搞的，一個禮拜之後再看到馬鈴薯時，身體竟然會產生排斥感，然後儘可能地不去點有馬鈴薯的餐點，但無論如何每餐都還是會有馬鈴薯。後來當泡麵也吃光了，「吃」反而成為了一種問題。

我們開始搜尋當地的中式餐廳，有一間位於馬丘比丘山下的秘魯人想像的中式料理，讓我印象深刻。那間餐廳也有炒飯、炒麵，更經典的是它也有餛飩湯，只見那麵皮是特別地厚，裡頭包的餡口感獨特，一問才知竟是用羊駝肉包的餡，配合上熱騰騰的湯，再撒些鹽、放點蔥花，喝起來與豬肉餛飩湯相似度達百分之七十，但已經非常安慰我們的腸胃了。我也才認知到，原來食物是有地方感（sense of place）的，也就是我們的腸胃會習慣、熟悉以及記憶家鄉的食物，這些食物滿足了生理基本的需求，同時也長出了我們的肉體。

二、安第斯山脈大奔走

第一週嚴謹的學術活動結束之後，我們展開了秘魯當地的旅遊行程。秘魯的觀光資源非常豐富，兩週時間

圖三：土窯控馬鈴薯。（乜寇．索克魯曼提供）

難以完全瀏覽，因此我們透過當地旅行社為我們規劃了鄰近的觀光行程。我們去了一些名勝古蹟參觀，也去到知名的高山湖泊「的的喀喀湖」（Lake Titicaca，海拔三千八百公尺），這湖足足有六分之一個臺灣那麼大，越過湖中央就到了玻利維亞。那天晚上，我們就在湖上的 Amantani 島過了一夜，晚上還有非常道地的文化之夜，跳著非常激烈的傳統舞。說來特別的是，我第一次吃到紅藜，竟是島上接待家庭所預備的早餐。那是用紅藜煮成的粥，非常好吃！這些包括馬鈴薯、豆子、玉米等等，一直都是當地人日常的食物。最後的壓軸行程則是走訪自小就嚮往的馬丘比丘，它是印加帝國神祕的古遺址，它的來由至今仍然是個謎。

然而就在返程時，我們搭乘的火車被迫停在一座山城裡。城裡的人們正在示威遊行，才知道原來當天是秘魯全國農民總罷工的抗爭活動，抗爭的策略就是癱瘓全國的交通系統，方式就是把石頭堆在各個交通系統上，包括馬路與鐵軌，以達到癱瘓全國經濟體系的目的。但為何如此做？我們在秘魯期間，經常很羨慕當地人竟然還可以維持那麼傳統的生活，服飾、食物、工藝、房舍等等都很「傳統」，那是安第斯山脈高原最美麗的風景，但後來才理解這「傳統」的原因不單純，因為把持著秘魯觀光資源的都是跨國企業，如：前往馬丘比丘觀光，除了古道步行之外，唯一的交通方式就是搭乘火車，然而這火車卻是外國企業所經營的，加上當地政府的腐敗，尋常人民根本就難以分享到這些來來去去的觀光效益，因而貧窮，於是只能維持著一種「傳統」的狀態。

可是今晚我們一定要回到庫斯科，因為明天就要回臺灣了。於是我們開始徒步行走，只見所有的車輛都被堵在馬路上動彈不得，大大小小的石頭擋在路上，有一些石頭還特別大顆，還真不知道這是怎麼搬上來的，但如果你了解古印加帝國就是用石頭打造它輝煌的歷史，就不難理解搬運這些巨石對他們而言是輕而易舉。我們就這樣跟著導遊的腳步奔走在安第斯山脈的高原上，道路兩旁盡是荒蕪的高原景象，偶爾有一、兩間土角厝以及牛隻點綴其間。陽光是炙熱的，但吹來的風是寒冷的，我們不知道走了多久，也不知道走到了哪裡，你只能不斷地往前走。天黑之後發現道路兩旁的人家都沒有燈火，因為根本連電線桿也沒有，黑暗完全籠罩大地。他們依然過著愜意

圖四：古老神祕的馬丘比丘。（乜寇．索克魯曼提供）

的高原生活，只是偶爾會出現被燃燒的輪胎，或者牛羊隻被牽到馬路上，這大概就是他們最嚇人的舉動了。後來陸陸續續又匯集了更多的外國觀光客，最後連軍隊都出動，一股戰爭肅殺的氣息突然瀰漫在這高原上。我們正上演了一場絕命大逃亡的戲碼，接下來會發生什麼事，完全無法預知。

大概晚上九點，我們終於走到了另一座山城，但這根本還走不到一半的路程。我們匆匆地找了食物果腹，接下來卻完全不知所措。後來在導遊積極地安排聯絡之下，找來了一部休旅車，讓一些人先行上車離去，只是離開半個小時之後又折返，說到處都路不通。導遊與司機取得了共識，決定走另外一條路，那是比較偏僻的鄉間道路。第二部車來了之後，我們就再次出發。即便是如此，路上依然都堆放著石頭，因此司機必須要經常蛇行閃過亂石，或者停下來搬石頭，但我們都已經累得昏睡在車上。印象中，導遊一路不斷很用力地與司機交談，大概是怕司機打瞌睡吧！終於，凌晨三點左右，我們抵達了庫斯科城，之後整理好行囊、稍事休息，趕上了早上七點的飛機返程。

圖五：石頭癱瘓了交通系統。（乜寇・索克魯曼提供）

此行我永遠無法忘記的，是那安第斯山脈高原上燦爛的星光，可以說是我見過最美麗的夜空了。

三、尋覓家鄉豆子的蹤影

回來臺灣的飛機上，我不斷地回想這特別的旅行，彷彿像是做了一場夢，卻又如此真實，同時開啟了我不一樣的視野。我自問：是否我們也有如秘魯安第斯山脈馬鈴薯多樣性的文化成就？已經沒有人播種小米了，紅藜也幾乎不常見，我們還有什麼？我想起當初被我誤會為豆子的馬鈴薯圖片。家鄉的豆子還在嗎？於是我開始在部落裡頭尋覓豆子的蹤影，大部分的族人對於傳統豆類農作的認知都如我一樣模糊，所接觸的老人家大致可以說出一些，實際還在種植的人卻是很少，或者有在耕種的也只有幾種，主要就是樹豆。

禮拜五晚上是教會的家庭聚會時間，會後，接待家庭都會準備晚餐與大家分享，因為每個家庭大概都是兩、三個月才輪流接待一次，所以大家都會特別準備不一樣的料理。就在一次的聚會結束後，接待家庭請親友們留步，然後擺上他們早已經預備好的餐點，包含辣炒蝸牛、辣炒輪胎茄、三杯羌肉等等，這都很常見，但其中一道豆子湯吸引了我的目光。那是由豬排骨加上龍葵野菜煮出來的湯，其實之前偶爾都會吃到，但沒特別感覺，然而自秘魯回來之後，這湯的意義對我而言就不一樣了。

一問之下，才知道他們這些豆子是跟部落的一位阿姨 tina Ibu 要的，大家也一致稱 tina Ibu 的豆子很多，很多人都會跟她要，她也很樂意分享。於是隔天一早我就去拜訪這位與我老家僅隔一條馬路的阿姨。這位阿姨其實就是一位普通的部落婦人，我跟她之間沒有什麼特別的往來與關係，只是我的鄰居、長輩。但這天老人家一大清早就出門了，所以我們也撲了個空，一直到下午我才在別人家遇到 tina Ibu。一開始她也感到莫名其妙，這孩子怎麼會突然要找她？我說明了來意之後，她指著她的田園說：「Hezang nak han qoma ta sinsusuaz benu benu, anaka amu munita sadu'i!」（我田園那邊還種了一些豆類農作，你們可以自己去看啊！）

我們立即走到那塊農地，確實也看到一些傳統農作，如玉米、甘藷以及各樣的豆類，心裡彷彿如獲至寶；然而為什麼我們祖先的食物都被種在田園的邊緣？這讓我很疑惑，主要的田地空間都種植了現代經濟農作——青椒。為什麼？那景象讓我彷彿看到了一個原住民被邊緣化的具象，心想：就連我們的食物也被邊緣化了！我心中突然充滿了悲憤，當下真想把青椒拔掉、改種上祖先的食物，宣示傳統領域主權。後來才知道我又誤會了，tina Ibu 差點沒爆笑地說：「Sihala a su,namu engkun tu isuaz han sila-sil, namu engkun tu taki sila!」（好麼你，它們本來就是種在邊邊的，它們本來就是邊緣農作！）只能說，在這些傳統知識面前，我只是個初學者，我需要學習的東西還多著呢！

tina Ibu 邀請我們到她的工寮參觀，這是位於部落後山的一間小鐵皮屋，不特別起眼，裡頭竟存放了各式各樣傳統農作的種子。當老人家一一地把這些種子呈現在我們眼前，我實在是大開眼界，當時算一算至少有十種左右，若再仔細做差異性的分類，我大致得出了二十五種傳統豆類農作的品系。雖然沒有秘魯馬鈴薯多樣性那樣驚人，但已經很令人驚豔了。而且，你可以從老人家態度上感受到她是多麼珍惜這些農作，並且有一種特別的情感以及專業在老人家的眼神中閃爍，讓人莫名感動。

tina Ibu 說，自小她的母親就這樣叮嚀：

圖六：被種在邊緣的傳統農作。（乜寇・索克魯曼提供）

「Mata miuni binanoaz'a, asa tu masusuaz, na muaz misoqzang a tastu-lumaq.」（我們身為女人就是要耕種，否則家人會挨餓。）這句話影響她很深，只要她所到之處，她就會種上豆子，這樣隨時都會有食物可以吃。她說：「Altupa sak iska isak-isak, qamqam sak masusuaz, lansan a benu nak qaiun talia.」（無論我走到哪裡，我就任意地種，豆子就會跟著我的屁股後面長出來。）事實上，我接觸 tina Ibu 之後，我發現老人家們通常在金錢上或許不特別富有，卻擁有豐富的食物，這是他們的財富！

圖七：tina Ibu 分享存放於工寮的各樣豆類農作。（乜寇・索克魯曼提供）

四、荒野食物的分類與命名

我自小對於豆子的分類與命名是模糊的，只知道「benu」是豆類的統稱，這包括現代經濟豆類（甚至咖啡豆也在其中），但是老人家有時對某一些豆子會另稱「pulavaz」，只是你肉眼看到的都是豆子（benu）。於是，到底什麼時候是pulavaz，什麼時候又是benu，我搞不清楚。而且就在我投入傳統豆類的探索之時，又跑出了「taki simuk」這個說法，這是我沒有聽說過的概念，讓我對豆子的認知愈來愈混淆。

本頁圖表是我花了點時間，就相關的資訊，初步整理出來關於豆類農作分類與命名的架構。首先，benu是豆類植物的統稱，這無分現代或傳統、可食或不可食，凡豆類就是benu。而因為傳統豆類是一種半野生的農作，也就是指它們可以在非人干預之下持續生長繁殖，因此又產生了taki simuk這樣的專稱，意思是「被排遺在荒廢耕地的（食物）」，我稱之為「荒野食物」；關於它的來源典故，我一開始是從雙龍部落的一位長老tama Sazu口述得知，當時還沒開口，老人家先是會心一笑，

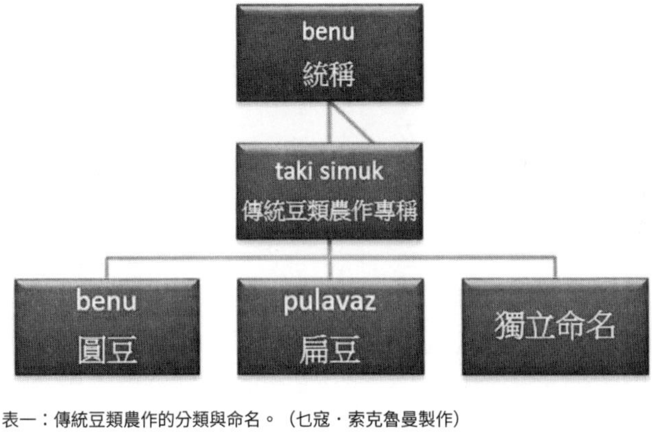

表一：傳統豆類農作的分類與命名。（乜寇・索克魯曼製作）

說：

「Mopata tu, maqo qabas’a madengaz masusuaz’a, minun’in matapus a, tingqoza nai tu via ka ita sinsusuaz tu tali-ia’ng i moqnin. Ningqalun nai sadu a, amoq’e sia qanda ki mopa qamotis mumu mani tikulas qazam’a mindia ki muqalqal pana qoma tu sinsusuaz’un a, nitu nanu uaminun maun a, heza ka kakunun lansan’i taki u-taki’un han qoma ta. Mai moqnin a naqodanan a, savali’an a, moqnang a benu benu talia min’kalas, paqpun pau madengaz’an tu “taki simuk” engkun.」（是這樣的，以前老人家耕種，就全部採收了，他們卻驚訝地發現，為什麼那邊的農作物後來長出來了？他們仔細觀察，原來是老鼠、鵪鶉、竹雞、鳥類等小動物吃了落在地上的農作，可能因為沒有消化完全，有一些種子跟著糞便被排遺在土地上，後來加上落雨、日曬，這些豆豆又發芽、開花結果，所以老人家就會說它們是「taki simuk」。）

傳統耕種，是當一塊地使用過後失去了肥力，人們會再尋找新的耕地播種，原先那塊地成了荒地，這就是「simuk」意思。然後，如果你發現那荒地上竟又長出了農作，而且是這些小動物所為，相信你也會發出會心一笑；而「taki」這個詞是指糞便，也有「居住」的意思，所以 taki simuk 也可以是：以荒地為家的食物——這樣的專稱說明了，它們就是一類非常能夠適應荒野、貧瘠環境的農作，無須特別照料，更不用施肥，只要掌握好個別豆類的習性，如時機、環境位置等，它們不僅僅都能夠長得很好，而且一定會為人們帶來豐盛的食物，所以老人家就說：「Muaz'un isuaz a, sana deqanin'in!」（你只管種，其他的都交給上天吧！）

這些豆類真是上天的恩典，但它們並非布農族獨有的特殊種類，事實上，在別的族群、包括漢人社會都有，只是布農族有自己與這些農作之間獨特的關係與理解。

五、pulavaz（扁豆）系列

benu與pulavaz之間究竟如何區別，在長期的觀察之下我得出了一個結論，那就是：從pulavaz定名的，通常都為扁豆形態；相反的，從benu定名的，則多為圓豆形態。但「pulavaz」這個詞實際是什麼意思？目前難以考究。布農族對豆類農作的命名通常採取二名法，也就是先有屬名，後面再加上小名，從命名上就可知它是屬於哪一類，以及它的來由典故。

pulavaz 扁豆系最具代表的，就是野性極強的旁邊豆——pulavaz sila。「sila」是「旁邊」、「邊緣」之意，顧名思義，它們是種居邊緣的農作，可能是因為它的藤芽可以長得很長、範圍很廣，若種植在田園之中，只會造成其他農作的威脅，也占據空間，因此最適合種植的位置就是田園的邊緣，加上它足具野性可以與芒草、竹林爭地，也界定了荒野與農地之間，是真正的邊緣食物。

圖八：野性極強的旁邊豆。（乜寇．索克魯曼提供）

有些豆子記憶了某些歷史變遷的片段，如 pulavaz patas，其實就是一般的花豆。「patas」是花紋、紋路、圖騰之意，其豆子表面有明顯的花紋因而命名。然而 pulavaz patas 是布農族最早可以賣錢產生經濟效益的豆子，所以後來又被稱為 pulavaz sui（賺錢豆），而當時收購豆子的是一名村幹事，所以這種豆子又被稱為 pulavaz songkanzi（村幹事豆）。

其他的扁豆則多以外觀的形態給予命名，如 pulavaz daing（大豆）即是所有豆類農作中果實最大顆者，所以直接用「daing」（大的）來形容與命名。它是屬於皇帝豆品系，但與一般皇帝豆差別在於，其豆子表面有紅白相間的花紋。

pulavaz tian（大肚豆）則是因為它的豆子看起來像是挺著大大的肚子，所以就用「tian」（肚子）命名之。這種豆子有三種不同顏色的變異，白色、紫色以及咖啡色。

pulavaz kilin（風鈴豆）的顏色是藍色的，吃起來口感非常酥鬆好吃。「kilin」是鈴聲之意，因為有時候豆子沒有採收仍留在藤蔓上，被太陽晒乾之後微風吹過豆子會在豆莢裡碰撞發出響聲，因此以 kilin（鈴聲）形容與命名之，倒也滿愜意的。

六、benu（圓豆）系列

從 benu 命名的圓豆也有很多樣，比較常聽到的是 benus Tanaul。「Tanaul」是早期巒社布農族人對鄒族人

圖九：皇帝豆品系 pulavaz daing。（乜寇・索克魯曼提供）

圖十：大肚子豆 pulavaz tian。（乜寇・索克魯曼提供）

的說法，顧名思義，這種豆子的來源必然與鄒族有關，但大部分部落的老人家都不太接受這個說法，認為這就是屬於布農族的豆·，老人家這樣講，我們也只能接受了。benus tanaul 乍看之下像綠豆，但它是淺綠色，而且稍長，所以也有人以野綠豆稱之，而值得一提的是這豆雖是從 benu 定名，卻多了 s，至於是為什麼，至今仍得不到解釋。

圖十一：鄒豆 benus Tanaul。（乜寇・索克魯曼提供）

相對於野綠豆，布農族還有個野紅豆，名為 benu Malang。「Malang」是一個女性名諱，也就是這豆的來源與 Malang 這名女性有關，而紅豆(benu Kitang)本身一樣也是以女姓名諱 Kitang 來命名。有一則關於地底人 Naikulun 的傳說故事記憶了這些農作的來由，故事大致如下：

從前有一住在地底下的人類，稱為 Naikulun（長有尾巴的人），他們終年居住地底下，因此全身都很白皙。除此之外，他們還有個特色就是脖子很細，可以不用進食，只要用鼻子吸食物的香氣就飽足了，因此他們經常邀請地上世界的人類下來享用他們吸飽的食物。

每當地上世界的人下來地下世界之時，都被規定要呼喊幾聲作為暗號，Naikulun 人就會先把尾巴藏起來，不讓地上世界的人看見他們是一群長有尾巴的人，同時地上世界的人也被要求不能帶走地下世界任何的東西，包括食物。因此，每當地上世界的人離開時，他們都會澈底地檢查是否有人偷走任何的東西。

但地上的人總是想要帶走一些農作種子，因為這裡擁有比地上世界還要豐富的食物，但無論藏在哪裡，或頭髮、嘴巴、眼皮、耳朵等等，都會被 Naikulun 人發現。後來有一些女性就將這些種子藏於私處，Naikulun 人不好檢查那個部位，於是從此以後地上世界開始有了一些新的農作食物，包括後來的旱稻、玉米、柿子，也包括 benu Kitang（紅豆）以及 benu Malang（野紅豆）等農作。

benu letaz（懶惰豆）也是布農族人所熟知的豆類，之所以這樣命名也有個小典故，如下：

圖十二：benu Malang。（乜寇・索克魯曼提供）

圖十三：benu Kitang。（乜寇・索克魯曼提供）

以前有一位非常懶惰的女孩子，她不太喜歡耕種，成天也無所事事，她肚子餓的時候，就會到處跟人家要 benu letaz 來吃。因此，每當她來，人們就會說：那一位懶惰的女孩來了！從此這豆子就被稱為懶惰豆（benu letaz）。

懶惰豆豆莢有三種顏色的變異，綠色、紅斑和全紅，因此像這樣的變異我就分別為三種品系，但豆子晒乾之後都為土紅色，這豆同時也稱為 benu silup（腸子豆），因為當豆莢成熟之時，那一鼓一鼓的樣子像極了 silup（腸子）因而命名。早期布農族尋常人家無論如何都會種上這豆，因為它好種，僅三、四個月就可以採收，而且用來煮山肉、豬肉等等是特別美味，還記得有次在臉書上分享這湯，竟引來全國布農族人瘋狂按讚！

其他還有一些豆子，如 benu tongqo（翹翹豆），其實是因為它長新豆莢的初期，豆莢會往上翹，於是老人

圖十四：懶惰豆，又稱腸子豆。（乜寇．索克魯曼提供）

圖十五：懶惰豆。（乜寇．索克魯曼提供）

家就給予 benu tongqo（翹翹豆）之名。

除此之外，布農還有兩種黑豆，其一就是一般的黑豆，布農族人直接以其顏色命名為 benu taqdung（黑豆），另一種小黑豆稱為 benu qalsam（硬直豆），這命名是形容其豆莢乾燥以後硬如竹條，而它的豆子與綠豆大小相似，在老人家眼中他們常被歸為一類，說：「Nanu engkun tu uskunun masuaz a, uskunun maun.」（它們本來就是拿來一起種，一起吃的。）

七、獨立命名的豆類

還是有一些不是按照上述形式進行分類與命名的豆類，其一是樹豆，其二是綠豆。樹豆布農族名為 qalidang，是最被廣為人知的原住民豆類農作，按顏色分

圖十六、十七：布農族的大小黑豆。（乜寇．索克魯曼提供）

別有黑色、紅色、紅斑色以及黃色等四種品系，現已經發展為現代部落產業，風味餐很常見。有一首關於樹豆的歌是我們自小常唱的，歌詞如下：

Toqtoq tamalong
Minaun qalidang
Lapat ma'singhav
Bunuaz masviqe
Izuk madangqas
Sia Lumaf masihu ma'nak sakut

公雞啄呀啄
吃飽了樹豆
芭樂很青澀
梅樹結實累累
柑橘紅透了
就是魯馬夫最善於射獵山羌

我一直以為這首歌只是在表達一種樸實的傳統農耕生活，經老人家解釋才知道原來不單純，老人家說：「Maqa paun tu “toqtoq tamalong”un a, sinpalas'uni tu mapalang'qaiu a tas'a bananaz i binanoaz, maszang dauki tamalong tu matotoqtoq'e qalidang……」（這個所謂的「公雞啄呀啄」，指的是一對男女正偷情，好像公雞啄樹豆一樣……）而後面的敘述大概就是一種關於偷情之時翻雲覆雨的形容與想像，詞末又稱讚男主角魯馬夫是「最善於射獵山羌」，也是一種獨特的褒揚。

按現代的眼光來看這首歌，不太應該歸類為童謠，因為它根本兒童不宜，但它也完全表現了布農族善於隱喻的敘事文學，我們稱之「ma'paqadaqvis」，「製造很遙遠」（的效果）的意思，也就是：運用好像與事實無關的敘述，來包裝所要表達的事情。這通常表現得最精彩的，是在傳統提親之時，雙方就在那裡 ma'paqadaqvis（製造很遙遠的效果）的展開談話，可能一整個晚上都在話天話地話雞話鴨交流了一些好像無關緊要的話題，但這是一種高水準的談話技巧，同時也需要極大的想像力，回去甚至還要分析彼此談話內容真正的涵義，但很可能就已經談成了婚事。

圖十八：qalidan 樹豆。（乜寇・索克魯曼提供）

另外就是綠豆了。按形態，綠豆應該要歸屬於圓豆、以 benu 定名才是，但奇怪的是它卻直接被稱為 layan，然後你完全無法從字面分析它究竟有什麼涵義，就連 tina Ibu 也不知所以然，在一次對著一群部落老人家分享我所彙整的豆類研究成果時，一位已經過世的耆老 Biung Tanapima，突然站起來說：「Itu sia epun Silaya minzuku tu benu, pesna han'a layan'un Silaya.」（這是來自西拉雅族的豆子，綠豆就是來自西拉雅的。）我才終於可以把一些看似不相干的資訊連結了起來，關於綠豆的故事完整應該如下：

布農族卡社群有一支家族被稱為 Matulayan，他們現今是居住在南投縣信義鄉、漢姓為「幸」布農族人。相傳他們曾有那麼一位祖先去到西拉雅族的地方，進行以物易物的交易，偶爾吃到了綠豆，甚覺美味，心想若是可以帶回去山上該有多好，但西拉雅人就是不讓他帶走任何的種子。於是他想盡辦法要藏匿綠豆，或藏於眼皮、嘴巴、鼻孔、耳朵都被西拉雅人查到，最後他就將綠豆藏於自己的私處，就這樣成功地帶走了幾顆綠豆種子，從此深居高山的布農族終於有了綠豆農作，族人為了紀念這位先人的付出，就

圖十九：來自西拉雅的豆子。（乜寇・索克魯曼提供）

稱他以下的家族為 Matulayan，意思是「取得綠豆者」或「取得西拉雅豆子者」。

八、留下了被封塵的古老記憶

我們也嘗試開闢了一塊農地，邀請一些老人家與我們一起展開傳統農作復育的工作，你可以發現，當這些老人回歸傳統時，是特別興奮，彷彿又回到小時候，然後一些已塵封的古老記憶就有機會被挖掘出來，比如我已逝的叔公 Qodas Bali 突然想起曾有一個特別的祭儀稱為 manqoqomai，意思是呼籲「勤奮耕種」.，這是一個非常態的祭儀，所以大部分老人家都不太知道，因為唯有發生了 minpakasoqzang（糧荒），才會邀請祭司來舉行這儀式：祭司帶領家族成員，將一切的農具與農作擺在農地上，一起來向上天進行一種帶有悔改認罪涵義的祭典，人們認為必然是誰觸犯了什麼規範或禁忌，而招致糧荒的詛咒，所以必須要祈求上天的原諒與寬恕，願讓一切更新。祭歌如下：

Mangqoqo mangqoqo mai!

Komai komai zensoq!

Min zensoq min zensoq madoq!

Min madoq min madoq batal !

Min batal min batal salaz!

Min salaz salaz dil !

Min dil min dil sumsum!

Min sumsum min sumsum mukun

Min mukun min mukun benu

Min benu min benu layan!

Min layan min layan qalidang!

Min qalidang qalidang pu`i!

Min pu`i min pu`i Bahat !

Min bahat min bahat tai !

Min tai min tai hutan !

Min hutan min hutan doqpus!

Min doqpus min doqpus leso!
勤開墾啊勤開墾荒野
開墾後就成為了一片良田
成為了一片良田，良田長出了小米
成為了小米，小米長出了稷米
成為了稷米，稷米成為了五爪稷
成為了五爪稷，五爪稷成為了油芒
成為了油芒，油芒成為了高粱
成為了高粱，高粱成為了紅黎
成為了紅黎，紅藜成為了豆子
成為了豆子，豆子成為了綠豆
成為了綠豆，綠豆成為了樹豆
成為了樹豆，樹豆成為了玉米
成為了玉米，玉米成為了南瓜
成為了南瓜，南瓜成為了芋頭

成為了芋頭，芋頭成為了地瓜
成為了地瓜，地瓜成為了樹薯
成為了樹薯，一切都更新了！

聽到這首歌我是非常震撼，熟知布農文化的人，一定知道布農族打耳祭祭典上有個叫 pislahi（祭槍）儀式，該祭詞就是一一吟唱召喚由大而小的獵物的靈魂，期望獵物可以自己 Mun´a busul´a ti（來到槍口下），祈求狩獵豐收；那首祭詞可以說是布農族葷食的食譜，它所展現的是一種男性的生產動能。然而沒想到布農族竟然也有蔬食食譜的祭歌，加上 tina Ibu 常說到：「Ispanahiav a qanup´un!」（狩獵是為了農業啊！）更讓我看見整個傳統勞動生產女性居核心的地位。我後來也照著這份清單，並透過現代臉書的網絡，逐漸找回了包括 batal（稷米）、diil（油芒）以及 salaz（五爪稷）這些已為人遺忘但不該被遺忘的食物。

圖二〇：叔公 Qodas Bali（右一）主持鮮為人知 manqoqomai 儀式。（乜寇・索克魯曼提供）

我的一位嬸婆 Qodas Malas 則跟我分享了一個豆子會議的故事，內容大致如下：

「Maqabas'a benu'un a taszang engkun madoq isuaz, qaitu madiki na sukaku'in sinsusuaz'un a, usungasi'in tuza ka bunun tu na asa ka'madoq a, na asa amin mahulav'i duma tu sinsusuaz, mamoqo dengaz tuza a mita madadengaz. Tis'mopata a maqa benu benu'un a muskun engkun mapaliqansiap tu: quaq mopati a na muz ata mapin'usungasi i bunun! Mesna ita a patupa engka tu na mapavaz'i sukaku tu qanianan,nin'a bunun masmuav usungasi.」（從前這些豆類都是與小米同時種植的，但是到了收成的時候，人們就會忙碌著要收割小米，也要採收其他的農作，搞得我們祖先是非常勞累。為了這件事情，那些豆類農作召開會議，討論到這樣我們只會讓人們很忙碌啊！該怎麼辦？最後它們共同決議就是要分別生長於不同採收的時期，人們就不再那麼忙碌了。）

從那時開始，豆類農作有不同的種植時間與生長週期。原來這是它們自己討論出來的。這是我從來沒有聽過的故事，事實上也沒有太多人知道這樣的故事，文獻更看不到，然而它卻生動地描述了傳統農作與布農人之間獨特的關係。令人感覺溫馨的是，作為人類食物的豆子，竟然

圖二一：傳說中的豆子會議。（乜寇・索克魯曼提供）

會反過來體貼人類忙碌與否，而分別了彼此生長的時期。

九、令人心生敬畏與疼惜的豆子

豆子作為一種農作承載上述所說的這些知識，進一步我們要認知的，是這些知識是透過語言表達出來的，也就是說豆子更包容了「語言」。這不難想像，因為當我們與豆子這些的農作產生關係之時，同時也必然產生相應的語言維繫彼此的關係；沒有語言，我們根本就無法認識它們。所以我們可以看見農作自種子、耕種、發芽至開花結果，包括採收之後各樣的處理到可以成為食物的歷程，以及這之間所延伸的各樣傳說故事、歌謠、祭儀等等，一個豆子的生命史，是一系列語言與文化的鋪陳。從以下我所採集的這些語彙，即可看出：

tani：種子。

itpul：芽。

qolan：芽線。

uvul：嫩芽。

lisav：葉子。

lamis：根系。

ka'itpul：發芽。

ka'lisav：長葉。

ka'qolan：發芽線。

ka'lamis：發根。

qau：胚軸（或稱莖）。

min'telaq：發芽後呈現健康的光澤。

ka'puaq：開花。

ka'las：結果。

min'baling：形容豆莢生發之初、尚未結果實（豆子）之時，像是肋骨一樣。

misboq：發胖，形容豆莢已經逐漸長果實（豆子）。

mavisqe：結實累累。

talnaqtung'in‥已成熟。

tatu'un‥隔了一年以上還未耕種的種子，意思是有可能無法發芽。

mat'aq‥還未成熟。

bulav‥已成熟，可直接摘下烹煮食用。

hoqav‥成熟後，豆子仍有水分，需曝晒太陽。

bulsuq（或 qaliv）‥日晒完成後已無水分。

min'um（或 buhbuh）‥無法去殼的豆子。

ma'ulmik‥用腳踩去殼。

zapzapun‥重複抓扔豆子，將豆子從豆筴篩出。

kalubai‥吹口哨引風，將豆筴吹出篩子。

matapus‥邊拋篩子邊吹氣將豆筴拋出。

hulan‥處理好之後成為了食物。

當然還不只這些，若再加上詞態的變化會更精彩。但當你認真思索這些的時候，心裡會有種莫名的悸動，小小的豆子竟然承載如此豐富的民族知識，真是令人心生敬畏與疼惜。而當你將豆子吃進肚腹，會發現你吃到的，正是幾百、幾千年前，祖先所品嚐的那個滋味，正是這些食物餵養了我們的民族，使生命與文化延續；於是食物拉近我們與祖先之間的距離，此時你吃下的已經不只是食物，而是包裹其上看不見卻又實際存在的民族知識與文化，包括歸屬與認同。於此，tama Balan 常說：「Nanu engku tu sinpalavaz pi-mita Bunun tu kakonun, ni ata maqtu malaqtan.」（它們本來就是上天特別分賜給我們布農的食物，我們不能任意丟棄它們。）

然而你可能同時還會有一種酸楚在心底，即是：為何我們沒好好地愛惜這些豆子，只任由它們在時代的變遷中孤獨地消失？事實上，tina Ibu 所保存的豆子已經有幾種消失了，原因是保存豆類農作唯一的方法，就是持續地種植、持續地吃，不再種、不再吃，它就會消失。但有時老人家身體欠安，或氣候異常，或忘了種一、兩樣，於是豆子就消失了。豆子消失之時，所消失的不只是豆子、食物，更是我們自己。

然而到底是什麼原因，tina Ibu 要堅持這樣種植？

圖二二：matapus，邊拋篩子邊吹氣將豆筴拋出。（乜寇．索克魯曼提供）

有一年夏天豆子花兒正盛開，我前往山上的工寮拜訪 tina Ibu 夫妻倆，當時陽光燦爛、微風徐徐，知了滿山鳴叫，這應該是個喜樂的日子，然而我隱約聽到 tina Ibu 啜泣聲，我慢慢地靠近，等到她比較平緩的時候才跟她打招呼，發生了什麼事？

「Uka makua, muz sadu ki kapuaq-puaq a sinsu-suaz a, tinliskin'in sak tu siang qabas inak tina madas-madas zami munqoma.」（沒什麼事的，只是看到這些所種的都開花了，我就會想起以前都是我的母親帶著我們去山上耕種的。）

原來是思念自己的母親。只有在獨處的時候，壓抑不住情緒而留下思念的淚水，卻被我這晚輩撞見，老人家自是非常不好意思。tina Ibu 才緩緩道來她小時候的事，說父親在她很年幼之時就離世，留下幾名孩子與母親相依為命，母親怕孩子受委屈因此也不願意再改嫁。沒有男人的家庭，母親一肩扛起了家裡所有的重擔，經常帶著孩子在山野間過夜，晚上孩子們就睡在芭蕉葉底下，母親則繼續在月光下作活。然而就在 tina Ibu 五歲的時候，不知怎麼了，肚子竟然痛得要死，當時還沒有現代醫療，巫醫也幫不了忙，tina Ibu 就這樣奄奄一息地躺在床上，就連蒼蠅都聞到了死亡的氣息，撲滿她的身體。一天清晨，母親摘了初熟的豌豆煮湯，並吩咐孩子無論如何也要喝上一口，後來她的玩伴們還跑來邀請她一起到溪邊玩水，半夢半醒的 tina Ibu 還真喝下了那碗湯。不久，肚子排了很多氣，身體就這樣恢復了元氣。待母親回來時，卻不見孩子，原來是跟著到溪邊玩水了。

tina Ibu 年少時就嫁來我的部落，與丈夫 tama Balan 建立了家庭，tama Balan 家裡很窮，什麼都沒有，於是 tina Ibu 只有不間斷地種那些從娘家帶來的農作種子，作為家裡所需的食物。懷第三胎時，有次肚子突然痛得要命，她想起小時候的經驗，於是請丈夫煮了鄒豆湯給她喝，這次同樣又不藥而癒。後來母親也離開了，tina Ibu 這些豆子成為她思念母親的寄情之物。

母親離開的時候，正是夏季知了滿山鳴叫的時候，看著這些豆子，她說：「Maszang'in tuza sak suadu ki tina ihan benu ta, munsu nak amin a isang munahan tina nak ta,」（我就好像真的看到母親在豆子那裡，我的心就飛到了母親那裡去了，）「Maszang sakin tin'tan'a tina tupa tu: manoaz su a singsusuaz, maqasmav asu tu uvazaz.

圖二三：看到豆子想起了母親。（乜寇・索克魯曼提供）

Matinliskin i nas-tina mubaqbaq'en sak tatangis.」（我就好像聽到母親說：妳農作種很豐美，妳是勤勞的孩子。想起了母親，我就嚎啕大哭，淚流滿面。）

我才看見豆子作為一種媒介，它更連結了那些令人動容的親情，親情使這一切產生了溫度與力量。於是我深深地體悟到一件事情，那就是一路下來，感受到的所謂文化、傳統、故事、知識以及記憶，都很重要也很精彩，然而對生活在那裡頭的人來說，那都是一代代的人的情感累積，正因為如此，才值得被守護。一直到這裡我也才真正領悟到，當年在秘魯接觸到所謂「生物／文化多樣性」這麼艱深的學術名詞，背後最深層的涵義應該就是這樣了！

圖二四：情感使這一切產生了溫度與力量。（七寇．索克魯曼提供）

十、後記

這幾年我像是陪伴這些老人家，一方面也探索傳統豆類農作的知識；你愈了解老人家的生命，就會愈認識這些豆子，他們彼此是一體的，無法抽離。我與老人家彼此也成為像是忘年之交的朋友一樣，在這現代洪流中，共同守護著這些居處邊緣又頑強的荒野食物。

我後來聽自己的母親說，也從 tina Ibu 口中確認，原來在我母親要生下我的時候，那天是禮拜天主日，父親正好不在家，要上教會的 tina Ibu 突然拐進了我家，當下判斷母親就要生產了，於是扶著母親走去山下的診所，但通過森林時羊水破了，嚇得 tina Ibu 或拖或拉地趕緊把母親帶到診所，而因為羊水已流出，我甚至差點就難產，而當我被拉出來，全身都青紫色的、奄奄一息，所幸拍打幾下屁股我就哭了起來，恢復了生命氣息。

聽到這裡，我是打從內心非常感謝 tina Ibu 當年所做的一切，讓那小小的生命沒有因此結束，現在我們又因著豆子再度連結在一起，這真是上天的恩典與憐憫。這一、兩年，因為豆類的復育工作受到了一些干預，加上我人平時都在外頭，孩子也還小，我就甚少回鄉。前一段時間回鄉，我順道前去工寮拜訪他們夫妻倆，我的突然出現，老人家自是非常驚喜，這可以從他們的眼神看出，但我們就是這樣一個慣常壓抑情感的民族，只刻意地聊聊近況。

「Ni'in sa-saduan, tupin'a tama Balan mu'un tu, doq mahau dau asu zami, viatu mi'in palenlaku i?!」（好久沒有看到，你叔叔說你是不是生氣我們，不然怎麼都沒聯絡？）tina Ibu 這樣的話彷彿責罵，又彷彿自責，但隱藏了很深的情感與思念！

陳宏志

〈回部落的幾個日子〉（二〇二〇）
〈我們的踟躕〉（二〇二一）

Walice Temu，一九七五年生，南投縣仁愛鄉泰雅族。畢業於高雄師範大學國文學系，曾任職國中小代課老師數年，目前自由業，專寫文案。

自幼愛好文學，每每浸淫而不覺疲累，後期創作自覺身分的不同，轉為替民族發聲為主。曾獲臺灣文學獎、玉山文學獎、吳濁流文學獎、鍾肇政文學獎、大武山文學獎、屏東文學獎、打狗鳳邑文學獎、臺中文學獎、後山文學獎、原住民文學獎等獎項。

回部落的幾個日子

傍晚五點多，我才回到部落。母親在家門口剝樹豆，疑惑地問，怎麼回來了，又不是過年？我說請事假。母親又問，會不會扣薪水？我說不會。我指著打瞌睡的父親問，那個人怎麼沒有去喝酒？父親每天都到那個女人開的麵攤去報到的。母親噢了一下算是回答了。我和父親很少當面說話。我進屋裡朝沙發一躺，就睡了過去，朦朧中聽見母親一直唸叨什麼。

吃晚飯的時間，母親提到我一個國小同學。他在工地被磚頭砸在頭上，當場就死了，送走五天了。每次回來，母親總要把部落發生的事講一講，最後迂迴到老問題——你什麼時候帶女朋友回家，再挑你就老了，難道沒適合的？我低頭啃咬一塊飛鼠肉，父親則在旁幫腔，你媽說得很對，你看我們頭髮都白了。我看了看父親，又看了看母親，確實，他們頭髮都白了。

三弟帶兒子過來了，他叫兒子喊我大伯，他就喊了聲大伯好，我注意到他母語說得很生澀，兩眼還直盯著手機螢幕。我問今年蔬菜種得怎樣了？他嘆口氣說，不好啊，大概賣相太醜，賣不出去的就自己吃啦。大家原以為有機的健康，都市人會買單，沒想到村裡一窩蜂種植，卻沒有銷路了。我不再問下去，把帶來的八寶粥禮盒抽一個給了侄子，拍著他的頭說，都長這麼高了，快趕上大伯我囉！

翌日早晨，我到三弟的農地，在省道邊，幾個戴斗笠的婦女在藍色大桶裡調製有機肥，包括弟妹。她們捲起了袖口，邊做邊說笑。我向前打招呼，認出其中的撒韻，我國中同學。農地旁有間木搭雞寮，雞糞的臭味瀰漫開來，我心想，這些雞糞也要用來製作有機肥吧！

大家說笑之際，三弟開著搬運車進了農地，我向前幫忙，有稻草、稻殼、魚骨粉、木屑、泥炭、土壤改良劑等。我邊下貨邊問，這些蔬菜既然賣不好為什麼還繼續種？劃一半地種傳統農法的不好嗎？噴農藥的，或許長相比較討喜。三弟說，上次中盤商的剝削我賠了錢啊！再考慮其他辦法吧，不然我吃西北風了。下完資材，我打算要走，弟妹喊住了我，說撒韻有事找你。

記得年少時，我和撒韻常去採野菜，不管她怎麼教，我總難以辨認什麼是野菜什麼是草葉。我從小沒做過農事，都在外地求學或工作，而父親長年在工地討生活，家裡農地就只剩母親和三弟的身影。父親回來也少去農地幫忙，因此母親常埋怨他。父親反駁說，我不去工地，拿什麼養家，祖先那幾塊地能長鈔票嗎？其實做農的確很辛苦，誰都知道，要從地裡刨出生活來，那肯定要看天的臉色。但是現在，我多麼渴望成為一個農人，娶撒韻或像她的女人，每天日出而作、日落而息，傍晚門前喝杯白酒，老婆孩子就在眼皮底下，一幅幸福景象。當然，這是都市人的想像，農人哪裡是這樣，他們的困頓和擔憂是一望即知的。

撒韻談到他老公的事，說工地連續幾月不發薪水，他酒醉去找工頭，結果把人家打得鼻青臉腫，對方已經告他，說是傷害罪。她拿著法院通知說那個工頭是你高中同學，能不能跟他商量，最好能撤銷告訴。看著她誠懇晒黑的臉，我點頭說好……好……我會去了解情況！

傍晚，餘暉染紅天空，我在部落走走晃晃，輾轉來到一片農地。每次回來，我總喜歡獨自走在農地上。村人種的有機蔬菜排列齊整，生機盎然。我摸了摸，確實嬌嫩，菜葉上都有蟲咬的斑點。我摘幾片菠菜放進嘴裡嚼，竟有一股香甜的滋味。我沿著公路繼續走，看見還在地裡勞作的村民，便躲著他們走，他們大概也不太認識我了。我穿過小橋，來到村東面的墓地。橋下的溪水灰灰濁濁的，但溪邊的林木卻一片脆綠。墓地已改成納骨牆，旁邊栽種幾棵桃樹或櫻樹。在一個制高點上，我俯瞰整個部落，展開的是水泥牆壁和鐵皮屋頂，村民大多蓋起樓房了。更遠處是殘缺不全的山丘，一處砂石廠停放幾臺挖土機。曾幾何時，部落變了模樣，我不禁心生嘆息。

去雜貨店買菸時，我遇上了撒韻的老公，他和幾個婦女閒聊著，一圈人腳下有酒和山豬肉。他站到一旁跟我說話，眼角還有瘀青。我問，你不去工作啦？他說不去了，說著，遞了根黃長壽給我。我把要找工頭的事說給他聽，他卻一副無所謂的樣子。要告就告，我根本就沒有動到他，就說是傷害。我說現在都講法律，官司沒有那麼簡單。他說謝謝你的好意，我的事自己會處理。我還想繼續說點什麼，他就堵住我的嘴，說聊點別的，你工作怎樣了？什麼時候結婚？我說，在外面不好混，過一天算一天啊。他說，在哪工作都不容易，我就想出去闖一下，困在部落有什麼前途？你回來了，我卻拚命想出去，總之求安定，你說是不是？買完菸，他轉頭叫住了我，怯怯地說，能借我錢嗎？我拿到薪水就還，我就不相信工頭不發薪水。我把口袋掏了掏，只有一千五，全都給了他。

第三天早上，我去拜訪工頭，五、六年沒見面了。我們互道寒暄，不禁感嘆韶光易逝，看上去，老同學一臉很納悶的樣子，我怎麼會突然找他呢！他在講電話，似乎有急事要辦，我就說，有事你先去忙吧。他說沒事，晚上我找幾個同學，我們聚一聚。透過紗門，我看見有個老頭正在清洗一臺寶馬車。老同學說，喝杯高山茶吧，很貴的，於是，我再一次把茶杯端了起來。

我直言有事請他幫忙，但我感到很尷尬，似乎來這裡就是為了幫這個忙，前面浪費的口舌只是個鋪墊。他說，老同學了，什麼幫忙不幫忙的，你儘管說。於是我把事情簡單說了一下，並強調這是我一個同學的丈夫。他口氣轉為嚴肅說，撒韻老公工作很認真，但喜歡喝酒，工作的間隙也喝，這樣會耽誤工程，更容易發生意外。再說他做一天休三天的，我做工頭的很為難。這樣吧，官司的事我會考慮，叫他明天先來上班吧！

吃過晚飯，我必須去撒韻家一趟，她正在訓斥她的兒子。她抓著瓶礦泉水邊追邊罵，你這個孩子又買礦泉水，這個水有什麼好喝，從水源地接的水那麼甜你為什麼不喝！兒子是撒韻十八歲生的，現在十歲了，跑得很快，因此撒韻怎麼追也追不上。見到我，撒韻停止了追打，但怒氣還掛在臉上。妳老公呢？我問。撒韻說，誰知道到哪裡去了，大概去山上打獵了，不到凌晨不會回家。我說早上找過那個工頭了，他請妳老公先去上班，沒事的，別再擔心了。撒韻聽後轉怒為喜，一個勁地說，多虧你了！我想對撒韻說她老公借錢的事，但想了想，沒說出口。妳老公會回工地上班吧？我問。撒韻說是他不想去，工地那裡也沒讓他不去。她兒子不知道什麼時候溜出去了，撒韻喝了一口手上的礦泉水說，你說這個水有什麼好喝的，一點味道都沒有。她接著說我飯菜剛上桌，一起在這裡吃晚飯吧！我仔細端詳著她，她臉上沒有多少皺紋，仍是國中清純我暗戀的模樣，只是如今呈現的是一個母親的慈愛和溫暖。我暗想，這多麼像我的妻子啊！

半夜睡覺我被父母的爭吵聲吵醒。父親說過兩天就要到女兒那裡去，女婿找了個公寓守衛的工作給他。母親傷心地說你要走啦，這個家你不要了是不是？你要是不怕丟臉你就去！父親說，我丟什麼臉，我要去就去妳管得了？我又不靠妳吃飯，憑什麼不去！母親也不示弱地說，我是管不了你，你去我就打電話給女兒，把你那些事情說給她聽。父親感受到了要脅，說，妳小聲一點，兒子在睡覺！母親說，怎麼樣，就讓他聽見好看清楚你怎麼做父親的！

我聽見母親幾乎哭出聲音地說，離婚算了，不要一起過了，反正孩子都大了，過著還有什麼意思！記得小時候，父母只要吵嘴，總是父親先說離婚這兩個字，這次是母親提的，看來她心意已決。父親說離就離，誰都攔不住你，我一個人過比較輕鬆！母親說，輕鬆，你還輕鬆。我前腳離開，你後腳就去找那個女人了！我同意離婚，那還得看你兒子和女兒同不同意！父親靜默下來，就像被山上安置的陷阱夾住了腳，無法動彈！

這時我放在客廳的手機響了起來，兩人暫停了爭吵。父親說，還不去叫你兒子接電話？我聽見母親進了房間，推了推我說，你的電話，快點去接。我裝著熟睡的樣子說，什麼電話？我看了手機螢幕的號碼，清楚誰打來的。我對手機那頭說，對，我回家了，來休息幾天。此時父母專注地聽著我說話。我走到屋外，繼續對著手機說，有什麼好說的……。你放心好了，我的東西你要怎麼處理就怎麼處裡……要丟就丟吧，房租我繳到年底了，你想住多久就多久……隨你！我要幹什麼就幹什麼……你管不著，好了好了我有事先掛了！

回到屋裡，母親問我誰打來的。我說是公司的人，他們叫我過幾天去臺中做一個業務。

身為兄長，我買了瓶高粱到三弟家，幾杯下肚，我們熱絡了起來。我們談起了過往，他的眼角夾雜著些許淚花。三兄妹中，他吃苦最多，因為貧窮，他輟學在家幫忙，成家後也一直過得不寬裕，有時還上山打獵貼補家用，如今種植有機蔬菜希望能盼出一線曙光，但無奈眼前還是一片黑暗。

都是家裡拖累你了，我說山下有個農場專門做有機種植的，你要不要去學點新的技術？三弟問，一個農場弄起來要花多少？我說我也不太清楚，十幾萬，甚至百萬吧！三弟哇地一聲說，把我們家的地都賣掉也不到五十萬！我說賣什麼地啊，現在都是這樣，這個世界很現實，都是錢堆起來的啊！

三弟關心問道，你不是交了女朋友，什麼時候結婚？我說分了，漢人規矩很多，不好相處，再說我還不想被婚姻綁死，過幾年再說吧！三弟頓了頓說，大哥啊，你看我做這個有機爸媽幫了我不少，現在沒方向了，我想改種咖啡，有個品種叫阿拉比卡，我朋友現在開始種了……你能不能借我十萬塊，我年底就還你。借姐姐的錢我還沒還完，也不好意思再借……。這麼一問，我突然感到很愧疚，這些年來在外面打拚，居然沒存下一點積蓄。我說你真急用我就找我同事借借看。三弟說，那算了，我再想想辦法。

我也不想隱瞞，對三弟說我那家公司其實快倒了，所以乾脆辭職不幹，過幾天再找其他工作。三弟說，你沒跟爸媽說？我說，我騙他們的。其實早該回來了，一直拖到今天，我渴望回來幫忙老人家，做將來的打算，務農其實也不錯的。

喝完酒，天澈底黑了下來。我走出三弟家，四周靜謐，什麼都看不見，農地、老屋、群山似乎都消失了，但它們仍真切地在那裡，只需等待一線曙光。我哪裡也不想去了，就想和親人一起，和他們在土地上勞作、苦惱、歡笑……終此一生。

回到家，我聽見有人在屋裡哭泣，母親在旁撫慰。原來是撒韻。她看見我一進門，就慌張站起身說，我老公走了，不知道去了哪裡！說著她遞給我一張小紙條。紙條上寫著一行潦草的字：我走了，不要找我，我每個月會寄錢回家！

我們的踟躕

一

我曾有個好兄長，他是個獵人。

獵人是個三十多歲的單身漢，那時，有人在離我家不遠的地方開闢了一塊水蜜桃園。當果子結出來的那年，園子當中就搭起了一個斜頂小木屋。

獵人就住在裡面。

獵人有支很長的獵槍，我經常去找他玩，他對我很友善。我覺得他是世上最好的陌生人了。他不僅給我水蜜桃吃，還會在篝火上鹽烤山肉，用自削的竹籤插著給我吃，那種焦香的滋味讓人久久不忘。

有一天，他的臉色突然變了，陰沉著，見了我也不愛搭理。

我問獵人，你怎麼啦？

他不作聲，在木屋外坐了一會兒，又站起來。我想，一定是發生了什麼事。後來我就不問了，過了一陣子他才主動告訴我。

他說：有天晚上，我在鐵皮屋頂睡覺，看見了一個 utux，女的。

什麼？我驚嚇得喊叫起來。

誰都知道 utux 是令人恐懼的，也知道那是一般人不可能碰上的事。獵人真的遇上了，這讓我覺得無比恐懼又無比誘惑。我詳細詢問起來。他告訴我：為了能把水蜜桃園全都看在眼裡，就在屋頂攤開涼被睡覺，天冷了再回到屋裡。夜裡，他總是睡一會兒就睜開眼睛，四下巡視一遍。他的槍一直放在身邊，擔心火藥被露水打溼，總是用被子蓋住。

他說：我晚上被凍醒了，起來看星星，大概是半夜。這時候，突然聽見了嗚嗚咽咽的哭聲。往前一望，見一個披頭散髮的人，穿一身白衣服，一邊哭一邊跑。她好像往山那邊跑。她一直背對著我，愈跑愈遠。

我說：那你怎麼不開槍？

他搖頭：utux 是不行打的。再說我的槍也打不了那麼遠。這個 utux，我想是墜落山谷死的。你不知道，有一年一個登山隊從南部來的，是個冬天，有七、八個人都掉到山谷下，一抬上來全身冰凍，都死了⋯⋯第二天，其他的登山隊友就把祂們就地埋了。從那以後，每到半夜什麼聲音都有，有哭、有笑，有男、有女⋯⋯。

天哪，獵人的話多麼嚇人啊，像在說故事！

我不敢看他。

又停了一會兒，他說：這個 utux 以後還會來的。

二

那一天，獵人沒有上工，來找我玩。毫無徵兆地居然下起了大雨，我和獵人躲到了屋簷下。他把腦袋伸出去，看了看天空，然後問我，為什麼會下大雨？我把目光從天空移到他碩大的腦袋上，看到了他髮梢上的雨水，然後又看到他的臉上有雨水。雨水跟淚水沒什麼區別，這使獵人看起來相當悲傷。他就像在哀求我告訴他一個合理的解釋。多麼遺憾，我不知道怎麼回答他這個艱難的問題。之前我只是希望能追隨他的目光看到一些我所沒見過的東西，結果沒有，我以為獵人懂得很多的。

下這麼大的雨，天上連隻鳥也沒有，他的頭上也沒有鳥窩。我是說，他的頭上如果有一頂帽子我可能就不這麼說了。我到底要說什麼呢？我說，獵人大哥，我也不知道為什麼下雨。

我們不知道的東西很多，我們不知道為什麼突然下雨，也不知道為什麼後來突然雨就停了。但這並不代表我們知道的東西就很少。像我就知道小米地裡長了許多小小瓜。這是一種很小的瓜，形狀和花紋與西瓜無異，區別在於，它只有拇指大小，而且熟透了之後很柔軟、很香。從來沒有人告訴我們這種瓜叫什麼名字，老人家也說不清，於是我給它起了名字，小甜瓜。我決定不會讓第三個人知道。

後來我帶了許多小甜瓜到學校，我問比令，你知道這叫什麼嗎？說著我就取出一個讓他聞了聞。比令被香氣所陶醉，但並沒有閉上眼睛，而是搖頭晃腦地盯著我的小甜瓜看。他之所以搖頭晃腦，是因為我不停地搖晃舉著小甜瓜的手臂。

這是什麼？比令請求我告訴他小甜瓜是什麼。我不會告訴他的，所以我就笑了。我被比令的無知弄得相當開心。我因為有許多像比令這樣無知的人而感到慶幸。他們混沌未開，蒙昧可憐，而且永遠沒有擺脫的機會。他們甚至還請教了無所不知的自然老師，從城市來的，他也對著小甜瓜搖頭不語。

那場大雨確實是我們始料未及的，電視上播報天氣的那個女的沒有提及，這讓我對她的好感大打折扣。多年以來，獵人對她的乳房嘖嘖讚嘆，認為它們並不適合於哺乳，因為那樣的話，嬰兒會窒息而死。也不適合獵人用手去抓，因為他的手粗短抓不住，他認為就像無法一手抓住籃球一樣。也許我們活在這個世上的原因就是長大，起碼等待手愈長愈大，當它有了足夠的長度和寬度，我們就可以輕而易舉地抓住籃球了，順便抓住那個女的乳房，像揪衣領那樣揪住她的乳房，我們要鼻尖頂著鼻尖責問她，妳，是不是想把嬰兒憋死，嗯？如果她膽敢不承認，說不是，那麼我們就不放過她。如果她承認，說是，那麼我們就為嬰兒報仇雪恨。

回到這場大雨。在離家出走之前，我們也沒有看見小鳥低飛、螞蟻搬家。獵人的奶奶也沒嚷著痛風疼。獵人的奶奶不知道是什麼地方人，她說的話除了獵人的爺爺就沒人聽懂。不過在獵人出生前三十年，獵人的爺爺就被一場洪水沖走了。有的人說他被下游的一棵倒在水裡的大樹的樹枝給絆住了，沒能抵達大海。也有人說，他根本就沒漂遠，屍體出現在獵人家門前那個池塘裡，一到夏天就散發惡臭，三十年來總是如此。更多的人說，他到了大海，而他因為沒有見過那麼寬闊的水面，被活活給嚇死了，然而他的 utux 回來了。總而言之，獵人的爺爺死了，三十年前就死了。三十年後的獵人在屋簷下躲雨，因為伸出腦袋看天空，臉上有了雨水就像淚水，很悲傷的樣子。我覺得這也可以理解為他在想念他的爺爺。獵人的奶奶每天都要嘮叨生活的一切，我們聽不懂，所以我們一直認為她是希望我們不要打架、不要游水，更不要貿然去深山打獵。現在我恍然大悟了，她是希望我們幫她到海邊看看她的丈夫，告訴後者，她還活著，她都活膩了，而且早就不想活了。那次痛風石手術，她就打算死在醫院的，結果還是被人拖了回來，成了預報天氣的工具。這種恥辱真的讓人受夠了。

在那個屋簷下，我們站累了，被一場突如其來的大雨搞得目瞪口呆，問題在於，我們不知道它什麼時候才能停下來。因此我們感到絕望極了。後來獵人建議我們坐下來，可是除了身後的牆壁，什麼也沒有。當然，我們可以敲門，讓這戶人家搬出一條足夠兩人坐的椅子給我們。或者我們被邀為客人，在這戶人家吃一頓香噴噴的飯，然後擠在廚房的木柴堆裡過上一夜。到了明天，雨一定會停的。這正是我們的經驗，無論當天發生了什麼，睡上一覺，到了眼睛再次睜開，就什麼也沒有了，什麼都過去了。我們對自己說，真好啊，又是一天。

沒有坐的，我們只好看眼前所發生的一切。如注的暴雨從天空傾瀉而下，激濺在屋頂上，屋頂籠罩在一層水霧之中。然後雨水順著瓦沿不懈地流淌，在屋簷和泥地之間製造了一面絕對垂直的水簾，水線與水線之間保持著平行關係。這些來自屋頂的雨水和直接落在地面上的匯聚，使地面一片金黃，相當鮮豔。它們向低處急速流淌，消失在屋後那片低矮的雞冠花叢裡。我總認為雞冠花是一種非常憂鬱的花，它沒有花朵那種司空見慣的輕盈和香氣，卻有著沉重的肉身。不是嗎，也不知道它怎麼回事，肉乎乎的，以至於都不像植物。它們的顏色也不好看，紅，卻不是鮮紅火紅粉紅和其他什麼紅，而是紫紅，甚至就是紫色。像在暴雨中淋溼的人那凍得發紫的嘴唇。獵人的父親就有這樣兩片嘴唇，那麼厚、那麼紫的嘴唇，在我所見過的人裡面是沒有第二個的。

很難想像這樣的嘴唇能吻在什麼樣的女人身上。也就是說，關於獵人的母親，只是個概念，我從來沒有見過。也許在獵人出生前五十年，她就走了，比獵人的爺爺走得還早。據我所知，她走的那天晚上，天十分黑，但有月光，有月光也很黑，也就是說，與其說她是趁著當晚的月光走的，不如說她是趁著黑走的。在那個黑暗的夜晚，獵人家還亮著一枚燈泡，就垂掛在餐桌上方，它將黝黑的桌面照出了光圈，卻照不到桌子以外的地方。獵人說，他的母親之所以點亮那盞燈，是考慮到她的兒子將來怕黑。確實如此，獵人很怕黑，所以才怕那個女 utux。此外，她還想通過這盞燈，好讓獵人的父親夜裡醒來時，可以直接發現她走了，免得他糊里糊塗像平時那樣夜裡起來小便連眼睛都不睜開一下。

獵人的父親總是機械地爬起、走向馬桶、返回床鋪，一系列過程由於熟練，根本不用擔心會碰著什麼、撞著什麼。事實上他夜裡起床小便不僅不睜開眼睛，而且也沒有醒。對獵人的父親而言，起床小便根本不會中斷睡眠，反而只是睡眠中的反射，是睡眠的一部分。正因此，獵人的母親點亮燈完全是多此一舉，或者完全是為自己走掉製造一個神祕氣氛。獵人的父親當然是通過第二天早晨的光線發現她不復存在的。他總是起得很早，總是能聽到雞叫，他扛著鋤頭經過那些只聞其聲不見其影的雞叫，趁著早涼要到地裡刨一刨地，然後等太陽升起來再回家吃老婆煮的早飯。隔著老遠，他就可以看到晨光之下自家廚房冒著裊裊炊煙。那一天他沒發現炊煙，而是推開門後發現桌上那盞燈兀自發著微弱的光，慘白的燈泡上方繚繞著可疑的飛蟲。這個嘴脣又紫又厚的糟糕男人，老婆注定是要跑的，不認命是不行的，可他居然像個孩子那樣嚎啕大哭。

我說，獵人大哥，雨如果停了，我們去哪兒？

他說，你說呢。

我說，我看到他們就想死，想變成 utux，多自由啊，再不想回家了。

他說，那我聽你的。

說來奇怪，我們進行這番討論的時候，雨就突然停了。我已說過，我們根本不知道雨會停，而且這麼突然，一如之前不知道雨會突然下起來一樣。

於是我們像事先約定好的那樣同時脫掉了鞋子，拎在手裡，淌過村道的爛泥向村口走去。一向板實的村道澈底被雨水澆透了，就像多年的土石流占據著我們的生存空間，讓我們的腿腳一直深陷其中。爛泥像泥鰍一樣從我們的腳趾間不斷地逃了出來。為了免於滑倒，我們互相攙扶。我看見有一條大狗站在村頭看著我們，牠與我們之間的距離愈來愈遠，後來，牠渺小得就像一個誘人的獵物，我如果有一把獵槍就好了。

我們終於來到了村外的田地裡。讓我們大吃一驚的是小米全被收割了，而且被耕耘機犁過了，泥土以大塊大塊的捲曲形狀裸露在我們面前。但我們並不甘心，懷著僥倖心理走了過去，希望在其中還能找到小甜瓜。我們不願意失望，但我們不得不失望，一個小甜瓜的影子都沒有。只有螳螂、蚱蜢和年幼的癩蛤蟆在泥土間跳躍，無數條蚯蚓在泥土上方蠕動，偶爾一隻老鼠探出頭來，轉眼就不知去向。

怎麼辦？獵人問我。

在他提問之前，我本來想說我們回家吧，總是要落葉歸根。但既然他問了我，我就做出了相反的決定。

余桂榕

〈梅酸〉（二〇一一）

Adus Palalavi，一九七八年生，臺東縣延平鄉永康部落（Sunungsung）布農族。國立高雄師範大學性別教育博士畢業。原為離島國小幼教專業老師，後因婚姻家庭離開而再轉任公職至今十餘年。是喜歡聽說故事的布農族，悠遊於日常部落田野農作草根的部落婦女。

從大學時代開始投稿相關原住民文學獎項，二〇一一年作品〈移動中的部落廚房：原鄉都會布農族的網絡地圖〉、〈梅酸〉同時獲得原住民族報導文學獎及散文獎的鼓勵。文章常發表於相關原住民族研究／教育專題與《原教界》等領域，傳達人性關懷與尊嚴，熱愛及實踐善與愛於日常生活與工作。二〇〇九年以碩士論文獲得臺灣另類教育學會優質博碩士論文獎項，後改寫成《臺灣布農族部落婦女研究》專書。二〇二三年執行主編出版《她們》一書，與九位臺灣原住民族婦女共同創作部落婦女移動的故事。

梅酸

四月初，氣候還是陰晴不定，掃墓時節剛過，部落又回到平日寂靜的慵懶。我和老媽坐在房屋前的走廊臺階上，迎接著太陽下山後進入傍晚的涼爽。她老人家有一句沒一句地在口裡唸著她的思考……。採收梅子的時節又來了。自從老伴過世，一個人生活後，她總是要竭盡其所能地在這個時候，要求一個在外工作或讀書的孩子回家幫忙採收。然後她開始低咕：「今年梅子的價錢有沒有比較好？這次要請誰來幫忙背梅子下山？又要把貨賣給誰？」一連串的問號透露著許多的不確定性，然而，這些都是她每年要循環一次的焦慮。

家裡種了那麼多年的梅子，從來沒有真正吃完它一顆，因為梅子的酸與苦，總是在我咬下一口後，讓我不敢再繼續體會。過去布農族並沒有以梅子作為生活食材的農作物，而是早期政府為了輔導原住民農作物轉作及市場經濟需要，開始在原住民鄉鎮大量種植。家裡的梅子樹種，聽媽媽說，是爸爸在五、六〇年代的時候，到隔壁原住民鄉鎮的朋友那裡要回來種的，因為當時價錢很好，後來部落的居民也紛紛改種。

從小到大，我在部落採收梅子的經驗，梅子收成完畢，緊接著就是採收李子的時節。近幾年，家裡的李子因為樹種已經紛紛老去、無法生產，漸漸走入作為柴火、對家裡做最後一個燃燒生命貢獻的角色。而現在剩下的梅子樹，是媽媽後來在七、八〇年代改種梅果較大的改良品種，當時一顆樹苗要價八十元，是媽媽為了孩子將來的打算，花了她好不容易存有的家用錢，先買了二十顆來種，希望未來讓孩子來收成。而她終究不知道是後來世界貿易組織WTO的影響，使梅子價格慘跌，政府沒有配套而讓價格沒有保障。她只知道是大陸的梅子較大，臺灣都向大陸買梅子，所以臺灣的梅子價錢變不好。

這幾年，梅子甚至常因為地區農會補助廢耕或沒有收購，讓部落的梅農必須自行尋找收購廠商。而中間被剝削的利潤與交通不便，造成農民的辛勞及困擾，例如價錢不好，就只好放棄採收，讓梅子自由落地當肥料了。

記得最後一次幫忙採收梅子，應該是兩、三年前的事了！不知道那一次的採收經驗，為何讓我印象特別深刻？大概是那年的梅子特別酸苦吧！當時，我在外縣市一邊讀書，一邊工作，又是來到採收梅李季節的時候……。

媽媽在我晚上的課程中打電話來，「梅子已經開始在採收了，我一個人忙不過來，妳什麼時候要回來？妳愈慢回來，價錢會愈來愈不好？妳回來採收梅子，還可以給妳一些當生活費……。」下課回到租屋處，我很心酸，因為媽媽每年都是這樣的心情，向在外地生存的孩子，提出她一個人在家採收梅李的人力需求與限制，畢竟她一個現在已七十歲的部落老婦女，體力與身體機能也陸續退化了。而還在念書的孩子，總比不上要上班的孩子重要，所以我總是第一個被叫回家幫忙。

當晚下課回到住處想到媽媽的電話，我坐在書桌前淌著淚水在心裡吶喊：媽！不是我不願意回去幫忙採收梅子，我之前也答應妳了不是嗎？不要妳這樣給我好處利誘，我還是會回去幫忙妳啊！為什麼這些年我在外追求學問的過程，變成了我部落生活的阻礙，還是一個家庭的負擔……。

隔日凌晨，我掙扎地爬起床摸黑去搭火車回東部。一到家，馬上換裝，直接和媽媽到山上去。天空下著大雨，我和媽媽兩個人依然冒著大雨的不便採收梅子，她老人家就怕沒有孩子在身邊幫忙，而價錢又更低了。記得，我是在部落山上懷著忐忑不安的心情，用手機向課堂老師請了假，原因是回家幫媽媽採收梅子。

採收梅子的第二天，雖然阿姨也來幫忙，但是我卻難受得好想哭。即使我對採收梅李的經驗已經算稱老手，但是要我進入連日來獨當一面的密集勞動，還是一項考驗。前一天累了一整天，還撐著肩膀拉傷的舊傷，使盡力氣用手上的竹竿打下梅子，或爬上爬下地在梅子樹幹間。但媽媽累到第二天，我必須先送她去市區看膝蓋疼痛的毛病後，再繼續採梅。母女倆因採收梅子，沒有人協助，前兩天都是採合力方式，徒手抬起每一包重達五十、六十公斤以上的梅子，擺放在道路邊上，以利卡車來收貨上車。

梅子採收的分工，通常是大夥先在梅子樹下鋪上一張類似帆布的墊子，好讓打下來的梅子能夠落在墊子上後，再收集裝袋。再來是需要有力的男性負責用竹竿打梅子，女性或小孩負責撿起那未落在墊子上而是掉在周圍的梅子。裝袋前必須先用篩網把葉子過濾後縫袋，最後由男性背起一包一包的梅子，集中放在路邊。

打梅子最辛苦的地方，就是要打下長在最高樹枝上的梅果，身體就必須在梅樹上時常爬上爬下，以調整竹竿的方向，因為梅子樹幹的交錯，會阻擋竹竿的使力角度與高度，也因此我的雙手常被梅子樹枝上的尖刺刺傷，腳踝也因要固定在交叉的粗幹枝上而扭傷，然而當下毫無痛感，或許是我認真地專注做一件事！

家中的兄長長年旅居在外工作，家裡沒有男性分擔負重，尤其是沒有搬運車載運梅子，就必須拜託人家的車子。母親與我的心情總是沉重，她的哀愁比我多上千倍，我是真的可以理解；因為過去她請求別人幫忙而遭受拒絕的經驗，也同樣澈底發生在這次沒有車子載送梅子的這件事上。

第一天，採收梅子時，媽媽就一邊工作，一邊唸著該請誰來幫忙載送梅子，而且去請求幫忙不會被拒絕？我因大部分時間在外面讀書，尋找部落的人際會感羞澀，拒絕了母親要求我去借車子的事。媽媽只好自己一個人去面對。詢問了幾戶有車子的人家，終於有人願意幫忙載送。但因為我又害怕不熟悉的買賣關係，硬是退卻拒絕而讓媽媽和貨車司機一起去商家秤重算錢。當天原本一斤十一元的價錢，在媽媽領到錢回到家裡後，失望而生氣地說：剩下九塊半了……。看著媽媽疲憊的身影我鼻酸了。

第二次要載送梅子的問題，是因為先前幫忙載送梅子的年輕人，要出遠門無法再幫忙載送。然而收梅貨的車子要去很多地方收貨，拖延了時間，加上我們家的梅子還沒用濾網去掉葉子，所以即使我們在山上等到晚上八、九點，外省人老闆就是堅持我們家的梅子沒有整理去葉，他只能載收別人家處理好的梅子，害得母親和我很晚回到家，卻也只能等待隔天老闆再來載運我們和梅子到商家去，然後借商家的篩網來處理梅子。

當天中午前，我就坐在堆放梅子的旁邊等著老闆開車來載，我和老闆兩人合力將梅子抬到卡車上，並且應老闆要求午餐後，再去他們那裡處理梅子的葉子。下午，媽媽原來要找的男性工人都不在家，要不然就喝酒醉。因為她心想說，請個男性一起去店家分擔搬運的負重，也或許是怕我已經負荷不了。

到了商家後，借了篩網，在店門前的廣場，開始把將近二十包的梅子重新倒出來篩掉葉子後，再裝袋、縫袋。怕媽媽受不了，我一直要她稍作休息，是我自己也好想喘息喝水。然而媽媽的勤勞讓她持續勞動，我只好放棄喝水的念頭，繼續搬運及梅子裝袋。這期間人來人往地進出店家門口，偶爾駐足觀看又離開，偶爾上前問候，我們從哪裡來？

梅子篩選裝袋、縫袋完畢，就要開始秤重，商家幾個壯丁走來走去沒有人來幫忙。我和媽媽又合力搬了整理過後的十四包梅子，抬到秤重上，好讓站在一旁的老闆寫下斤數。我臉上與身上不停留下的汗水，是因為剛過中午的天氣出奇悶熱難耐，又混著內心的澎湃與悲憤來的。因為我感覺得到商家的周圍，散發著在一旁觀望、事不關己的氣氛，讓我不喜歡，這跟我小時候大家一起互相幫忙的情景不一樣！因此，為加快速度想結束工作離開，最後我索性一個人連續搬完數包的梅子到秤重上。或許我只是想忍住眼淚，不讓因休息而偷跑出來的情緒洩了我的底，我也不要媽媽那樣辛苦！

秤重後的斤數，在價目清單上一筆一筆成列，拿到坐在店門口旁邊的櫃檯老闆娘那裡算錢，在計算確認後，說：「今天一斤九塊錢。」價錢似乎又被耍了一般，因為前一晚說好是九塊半，今天卻變成九塊。媽媽很不高興地想據理力爭，「那麼辛苦，還不如送到別家！」身為布農族同胞的老闆娘為走避媽媽的抗議，只是藉故打電話跟不知誰人也確認說，今天是九塊錢。媽媽搖頭離開，我只好上前替媽媽代收了錢，還很尷尬地跟對方說謝謝。

第三天，因母女兩人已不堪負重，只好請了一位中年男子幫忙，然而因為他手指舊傷的限制，無法打梅子和背重，媽媽就請他和阿姨負責撿地上的梅子，而母女兩人依舊分擔搬運的角色。

第四天！我累到想逃跑，卻不願意讓媽媽為難。她一個人，沒有車子又沒有男性幫忙，也沒有篩選梅子的器具，同時間部落幾戶梅農都在忙採收，已無法互相支援。我知道媽媽心情難熬、撐著不講，所以那個時候，我必須扮演讓媽媽依靠的角色。

採梅結束後，母女倆坐在馬路一旁聊天，她不經意地說：「要是爸爸還在就好了……。」我該怎麼安慰她？父親這麼早過世，我也很想要一個爸爸來依靠啊！只好試著安撫，以後有錢的話，我要買中古的小搬運車給媽媽開。媽媽沉重而無奈，「我年紀大了，還要這樣辛苦……。」我低頭無語問蒼天！只有承受她作為一個女人的牢騷。

採收的整整四天，只是家裡一塊四分地的面積，還有另一塊梅子園，但因為交通不便，加上我又要回學校上課，只好作罷！在那次採梅的過程裡，我第一次深刻感受到媽媽前所未有的委屈與侮辱，即使我知道過去她都是這樣一個人面對！

後來，我回到了自己平日的租屋處，才驚覺肩膀的舊傷因疼痛而無法舉起，我的肢體布滿了採梅過後的瘀青，手腳也布滿了讓樹枝劃過的刮傷而讓自己怵目驚心。然而，誰又能夠理解媽媽在生理與心理早已布滿的新舊傷痕呢？

過了沒有多久的禮拜天晚上，媽媽打電話來說：「李子有人在採收了！價錢比梅子好很多，妳要不要回來幫忙？拿去一些生活費……。」、「媽，我這次可能沒辦法回去，學校課業很忙，妳要不要先打電話給哥哥……。」

這一、兩年，我陸續進入社會投入工作生產的行列，較難回家幫忙了，只有趁放假時多回家看媽媽。

媽媽說，今年採梅子，妹妹會回家……。

田雅頻

〈Ima ka meiyah dmalyaw teaki lxi skuy dama mu? 誰能來採我父親的箭筍園？〉（二〇一九）

Robiaq Umau，一九七八年生，花蓮縣布拉旦部落太魯閣族。九二年原特四等一般民政錄取，九七年原特三等原行榜首。一一一年政大民族系碩士畢業，論文為〈沉浸式族語教學幼兒園到族語復振〉。目前就讀政大民族所博士班。過去為原民會推動沉浸式族語教學幼兒園、族語線上詞典、族語E樂園計畫起草承辦。

曾以記錄箭筍小農〈Ima ka meiyah dmalyaw teaki lxi skuy dama mu? 誰能來採我父親的箭筍園？〉和以女性觀點描述部落演變軌跡的〈河流悠悠〉兩篇作品，榮獲臺灣原住民族文學獎報導文學類首獎及小說類第二名。

Ima ka meiyah dmalyaw teaki lxi skuy dama mu?
誰能來採我父親的箭筍園？

Robiaq 揮一揮手，抽掉混著汙泥的手套，用乾淨的手抹去即將掉入眼眶的汗水，稍緩一口氣，白玉的雙手又套入汙黑的布手套，隨即再度俐落地捲曲著一百六十八公分的身軀，埋入低矮密麻的竹林。一〇八年的氣候真是詭異，lxi skuy 提早在二月就冒頭報到，原本是值得慶賀的。但連日陰雨、日照不足，花蓮光復、馬遠一帶箭筍產量歉收，新白陽部落山區也沒有倖免。Robiaq 回想起自己和丈夫是怎麼從一個只會動筆動腦的公務員，開始兼差作農，也是一段奇遇。

四年前，夫妻兩人在號稱天龍國之地從事公職，因為父母都已年老，決定一起請調回鄉。當然，這麼喜悅的事一定要在臉書分享。回鄉沒幾個月，到了初春，臉書傳來了一個陌生的訊息，「Robiaq，請問妳們是回到萬榮鄉見晴村嗎？」Robiaq 心想這是什麼問題？在好奇心驅使下，便回，「是的！」那一端又傳來，「是這樣的，妳們有興趣包我父親的箭筍園嗎？我父親的箭筍園就在見晴山上，箭筍季快到了，每年採收期，短短兩個月平均可以賺個十來萬喔！」Robiaq 心想，什麼箭筍園？我又沒做過農？這人該不會搞錯了吧?不過十來萬聽起來滿誘人。電腦一端又傳來,「妳不要擔心啦,我父親的顧客名單都會給妳們,不要害怕沒有銷路。」知道這位陌生姐姐的來意後,Robiaq提出了心中最大的疑問,「姐姐,知道我不是作農的吧?我從來沒有穿過雨鞋入過山耶,怎麼會找上我呢?」電腦螢幕又閃出,「我關注妳的臉書很久囉,我知道妳們夫妻都是公務員,而且妳老公好像很喜歡打獵,會打獵的人就不怕做農啦。」接著又寫著,「其實那塊地過去是我三哥和父、母親在採收,但父、母親年紀大了,膝蓋不好了,已經無法上山。我三哥又在前年去世,我人在臺北,沒有人可以做了。其實很多人也想租,但是我怕我父親會被騙,拿不到租金,我觀察妳臉書動態很久了,知道妳老公是警察,而且公務員跑不掉!」喔,原來是這樣,現在人與人的接觸及往來,透過臉書就可以這麼「貼近」。這需要想一想並跟金雄商量。Robiaq在結束這段網路對談後,想了幾天,這中間,這位姐姐的訊息也沒斷過,箭筍季節將至,希望Robiaq能盡快決定,好約定後續談約及看地。

Robiaq從小就被母親嚴格管教,連放假都在家裡念書,標準念書型的,連菜都很少煮了,更何況作農,自然疑慮比較多。金雄可不同,從小就跟父親馳騁在西林、見晴山區作農及打獵,從父親那習得太魯閣族代代相傳的入山規範,視進山林為入廚房,自然極力贊成。此外，還有一個原因，lxi skuy 有著金雄最難忘的童年回憶。金雄在小的時候，爸爸也有塊小小的箭筍園，無論是山豬、山羌、猴子、飛鼠都愛吃。每到了筍季，父親除了帶著他拔箭筍外、更會教他怎麼在箭筍園作陷阱，不同的陷阱能捕獲不同的動物。他最開心的是拔箭筍時也能捕獲獵物，因為過去家境清貧，看著父親快樂的扛著獵物下山，全家能圍在一起吃著母親細細熬煮的山產箭筍湯，是最美、最溫暖的記憶。後來，箭筍園被漢人租借，變成了檳榔園，那種快樂就不再有了。因此他極力地說服 Robiaq，兩人討論的結果，利用正班之餘將農忙當作運動，流汗兼賺錢，好處這麼多，有何不可？就這樣，兩人開始奇異的箭筍界之旅！

箭筍產地從臺東海線的阿美族部落，往北到花東縱谷的富源、瑞穗、光復；而山線則由中央山脈萬榮鄉以布農族為主體的馬遠村、太魯閣族的紅葉村與見晴村（新白楊部落），一路往北到秀林鄉的銅門及富世村。當然箭筍在各族也有不同的名稱，阿美語叫 laa-Jih、布農語叫 huzuq、太魯閣語則叫 lxi skuy。很少有一種部落農作物，分布範圍能夠涵蓋臺東到花蓮二百公里之遠，跨越了臺東海岸、花東縱谷到中央山脈迥異的地形，形成一個特殊供需的連結帶。這個連結帶，跨越了民族界線，在每年二到五月的春季，周而復始，交織著一個個阿美族、布農族、太魯閣族及漢族間緊密而複雜，為著生存而碰撞、競爭及合作的故事。

第一次入山，Robiaq 很興奮地看著人生第一雙雨鞋，並由著金雄替她戴上潔白的布手套，全副入山的裝備。雖然心裡興奮卻也忐忑不安，車子沿著蜿蜒的產業道路而上，徐徐微風和美麗的山景稍微舒緩了不適。車子開到了前山的制高點，便靠著產業道路邊停住了。往下一看，就是陡峭懸崖和一覽無遺的縱谷美景。金雄說：「下車走吧！」Robiaq 疑惑地問：「走去哪？」金雄說：「往上爬呀！」什麼？一條往上七十度角沿著山壁挖的小泥坑就是路？簡直就是好漢坡！才爬沒幾步，她已氣喘吁吁，汗如雨下，感覺心臟都快跳出來。稍作休息後，好不容易繼續爬到「泥坑」盡頭，一片竹林及另一條只夠一人行走的泥濘小路就映入眼前，這是轉入後山的路。小路因為竹林轉密漸漸遮蔽了陽光而逐漸轉暗，金雄邊走邊用鐮刀清除樹枝，Robiaq 則緊跟著並開始陷入不切實際的「山林

圖一：穿越山路的箭筍園。（田雅頻提供）

浪漫」，幻想著蛇或古怪精靈的出現！約莫半個鐘頭，bagi的竹園終於到了。但是，要拔什麼？怎麼拔？好多問號，看不懂！金雄細心指導說著：「妳看，仔細看竹子下面，有小竹筍冒頭，妳只要緊緊抓住，並左右擺動它，再往上一抽，就拔起來了！」Robiaq瞪大眼睛蹲下來看，「在哪裡？在哪裡？我看不到。」「這個，妳看！」金雄邊說邊俐落地蹲下，拔轉露頭的箭筍做示範，不一會兒，就將箭筍放入了腰側的麻袋。Robiaq試著拔另一個，怎麼都拔不起來，說著：「手好痛，我拔不起來，好硬！」「那妳就拿這個小刀子，把旁邊的土稍微挖一挖，再試著轉轉看能不能轉上來。」金雄體貼、耐心地教著。採了半天，金雄已採了兩個背袋量，Robiaq才採不到五分之一袋，一方面怕泥土、怕髒，又怕蚊、蟲、蛇，總之想了太多會嚇到自己的東西。

約莫三個鐘頭後，兩人拖著疲累的身體和兩背袋的箭筍下山，到了家，趕緊電話聯繫「顧客名單」，好不容易撥通了第一個客戶叫金匠，是年約七十歲的閩南人。原來他早就開著貨車在部落筍戶間穿梭尋找貨物，不一會兒就趕到，車上滿是一包一包的箭筍。金匠走進庭院，翻開兩人「費盡心力」採到的箭筍，皺一皺眉，說著：「你們還沒大出厚？」Robiaq心想：大出？是什麼？聽字意，應該是「大量產出」吧。「應該沒有！」金雄回答。金匠翻了翻，然後說：「這些箭筍都還太小，沒有肉，你們太早拔了！而且還拔到斷掉。有的空空的，被松鼠咬了洞，這樣都不行喔！」邊說邊把「不合格」者丟出袋外。哇，沒想到「箭筍業」也有那麼多「規則」要注意啊。幾經喊價，金匠用很便宜的價錢買下了。看著金匠離去，兩人互相交流很累的眼神，「我們還是等它大一點再拔好了！」金雄說著。

隔了約一週，第二次上山，一甲的山地遍布著箭筍，終於知道「大出」的美景。Robiaq 這次興奮極了，已不再浪漫幻想，腦海突然蹦出一首小時候常聽到經典臺語歌曲的口白：「眨萬摳，為兜眨萬摳啦！」拚了！Robiaq 背著背袋埋頭苦幹，睜大了眼睛、蹲下了身子，使勁地拔！感受到，要從大自然取下任何東西，必先謙卑地向大地下跪膜拜。她的拔筍姿勢正是如此，跪著才能拔得快，把身體壓低到近乎土壤的高度，才能看清楚竄出地表的筍子，幾乎就是「擁抱大地」。而金雄也興奮地聯繫臨時工。那一次，滿載著四個麻袋、約兩

圖二：箭筍大出。（田雅頻提供）

百公斤的箭筍下山。回到家裡，已有陌生人開著貨車在屋外徘徊張望，原來是和金匠一樣來部落尋找箭筍的廠商。談妥價錢，一一搬走需要的量。等金匠到的時候，只剩一包，他依舊表情嚴肅仔細翻看袋內的箭筍，然後說：「這些都不要！」兩、三個從馬遠來此，在一旁休息、喝著保力達的布農族工人，也愣了一下。Robiaq 心想，筍子不是愈大愈好嗎？小的也不行，大的也不行？「要長到差不多保力達與啤酒瓶間的長度，這些都超過啤酒瓶了！」金匠說著，口氣十分不悅要離去。金雄隨即與他周旋，最後，金匠很勉強地用低價收下箭筍。又有一次，與金匠約好了看貨，金匠竟然失約未到，電話也失聯。Robiaq 夫妻因為之前答應要賣給他，注重信用的兩人推辭了其他買主，兩、三百公斤的貨物等著他來收。兩人苦等著，眼見天黑，著急不得了！因為這些野生未施肥的箭筍，一旦離開土壤，鮮度與賣相就開始與時間賽跑。隔日才賣的箭筍，筍底會發黃，泥巴顏色會乾躁轉淡，有經驗的攤商從筍底及筍上泥土顏色一看便知，所以一定要「當日採，當日賣」。當下 Robiaq 急著跳腳，但太魯閣不服輸的戰鬥魂燃起，讓她無法坐以待斃！不行，要主動出去找機會，顧不得衣服早已溼透且滿是泥濘，催促著金雄開車把箭筍載到光復臺九線旁的「箭筍街」，一一到檳榔攤拜訪，拜託攤家對新白陽箭筍能施捨一點憐愛。

花蓮縣最有名的箭筍產地是光復鄉與萬榮鄉馬遠、紅葉部落，不管是質、量，都很穩定，尤其在鄉公所長年宣傳下，有極好的知名度。但筍質還是有所區別，光復的竹園普遍海拔較低、有施肥，外觀白胖，賣相最好，吃起來缺竹香味；而馬遠、紅葉等中央山脈一帶，多為野生箭筍，海拔較高、未施肥，味道清苦竹香濃厚。另外還有紅毛、黑毛的分法，馬遠地區因為海拔較高，殼較重、較硬、較難剝殼，箭筍表皮覆蓋黑毛；而新白楊山區，海拔略低馬遠，箭筍表皮多覆蓋紅毛，殼較輕、較薄、較易剝殼。還有一種是「傳奇」等級的，秀林鄉大同、大理的箭筍，位於深山，生長環境最為原始，但產地遙遠、運費非常高，很少流入市面，吃過的人很少，所以它的美味只能靠「傳說」自

圖三、四：採筍。（田雅頻提供）

行想像。而孰優孰劣，全看老饕們愛什麼味，各有所好！新白陽這個部落，原本人口就少，加上外流嚴重，山上許多荒廢竹林都無人採收。留在部落的年長者，就算採收，也是以自己食用的量一點一點採，流入市場的少，因此很多攤商並不知有新白陽箭筍。

Robiaq 夫妻沿著光復臺九線一一拜訪箭筍攤商，「老闆，要不要看看我們今天剛採下的箭筍?很新鮮、很漂亮喔！」金雄大聲喊著。「箭筍街」的攤商大多是阿美族，所進的貨當然大多來自光復鄉，等到光復產量變少，適逢馬遠、紅葉大出，才會開始向兩

圖五、六：豐收。（田雅頻提供）

地進貨。因此看到第一次「沿街叫賣」又不像作農的 Robiaq 夫妻，覺得很奇怪，還懷疑所載的箭筍是贓物。有的攤商連看都不看就拒絕，有的則問：「你們是哪裡的貨？誰的貨？」Robiaq 說是見晴新白陽山區的時候，攤商都有不可置信的眼神，彷彿在說，那裡有嗎？妳給我騙？幾經金雄懇切地說明，並且保證如果不信，可以帶他們上山看產地。另一方面因初期的箭筍賣相極好，才漸漸獲取信任，談成一筆一筆的生意。阿金姐就是其中一家檳榔攤老闆娘，是在地的阿美族，看起來有六十好幾，她的檳榔攤除了檳榔外，還擺設了很多季節性的農特產。她為人非常爽快，先打量這對夫妻，問明了箭筍出處，再稍微看看筍質，就全收了下來，她對二人說：「以後千萬不要賣到隔壁攤喔！只能賣給我，我全要了！」有時候到了約定送貨的時間，她真的會跑出檳榔攤，在臺九線上觀察，「嚴正以待」並監督著，看看金雄的車輛有沒有跑去別攤。而作生意這回事，經過了金匠事件，夫妻學會了，除了信用外，不把蛋放入同一個籃子以及不得罪客戶，都是很重要的原則！一個客戶如果一直跟你要貨，你都不能賣他一點，久了就結仇了！為了能兼顧其他客戶，偶爾還是會拗不過其它攤商一再拜託偷賣，但看到阿金姐直挺挺地站在臺九線上，兩人只能在臺九線上一直繞圈子，繞到自己也覺得太過明顯，在車上失聲大笑，最後還是被發現了！還有幾次箭筍被別的廠商到家裡給攔截了，沒辦法給阿金姐補貨，阿金姐很生氣地在電話那端罵：「你們詐騙集團啊！不要再騙我了！」過了幾秒又打來一百八十度溫柔變聲：「下次一定要給我喔！一定喔！」如果貨不漂亮，她也頂多嘀咕幾句：「這樣我沒有賺錢呢！」不至於像有些客戶罵得刻薄，更不隨意殺價或退貨，因此變成 Robiaq 的優良客戶。一〇八年因為氣候異常，光復一帶箭筍歉收，整個清明假期就鬧箭筍荒，其他攤商都沒貨了，一攤一攤的收，只有阿金姐有不斷的貨源，就是阿金姐平常為人和氣，Robiaq 情義相挺的緣故。

如果以產季初期到清明節前高價位的平均值來計算，箭筍每公斤一百元，若日產兩百公斤，等於當日銷售完畢後，小農就會有兩萬的現金收入，這對花蓮縣平均兩萬五千元的月薪族來說，是相對可觀的。因此也常常引來圖謀不軌的宵小覬覦，利用夜間盜採箭筍。特別的是，具治安管轄權的鳳林分局也體恤小農辛苦、回應小農需求，特別在筍季增加「護筍勤務」，加強筍區巡邏，嚇阻盜採。

在幾經挫折經驗下，Robiaq 的心得是：產季雖然才短短二至三個月，精神及時間的安排卻是非常緊繃壓縮，要面臨一重一重的難關，還得用智慧一個一個克服。還沒採箭筍前，要看老天作美不作美，擔心氣候影響產量。等天公作美了，產量大出了，又要苦尋入山的人力，但往往找不到工人，尤其是需求量最高的清明連假，反而會鬧箭筍荒，因為原住民樂天的個性，寧可團圓喝酒，開再高的價錢也沒有人願意上山。而就算克服了前面的困難，箭筍也順利下了山，要趕在三、四個小時後天黑前賣出兩、三百公斤的貨品，又是另一種高壓。即便貨品賣出，還得處理及安撫客戶打來的抱怨電話，諸如箭筍太短、太細、太長、太粗、太老、太綠，甚至要求退換貨等。

在銷售的部分，夫妻倆同樣也做過很多嘗試。第二年開始想試賣已剝殼的箭筍。箭筍的行情幾乎是每週波動的，平均說來，一般未剝的行情價是一公斤一百元，已剝的行情價一斤是三百五十元。感覺上賣已剝的賺的錢會更多。兩人曾經應朋友邀約帶著五百斤真空包裝好的箭筍上臺北市華山文化園區參加原住民族農特產品促銷活動，後來驗證這是個可怕的錯誤！因為當時新白陽箭筍尚未到大出時節，貨源不足，金雄先向馬遠友人調了三百公斤的貨，加上自己的三百公斤，在出發前三天，日夜不停趕工請剝工接力剝殼，並以真空包裝，一

圖七：剝殼後真空包裝。（田雅頻提供）

天睡不到兩個小時，做到眼睛一開就是箭筍，一閉眼也是箭筍，累到不行。出發前，還先聯絡北部友人租借冷藏室，以為一切準備都做足。然而錯估華山這個場地出入的民眾多是外食的年輕人，加上北部人對箭筍非常陌生，兩天勉強賣出了兩百斤，剩餘的三百斤留給友人寄賣，但最後仍因箭筍遇熱不易保存，全都變質遭友人丟棄，夫妻倆無力上北部辨明真偽，只能忍痛認賠！

這次經驗讓兩人很挫敗，但冷靜想想，反正真空包裝機都買了，包裝袋也買了，還

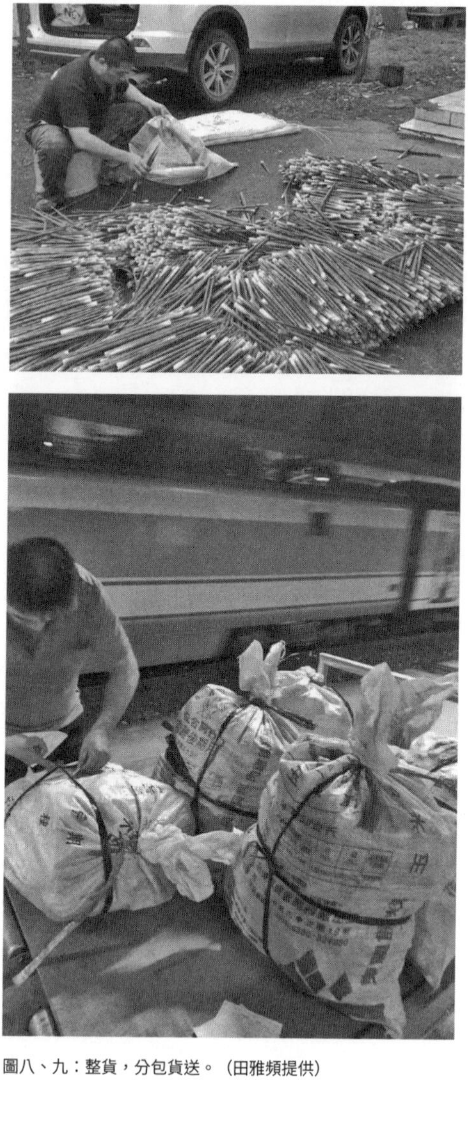

圖八、九：整貨，分包貨送。（田雅頻提供）

為此買了大冷藏櫃來放箭筍。Robiaq 整理起心情，開始透過臉書接單。但畢竟還從事公職，時間有限。雖然客源也不少，每天下班後得先趕回家結算當日箭筍採收量及發放工人薪資，然後開始配貨，接著趕著送貨給大盤商及小攤商。等都忙完了，就開始跟工人一起剝箭筍，常常從七點剝到凌晨三點，睡三個鐘頭，再起來包箱宅配，整理臉書上的訂單，記錄每個顧客的宅配資料、宅配需求、匯款紀錄，還要兼顧客訴。除了拔筍是金雄處理外，Robiaq 真的是「一人公司」！她自嘲著，真是太可惜了，如果不是公務員，哪個公司若用到我一定賺大錢！而因為有前次北上促銷慘痛的經驗，當某機關為了幫助筍農，召集筍農到臺北辦理促銷活動的時候，兩人決定不參加！後來聽到布農友人抱怨，主辦單位為了讓他們有更多的銷售量，所以建議筍農能事先用真空包裝，而不是如往年現場剝殼方式促銷，同時也承諾會用冷藏車載運，結果竟是用資源回收車運送，以致部分箭筍在載運過程中變質，造成筍農損失。政府本是善意，但未設想周全，就成遺憾了！另一個是縣府認購，一樣也是美意，不過核銷流程曠日廢時，四月分就完成出貨，筍農還得先自行吸收工錢，拿到款項卻要等到七、八月分！有了這些經驗，Robiaq 不再參加政府辦的任何促銷活動，以自己採收一季約五千公斤的產量估計，只要能認識二、三名大盤商並維持良好的關係，直接賣出最快，所花的時間及成本也最少。

Robiaq的好友小玲是光復太巴塱部落的阿美族，她告訴Robiaq，在她小的時候（七、八〇年代），父親是太巴塱的村長，所有的筍農都將箭筍送到家裡的廣場，由她父親統一收購並對外銷售。她見過箭筍業的「榮景」，看著數以萬計的箭筍一卡車、一卡車地往外送。後來發生很嚴重的事，有一個漢人廠商一開始都很規律地給款，取得她父親的信任後，便要求將箭筍先載去賣，事後再付款。原住民的長者非常單純並且重信用，認為對方也會重信用，因此答應了他。漢人廠商用卡車載走了大批的箭筍，但從此就沒有了消息。在七、八〇年代，不如現在有手機、ＬＩＮＥ、臉書、道路攝影機，要找人非常容易。在那個年代，人若有心不見，就很難找到了。經過那個事件，她的父親非常難過，信用掃地，筍農對村長也很不諒解。此後，不再由村長作為統一的對外窗口，而是各自尋找銷售的管道。

另外，臺東的小景，也是阿美族人，在臺東市場從事農特產品及箭筍買賣，算是承繼父職。他們幾乎整個家族都在市場以買賣農特產為生。在箭筍季的時候，小景的角色比較像大盤商，除了在市場自己的店面販售以外，也會批貨給市場其他的攤商，但批的對象大部分是家族內的成員。她偶爾也會接餐廳的訂單，因此每日都有兩百公斤以上的需求量。Robiaq與她認識也是透過臉書，因為小景急著要貨，第一次的交易，Robiaq

和金雄還特地連夜從花蓮南下，開了三個小時的路程，到臺東市區送貨。兩人在熟悉並了解彼此的交易模式後，便放心地將箭筍藉由火車貨運到臺東。Robiaq 萬萬沒想到，新白陽箭筍能跨過中央山脈、花東縱谷在臺東平原熱賣！

而在花蓮重慶市場的林大姐是箭筍的大盤商，也是阿美族人，每日的需求量也差不多落在兩、三百公斤，她將貨配給重慶市場各個箭筍攤商，也賣到鄰近鄉鎮的檳榔攤。但是由於重慶市場賣的對象多是漢人的家庭主婦及饕客，比較會挑貨，相對的，林大姐對於箭筍的品質要求就特別高。

一個尖叫聲劃破山林，讓 Robiaq 的思緒回到現在，並停止了手邊的工作，走出了低矮竹林，向尖叫聲趕去。為了要趕小景的貨，又找不到工人，不但自己請了假，也請妹妹過來幫忙，怎麼還沒半小時就尖叫？莫非中獎？正納悶著，看著金雄腰上圍了一圈「小青」輕鬆地走了下來，就明白尖叫聲所為何來。Robiaq 說：「吼，你又拿什麼嚇人！」金雄燦爛地說：「我要把牠放麻袋裡帶回家，這個沒毒啦！」Robiaq 心想真受不了，家裡已經不知道有多少蛇了！妹妹則在旁笑著說：「我看到蛇才叫姐夫抓的啊！」Robiaq 回：「妳就這麼厲害，第一次上來就看到蛇，我來了那麼多次還沒自己先看到過！」Robiaq 再問：「隔壁古哥有上來嗎？」金雄聽到「古哥」兩個字笑得更狂了，「聽說他昨天拔箭筍時，屁股不小心刺到竹子流血了，氣得一個人自言自語對著箭竹罵了快半小時，應該暫時不會上來了！」Robiaq 說：「不會吧，那麼慘，他的屁股！」古哥也是位警察，比金雄晚一年回鄉，看見金雄熱中於採箭筍，也開始在筍季採收自己荒廢竹林的箭筍！Robiaq 說：「還笑人家，我上次不也刺到膝蓋，真是痛死了！咦，後山的阿姨今天有過來採嗎？」金雄回：「早上有來啊，她那塊地比較陡峭，猴子很多，她的箭筍都被猴子拔壞了，她氣得要死，還拜託我有空去她那裡開幾槍，嚇一嚇猴子！」Robiaq 應：「真可惜！猴子又不吃，只愛拔，還好我們這裡沒有，光聞到你的味道就跑得遠遠的吧，獵物殺手！」兩人與鄰地的筍農自然地結合成特殊的巡守團體，互相幫彼此守護著土地。過了一會兒，金雄催促，「都快一點了，肚子好餓，休息一下，我煮東西給妳們吃！」說完隨即進入工寮，不一會兒就像變魔術般，火生起來，接著在火上架了鍋子，倒入從山下帶的桶裝礦泉水。等待水滾的同時，又俐落地將帶來的豬肉切片塗上鹽巴、用竹子串起，沿著火邊架著烤。金雄說明：「這就是我們過去沒有烤肉架、烤肉夾時，太魯閣傳統獵人的烤肉法。」等水滾後，就將麵條及 Robiaq 已剝好的箭筍倒入鍋中，沒一會兒的時間，完成了太魯閣式豐盛的山林午餐。

享用完畢，Robiaq 讓妹妹先回家，自己捲起了袖子，用工寮外大桶子裡積的雨水沖洗了手，接著把褲管撩起來，讓腿上一點一點紅紅的傷口透透氣，這時候已累到麻木、不覺癢痛，但是紅點那麼明顯，不知會不會留疤？Robiaq 前幾個禮拜採筍時，被不知名的蟲咬傷，整個膝蓋遍布一點一點紅腫的傷口，起初不以為意，後來又癢又痛，並且不斷流著血水。醫生診斷有可能是給疥蟲咬的，一被這種蟲吻，若處理不好，致命性可是很高。醫生給 Robiaq 吃了特效藥，但是因為 Robiaq 還是要繼續上山農忙，傷口反覆發炎，也挨了不少針。金雄走了過來，「唉，傷口有好一點嗎？叫妳不要上來妳還來。」Robiaq 應道：「不行，我不上來，你又找不到工人幫你，答應小景要出的貨怎麼交？小景也答應別人要給貨，我不能不供貨給她，今天一定要採到她要的量才停止。」心一橫，快速著裝又潛入竹林。

約莫到了傍晚五點半，天色漸暗，兩個人檢視採量已達小景要的四包大麻袋（約兩百公斤），便準備一包一包運下山。這時山上已飄著細雨，兩人都淋得溼溼的。運了兩趟後，金雄因為口渴，看到地上有保特瓶，便把保特瓶用水洗一洗、裝了桶裝水飲用。Robiaq 早在停車的地方淋著雨等了許久，今天就是覺得莫名不安！好不容易盼到金雄從好漢坡頂端背著最後一包箭筍出現，才安心地騎著機車沿著山路先回家。到了家，洗了澡，正在房間吹頭髮，想著等會兒就快去把箭筍分包載到火車站寄給小景。隱約聽到金雄車子的聲音，人走進浴室。沒多久，又聽到微弱的聲音，「老婆，快來！」Robiaq 覺得怪怪的，趕到浴室去。第一次看到強健的金雄雙膝跪地，想要站卻站不起來。Robiaq 緊張地問：「你怎麼了？」金雄回：「我……我不舒服……快帶我去醫院，快！」Robiaq 此刻顧不得驚慌，趕緊扶著金雄，換上乾淨的衣服，扶上車，再開車前往最近醫院！Robiaq 不斷問：「你怎麼了？哪裡不舒服？」金雄僅回：「我快沒辦法呼吸了……好像中毒了！」到達醫院急診室跟醫生說明情形後，醫生趕緊處理。此時金雄已經開始全身不自主地抽搐、口吐白沫，醫生連續給金雄打了四種解毒劑才稍緩抽搐症狀。推估金雄在山上飲水使用的空瓶內有磷的殘留物才會造成中毒，並建議轉送慈濟醫院。待完成轉院，金雄狀況穩定後，Robiaq 才有空閒處理自己的驚嚇與悲傷，跑到急診室外哭泣，然後擦乾眼淚繼續照顧著金雄！好笑的是，沒一會兒，金雄長官傳了簡訊，「金雄為什麼自殺？為什麼有人在臉書會ＰＯ？上面要調查了！」Robiaq 其實早知道警務人員的ＦＢ都被監控著，心想：都分身乏術了，誰還那麼無聊亂ＰＯ文？引來一堆奪命連環電話及簡訊。後來金雄的長官傳送截圖，原來是金雄的好友在臉書開玩笑，「親愛的兄弟，你為什麼要想不開、服農藥自殺？當警察壓力這麼大嘛？」這個荒唐消息還傳遞得很快！據說葬儀社的幾組人馬都已經到家門口搶生意了。Robiaq 最後只能用同樣的管道，在臉書報了平安才止了謠言！

到凌晨四點，金雄還在熟睡，Robiaq 從三個椅子排成的「床」起身，整個身體腰痠背痛，昨晚在金雄狀況穩定後，就一直惦記著小景的箭筍還沒有寄出去。「妳明天一定要給我喔，我答應了一個餐廳，那是我的大客戶，明天他們要接一個旅行團的遊客，指定就是要吃箭筍，如果箭筍沒有到，我就慘了！」想著小景的話，硬是起身又開著一小時的車，從醫院回家，整理好箭筍後，便送往火車站。每日從花蓮到臺東的貨運火車只有早上八點多那麼一班，所以一定要在八點前送達。Robiaq 到的時候才六點，看見年輕的站務人員便說：「先生，可以通融我寄貨到臺東嗎？」站務人員回：「妳太早了耶。」Robiaq 懇求，「可否拜託你，因為我先生還在急診室，我得趕回去照顧他，我的客戶早上一定要拿到貨，可以拜託你幫幫我嗎？」站務人員回應：「好吧！妳先把東西搬進來，再填單。」Robiaq 吃力地獨自把箭筍一一抬進站務員指示放置的地點。年紀略大的客家站長看到了，竟然突然開始對 Robiaq 吼叫：「現在幾點！」然後叭啦叭啦……。Robiaq 自己也是公務員，但畢竟有求於人，心想：忍一忍，只要東西能寄出去，小景能順利收到就好！誰知 Robiaq 填寄件單的時候，站長又跑來吼，Robiaq 說：「對不起，對不起，我以後不會了！只是我老公現在還在醫院等我照顧，請您通融……」話還沒說完，站長又吼著說：「妳老公？妳老公又怎樣？妳老公來也沒有用！」Robiaq 原本已極度忍耐，眼淚早在眼眶打轉，直到站長說老公如何如何，如此「殘忍」的話，豆大的眼淚終於止不住滾滾而下，眼淚一邊滴一邊寫，還怕淚水化了字墨。年輕的站務員看了不忍，趕緊過來受理，待 Robiaq 填好寄件單，向 Robiaq 收取運費。哪知，站長看到站務員受理了，抓狂不停地飆罵他。Robiaq 把寄件貼紙一一貼在貨品上，離開時，走向車站櫃檯，小聲地跟站務員說：「對不起，害你被罵了！」站務員回以無奈的眼神並揮一揮手，示意 Robiaq 快走。Robiaq 在開車回醫院的路上，連日身體的不適、壓力、疲憊、驚嚇及站長給的羞辱全湧了上來，待情緒發洩完，太魯閣的戰鬥魂又燃起！心想：到底為什麼要被罵？怎麼說我也是顧客，你可以拒絕我，但怎麼可以這麼無理飆罵羞辱我？難道就看我是一個小小筍農？結果，當天幾個花蓮臉書社群都貼有一篇由小農發布，文情並茂且名為〈站長發飆〉的文章，引來花蓮網友紛紛留言譴責，還有記者要求索取影音畫面要在新聞媒體露出。但 Robiaq 還是讓文章露出一天後就下架，相信經過網友的熱列討論，訊息已經輾轉傳遞給了站長。而這樣的揣測也在後續寄貨時，站長及站務人員熱心服務的態度，不證自明！

Robiaq 常想，新白陽箭筍是野生的，難道能夠要求祖靈將幾萬枝箭筍客製成一模一樣的「優等品」嗎？「優等品」是誰在決定？是市場機制？還是人性慣有只看外表的虛榮？雖然自己在賣箭，但漂亮的「箭寶貝」都賣給了客戶，即使「細級品」、「綠級品」，也是給工人帶回家，自己捨不得吃。因為，她從工人要離去前望著箭筍渴望的眼神中知道，除了辛苦一天的薪資外，他們也渴望帶回一把鮮甜美味的箭筍，在多雨的初春，乍暖還寒的夜晚，全家共享一鍋的溫暖。在一次抱怨電話引起的氣憤之下，她實在太想知道被人嫌棄的「淘汰品」究竟多難吃。細細烹煮著那滿滿的、滾動的、澎湃的、混著綠綠細細箭筍的湯品，聞著箭竹混著排骨香味從鍋中冉冉上升的熱氣，緩緩地喝下一口湯，咬下一塊細筍，竹子的氣味瞬間在脣齒間爆開。Robiaq 眼淚流了下來，她真為這些混著汗水辛苦採下的箭筍抱屈。這就是「人間美味」吧！藉由口中的湯汁，迴盪在脣齒中的暖流，漸近滑入舌頭、喉嚨、食道及腸胃，然後蔓延到體內的千千萬萬血管內奔騰，感覺祖靈天大的恩賜！

以自己大半人生在臺北生活及外食的經驗，她太清楚這樣的區別。過去在北部，常與朋友相約下班後去品嚐美食，吃完後總有噁心反胃感，那是添加太多化學物的關係。只要是天然的，當日新鮮採集的，就是各式化學添加料也無法複製的天然美味！但當這樣祖靈的恩賜進入了世俗的市場機制，賣相與外表凌駕一切，並以金錢來衡量，人們很難真正去了解、體會並且珍惜自己究竟吃了什麼。

他吃的，絕不只是一斤三百五十元到兩百元的「昂貴」食材，而是來自祖靈的禮物，通過了原住民小農粗壯的腿、結痂的手，爬著崎嶇蜿蜒的山路，揮著汗水、淋著雨水，甘冒蛇吻、蟲咬、竹刺、中毒、身體奇癢及跌落山崖的風險，像祈求祖靈恩賜般，向大地膜拜般地跪著，從泥濘的地面拔出一根一根的箭筍，整理好放置到一個又一個的麻袋，再一包一包的沿著山路扛下來。然後，賣給大盤商，再輾轉由第一線的攤商、菜商忍受扒破無數手皮的疼痛，剝殼、分裝，才能由消費者購買，帶回家入菜上桌品嚐！

有的原住民小農，除了打臨工及領取政府補助金維生外，一年之中，就在等待著箭筍季到來。它是原住民小農的希望，更是各市場菜商以及臺九線沿線數以百計檳榔攤能短期增加收入的小確幸！

一〇八年五月天氣轉熱，箭筍季節束了。兩人依約將租金交付給地主 Bagi。Bagi 笑著說：「金雄，這塊地以後就一直租給你啦！我也不會再調高租金，你們好好做就好！」金雄與 Robiag 相視而笑。一〇八年的氣候是如此異常，採收的意外狀況也特別多，讓兩人覺得分外辛苦。Robiag 招蟲咬後總為疹子反覆發作所苦，金雄自中毒事件後，身體也常感疲倦尚未康復。在告別老人家後，Robiag 問：「明年，你還要再拚一場嗎？」金雄說：「妳呢？」看著金雄手臂上大大小小被箭筍劃破的傷痕，Robiaq 心一扎，沉默在兩人之間。明年新白陽箭筍會不會再出擊、再流入臺東平原，至少目前，沒有答案！

後記：

謹以此文送給所有為箭筍奮鬥的筍農及攤商，謝謝你們的堅持，將大自然最美好的禮物 lxi skuy 繼續帶給世人！

胡信良

〈Swali 幸運的星期五〉（二〇一七）

〈菸斗〉（二〇一九）

Lulyang Nomin，一九七九年生，桃園復興區巴崚高岡群流域依苞部落（Ibaw）泰雅族。就讀臺北大學文化資產研究所。

作品以小說及散文見長，曾獲臺灣原住民族文學獎小說首獎、散文首獎等獎項，也榮獲臺灣文學獎、鍾肇政文學獎、吳濁流文學獎、臺中文學獎、後山文學獎、夢花文學獎、教育部原住民族語文學獎小說及散文獎等。

自喻「左手寫漢語，右手寫族語的部落人，拿過幾個獎項，但ㄅㄆㄇㄈ常常拼不準，卻很努力學習羅馬拼音的ＡＢＣＤ。」，很努力要找回祖先的舌頭，嘗試從泰雅的神話傳說與耆老口述中融入自己的文字。近年，在河岸邊開了一間達邊岸部落書屋，擔任達邊岸園丁，作為文學築夢的基地。

Swali 幸運的星期五

連續四個星期五，我陪伴 yutas Swali 走訪一棟棟的千萬透天豪宅，也見證他最後幸運的星期五。

第一個星期五

「去哪裡你，yutas？」「我要去平地看房子。」「沒有人載你啊，要不要我載你？」「aw’ga[1]，謝謝你。」yutas Swali 獨自走在部落的產業道路上，一如當年那位年輕的獵人 Swali 背著 tokan[2] 走在部落古道，盛滿了山鼠、yapi’[3]、白鼻心、竹雞等中小型獵物，從下部落走到上部落，一路分送給迎面而來的族人，不到家門口，背上的 tokan 就成為空籃。但這一天我看著他瑟縮的背影與 yutas Swali 兩個瘦小的兒子疊映在一塊，成年的大兒子 Utaw 和肩胛骨未及成熟的幼小背部 Takun，宛若水泥模板的型模倒灌出來的模印般的背影，獨自行走在 qalang[4] 的產業道路上。

那一年，兩個孩子為了支付K他命的高額費用，被迫投入犯罪結構體家族的旗下，冒著被山林警察追捕的風險，違入新竹後山遍設防盜紅外線的司馬庫斯巨木群，然而，他們攜帶的不再是一把把還未被大法官釋憲後同意改造的洗得釘單發獵槍，而是田中牌二十英吋引擎鏈鋸，和 klmukan 的老闆，在深夜砍伐檜木和紅豆杉去背樹瘤。

也許 utux Kayal[5] 不願意佑護盜伐山林祖地的行徑，在插天山埡口出山前，旋即被埋伏的林務局巡山員和警員逮捕送辦，判刑三年半的牢獄入監服刑。從此，Swali 隻身獨自一人生活，連從打利幹部落下山到大溪平地，沒有兒子可以為八十歲的他接送，除了免費公車勉強延伸了他的生活範圍。

「yutas，到大溪啦！你要辦什麼事嗎？」「好，停在街口就好，自己我一人去辦一

---

1 aw'ga：泰雅語，「好啊」之意。
2 tokan：為男子狩獵所背負之網袋，用於盛裝獵物，便於在樹林中穿梭。
3 yapi'：泰雅語，「飛鼠」之意。
4 qalang：泰雅語，「部落」之意。
5 utux Kayal：泰雅語，「祖靈」之意。

下事情 lha。」yutas Swali 囑我停在街口，縱使耄耋之年，趁我不注意時，只一個閃身就如同飛鼠輕盈的薄翅，支撐他瘦骨嶙峋的身形，飄入街衢內。

yutas Swali 鑽入巷角時，我從車內望著他的身形，兀自回憶起 yutas Swali 一路上笑裡銜著溫熱的兩行淚水所談起的一對兒子，「我本來心裡是想和兩個兒子斷絕關係，他們那裡的井水邊的水不要跨越到我這河邊的水。」「yutas，是井水不犯河水啦。」我心暗忖，從他身上流出的血脈，連在同一個父與子的心上，要井水不犯河水，談何容易？但 yutas Swali 還是很樂觀地認為，utux Kayal 總給予他兩個兒子好運，這麼多次挾鋸入山，只有一次被山林警察抓到，堅信兒子們上山是去打 yapi'。

yutas 坐在貨車副駕駛座上，車窗玻璃倒映出他清臞的臉龐，眼角上有幾顆晶瑩的光點在閃爍著。

第二個星期五

yutas Swali 看著車窗外，微風竄入他深沉的皺紋裡，再一次娓娓道來 Amuy Rorau

的故事，這一則被家族口述吟唱傳頌了至少六個世代，聽得我雙耳都快醃成 tmmyal[6] 的口傳故事：

「距今快一百五十年前，後山 Mkgogan（高岡群）六大社 mrhuw 組成了 Mkgogan 歷史上最大一次的 qutux phaban[7]，並發起六社共獵團，對諸羅縣鄰近山區的客家庄發起大規模的異族馘首祭。我們的祖先 Nawi 帶回了客家人的遺孤 Amuy Rorau，但在 Kawilan 部落時，其他 qalang 的 mrhuw 堅決要將時為年幼的客家女孩 Amuy Rorau 馘取首級，然而祖先 Nawi Tana 擎著獵刀守護著 Amuy Rorau 使她免於遭難……。」

像銜在櫻花枝枒上搖搖欲墜的粉辦，險被馘首的 Amuy Rorau 被祖先 Nawi 救起，yutas Swali 的心如此篤定，這是他前幾代的好運氣，若 Amuy Rora 被馘首，那麼，就

6 tmmyal：泰雅語，「醃肉」之意。

7 qutux phaban：泰雅族攻守同盟或各社聯合。

沒有我們這一代的存在了，也就不再有我坐在豪華車裡聽這真實而生動的故事。yutas Swali 仰仗這口傳事件，為他帶來更好的運氣，深信不疑地認為 Amuy Rorau 的好運會一再地庇蔭著他，買下三連棟的大溪透天厝。

「yutas，你的 pila[8] 從哪裡來，是不是又像上回賣地，要變賣來買外面的房子？」

「還沒，等事成了，我再告訴你。」

「你要小心！yutas，最近詐騙集團很多，上次那個 mama[9] Kawi 就被騙很多錢了，退休金都從ＡＴＭ吸走，連理智都被抽光，最後，他不甘一生積蓄被騙走，就喝巴拉刈走了 kiy！」

「就是反正了 pi'～小孩子問那麼多做什麼，幫我保守比國家機密還機密的 qalang 機密 ay！你就順便節哀你的 mama Kawi 啦！」

「yutas，是節．哀．順．便，你又唸反了；總之，你還是小心點，有什麼問題就到區公所來問我，先來跟我確認一下的好。」

yutas 心中隱藏的祕密，即便在巴拉刈的劇毒腐蝕下都無法保存下來，yutas Swali 的一生仍然覆蓋著白色恐怖時期的陰影，是那一段被家族列為禁忌般的往事，雖然家族緘口不提，但小時候只要到了飯後，常常坐在陰涼的樹下聽他講起「mtzywaw plkwi zywaw」（白色故事）：

某夜的晚膳時間，他的 rawin[10] 突地被卡其色制服的警總憲兵帶走的黑暗時光。此行一去，廿年。yutas 的父母仍然在晚餐時，總是擺上同一副筷子，沒有人去質問過也不敢過問，更沒有人願意去探尋 rawin 的生死。廿年後，rawin 從綠島被釋放回來，額首髮白得如同卡普山頭白雪霜霜，鬢角兩邊白鬚遠比插天上山的白雪還更瑩白。但為時已晚的是，yutas Swali 的 yaba[11] 已經永遠不知道，他的兒子終於回到同一張餐桌，與大家共進晚餐。

「yutas，你們家族怎麼會無端被捲入白色的故事？」

「這個啊……都是 rawin 交錯朋友，被人慫恿加入這白色的事情。」

聽部落的耆老們提起這件事，廿年冤獄奇案，源起於 yutas 長兄聽信鄉內全臺第一

---

8 pila：泰雅語，「錢」之意。
9 mama：泰雅語，「叔叔」之意。
10 rawin：泰雅語，「兄弟」之意。
11 yaba：泰雅語，「父親」之意。

位原住民族議員，投入原住民史上最早的「還我土地運動」而被牽連入獄，但 yutas 每每被問及此事時，總佯裝鎮定地辯解，六世代以前的祖先 Amuy Roraurr 總是冥冥中必然佑護著家族。

「白色故事的主角連屍骨都沒有回來，我的兄弟至少能平安返家，這不就是祖先遺留的好運？我相信 utux 們一樣會為我的兩個孩子帶來好運。」隔著玻璃窗，他面向窗外的大豹溪流。yutas 總是懷著和插天山晨曦般的希望，深信兩個兒子一定會得到 utux Kayal 的庇佑雪冤，如同兒子們的叔叔經歷過白色恐怖事件，廿年過後返回到部落。

第三個星期五

我坐在車內如囓人飛蟻在心中，好奇心驅使下，yutas Swali 前腳下車，後腳我也踏出車身，一路尾隨。看到他進入大溪介壽路巷角內的樂透彩總店，他從破舊的口袋中取出剛剛從郵局提領的老人年金，從摺疊的千元紙鈔中，一口氣買了幾十幾張樂透彩券，置入紅色紙片盒中。隔著厚重的黑框老花眼鏡，他的眼睛透射出了一絲希望的光矢，嘴角抿了一彎微笑，慎重地將樂透彩放入 tokan，步出樂透彩總店。

直到那一刻我才恍然大悟，和 yutas 折騰大半個月，他寄望的不是變賣祖地，也不是投資老鼠會，竟是遐想著在他自己百年之前，唯一的寄託是抓住一張他確信不疑的頭獎彩券。

「yutas，你買樂透彩作什麼？」

「nanu yasa[12]，為兩個獄中的兒子籌措官司費用，剩額的還可為孩子準備三棟相併的透天厝啊！電視每天都在播有人中獎，天天都會有人中，哪一天就會輪到我了。」

「機率是五百萬分之一而已，況且你還拿老人年金去買。」

「不用擔心，我天天都到教會禱告，信就是未見之事的實底[13]，你要對被釘在十架上的耶穌有信心。」

yutas 順勢往胸口緊緊握住十字架吊飾。

---

12 nanu yasa：泰雅語，「就是」之意。

13 語出《聖經．希伯來書》。

「也是啦，不一定要買樂透彩啦，還是會有其他辦法的，而且平地的房價這麼貴，隨便一棟都是破千萬。」

「ini’ay[14]！平地人來山上便宜買走我們的地，還用白色粉末騙我的孩子，房子土地都被高利貸的抵押拿走了，我當然也要去大溪買他們平地人的房子和土地，要不然，我會心裡一點都沒有水平……」

「yutas，我知道你們的地和房子都被抵押去了，心理不平衡，老人年金還是留著點用，他們有一天也會出來的。」

「你的信心怎麼像飛鼠的翅翼一樣薄，耶穌就算沒有聽到我們的禱告，也要對我們的祖先和祖靈有信心。」

當夜，yutas Swali 心中的兩個神似乎沒有保佑到他。

還未來得及核對緊緊攥在手心的樂透彩號碼，卻因為舊疾復發高燒不退住進加護病房。加護病房床上，yutas Swali 一臉蠟黃，黃燦燦的神目此時已呈暗淡無光，生命與氣息僅僅懸在一根呼吸氣管之上。

他躺在病床上像一條快被晒乾的苦花魚，緩慢地以顫抖的皺手，把攥在手窩內快揉爛的樂透彩券交付我，失去了昔日獵人炯炯的眼神逼視著。彩券依然溫熱，那股熱度似乎蘊含著 yutas 對兒女的愛切。一個重病在床的老獵人生命最終的祈望，寄託在一張小小的白色紙張，如果，他知曉千萬人次以上的或然率，才有機會成就三棟千萬豪宅與足夠的律師費為兒子官司費用，那曾被 yutas 戲稱為部落最高機密一旦幻滅，他會否如他當時在車上所說：「mgal qani ga, rasun maku buqun.」（這個痛苦啊！我要帶入墳內。）

話別後的隔日，樂透開獎。心跟著電視機裡幾十顆彩球滾動，電視主持人一一唸誦開獎號碼，六個號碼奇蹟似的都開出來，但六組號碼卻是分散在幾張 yutas Swali 所買的白色小紙黑字的樂透彩券中。彩券冷卻，像躺在加護病房的 yutas 的身體，漸漸失去溫度，六個世代的好運似乎早已用盡，幸運的符碼也被殘酷的現實瞬間冰凍在心內的向隅。耳膜裡倏地迴聲出探望 yutas Swali 時，他以最後的力氣吐出人面蜘蛛絲般的細語，在我耳畔喁喁說：「可能，幸運的話，再不過一個星期，我就要回到祖靈之橋。」

14 ini'ay：泰雅語，「沒有哦」之意。

第四個星期五

yutas Swali 的靈魂被 utux Kayal 收割，最後的好運氣終於用盡。

菸斗

輝綠石堆前的野百合花香又開始飄溢，花香使我想起那年，yaki 達蘭總是坐在門檻上，側著身，吞吐著綠竹製的菸斗。

身形嬌小傴僂的她，棕膚微微黝黑，頭戴絨織勾茸毛黑色圓帽，帽緣之下，是淡淺的水藍色單線額紋，額線被皺褶的紋溝切分成三道；臉頰上單十字交叉花形頰紋，從雙耳部連紋至下唇，屬於大嵙崁群前山泰雅族織女的傳統直角式頰紋。薄弱的耳骨下方，雙耳搖晃低垂，空洞的一對耳垂不能再穿飾耳管，如同承受著一個世紀、一個家族、六代的飄搖。

「痛嗎妳，yaki？」我問她。

「痛？再痛也沒有比現在更痛。」她衝我冷冷地笑，我一臉茫然。

她拿出菸斗與火柴盒，烏爪般的雙手搖晃晃地摩擦黑火石，燃起菸鍋內的菸草。yaki 吸一口菸，吐出，一臉沉浸在煙羽薄霧裡，彷佛全然遺忘了隱藏在內心的痛與笑。

笑聲迴盪在腦海中，我想起 yaki 達蘭曾經擁有，也曾經失去的韶光年華。

年齡到了背起打結的布疋時[1]，她曾在耳洞穿掛雕以幾何圖形的絨球耳管，耳管之於她是一種純粹的美，也是部落女孩們爭相比妍的流行時飾。我坐在她身邊想像著，那一年，部落祭團的歲時祭儀日和殺豬婚宴聚會時，黛綠年華的 yaki 達蘭，炫耀著她那一副豔可比美、千萬鑲鑽墜飾的絨毛耳管。

「老了還要戴？」我問，她微笑對我說，幾顆齲齒忍住歲月搥打頂住上齦，「到了耄齡，耳垂不再穿戴耳管或圓貝板，祖靈給的老耳垂還是有用處的。」她吸完一口菸斗，陶醉仰臉吐出縷縷白煙，順勢將菸斗塞進閒置幾十年的耳垂孔洞，菸斗吊掛在耳垂上左右擺盪。

一簇猶自深山獮猴的第四、五代孫們，靠近 yaki，撐開她的耳垂，用拳眼塞進下垂的耳洞，把耳洞當橡皮來拉長、拉短、拉成圓狀，作為哈盆部落最後一位百歲文面老人，我想，她早已淡看了歲月的璀燦與榮華，年輕時插入絨球耳管的耳垂，晚年倒成了兒孫陪伴的玩物。

「小力一點吶，斷掉啦。」她和孫子們戲笑，「以後就沒有橡皮可以玩了。」

她樂此不疲，等孫子們玩膩了這一對耳垂，再把嘴上的菸斗掛在耳洞上，枯黃的竹節菸斗在她的耳垂上晃晃悠悠。

「yaki，妳幾歲了？」我曾問她。

「一百多歲了，日本還沒有來我早就在了。」

戶籍謄本記載，日治時期明治三十四年。出生年遠早於日治時期明治三十四年插天山隘勇線擴張，一九〇七年枕頭山攻防戰架設野戰砲又被前山攻守同盟的族人推下河底，我心想，那些年那些日，她在家中聽砲火隆隆，殺聲震天駭地，她是否在肩胛顫抖的狀態下抽著菸斗故作鎮定。

半個世紀後，剪短髮的人[2]帶著紅日丸旗離開臺灣，插天山隘勇線延伸為角板山至三星警備道，並在國民政府來臺後，改制為省道北橫，yaki孤伶伶的身影時常出沒在臺七線上。

記得一次放學，看到yaki循著日常行走的臺七線省道，沿路尋索扔棄的長壽菸頭，我壓低嗓聲對隨行的同儕說，「聽我父親說，yaki至少一百二十歲。」另一個孩子

1　泰雅族古語，原文為mumu na pala，布疋上打結的繩，象徵女孩成年的年紀。

2　剪短髮的人：日治時期，日本人初至山地，泰雅族人看見短髮的日人，遂以剪短髮之人稱之。

說，「哪有！你沒看過 yaki 那麼老，臉上文面都古固（皺），古固得可以夾死任何來犯的蚊子。」又一個同學靠近我們附和說，「她臉上那麼恐怖得像黑巫北拜，我看，老人至少二、三、四、五百歲以上啦。」傳說到了我們這群小屁孩口中，yaki 的年紀瞬間媲美聖經史上古時代的瑪士撒拉一族。

她的年齡在我們這一輩的孩子心中，始終如同巨石傳說，永遠是個解不開的謎。

看著她孤單的身影，弓腰拄著枴杖，黑珠子像角鴞銳眼，從哈盆部落徒步走到自己的大孫子家中，尋常十分鐘一哩路程要耗時兩個鐘頭，邊走邊探查地上丟棄的菸頭，掇拾起來放入自製的女用腰包菸袋，回到家中時，她會緩緩地把撿到的菸頭剝開白色捲紙，剩餘的菸草一撮一撮放入菸袋中。

徒步二個小時後，抵達大長孫家，索求一瓶紅標米酒、一包白黃長壽菸。孫兒們也不吝惜給祖母，對她說，「祖母，少喝少抽一點，對身體不好。」文面臉頰堆起微慍，她仍能強忍惱怒，將長壽菸捲紙剝開，塞入菸斗鍋頭說：

「好啊，等你活到跟我一樣的話。」

老人起身，傴僂著背脊背起二歲孫，她把菸斗遞給背後的孫子，四代關係距離百年，藉著一具菸斗似乎也能成為生命鏈結的因子。我想著在 yaki 達蘭背後的孫兒，將來嗅起與這股味道相仿的菸草味，孩子們的記憶會不會如同我，被淡淡的刺鼻味催發。多年後，孩子們會否憶起有菸草、有醃肉、有苧麻的味道攙合的古老氣味——屬於很老很老的文面老人的味道。

聽老人述說過去，在三尺寬的日治警備道拓寬成臺七線後，背負在祖母苧麻背袋小孩的畫面已然不復見，模仿祖母吸菸斗的模樣，抽起菸斗薰趕蚊蟲，只能存在三十年後的記憶角落。不知從何而起，以前部落中的老人們，漸漸改變菸斗的使用方式，總會在菸斗上方放點肥肉油脂，煙羽飄溢油香菸味，更甚單純的菸草味，久而久之，這類加量式的油香濃菸，使很多老人變成癮君子。釀酒不易的部落，因為道路的開發與公賣局體恤釀酒不易的部落，藉臺七線引進了菸酒公賣局的拉號與哈盆部落分店。

老 yaki 沒有加入摻油脂的菸斗癮老人行列，她的兒媳每日準時向公賣局報到，囿於公賣局的增產報國的酒品推銷政策，子媳無暇為她準備一日三餐。

她在水泥屋附近尋找懸鉤子屬葉，晒乾後捻碎充當菸葉，也在矮叢間尋找昭和草、火炭母草葉片、苦苣菜嫩葉……用黑面鍋巴鍋炒食一人分量的餐食。即使飢餓得像獵場的美麗水鹿，抽一口菸斗，似乎她就飽足了。我於心不忍，收集同學們的中餐，將完整的膳食送給 yaki 達蘭。一次，卻被忙於公賣局的子媳們扔出家外，兒子怒斥道：「我們家不需要人可憐，有能力養老人。」

翌晨，兒媳仍然準時抵達公賣局分店報到，老人依然在及膝的野草叢間，逡巡一日生存的基本膳食。

記得一次，我佯作夜賊，趁兒媳躺在地上親吻地面時，悄悄地潛入到宅內，她坐在門檻上抽著菸斗，手拄著枴杖。

「yaki，妳吃過了嗎？」我壓低聲音問。

「還沒，你有帶東西？」因飢餓過度而顫抖的聲音傳來。

我把麵包和秋刀魚遞給她，yaki 接下食物，也分一塊麵包給我，「餒，一起吃。」她的手臂和沙啞的嗓聲緩緩地遞過來。我聽過外祖母曾說，老人家給的一定要接受，表示老人疼愛你、透過贈予為孩子向祖靈祈福。

「好，yaki 多吃點，等一下他們從地上起來……。」

話沒說完，負責公賣局行銷部的媳婦從酒瓶堆中爬起來，大聲辱罵，「叫你不要來還要，你們都把我們家當作死人了嗎？」

伊娜拿起晒衣竹竿，往老人身上招呼，我哭著擋在兩人之間，呼求伊娜不要責打 yaki 達蘭，伊娜的竹竿落在我和 yaki 的身上，我抱著她，yaki 蜷縮在地上，菸管和菸鍋早已兩斷，遺落在伊娜的鞭打的黑影下。

那一夜，我走在臺七線的部落暗道，揩著淚，想著yaki身上的瘀青與傷痕。回家後我向父親懇求，將yaki達蘭接回家中，讓老yaki和外祖母同住。從那時起，我籌劃著密謀將接她住家中，直到她在家中被神靈收割。

計畫從未實現，但yaki似乎懂得我們的心意，在夜間時段，她會坐在門檻上，叼著菸，就像在等待著我的承諾實現。看見我每一次的到來，她嘴裡嘟嘟噥噥地笑說著我聽不懂的古老語言，淡藍的文面皺紋，堆疊出我那些年難得見她靦腆的微笑，一生中從未再見過如此美麗的笑顏。

她的笑容沒有堅持太久。

第五代曾孫出世，伊娜將嬰兒抱在懷中熟睡，醉意正酣的伊娜，也許是酒精濃度不足讓她一夜好眠，她在床上輾轉難眠。清晨，伊娜宿醉未清，到處尋找嬰孩，不知是因醉而哭，還是嬰兒失蹤，她回到床邊，才看到一具發紫發黑、扁薄的嬰孩黏在床上。

伊娜因喪子的痛還未平復，子媳倆買來幾瓶紅標米酒要把哀傷澆熄。酒過三巡，遂和三、五瓶米酒一同倒地。幾顆紅磚塊枕在他們頸背。夫妻倆起了口角，伊娜搊起紅磚作勢砸向對方，兒子對伊娜說，「來啊！當年我在陸戰隊的莒拳道，一個磚頭算什麼，三個紅磚我都能頭擊擊破。」伊娜不客氣地朝丈夫後腦勺砸下，紅磚未破，腦門倒裂了一個破口。

醉酒伊娜打贏了那一場搏擊術，丈夫倒地後，從此忘記了該如何呼吸。

一天，承受不了孫子媳的搏擊賽事，yaki 坐在門外的石堆上，掏出菸斗，平靜地將它點燃。夜裡，黃絲夜燈下，菸斗忽明忽滅，一束米黃燈穿透裊裊上升的白煙，屋內傳來一陣又一陣的嗚咽聲。

「trang klhun utux tninun maku ga, pktok mu notux qu lhga.」yaki 曾經多次念誦這句深奧難懂的泰雅古語對我說，但她從來不為我解釋這句。

回到家中苦苦追問父親，他才語重心長地解釋，yaki 達蘭被神靈收割後，她的子媳們將會撞見惡靈，yaki 也會回到他們的夢中，夢裡見著她，孩子將會頻頻重病而無法好好活著，因為祖靈氣憤他們棄父母不顧，降災懲罰不孝的子媳。

我的心魂因古語顫抖。

忍著痛對自己肚腹生出的兒女，指著祖靈詛咒自己後代，yaki 心中的痛，再痛也沒有比當下更痛，那種出於對生命無奈的指控與沉痛，我心忖，即使埋入墳內也不會腐化。子媳就如同那一句古語，應驗在猶如被砸碎的米酒瓶的家庭，單親的五個孩子被安置在孤兒院，伊娜也在部落中消失，從此再也沒有聽到她的任何消息。

到了我能背負竹簍之年後，yaki 達蘭的靈魂被祖靈收割的消息傳來。

我再次回到那一棟 yaki 達蘭居住的水泥平房，站在門前凌亂的輝綠石堆前，平房門楣上懸掛長形紅布，牆上慈制二字以醉倒的書法字書寫，A4 白底紙上尚未凝乾的墨線拉出幾條墨痕，桌上百合花籃飄溢陣陣的花香，回憶像嚼在舌尖上酸澀的飛鼠腸，一股腦兒湧上心頭。

從虛掩的門縫，我看見 yaki 達蘭躺在木床上，菸斗斜置在床頭櫃上，菸屑掉落櫃面。我進入房內，櫃上的菸斗似乎還是溫熱的，像她剛走時的體溫。

她躺著，雙手交抱，猶如沉睡中，皺容清晰蒼白，映襯出淡藍的文面。雙眼不知怎地開始酸苦，多年以前，yaki 達蘭坐在門檻上的畫面，像黑膠影片反覆閃爍，皺頰半歪斜，銜著菸斗，一雙古老的黑眸子靜靜地凝視遠方。

我挨近她床邊，一手握著她雀爪般的皺手，另一手拿起床頭櫃上的菸斗。我的目眶已模糊，兩行淚水順著臉頰，滴入攥在手心內的菸斗。

姜憲銘

〈阿嬤的檳榔石〉（二〇一二）
〈莎木躬海〉（二〇二一）

Tupang Kiciw Nikar，一九八〇年生，臺東都蘭部落阿美族，年齡組織「拉千禧」組成員。現於國立高雄師範大學臺灣歷史文化及語言研究所攻讀碩士。

曾獲得第三屆、第四屆臺灣原住民族文學獎，並以〈莎沐躬海〉獲得第十二屆臺灣原住民族文學獎散文第一名。

阿嬤的檳榔石

又聽到對面的阿嬤敲擊石頭的聲音了，明明就有一段距離，隱約感覺到，她的力量，還能拿起鋤頭下田工作。

清脆的敲擊聲，在每個早晨、午時、傍晚，最後是在大家睡覺前發出，一直到虎姑婆阿嬤回到泥土裡了，那像似整點報時的敲擊聲才停了下來，成了我存放在腦海裡，最底層的記憶。

虎姑婆阿嬤就住在我家斜對面，記憶中，只知道她是個獨居老人、神祕老人，孤獨地生活在黑色鐵皮屋裡面，在我還沒有認識她以前，附近的孩子們，都把那間屋子周遭當作是禁地，也是孩子們口中的鬼屋。

叩叩、叩叩……清晨的敲擊聲比較響亮，力道雖微弱但穿透力強。在微涼的晨風引導下，遠在 Pacifalang 也能聽見，距離吃早餐的時間，還有都蘭來回臺東兩趟之久，太陽還在海涯底下跟月亮交接，叩叩聲響起，公雞還沒跟母雞說愛老虎油，就得回應檳榔石的邀約，一起演奏時曉日出的古調。

大人們都習慣了這清晨的報時，在鬧鐘還沒有普及的年代，檳榔石的整點報時，給了大家不少方便和困擾。

整點報時的敲擊聲，方便替媽媽省了叫醒家人的時間，早餐可以慢慢做，衣服慢慢洗，出門前再上個妝，田裡的工作才會有好心情。

困擾了要上學的孩子們，早早就要被迎接陽光的古調給吵醒，《勞萊與哈臺》播出的時間都還早呢！孩子們在沒有卡通的誘惑下，要他們跟著清晨的起床號開始運作新的一天，提早起床這件事情，比族人要求政府歸還傳統領域，要更加困難！所以孩子們想盡辦法讓自己昏睡，撐到陽光從窗戶飛進屋內，才從被窩裡頭爬了出來，坐在電視機前，享受那短短十分鐘的快樂，在吃過媽媽的活力早餐後，背著都蘭國小的書包，再次聽到叩叩聲，我帶著罪惡感準備上學去了。

「罪惡感」?怪怪的?在那個年紀用罪惡感來形容我的心情，好像還早了幾年，因為這三個字還沒有出現在當時的課本裡。依照我的年紀呢，應該要用「不好意思」來形容我的心情比較恰當。於是，我帶著不好意思的心情，準備上學去囉。

「不好意思」，當孩子們帶著這種心情上學，最常見到的狀況是，昨天晚上看劉雪華看得太投入了，功課放一邊，反正爸媽很好呼嚨，明天只要準備不好意思的心情，然後跟老師說：老師不好意思！昨天晚上跟爸爸去田裡抓青蛙，回到家裡已經早上了，所以功課才沒有寫！

當老師聽到這理由就會問，你不會跟爸爸說明天要繳功課給老師嗎？這時候，我的回答就要合乎老師認識的爸爸，「我有跟爸爸說明天要繳功課啊！可是，爸爸問我說功課是什麼？可以吃嗎？」然後，我拿作業本給爸爸看，爸爸就說：「幹什麼！拿書給我看幹什麼，紙張可以吃嗎？走，跟我去山上，青蛙那麼好吃你不抓，還拿書給我看咧……」

如果是漢人老師，在這樣的回答下，是可以逃過一次屁股吃藤條的痛快，若是碰到「余保安」老師啊！沒被他毒打一頓，那就奇怪囉！他是爸爸的老師，這種我認為十分恰當的理由，爸爸也用了不少次，連爸爸都被他毒打了，我沒給他好好「教育」和「愛護」，這個就有問題囉！被他「愛的教育」後，他還會問：「青蛙咧！吃完了嗎？」

第二種狀況，叫作「後來才發現的不好意思」，當雪白的制服加上褪色小藍短褲，在學校碰到同學們，象徵天真活潑的運動服，那種「後來才發現的不好意思」，很快地就從心裡面流露了出來，再搭配泛著淚光，水汪汪的大眼睛，心裡想，「完了！屁股又要吃藤條了，今天再當轉學生吧！」

第三種狀況，是每個月固定的狀況，普遍發生在原住民學童，和那些住在漁村的漢人同學們；儘管應付這狀況的理由豐富十分、八門五花、三教一致理直氣虛地說出，最後老師還是一心一意地認定，營養午餐費，又被爸爸喝掉了。

一個好奇的孩子期待著，這未知的世界能給他什麼？一個寂靜的老人期盼著，這將結束的世界，他還能擁有什麼？我們的認識沒有言語、沒有互動，緩慢地流動，也讓時間靜止了。

一天中午，爸媽去海邊工作，回到家後，吃完他們出門前準備的午餐，麥香紅茶和炸彈麵包，我和小春就各自解散，她躲在房間裡和豆貓一起寫功課，我呢？開始我的遊戲，出門閒晃囉！

今天不知怎麼搞得？我的玩伴們全都認真了起來，躲在家裡面寫功課，任憑我用盡各種方法，把他們從認真寫功課的迷糊給拉出來，他們還是不為所動。可能是屁股吃藤條吃怕了，才難得意志堅定。不管，我還是要四處走走，就當成是我今天的校外教學，只不過老師由自己擔任，以我那未發育完成的大腦，來了解這個世界吧！

走著走著，出現了一間黑色的鐵皮屋，門口前坐著一位老婆婆，正在享受午後太陽接近都蘭山時，才會有的清涼。

我停下腳步，沒有因為她是大家口中的虎姑婆，而產生想落跑的念頭，心想，「好吧！這次我想當英雄，當個名符其實的南區小霸王，明天上學排路隊時，我要大家都聽到，我接近虎姑婆的英勇事蹟！」

走到屋子前龜裂的水泥地上，面積不大，只有兩平方公尺。奇怪！為什麼只有這邊有水泥地呢？還很遠才看得到虎姑婆阿嬤呀！這邊的水泥地，不讓我去思考它的出現，就對不起我的好奇心了。在那兒研究了一下……哦！原來這裡是洗衣板呀！旁邊的水龍頭，偷偷地告訴我，它們是洗衣部的，要很辛苦地洗衣服，抬頭吸水、低頭吐水，然後蹲下洗衣服。

在我和阿嬤之間，是她們家的庭院，只有碎石子、泥土、牛筋草、點點的大頭根，再搭配黑色的鐵皮屋，這裡就是南村孩子們口中的鬼屋。

太陽下降了幾公尺，龍眼樹的影子落在我的身上，也是清涼，沒有陰森森的心情，就這樣我和阿嬤四目交接了。

「她手裡拿著小檳榔石在想什麼呢？該不會懷疑我是小偷吧？」「懷疑我準備要帶走她最貴重的家具水龍頭？」「別鬧了！才不是呢？我今天是來當英雄的耶！怎麼可以把我和小偷放在一起呢？」於是我左腳跟著右腳向她前進，用我的破爛母語，和她來個雞同鴨講，跟她解釋英雄是什麼東西，「南村小霸王」這個稱號對我的重要性！

我雙腳滑步，姿勢放低，踩過碎石黃土高原，再翻越牛筋樹叢，終於，我到達了虎姑婆阿嬤前方五公尺處。此時，我把雙手插進褲子裡面綁起來，為什麼要把手綁起來呢？因為她是虎姑婆，她會咬我的小指頭！我只要把防禦動作擺放好，就算她突然變身，我也不要讓她找到她最喜歡的小指頭。內心戲都我在演的，最後我蹲下了，跟老人家講話不能比老人家還高，這是爸爸講的。天國近了，我和虎姑婆阿嬤也近了，我開口說話了，阿嬤……「Ngaayho ci siki ko ngangan no mako.」一秒、兩秒、三秒，話講完，凍結了時間，彷彿整個世界在瞬間都靜止了。

葉子懸在半空中不受地心引力的牽引，樹與地面之間劃下了幾道絲線，落葉與樹枝牽繫著沒了距離，時而清晰、時而隱蔽，蜘蛛沒有幫忙，這是樹的生命在空氣中造成的軌跡，在靜止了的世界，才會發現它的存在。

才講一句母語，世界就亂了規律，沒反應，阿嬤還是停在那裡，只是左手的小檳榔石不見了，不會吧！該不會趁我在演內心戲時，石頭從她手中飛出去了？先掃描四周，不在空中，再次掃描，找到了，石頭就停放在阿嬤的左腳邊睡著了。呼，我放心了，阿嬤的沒反應，是因為我的母語有問題嗎？好吧！再說一遍，阿嬤……「Mimaan kiso?」一秒、兩秒、三秒，又靜止了！第二句話講完我不再演內心戲了，改變我的戰術，把雙手從褲子裡拿出來，再往前靠近她一點，就選在她前方一公尺，也學她沒反應，她靜靜的，而我乖乖的。

還是白天，稍待一會兒，黃昏將近，太陽不再炙熱地依循它的路線，在都蘭山背後或許有它的家，孩子們一直這麼認為。

我的校外教學現在是人物觀察課，對象是我面前的虎姑婆阿嬤。我看看她，從頭到腳和她的兩顆檳榔石，頭髮白白的，跟教堂裡面的人一樣，全都是白白的，臉老老的，跟家裡的阿嬤一樣，老老的臉。我們的阿嬤比較年輕，因為皺紋沒那麼深，身體一樣是瘦排骨，腳下面沒有拖鞋，愛打赤腳；再改用聞的，我發現又一樣了，她的味道比較老一點，不過，跟我阿嬤的味道很像耶！

我們在大檳榔石的彼岸相互觀望有段時間了，它左腳邊的小檳榔石，似乎在引導我把視線轉往那裡去。當我拿起小檳榔石，敲擊放在大檳榔石的 icep，發現虎姑婆阿嬤的表情，一點兒也不像會吃小朋友手指頭的老人，她跟我阿嬤一樣，慈祥得很好。

左手，她的左手好像出了問題，發現了，她的食指有道傷口，我想那傷口很困擾她，拿起小檳榔石，會有那麼點不舒適。阿嬤的靜止，跟石頭擺放的位置，是在暗示我嗎？是否在期待我有何動作呢？腦袋通了，接下來的動作是應該要這麼做的，拿起小檳榔石，我瞄準好放在大檳榔石上的 icep，輕輕地敲下去了。敲了敲，好像也順手了，放慢了節奏，是想看著完整的 icep，要敲擊到什麼程度才可以停止，差不多了吧！我在想，只要把完整的 icep 敲成扁扁的，應該就可以讓她嚼食了，爸爸吐出來的檳榔也是這樣扁扁、紅紅的，跟我現在敲擊的有點像。

我把敲好的 icep 放在左手掌上，將手伸出去後，停留在阿嬤的眼前，我等待她是否從我手中接下。這時候她有動作了，她先是給了我微微笑，點點頭也緩緩地、慢慢地伸出她的右手，拿起我手中的 icep 放在嘴巴裡面。此後，世界恢復了正常的運作，在鐵皮屋幫阿嬤敲 icep，便是我最常做的事情了。

這個夏天之後，虎姑婆阿嬤也從我們的記憶中擦掉，因為南區小霸王是這麼說，我昨天有跟虎姑婆阿嬤一起吃檳榔耶！她一點也不恐怖說……。

夏天結束了，虎姑婆阿嬤的路也走完了，她和其他人一樣，回到了泥土裡面，結束她生活在石頭堆的故事，在記憶中，我偶爾會想起她。

雨後的黑色鐵皮屋聚集了很多她的孩子回來為她餞行，哀傷的不多，因為他們的感情只適合用難過來形容；淚水也不多，似乎被一連幾天的雨水給代替了。對我來說，我也可以和他們一樣，一樣也是會難過，不懂的是，我為什麼要難過呢？在她的孩子們離開鐵皮屋後，我的早晨只剩下公雞獨自完成迎接日出的古調，不習慣的是，我的清晨變安靜了。

再次回到鐵皮屋後，大檳榔石已不在它的位置了，被移動到一處草叢，我發現它卻不見小檳榔石，和大檳榔石敘敘舊，用手摸摸它。

它這麼說了，阿嬤離開後幾天，小檳榔石就被她的孩子給丟掉了，阿嬤離開前，請它告訴我，「謝謝 Siki……讓她還活著的後幾年，還能有幾天不是寂寞地生活著！謝謝 Siki 敲 icep 給阿嬤吃，謝謝 Siki 充當她的孫子……」聽完後，我落寞了，和大檳榔石一樣，在那小小的心裡面，我這麼想著，希望阿嬤離開以後，那份缺憾也隨著河流行向東邊走，讓大海淡化，讓回到泥土裡的虎姑婆阿嬤，不再想起那份孤獨。

莎沐躬海[1]

早上的太陽沒有直直給溫柔我們，它斜斜過來，只是讓衣服乾燥久一點，等一下幾分鐘而已，昨天晚上吃的鹽巴就會黏在衣服上面，都知道全部大家，那個不是沒有洗不乾淨，那是很認真的「莎沐躬海」，很認真賺小孩子的學費，很認真賺回家的時間早一點。

「福多爾」是「杜邦」的老闆，他在這個地方算是高知識的師傅，這樣看過去鷹架上面，從鋼梁旁邊，在水箱裡面，還有偷懶去福利社喝飲料的人，只有他是高中以上的大學畢業，所以很有知識在這邊拿鐵鎚，敲一敲試看看，錢包有的時候比很多讀書的人還是一樣。最以前來的人，很早就放棄他們應該的九年教育，他們的人沒有認識太多真正的國語，然後做很久了到現在，有些輕微一點的，彎腰駝背還是要拿鐵鎚敲個兩下，嚴重太多的，就撐枴杖在工地旁邊撿資源回收，這樣子起碼還有便當可以吃。到了晚上，

1　莎沐躬海：samukongay，阿美族語，做木工的人或做工的人。

還可以喝一瓶蔘茸酒溫暖自己的心。後面晚一點過來的人，至少有報名高中聯考，有些人過個暑假就忘記有學校這個地方，有的人還穿著制服撐到過年，最後有跟父母講好要高中畢業的人，可能會在其他地方流浪一下，過那種一下浮起來又沉下去的生活很久，才會不得已往莎沐躬海的方向游過去，然後在鐵鎚、「霸魯[2]」、「騙吉[3]」三者之間相親相愛。

福多爾以前是「拉牛熊[4]」的搶背王，因為他想說一直代跑、代打很無聊這樣，有一次下雨不能「打盼球[5]」，他想來點不一樣的貢獻，加上他又是替代役特勤隊退伍的，就這樣一個不小心，他在球場搶背了，然後這樣教練也不小心，把他放到冷凍庫了，最後這樣他把訓練多年的腕力，發揮在敲鐵釘的技巧上，開始了他自己的莎沐躬海。杜邦是福多爾「雞沒竹筏[6]」的兄弟，他是「蛋兵[7]」二十年的士官長，「退兵[8]」後才想到自己沒有專長，想說到工地先練習當小工看看。再怎麼樣，練二十年的體能，傳料速度還是有相當的水準，這樣的身手在工地打拚，很多老闆喜歡可是沒有珍惜，因為好用就被亂用，弄到好久才有可能變成師傅，這是一種忠誠度的訓練，就看超級小工會撐多久。

這裡的人很少有不甘願的，好像就是人生一樣，我們被爸爸媽媽生出來先養我們，我們把孩子生出來我們再養他們，原本把我們生出來的老了，我們還是要回來養他們，工作像這樣心甘情願，雖然已經沒有很高的理想，好好生活就是目標，認真工作才有離家出走的那個心情，好好工作只是想好好照顧他們，最後已經回到石頭堆裡面的人，才會豐盛我們的生活。

莎沐躬海的一天，至少要從一瓶「保力達[9]」開始，有的人喜歡用「金牌[10]」直接

---

2 霸魯：閩南語，鐵鍬，在工地是拆模板的工具。

3 騙吉：閩南語，老虎鉗，在工地是剪鐵絲的工具。

4 拉牛熊：中華職棒 Lanew 棒球隊。

5 打盼球：部落孩童講打棒球時的口音。

6 雞沒竹筏：部落孩童講青梅竹馬時的口音。

7 蛋兵：部落孩童講當兵時的口音。

8 退兵：部落老人稱退伍時的說法。

9 保力達：工地提神的酒精飲料。

10 金牌：金牌啤酒。

「希壓給[11]」，先不管今天的體力怎麼流失，上班前一定要清醒一下，要不然鐵鎚會很快親親還在睡覺的大拇指。福利社的阿姨以前也是小姐，跟她們聊天要注意自己的形象，開玩笑要「四個兒子[12]」，如果講話沒有裝煞車，故意忘記帶錢的時候，她們就不會給你簽帳。沒有充電就上班，一整天的進度就跟昨天一樣。那裡很像工地的管理委員會，從一天的精神開始到宿醉治療，從缺工補充到贖回工具，通通都可以在福利社的桌子上處理，只要先來「一個六[13]」什麼都好談，只有老闆跟工頭談價錢的時候，偷偷在福利社暗暗的地方講好，很怕被手上有工具的人聽到，要不然真相大白，就不是一個六可以解決了。沒有聽說這個本來就是這樣，工地旁邊、外面、全部，很多地方有穿「黑色西裝[14]」的人，在管理秩序還有指揮交通，他們認識很多老闆，只要別人沒有工人、搶工人，別人缺錢的、欠錢的，別人生病的、懶惰的，他們都會搞得跟真的一樣，他們有手續費的問題，老闆很會蓋一隻眼睛，他們很少亂七八糟，喜歡混亂的，都是平常補太多精神的人，他們有協調工地的作用，這應該也算是，福利社產業鏈的一種吧。

我們蓋的房子有一點大，一、兩年才有機會看清楚房子的長相，一開始「怪手[15]」會先挖很大、很深的洞，挖到底了，吊車會把鋼筋刺到泥土裡面，然後「喇嘛控[16]」就轉動它的肚子，把花蓮的泥土加水以後又全部吐出來，乾掉以後變硬，我們出場的時間就來了。要蓋大房子，要先在它們下面蓋水箱，還是超級小工的杜邦以為，水箱不是蓋在屋頂嗎！怎麼會放在大房子的最下面？後來問了，想也是，在屋頂上面的叫水塔，這個是裝洗澡水、喝的水，啊蓋房子剛開始做的是，裝用過的水、髒髒的水，這種水不能直接丟到水溝，亂丟會環境汙染、空氣稀薄。像我們這個下雨就很容易淹水的工地旁邊，雨水掉下來的時候，已經帶走雜七雜八的東西，如果把人家亂丟的水從水溝又一起流出來，整個馬路一條一條黃黃的會很多，等一下人家又要罷免市長了，受傷害的又是那些，莫名奇怪又收到投票通知單的人。

11 希壓給：牆面填平施作，在飲酒時有加強的意思。
12 四個兒子：部落老人稱適可而止的意思。
13 一個六：賣場販售啤酒均為六罐包裝一個單位，因而有「一手」或「一個六」的別稱。
14 黑色西裝：意指黑道分子。
15 怪手：挖土機。
16 喇嘛控：泥拌車。

蓋水箱是基本功力，要蓋之前，「鋼筋力士[17]」已經綁好一格一格，哪一邊的牆壁要比較粗？建築師早就用他們學校教的想好了，如果沒有去想好，水泥放太多太少又是問題，這是畫圖的頭腦，莎沐躬海只要知道用什麼材料。幾公分自己要會算，如果不會算，就會殺殺減減很多模板，這樣的工夫被其他人看到會偷笑，心裡面一定在想，原來你只是很會用嘴巴當「三鐵選手[18]」嘛！模板跟水泥是短暫的朋友，「螺桿[19]」是兩張模板親密的約定，因為工地有規定安全距離，「替督哇[20]」的存在才能有效隔離，它們三個結合以後，還是要靠「八打[21]」加壓，這樣就可以保證，模板直直沒有歪歪，老闆驗收的時候，心情才不會壞壞。鋼筋力士和三鐵選手的工作完成一個點，「碰補哇掐[22]」和喇嘛控就會占領工地四周有利地形，它們一個是給水泥有力量往前跑的，從地下三層到地上十八層，水泥想要去那裡，它都可以送過去。另外一個是攪拌水泥讓它柔軟一點點，好在模板航道裡面穿梭自如綿密，水泥一定要和鋼筋永遠相愛不分離，這樣才不會留下讓老闆煩惱的坑洞，我們的房子才會堅固耐用。「灌漿[23]」是最緊張的時刻，水泥乖乖依循航道行駛不偏離，工頭晚上才不會「借[24]」酒消愁。有一種噩夢叫「批壓模[25]」，很多工頭和師傅都有過一樣的夢，小小的批壓模頂多一個禮拜喝不下酒，大大的批壓模比較嚴重，有的可能半年回家下班，要看看路邊有沒有野菜配飯用，有的把小孩子送回老家，然後跟老婆睡工寮省吃儉用。水泥灌完了，有魅力的工頭不用煩惱，魅力沒有的工頭煩惱很多，他們都是一樣在想，有些人領錢了，通常都會謝謝再連絡，找不到工人又要麻煩「民間外交部[26]」，向「聯合國駐臺灣宿舍[27]」請求支援，有沒有經驗不是問題，如果不會講本國官方語言就問題多多。從民間外交部找回來的朋

---

17 鋼筋力士：綁鋼筋的工班。

18 三鐵選手：木工師傅常用工具有鐵鎚、鐵鍬、老虎鉗，因此工地師傅 常會這樣稱呼自己的工作。

19 螺桿：固定模板的材料的別稱。

20 替督哇：固定模板間距的材料的別稱。

21 八打：長形木條或C型鋼的別稱。

22 碰補哇掐：閩南語，幫浦車。

23 灌漿：灌充水泥的施作工程。

24 借：族人朋友稱藉酒消愁時，故意將藉字改為借字。

25 批壓模：閩南語，模板施作不良，灌水泥的時候模板崩壞。

26 民間外交部：意指外籍勞工仲介公司。

27 聯合國駐臺灣宿舍：意指外籍勞工仲介公司的宿舍。

友，個性已經沒有那麼強烈了，他們來這邊工作，一樣是想快快回家蓋自己的房子，其中有幾個很厲害，還會講阿美族的話「馬拉桑[28]」，原來他們以前也有去海涯捕魚生活過，船長都用阿美族話講他們，難怪想喝酒的時候，就跟我們講馬拉桑，工頭聽到又要從口袋拿兩百塊出來，叫講話的朋友，去福利社買增強體力的飲料。

一直在莎沐躬海的人，有一個一樣的遺憾，這個遺憾不是豐年祭比人家少參加幾次，也不是下雨天撿的蝸牛油油不能吃。工地完工請客他們都會想到，蓋了一輩子的房子，全部都是別人的家，這個樣子，在摸彩的時候，會一直想著中獎來淡化心裡的遺憾。每次經過以前的工地，都會稍微停下來發呆，看一下自己的傑作，從又熱又溼的水箱想起，一層一層向上都是回憶，如果大拇指有痛一下的感覺，那一定是在這個工地有被鐵鎚親過，如果想一想眼睛溼溼的，那應該是有朋友在這裡沒有注意，不小心提早下班，去天國當拿鐵鎚的天使了。工作穩定，天天有上班，這樣的心情賺錢也比較快樂，下雨天沒有工作是老天爺的安排，天氣好沒有工作，這就是找不到老闆給我們安排。很多工地都有這樣的事情發生，有的阿姨都已經當阿嬤了，站在門口看看會不會碰到運氣，她們要的不多，只是想要一個拔鐵釘的工作，賺一點錢幫家裡貼補房租。其實大家都有在想，要怎麼讓自己蓋的房子變成自己的，以前想一想是真的可以做到，因為米酒十六塊的時候很好拚，貸款沒有現在的壓力，省一點就好，住自己蓋的房子也比較實在，等孩子長大了以後，就回去出生的地方，孩子在外面有家裡可以住，找工作輕輕鬆鬆地找，找一個不用流汗、身體乾淨下班的工作，賺的錢也不用找一個房東繳貸款。

莎沐躬海也是一片海，工作機會是推動這片海的洋流，前面的日子還在北邊打拚，過一段時間可能又飄到南邊，沒有工作就回到東邊繼續等待流向，一直這樣看著海浪，就是沒有看到家鄉給自己很多希望。如果家裡附近可以有工作，誰會想拿鐵鎚在離家很遠的地方。工具袋綁久了腰會痛，坐在辦公室吹冷氣又沒有我們的命，只能在這片海讓海流帶去很遠的地方，漂到沒有力量了，就讓還在游離的人送自己回家，送自己回去那片，最後安定我們的海。

---

28 馬拉桑：malasang，阿美族語，酒醉。

沙力浪・達岌斯菲芝萊藍

〈酒遇〉(二〇〇五)
〈走進部落地圖〉(二〇一一)
〈百年碑情——喀西帕南、大分事件〉(二〇一五)

Salizan Takisvilainan,趙聰義。一九八一年生,花蓮縣卓溪鄉中平部落(Nakahila)布農族,元智大學中文學士,國立東華大學民族發展所碩士。當過卓溪國小民族支援教師、太平國小文化指導員、嘉明湖山屋管理員、卓溪鄉登山協會總幹事、山林文史工作者及高山嚮導等。在部落成立了「一串小米」族語獨立出版工作室,推廣與出版布農文化書籍。嘗試各種文類的書寫創作,曾獲得多次原住民族文學獎、花蓮縣文學獎(二〇〇八、二〇一一),教育部族語文學獎(二〇一一、二〇一三),二〇一六年以〈從分手的那一刻起——南十字星下的南島語〉榮獲臺灣文學獎創作類原住民新詩金典獎。著有《笛娜的話》、《部落的燈火》、《祖居地・部落・人》、《用頭帶背起一座座山:嚮導、背工與巡山員的故事》、《從雲端走下來的家族》等書。

酒遇

Misbusuq saikin
我喝醉了
Misbusuq saikin
我喝醉了
Sumanai tu tama tina
對不起　爸爸　媽媽
Misbusuq saikin
我喝醉了

這首歌是流傳在部落的布農現代歌曲。每次唱起這首歌，總是有一股淡淡的哀愁。曾聽人家說，以前的酒叫「pais」。「pais」是酸的意思，老人家覺得酒酸的比較好喝。另一種稱呼為「davus」，這個字詞中有甜的意思。

族人把 davus「酒」視為聖之物，davus 也有「甜」的意思。傳統布農族人只允許在大節慶的時候開放喝酒，一年之內喝酒的次數屈指可收。喝酒有許多禁忌，比如：不可在外頭過夜、不可滋事打架、不可在別人家裡酒後嘔吐或失禁大小便、不可耽誤自己份內應做的工作等等。

米酒

成分：米，精製食用酒精

酒精濃度：二十度

小時候最先碰到的酒，是公賣局所賣的米酒。那時候的米酒一瓶是二十元，家中的兄弟姐妹們搶著去雜貨店還米酒瓶，因為老闆會還你四塊錢。家中剛好有四個小孩，就平分這個四塊錢，所以瓶子愈多，得到的錢就愈多。

家裡只要有什麼客人來拜訪，家中的小朋友們都會期待大人叫我們去買酒，因為他們都會給我們跑腿費，那時候我們幾個小孩都搶著去買。

小時候去山上的工寮，都會經過哈勞灣部落。這是一個阿美族的部落。塔瑪[1]都會在上山前拜訪他的朋友，有時候會待上半天。我和哥哥通常都待不下，就跟笛娜[2]撒嬌，「要走了啦，再不走我們就要先走。」塔瑪總是回答：「Unisin, nakanatunin.」（等一下，要喝完了。）

這一等又是幾個小時，連笛娜都等得不耐煩，帶著我們小孩先走。其實也沒走多遠，就在部落的門口，坐在樹底下等塔瑪喝完。塔瑪看到情勢不對，才慢慢跑出來，追到樹底下。

升上國小後，常在部落看到一些因為酒後造成不和的故事，也有的人因為酗酒傷了身體，開始對喝酒產生了不好的印象。那時候有個願望，等有能力時，要阻擋公賣局的車子進入部落。

等到自己升上大學後，才發現自己根本沒有能力去阻擋公賣局的車子進入部落。因為學校的關係，開始做一些部落田野調查的工作，重新認識喝酒這件事。輪杯是布農族特有的喝酒文化。第一次輪杯的時候是在大學的某一次過年，塔瑪和塔瑪們[3]還有一些親戚，坐在家裡前的廣場開始吃起團圓飯，跟我一樣名字的塔瑪，跟我說：「Maqtu in qudavus?」（可以喝酒了嗎？）

我傻傻地笑，準備要回答時，那群笛娜們[4]就開始開玩笑地說：「在外面那麼久，應該會喝了，只是不敢在家喝吧。」

被這些笛娜們猜中，只好點點頭。

塔瑪拿起米酒，把酒倒進我手中的酒杯。同一個酒杯要輪到在場的每個人都喝到。有時候我會被我ala[5]的塔瑪[6]罵：「Atikisa daukdauk.」（倒少一點，慢慢地輪。）

長輩們在重大日子是可以喝半天，喝的量其實並不多，就慢慢地輪，重要的是聊天的氣氛。有時候跟我一樣同輩的親戚都跑去睡覺，我這個倒酒的還要繼續留在那裡。倒酒過程，聽到長輩們的談天，了解到家族的歷史、恩恩怨怨。

---

1 布農語，「爸爸」之意。

2 布農語，「媽媽」之意。

3 在此指叔叔們。

4 女性長輩們。

5 與我同名的族人。

6 在此指叔叔。

米酒喝到三、四成，可以讓很靦腆的布農族變得很大方。喝到五、六成，這是我爸開始談判的時候，可以把叔叔們都找來，一起談從前的恩怨。喝到八成醉，則是會讓我變得像小孩，原本很少在講母語的我，突然講起一口流利的母語，對著母親說：「Inak tamai?（我的父親呢？）」

母親像是安慰小孩安慰著：「Tama ihan maiasang.」（父親在他父母所居住的地方「天堂」。）

我發現酒是與很多事物的媒介物，是族人們聊天的媒介、是我接觸部落歷史的媒介、是我與住在 maiasang（祖靈之地）的塔瑪的中間的媒介。但這個媒介有時一失控，就會造成連自己都想像不到的傷害。

小米酒（davus-tamul 或 davus-tuza）

成分：小米

酒精濃度：看發酵的時間

小米酒是布農族的傳統酒，常常可以在一些介紹原住民的書籍中，介紹到小米酒的相關知識。小米酒在傳統部落裡是相當重要的飲料，婦女釀酒是為了準備作為祭典使用或慶祝同樂時食用。喝小米酒是不能隨意，只能在規定的時間才可盡情享用。

在我生長環境的部落中，已看不到小米酒的存在，它幾乎是隱藏在部落中。大學之後，小米酒開始出現在我的生活之中。尤其是在大學的社團中，只要有什麼活動，要拿出原住民的代表性就是小米酒。現在只要有什麼原住民的活動，都一定會出現小米酒的影子。

布農的射耳祭中，小米酒占了很重要的地位。有一次，在媽媽的部落卓溪中正部落，參與了一場射耳祭，這是我第一次全程參與射耳祭的活動，從上山打獵到山下祭典結束。

儀式進行到了跨功宴時，我跟長輩們一起喊出自己的事蹟和氏族名。我其實不太會喊，心中很害怕，趕快在腦海中拚命擠出幾個族語。輪到我時，心中頓時一片空白。領導祭典的長輩，是我的表哥。他在倒酒的那一刻說：「Katu mapising.」（不要緊張。）

接過表哥的酒，表哥開始呼喊：

Tu ma na nu　（注意喔）

Ta ka i sa　（你的氏族）

我注意聽表哥問我的問題，手上拿著酒杯，他一停止呼喊，我就接著喊：

Tu ma na nu　（我聽到了）

Tas Vilainan　（Vilainan 氏族）

Tain ka na-ian　（母親氏族來自）

Tanapima　（Tanapima 氏族）

才念到一半，旁邊就有人竊竊私語。喊完後，我把手中的小米酒喝完。表哥又重新倒酒。有個婦女，跑到我身邊說：「你要先喝完酒，才能喊。」連續喝了兩杯小米酒，對於自己不了解自己文化的內涵，文化儀式的流程，感到難過。藉著這兩杯小米酒清洗自己喉嚨，弄醒自己的腦袋。

有一種喝酒的方式，叫做 mis-av，指的是「盡情地喝」，僅限於在一次釀酒量中，飲盡後不再釀酒，必須回家繼續正常的生活作息。與現在一瓶接著一瓶地喝，簡直到了不要命的方式喝酒，這種喝法，現今布農族人為 mispataz，意思是「酒喝到酒亡」。布農族人稱婚宴為 pa-is-av，意即「給眾人盡情地喝酒」，一方面嫁娶的喜樂，另一方面炫耀家族的富裕。

混酒 hibulhibul davuas

米酒可以套綠茶、紅茶、養樂多（喝起來像小米酒）。米酒就像族群關係中的漢人社會，可以融合各個族群。混酒的後座力很強，大到隔天，一整天都在宿醉 dumulan。研究所一年級時，後殖民與原住民，薩依德與拉荷阿雷的故事，傳統與現代，交織在我的生活中，就像混酒，使我生活在混亂的時空中。總想著是否可以單純喝著酒，想喝傳統酒時，就拿起布農的詩集；想喝烈酒時，就拿起後現代的書，別讓自己活在混酒的世界中。

酒對原住民，不論在古老的社會，創造了很多酒的禮儀，一直到現在，酒對部落發展，都有深遠的影響。有時候要喝酒，都會找藉口說：「這是我們的傳統。」因而一杯接著一杯，無法控制。沒有仔細想過手中常拿的酒，早已不是布農族傳統帶有文化意義的酒。各式各樣的酒，充斥在現代生活，卻拿著傳統當擋箭牌。如何不在眾多酒類中迷失，是我最需要學習的。

走進部落地圖

手中拿著彙集各部落的部落地圖，這是幾年前由原住民族人繪製而成，透過部落族人集體繪製，重繪原住民傳統領域與傳統知織。我利用這本地圖集，沿著族人們努力繪製的部落地圖，一一走進各部落的傳統領域，走進各部落的文化、歷史，走進遙遠的口述中。

花蓮市區——Duap'un

走在花蓮最熱鬧的花蓮市，一個名為Duap'un（大本）的部落，如果不注意看，很難分辨出這是一個部落。Duap'un意思是「容易淹水的地方」或是「湖泊」的意思，現在大家習慣稱這裡為華東部落。這裡原本是撒奇萊雅族人的居住地，日治時期，日本人在附近建港，讓部落範圍逐漸縮小，又加上此地為沼澤地常有水患，遷走了不少族人。

公共設施的建立，讓這一塊土地不再是「容易淹水的地方」，而成為一個繁華熱鬧的區域。當這裡的族人要重新建立部落的面貌，仍然擋不住發展的潮水。這裡即將成為政府的徵收地，地圖將標示為公共停車場。

東海岸——Makudaay

走進東海岸，沿著離廣袤太平洋最近的臺十一線，進入位在花蓮秀姑巒溪的出海口北岸，一個叫做 Makudaay 的部落，也就是大家所知的港口部落。這個部落相傳是數千年前，阿美族的祖先登陸臺灣的地點。

一個生長在中央山脈的布農族人的我，站在秀姑巒溪的出海口，找出標示我的家鄉「卓溪」的位置。家的位置離這裡，直線距離其實滿近的，只隔了一座海岸山脈。這一隔，卻孕育出不同的山與海的文化。聽著海浪推滾細石的綿長唰唰聲，想像著阿美族人登陸臺灣的情景；聽著巨浪迎面撲擊岩塊的磅礡聲，想像著阿美族人與清軍爭戰的情景。

當我拿起手中的地圖，這個阿美族最古老的部落，地圖上即將少了一塊，他們的耕地劃入觀光局東部海岸風景管理處，將標示為多功能公園。

一九三縣道——月眉、吉拉卡漾、白螃蟹(Tafalong)

一九三線道是除了臺十一海岸公路、臺九縱谷公路、臺十一丙線之外，另一條貫穿花蓮南北的公路，可以回到卓溪的路程。平常回卓溪的家，都不會走這一條路，因為這條路比較窄，也比較彎曲。某天，要找一個光復的老朋友，想從另一個角度，看看不一樣的花東縱谷，決定走這一條平常不常走的道路。

這一路上大部分都是阿美族的村落，首先來到一個名字很美的村落「月眉村」。這是日治時代，因為地形彎曲，彎的形狀就好像眉毛一樣，所以就取名為「月眉」，是一個典型的阿美族聚落。

往下來到鳳林鎮，在眾多客家人和阿美族人的鄉鎮中，有一個村落是由撒奇萊雅族所建立的。他們是在一八七八年(光緒四年)的加禮宛事件中，遭清兵鎮壓，因而四散避居花東縱谷，其中一支遷到現在名為「山興」的村落，當時的部落名字為「吉拉卡漾」，具有歷史的地名，讓這個部落顯得很不一樣。

最後來到行程目的地，Tafalong（太巴塱），迎接的朋友為我解釋太巴塱的意思：「太巴塱是阿美族語『白螃蟹』的意思，因為溪中有很多白色的螃蟹，因此成為部落的名稱。」這個地名說明這裡的生態應該很豐富，讓螃蟹喜歡在此建立棲所。這裡不只有豐富的生態，還有古老的阿美族文化，相傳太巴塱部落的祖先來自豐濱鄉的貓公山一帶，人依天神的指示而移居到太巴塱。

曲折蜿蜒的公路，沿途美麗的河流、青翠的山景、迎風搖曳的阿勃勒，一一輪流上演。部落地圖中的地名，不論是地形彎曲而有彎之眉的「月眉」，還是因撒奇萊雅族的歷史地名「吉拉卡漾」，或是「白螃蟹」的太巴塱，會不會因為花蓮黃黏土一百五十公頃的開發案，而消失其美麗的地名？

大光復地區——塔古漠、葛魸佤、魯巴斯

平常回家總是沿著臺九線，光復則是行程的中繼站。有一塊土地就位在臺九線旁邊明利村對面，一個廣大的平原。每幾年經過這個地方，都會變成不一樣的名稱，萬榮開發區工業預定地、花蓮鳳林休閒渡假園區ＢＯＴ、跑馬場、輕航機園區，開發案總是變換它的面貌。

這裡原來是馬太鞍勇士保衛部落抵抗北南勢阿美的古戰場。戰事結束後，馬太鞍的阿美族人在此地安居下來，稱這個地方為Satefu「大水衝擊的隆隆聲」，日本人稱Takomo「塔古漠」。後來受到日本政府的侵入，才被遷往馬太鞍南岸的現在的部落。雖然搬離那個地方，仍然回到Satefu耕作。這個由馬太鞍部落的阿美族農人胼手胝足所開闢出的農地，因各種的開發案而漸漸不見。

同樣的情況也發生在另一個地方——Karowa（葛駘佤），這裡的阿美族人想要重回到這塊傳統領域土地上種植小米等其他農作。日治時期，日本人將這塊傳統領域收為國有，噶駘佤這塊土地的族人於是流落到八里灣、馬佛、大興、瑞穗等地。國民政府來到臺灣後，族人原以為可以回到噶駘佤這塊土地重新種回手中的小米，但是土地卻自然而然地被國民政府接收。

噶駘佤部落的族人一直到現在，只能遠遠地看著這塊土地向政府抗議，訴求著想要回到這塊土地上生活，但這塊土地現在已有一部分土地成為花蓮平地森林園區，重回土地的夢想似乎遙遙無期。

灌溉大光復地區的水源就是萬里溪，萬里溪為花蓮溪一大支流，流域範圍廣闊，源頭遙遠而水流漫長。上游最出名的水源是中央山脈主稜上的萬里池，中游水量浩大，下游則是萬榮鄉的行政中心萬榮村。每一個族群來到萬榮村這個地方，都有自己族群的稱呼：阿美族人稱這裡為Mari'od「馬里勿」，意思是上坡或緩坡地之意；太魯閣人稱這裡為Rubas「魯巴斯」。每個政府來到這邊，都以建設及期望來命名：一九一〇年（民前一年），因東線鐵路架橋於此地，而稱「萬里橋」；日本人也稱這裡「Morisaka（森坡）」，因為這花草盛開，林木茂鬱；戰後的政府，則為了表示萬象更新、榮光照耀，而命名為「萬榮村」。

現在萬榮部落的族人，也漸漸地在公開場合重拾魯巴斯這個地名，但水力發電廠是不是又要以建設為名稱「萬里水力發電廠」，蓋過魯巴斯這個地名。

大光復地區位在花蓮的中間，是各族群交會的地方，也是傳統與發展拔河的地方。我站在路途的中繼站，站在花蓮的中間，看著周邊的部落，面對發展的洪流，部落地圖是否能展現族人的傳統智慧，創造屬於自己的部落發展。

拉庫拉庫溪 Daqkudaqku

走回到生長的地方——卓溪。這裡有一條清澄美麗的拉庫拉庫溪，溪名的由來有很多種說，其中一個是「無患子」的意思。一位我訪問的耆老這樣說：「Daqku qai sia lukis tu ngan, aupa madia han iti daqku, at tupauni daqkudaqku.（daqku 是一棵樹的名字，因為這裡有很多 daqku，所以就叫 Daqkudaqku。）」從老人家口中知道 daqku，漢譯為無患子，當布農族的名詞詞根重疊構詞，如 daqku，其所衍生的語意就是「很多無患子」的意思。

這條溪是布農族遷移到花蓮，曾經居住過的地方。溪的南北岸都還可以看到祖先在山中所蓋的石板屋。還有一些日治時代，日本為了要統治布農族人所建立的駐在所。我曾一步一步走進山中，進人祖先口述的地名，標記在自己繪製的地圖上。

地圖上標示的第一個位置是鹿鳴駐在所。要走到這裡，首先要走進拉庫拉庫溪旁的步道，從入口處往下一段泥土路後，便可見到新修的鹿鳴吊橋。過了鹿鳴吊橋，沿著步道一小段，路旁地勢較高處，就是日治時代的鹿鳴駐在所。這個在我的部落地圖上標示的鹿鳴駐在所，可能因為一件水力發電廠開發案，將駐在所永遠地深埋在這座水庫中。

這個歷史的溪流會不會消失在發展的潮流中？這些歷史遺跡會不會跟著鹿鳴水力發電廠庫的建立而消失呢？祖居地的歷史記憶是否也跟著被抹去？

走進部落地圖後

一步一步地走在部落地圖中，原以為會走進耆老的生活經驗和生態智慧畫出的地圖，卻發現正進入另一張他人繪製的地圖。這個地圖不是講述給族人的神話，不是土地的傳說，不是族人爭戰的歷史；而是繪製族人虛幻的發展夢想，而是編織旅人美好的想像的發展地圖。

看著兩張不同思維的地圖，讓我靜靜地走進思考中，其實誰不想發展呢？只要這個發展能繪製出永續的未來，可以讓族人們維持自己的文化與傳統，共同走進讓祖先歌詠的感動，讓後代讚頌的美好。

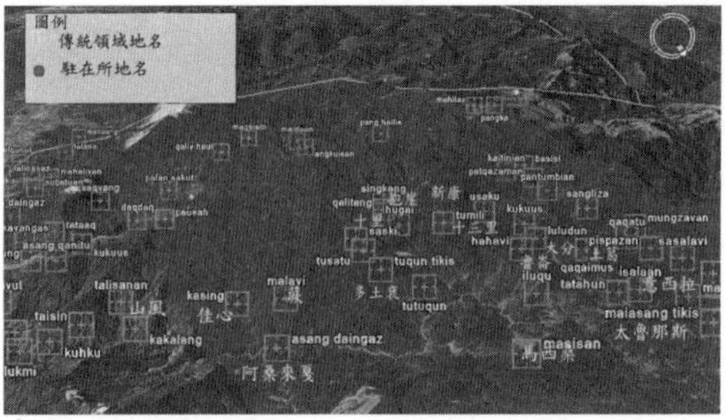

圖一：用谷歌自製的部落地圖。（沙力浪・達岌斯菲芝萊藍提供）

百年碑情——喀西帕南、大分事件

前言

大分事件指的是一九一五年五月十二日的喀西帕南及十七日大分事件，今年剛好是大分事件的百年，我跟著十六名布農族青年、耆老進入傳統領域踏勘尋根。由玉山國家公園南安登山口出發，沿著八通關越嶺道路往返大分。行經瓦拉米、抱崖徒步前往大分，路途長達四十公里。

百年前，布農族人對獵槍收繳行動非常不滿，起而反抗日本政權。百年的時間，到底有多長，為什麼族人後輩會逐漸遺忘？馬奎斯用六代的家族史書寫百年的長度，百年可以遺忘多少事？布農族人在主流的教育體系下，遺忘了自己的歷史，我們也一直不斷地遺忘與被遺忘，我們遺忘自己的過去，最後被奪走自己的過去，也被這個世間所遺棄、遺忘。

這次的尋根之行，就是尋找屬於自己族群的歷史記憶。參與此次的族人有喀西帕南事件的後裔 Ali，也有想要回到外公曾經居住過的石板屋的 Sai，還有一些與這個地方不同連繫的族人共十六名。我們沿著古道，重新從周邊不同氏族的家屋聚落與各式各樣的紀念碑理解歷史。

二〇一五年四月十四日

八通關越道開鑿紀念碑

我們先在玉山國家公園南安管理站集合，整理背包。南安管理站前有一個紀念碑，此碑原址位在玉里神社前(今玉里鎮民族路)，之後遺落在農田中，最後國家公園成立，由楊南郡、曾霖炳等人找到並送回管理站。碑體由片麻岩製成，尺寸約為一百八十三×八十三×十八公分，碑文為楷體陰刻，是在一九二一年(大正十年)一月二十二日八通關越道東段竣工儀式時立的碑，用來說明開鑿時所發的事情[1]。背面寫著：

起工：大正八年六月十日。
完成：大正十年一月二十二日。
里程：自玉里至大水窟，二十一里十二町十七間。
經費：十七萬四千八百四十六圓。
隊員延總計：五萬四千四百七十人[2]。
職工人夫仝：十一萬三千九百二十一人[3]。
（略）
大正十年一月二十二日建之。

碑文記載了起工的日期、完工的日期、里程數、所

圖一、二：八通關越道開鑿紀念碑正面（右）、背面（左）。（沙力浪・達岌斯菲芝萊藍提供）

1 林一宏，《八二粁一四五米：八通關越道路東段史話》（南投：玉山國家公園管理處）。
2 此為人次。
3 同前註。

花的經費、動員了多少人力，卻無法寫出卓溪布農族人在這條道路所經歷過的故事。

重回八通關越嶺古道

整理好了背包，一行十六人重新坐上車子，來到入山步道口，進行小小的儀式，大家準備了小米酒、豬肉放在石塊上，大家面對著祖居地，低著頭，心裡說著自己的禱詞，領隊大哥 Qaisul 則大聲地唸出禱詞：

Tupau tu isan madadaingaz nasqudas,pisihala mudadan isan dantun, maq isan bungzavaz qai na pisihalun ku napakaun, na pisihalun ka pataqu tu paisanin bungzavan ta uninngang madadaingaz.

祖靈，希望能保佑我們一路平安，我們會到大分來慰告祢們，感謝祢們。

透過這樣小小的儀式，讓我們與祖靈有所連繫，心中頓時有了依靠。藉著共同吃祭拜的肉、輪流喝著同一杯酒，讓來自不同部落、不同氏族的族人，有了新的體認，我們將一同走完這一趟別有意義的旅程。

喀西帕南殉職者之碑

九點由南安遊客中心出發，經過山風駐在所、山風一號吊橋、佳心駐在所，來到黃麻一號吊橋前約一公里處的「喀西帕南殉職者之碑」。此碑在林間靜靜佇立，訴說著當年日警的壯烈犧牲，卻也淹沒了當年布農人守護領域的英勇。隊中一位女隊員Ali非常地興奮，因為她要回到她先高曾祖父參與戰役的地方。

這是紀念一九一五年五月十二日戰死此地的日本人，設立時間為喀西帕南事件發生後的十六年，一九三一年（昭和六年）六月二十四日。主碑體為鋼筋混凝土造，座落於石砌雙層基座。主碑高約二．四公尺，為方尖碑造型，以有力的楷書體深深嵌入[4]，

4　林一宏，《八二粁一四五米：八通關越道路東段史話》（南投：玉山國家公園管理處）。

碑體的銘文為：

正面：カシバナ事件殉職者之碑

右側：大正四年五月十二日戰死

左側：昭和六年六月二十四日建之

從日治時代留下的照片，對照現在所站的位置上的紀念碑，此處就好像在山林中定格，還是保留原來的樣貌。我想，是因為位在崇山峻嶺，如果在山下可能會被塗改或放上當權者象徵的圖案。

Ali 跟帶隊的 Qaisul 大哥說：「當時發生的地點是在這裡嗎？」

大哥回說：「沒有，還要爬上去。」

原來當時的戰役是發生在越嶺道旁，稜線上方高差九十公尺處的喀西帕南駐在所舊址。日本人習慣在事件發生地點設立紀念碑，但喀西帕南事件殉職者之碑卻不是設於事件發生地駐在所，而是蓋在越嶺道路旁。我從長滿蕨類的山林中，開闢一條可以行走的

圖三：日治時期的カシバナ事件殉職者之碑。（圖片來原：毛利之俊，《東臺灣展望》；沙力浪・達岌斯菲芝萊藍提供）

路，尋找駐在所。沿著稜線上方，看到一條人造石砌的道路，大家齊力清理駐在所面前的道路。此平臺前方有工整的駁坎，除了面前道路外，左右各有一條道路，寬度均為六尺左右，排水設施完備。平臺上已無建築遺跡。站在平臺上，領隊大哥 Qaisul 指著腳上所踏的土地上，說著：

Isaan dii Bisazu tupa-un tu luqusun a bantas a,pistaba-un kusi-an sia sapuz a qai,kusia qusdul a qai iti .I-iti tupa-un Sipuung patazun a patazun.

那個 Bisazu 事件的現場就在這個地方發生的。Bisazu 就是在這個地方，腳被捆綁，然後，燃火用煙去燻他。這個地方也是九個日本人被馘首的地方。

給他煙 **九個** iti

大哥所說的 Bisazu，就是在我旁邊女隊員 Ali 的先高祖先，她現在的心情應該比我更澎湃。尤其是聽到她的先高祖父就在這個地方，腳被捆綁，然後用煙去燻，受盡折磨。我們就像是走進歷史中，眼前的許多景物與當時的情景，好像都同步進行著。

我曾在遷居花蓮縣卓溪鄉太平村中平部落，訪問過 Ali 的祖父 Bisazu。他的名字剛好就是跟百年前事件裡，當天腳被捆綁的族人一樣，因為布農族人在命名規則上，祖父的名字都會傳給最大的孫子。他在家門口前，跟我訴說祖父那一輩曾經發生過的事情。Ali 的祖父 Bisazu 認為此戰役的起因是「sizaun busul」（槍枝沒收）。

Maqalav dau busaul a. Ma-aq a madadengaz qai madikla isaang qalavan busul a.

因為槍枝被沒收。**我們長輩對於槍枝被沒收，心情就非常地惡劣。**

這個說法與文獻的寫法吻合，日本第五任總督佐久間左馬太開始進行「五年理蕃計畫[5]」，有計畫地逼繳布農族人的獵槍，喀西帕南的布農族人決定從日本駐在所搶回屬於自己的槍枝。

日本人和布農族人原本沒有什麼重大的衝突產生，直到日本人開始沒收族人的獵槍，造成布農族人對此有所怨言。最初，族人都按照日本人的政策，繳交槍枝。但是族人已經沒槍了，日本人還硬要族人交出槍枝，最後發生了虐打事件；這個事件發生在日本人帶布農族人參訪花蓮港，回來的途中族人被「panakun lipun」（刑求）。這個事件讓布農族人很生氣，於是發動對駐在所的攻擊。據布農族人的口述，族人因為獵槍被搶，裝備只有獵刀而已，有的只能赤手打鬥。

Maku-uni ata tamasaz,maku-uni ata via, kopa mita via tun .Pisihalun a via masaqsaq,opaq na istabal. Ma-aq a matamasaz qai na madamu mapakitun. Ma-aq i pinveun qai na tabalan.

我們沒有槍要如何打，我們就用鑾力和我們的刀，我們就把我們的刀弄利，出草。我們可以用我們的力量與他們搏鬥，並將他們打敗。

當天，一個領袖來到駐在所，跟日本警手說：「Na mun-iti saam in mindangaz mu-u.」（來這裡幫忙你們。）當時剛好是警備員用餐時間，為首的布農族人突然大喊，發出信號「Minmadia bunun minsuma.」（族人瞬間出現），近百名族人由附近同時進襲。

---

5 參考藤井志津枝，《理蕃》（臺北：文英堂，一九九七年）；彭明輝，《歷史花蓮》（花蓮：花蓮洄瀾文教基金會，一九九五年）。

Mesnadii a bunun minsuma laqdun madamu Ai , madamu Lipung i , opa mapakitun i ,opa uka via matabal .

所有的人都跑了出來抓日本人，用摔角的方式，用刀把日本人砍下來。

近百名布農族壯丁悄悄包圍了喀西帕南駐在所，切斷電話線，一舉馘首了十名日本警察。行走至此，彷彿聽到了佩刀出鞘的嘎擦聲與此起彼落的步槍聲響，硝煙瀰漫在我眼前，也彷彿聽到 Ali 的祖父 Bisazu 就在我旁邊跟我訴說這一段歷史。

當時的領袖認為要把駐在所的槍搶過來，因為「Ma-aq i ni-i ata siza busul qai, na makubusul enkun , na mataz ata.」（這裡應該有槍，如果我們不去拿，他們就會用這些槍來殺我們。）如果不拿這些，日本人就會拿這些槍來攻打我們。

Minsuma sia tu tatini madengaz malopa ki avula ,pistaba uka in ... Aa lusqa in a bunun mesnadii musbai in .

有一個老人家帶著汽油把駐在所燒光光。族人於是逃離現場。

最後族人拿起汽油縱火燒毀屋舍，這個就是Bisazu口中的「喀西帕南事件」。據《東臺灣展望》的記載[6]，「喀西帕南事件」發生在一九一五年（大正四年）五月十二日，主任巡查南彥治君和部屬九名，正在駐在所準備用餐時，突然出現二十幾名布農族人，進行對日復仇行動。

喀西帕南事件日警死亡名單有：花蓮港廳喀西帕南駐在所主任巡查南彥治、巡查南城武治、藤年鶴治、大賀敏顯、梶山才藏、橫山新藏，警手稻留瑞穗、岡田孫太郎、原三之助、提水流清一，共十人。事件發生後，族人就往深山逃去

Kopa ta mundaan musbai a, mundaan in a bunun munsaan libus tunqabin. Na pinunpiaq tu qamisan opa haan ludun ta tunqabin haan matikla-an.

族人逃離，逃到山林裡躲藏，躲了好幾年在山壁上。

---

6 毛利之俊著，葉冰婷譯，《東臺灣展望》（臺北：吳氏總經銷），頁二七一。

事件後，如同導火線點燃般，一週內，先後發生「小川事件」、「大分事件」、「阿桑來戛事件」等抗爭行動。這些事件，讓日本人有了開闢道路及集團移住等念頭。

喀西帕南部落以巒社 Naqaisulan 氏族為主，事件後族人被遷居到花蓮縣和臺東縣的現居部落，現今只留下幾處石板屋的殘跡。我身邊的 Ali 是這個家族遷移到山下，第一個重回到戰場舊址。算算從被綁的先高祖 Bsazu、參與戰役的曾祖先，以及被我訪問過、曾經居住過喀西帕南也叫 Bisazu 的祖父，算到 Ali 這小女孩，也有五代之久了，百年是這樣久啊。

看完百年前的戰場，我們沿著原路走到古道上，與留在喀西帕南殉職者之碑的隊員會合。並且重新背起背包，趕路到今天住宿的地方——瓦拉米。

二〇一五年四月十五日

戰死地之碑

一大早，整埋好背包後，重新出發離開瓦拉米，途中看到一個戰死地之碑。喀西帕南及大分事件後，日本人決定開鑿道路，在開路的過程，布農族人感受到部落受到侵害，於是當路開到那裡，族人就會做一些反擊。日本人只要有人戰死就會在戰死地立碑。從玉里入山的第一個日警戰死地之碑就是野尻光一、Rusukau、Babai、潘阿生、潘阿武、潘納仔戰死之地。

這個事件發生在一九一九年(大正八年)十月十日，布農族人襲擊正在第一期工程作業的日本人，造成六死四傷。這個碑體是鋼筋混凝土造，方尖碑造型，隨後在古道還有好幾個類型相同的戰死地之碑。

這個紀念碑除了古道的第一個戰死之地之碑外，布農族流傳了這樣的口述歷史：這個碑除了兩個馬遠丹社布農族人，還有三個平埔族族人戰死在這個地方。為什麼會誤殺馬遠的族人，主要原因他們都穿著日本制服，無法判斷是不是布農族人。下面是林淵源所說當時的情況：

圖四：戰死地之碑。（沙力浪・達岌斯菲芝萊藍提供）

Panita dau saduan bungu tu mavia nibung misang uka , at bunun, laqtanun bunun ita , itu bunun tu bungu a laqtanun ita dau haihaip I inka siapun tu ai, mavia bunun, simaq maipataz , ansiapun tu sia bubukun maipataz.

看到所拿的頭為什麼沒有門牙，他們才發覺出草到布農族自己人，於是他們把頭丟棄在路邊，因為丟棄在路邊，很多人就知道這件事，為什麼有布農族的人頭，是誰殺了布農族，之後才知道是郡群的布農族人誤殺的。

布農族是禁忌出草同族人，他們看到所出草的對象有拔牙的特徵，才發現是殺到自己人，之後才知道這是郡社的布農族人所誤殺。根據文獻，伏擊的是來自托西佑小社（Toshiyo）郡社群族與臺東的吉木（Kaimos）、摩天（Matenguru）。

根據林一宏的《八二粁一四五米》書中提到，在東段八通關古道上，有十處柱子形有人名的戰死之地，整理如下：

野尻光一、Rusukau、Babai、潘阿生、潘阿武、潘納仔戰死之地	一九一九／十／十　第一期工程作業隊在多土袞被襲，六死四傷。
圖師八藏、河合正一戰死之地	一九二一／三／二十三　石洞駐在所巡查進行道路修補作業中被襲，二死。
小山惟精、後藤弘五郎、Baratsu戰死之地	一九二四／四／二十一　石洞駐在所巡查於櫻橋附近進行道路橋梁整修工程中被襲，二死一傷。
田中貞作、中川藤戰死之地	一九二一／四／二十四　大分駐在所巡查部長田中貞作、十三里駐在巡查中川藤七於搬運物資中被襲，二死。
Rinowusan 戰死之地	一九二〇／十／三十一　新康駐在所警手被襲，一死
關儀三郎戰死之地	一九二一／十二／二十　魯崙駐在所巡查於運送物資中被襲，一死。
田中金兵衛等戰死之地	原大分駐在所巡查轉勸至魯崙赴任途中遭襲，五死。
仁木三木郎戰死之地	一九二一／十一／二十　工程隊第一分隊長巡查部長仁木三十郎於塔達芬溪鐵線橋附近督導工程時被襲，二死。
宮野七衛、大島三男、Rino、Katsuau 戰死之地	一九二一／三／十六　玉里支廳轄下巡查繪製地圖中被襲，四死二傷。
Sura、Asen 戰死之地	一九二一／十二／十七　托馬斯駐在所警手運送物資中被襲，二死。
木牌紀念碑	不明

整理自林一宏，《八二粁一四五米》

我們一邊走，一邊看著這些戰死地碑，每一座碑都是一個故事，雖然碑文都是寫著日本警察戰死的歷程，但透過耆老的口述及自己的想像，我好像看到布農勇士如何利用天險，來到石洞駐在所，如何利用日本人在進行道路橋梁整修工程時突襲的過程。我們一路沿著當時突襲的路，來到今天晚上睡覺的駐在所——抱崖。

進入抱崖駐在所的轉角，可以看到圖師八藏、河合正一的戰死地之碑，他們應該是從駐在所走出來，準備前往道路修補作業中，被躲在轉角處的布農族人擊中，離駐在所只有十公尺的距離。

二〇一五年四月十六日

四方形的石堆

第三天的行程是從抱崖到大分，到大分前要翻越魯崙稜線，是整趟行程較累的一天。在途中，古道旁有一個用石板堆出來的四方形石堆，如果沒有長輩告訴的話，很容易忽視這個石堆。為了要讓順行的記者 Sai 和 Ali 了解這個石堆的緣由，帶領大哥 Qaisul 又在大家面前講了這個石堆的故事。

Maqa qabasan這個kasasan南投 qai dasun aipa isia ta nasqudas musaupakaliku tun , isia kalinku tun qai kau-uvaz-azin .Miliskin aipa tu nahaizaang patamaun su han 南投 dasun dau pasadu dau 南投 ta , maqa inaita tama qai padaan ti mihalang mataz, mususuna uvaz-az a ni sausan 南投 ta,musuqisin dau.

以前有一個家族原本居住在南投，有一位小孩子被他的祖父遷移到花蓮。這小孩長大後在花蓮定居，並且生了孩子。他想說還有親人在南投，想帶小孩回到南投認親戚，結果就在這裡生病而死。小孩只好折返，沒有回到南投。

圖五：僅用石頭堆成的紀念碑。（沙力浪．達岌斯菲芝萊藍提供）

布農族人無法在碑文刻上文字，只能從兄長的口中，一句一句地記在心中。這位父親不知為何不再撐一下，就可以走到多美麗（Tomiri）駐在所，至少日本人還會提供一些醫療。我們上魯崙稜線之前在多美麗前休息。多美麗（Tomiri）為日語「十三里」（自玉里至此地約為十三日，五十一公里餘）之音譯，其駐在所平臺遺跡頗大，設有兩處入口，一處便門，木炭窯規模亦完整，北側七十餘公尺的路旁又有日警戰死之碑，是田中貞作、中川藤戰死之地。

在此用午餐後，十一時再上路，走一段日本路後，由乾溪溝旁小稜上攀、轉走溪溝上抵鞍部。往下橫渡碎石坡，雲霧中大分隱約出現，耆老就跟 Ali 說：

Isaq ma-aq a Tahun qai, tas-a ngaan a. Ma-aq a Tahun a bunun qai sintupa tu Bongzavan.Bunun tu qalinga qai “Bongzavan”. Ma-aq a Tahun a itu-Lipung in, Lipung a qalinga Tahun a.

這個大分呢，只有一種稱呼。稱作大分的族人，其實就是住在 Bongzavan 的地方。族名就叫「Bongzavan」。大分是在日據時期的名稱，是日本語 Tahun。

耆老跟年輕的 Ali 說，大分這個地方布農語叫 Bongzavan，平臺的意思，而大分是日本的稱呼。耆老就是透過當下所見的空間，將地名的意義銘刻在我們心中。

殉難者之碑

下午抵達大分吊橋，過橋後途經被稱為大分玄關的「殉難者之碑」，這是為了紀念八通關越道路第二期工程殉職作業隊員之紀念碑。隊伍中有的人繼續往上走到達今天的駐在所平臺，我則和 Sai、Qaisul 大哥、Ali 停在「殉難者之碑」，並且放下背包。林一宏（二〇〇四年，頁一六五）提到此碑位於八通關越道路大分鐵線橋北側，旁邊原為大分的地藏菩薩。其碑體由天然石材製成，下有卵

圖六：殉難者之碑。（沙力浪・達岌斯菲芝萊藍提供）

石臺基。此碑並沒有題註立碑時間，正面碑文為：殉職者之碑。我繞到石碑後方，端詳碑石背面的碑文，碑文以漢字為主，中間夾雜著些許日文，字跡漸模糊，就像歷史一樣模糊不清。

大分事件

這次行程的第一天，我們還在喀西帕南聽領隊講百年前五月十二日發生的事，行程的第三天我們就來到大分了。好像百年前，喀西帕南結束後的第五天，就緊接著發生了大分事件。布農族反抗的心，從山下持續到山上。大分事件在《理蕃誌稿》的記載是這樣：一九一五年(大正四年)五月十七日，大分駐在所遇襲。根據 Asang daingaz 駐在所情報，大分駐在所於上午五時左右受到附近蕃人攻擊(Aziman Siking 一族除外)，田崎警部補下落不明[7]。

根據布農族人學者海樹兒·犮剌拉菲的調查，這次行動以 Takis Talan 氏族為主的大分地區布農族人，襲擊警察官吏駐所之案，參與的布農族氏族除了屬 Istanda 氏族的

Takis Talan 小氏族外，至少尚有 Takis Dahuan 等氏族參與。而參與的布農族人，我們可以確認的有後來逃至南投廳而在押解途中遭殺害的 Dastar，及 Tosiyo 社事件中遭慘害的 Dahu、Biung、Aziman、Husung 等[8]。

大分駐在所員警遇難者：警部補田崎強四郎、警察紺野勇治、永山武行、西川傳藏、馬場森之助、岡田莊五郎等，警手興梠豐治、松本勝吉、末繼八十雄等，合計九人[9]。後來在「池田警視之報告」裡，稱有十二名遇害[10]。

---

7 《理蕃誌稿》三卷，頁一六—一七（參考漢語譯本頁一四）。

8 余明德，〈布農族 Dahu Ali 發動大分事件說的解謎〉，未出版。

9 《理蕃誌稿》三卷，頁一七—一八。

10 《理蕃誌稿》三卷，頁二〇。

殉難諸士之碑與納靈之碑

看完了殉難者之碑後，我們往另一個方向，走到大分第二階平臺、大分小學校平臺下方，再往下走就來到殉難諸士之碑與納靈之碑。殉難諸士之碑立於一九二九年（昭和四年）五月十七日，也就是大分事件十四年後。歷經八十幾年的歲月，石碑還相當完整，碑文清晰可讀。納靈之碑沒有刻上日期，領隊大哥Qaisul說這個碑的設立主要是紀念死去的布農族人，因為日本人所設立的碑主要是祭拜為國捐軀的警察、工人，而沒有專為布農族人而豎立的碑。因為有一些警察常夢見穿著布農傳統服的族人在此遊蕩，但一下子就化為血流成河的畫面。為了消弭警察心中的恐懼，於是建了

圖七、八：殉難諸士之碑（左）位於正中央，納靈之碑（右）則位於左後方。此二碑並稱為「大分事件紀念碑」。（沙力浪・達岌斯菲芝萊藍提供）

這個納靈之碑。

這兩座碑主要是日本人為了紀念一九一五年（大正四年）「大分事件」死難的駐在所警備員及布農族人，兩個碑一前一後豎立著，紀念碑周圍有石砌圍牆，圍出一塊方形基地，殉難諸士之碑位於正中央，納靈之碑則位於左後方。兩碑均為天然石材製成，殉難者諸士之碑的銘文是蒼勁有力的魏碑體，而納靈之碑的則是陰柔流暢的行草體[11]。

這一夜，我們在大分屋住宿，外頭就是駐在所地基遺址。夢寐之間，彷彿聽到多年前日警與布農族人交戰的廝殺之聲，兵器鏘鏘，一陣陣傳過來。

11　林一宏，《八二粁一四五米：八通關越道路東段史話》（南投：玉山國家公園管理處），頁一六六。

二〇一五年四月十七日

唱出歌聲，回到石板屋

行程的第四天，一大早，我們穿起從山下帶來的傳統服飾，準備今天的祭拜儀式。我們帶著沉重的步伐，走向駐在所的第三層平臺，駐在所平臺可細分為三層，每層落差約三公尺，下層為駐在所平臺，中間曾為官舍平臺，上層為武德殿平臺，最南側有被高厚石牆重重圍蔽的軍械倉庫與彈藥倉庫，我們就選擇在最上層的武德殿平臺舉行儀式。領隊大哥Qaisul大聲的喊出各部落的名字，接著對祖靈說：

Masaupati maqtuang madadaingaz taqu tu maduduaz tun , iti sam sau dau ku tuani mu, munanpukav mita laupaku ,napakausam laupaku mutu sia maibabu tun

祖靈都來這裡，讓年輕的後輩，了解以前發生的事情。前來這裡，我們已經準備好祭品了。

透過呼喊，緬懷百年前為了捍衛土地、領域跟族群尊嚴，抵抗日本軍隊的布農族人。透過呼喊，呼喊各部落家族、祖先，告知孩子回來探望。接下來就是點酒、祭酒、誇功宴。最讓我感動的是唱 pasibutbut 時，我被分配負責低音「lagnisgnis」的部分。

手拉手或肩搭肩圍成一個圓圈，面向內，由這次的領隊發音，並隨著領唱者的音高逐步上升，我也配合著唱和，維持四至五分鐘，然後仰望廣闊的天際，音樂驟然停止。第一次覺得祖先就在旁邊，聽著我們合唱。

唱完後，我們就與祖先共飲，喝著酒、吃著肉，討論這裡曾發生過的事。最後由領隊大哥 Qaisul 把祖靈送走，他一直交代我們年輕人，口中要唸著自己部落、祖先名字，請祂們回到自己的家裡。送走祖先後，舉行過火 laungkav sapuz，表示與剛才祭祀場的儀式切割開來，避免將不好的氣息帶回。另一方面，也象徵將不好

圖九：Sai 的祖居地。（沙力浪．達岌斯菲芝萊藍提供）

的東西跟氣從身上趕走。儀式結束完後，Sai 跟領隊大哥 Qaisul 說：「我想去外祖父住過的石板屋。」

於是 Qaisul 大哥就帶我們幾個年輕人到後方平臺的舊部落區，上切到第三個森林平臺，往右走。基本上這層平臺是大分後方的部落區，有許多大房子，甚至連當時所用的檜木柱子都還健在。最後我們走到一座只剩一面牆的石板屋，Qaisul 大哥就說到了。

Sai 說著：「這就是我外祖父埋葬肚臍的家，我在山下阿姨們都跟我講過這房子長得如何，外公曾經在那個地方做過什麼樣的事。真不敢相信我可以回到外公居住過的石板屋。」Sai 是這次隨隊的攝影師，一路上都很認真地工作，看不出他的表情變化。只有來到這裡，在說這些話時都有一些顫抖，眼中泛著淚光。

布農族人雖然沒有找一塊石塊刻文字以記錄歷史的習慣，但是眼前的石板屋不就是記錄著我們族人的歷史嗎？只有用心體會，都可以從石板屋的殘跡中找到家族的源流。

回到駐在所平臺，辛苦了一整天，大家都找到自己心中的歸屬，回到山屋休息。我選擇一塊石板，靜靜地坐著，看著對面的山，那是祖先居住過的地方。想起在山下唸的一本書《臺灣原住民族系統所屬之研究》，從書中了解到我們的祖先從南投郡大社遷移 Nanatuh，最後來 Masisan。系譜中，我們這個家族與拉荷阿雷是 mavala 姻親關係，進行了交換婚，Biong 娶了拉荷阿雷的女兒，而拉荷阿雷的兒子則從我們家族娶了一位名叫 Ali 的女子。我細細算算從郡大社到 Masian，也歷經了六代。

大分事件後，為了持續抵抗日本人，於是借助姻親的關係，來到 Masisan 做一些防禦工事。使得臺灣東部拉庫拉庫溪上游的大分、Masisan、Nanatuk 等警察官吏駐在所不得不撤廢。撤廢的結果也等於日本政權勢力在此地區的退卻，但也令布農族人遭遇更強大的侵略和壓迫。當拉荷阿雷家離開 Masisan，我們也面臨被集團移住的命運。

在馬西桑有一個特別戰死地之碑，是用檜木製成。本來是跟其他的戰死地之碑一樣要用水泥，但路途遙遠，先用檜木代替，但沒有想到日本戰敗，無法背運水泥完成此碑。沒有名字，沒有故事，也不知是那位我家族的祖先突襲這位日本警察，一切都是未知，就像這空白的檜木。每次回祖居地經過這裡，寂寥感總是油然而生，現

圖十：木製的紀念碑。（沙力浪．達岌斯菲芝萊藍提供）

在日本還有後輩傳述這位警察的故事嗎？

如果拉荷阿雷 mavala 姻親關係所生下的孩子為集團移住的第一代來推算，像我的祖先就是集團移住的第一代，我的父親是第二代，已經沒有回去過馬西桑了，我這一輩就是第三代，我的大哥搬離現在的部落，去都會成家立業，小孩也在都會生活，這樣來到山下也有五代之久，他們還記得山上所發生的事嗎？會像空白的檜木紀念碑一樣嗎？沒有人記得起山中的一切。

望著斷壁殘垣的布農家屋，當所有的痕跡都被大自然吞去，後輩們還會記得這裡曾經是祖先居住過的地方嗎？我們也要找一塊石塊，刻下這裡的故事嗎？石碑到底可以保留多少的歷史、多少的悲情。每次來祖居地，都是一連串的疑問。

夜晚的到來，我的心逐漸平靜，日警與布農族人交戰的廝殺之聲，兵器鏘鏘聲已消失不見，只有刻下更多的疑問在心頭。

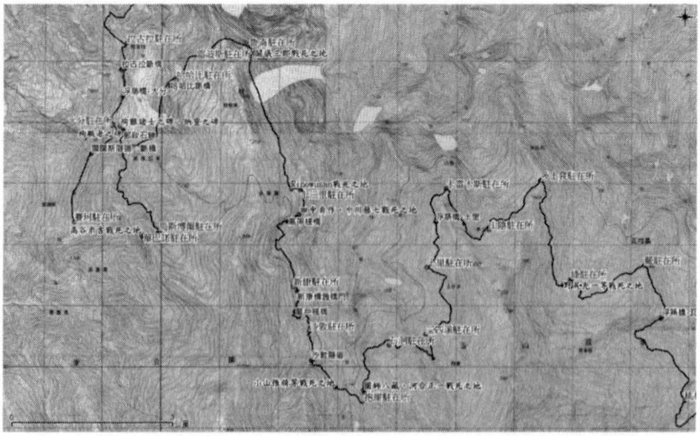

圖十一：蕨（瓦拉米）駐在所至拉古拉駐在所越道路線，及沿線日治時期遺構位置。（張嘉榮提供）

二〇一五年四月十九日

抗日英雄紀念碑

第六天我們回到山下，先在卓樂休息訪友，此處舊名為Takuroku（卓麓）。位於卓樂派出所旁有一座「抗日英雄紀念碑」，這座紀念碑於戰後所設立，紀念日治時期Takluk（卓樂）部落一群慘遭日本軍警所殺死的族人，在當地族人心中藏著一段相當悲慘的故事。卓樂的耆老Qesul Istasipal這樣說那段的歷史：

Sia memasanbut sia mepataz Lipuung hai munhapav a dau.Amus tona-Takluk ta hai pahudan davus,na ma-aq quu dau Bunun misbusuk i,at mena-ita in hanpiing manaq. Eza saan Takluk ta 墓碑，tupa i na sadua amu saan 派出所 isaan uung tu mananakis ita.At, panahun at,eza mihumis ang a haltumun,eza dau Bunun tenivaas.Ita munngaa Bunun palusvakun mapataz.

就邀請那些曾反抗（日本）的一定要出席。之後，他們一到達卓樂，日本人就請他們喝酒。結果，大家都喝醉了。然後，日本兵就在那裡開槍射擊。在卓樂那裡有他們的墓碑，你們應該看過，就在派出所往上走那裡。開槍射擊之後，有的族人還活著，他們就把他們全埋了，而且還有一些沒被槍射中的族人。我們的族人就是在那時差點被他們殲滅的。

當地耆老的印象中，這個「卓樂大屠殺事件」的年代大多在昭和八年（一九三三年），而這一年剛好就是當時集團移住的前一年，當時日本當局為了剷除反對勢力，做了 Qesul Istasipal 所說的屠殺事件。

對於發生的時間，文獻則有不同的看法。《臺灣日日新報》在大正四年（一九一五年）八月十二日「高山蕃騷擾、敵地の屍十一」、十月二十八日「警部負傷續報」寫下這個事件；《理蕃誌稿》記載了八月六日這一天，爆發了所謂「中社騷擾事件」的集體屠殺布農人的慘劇。《八二粁一四五米》則認為「卓樂大屠殺事件」應為一九一五年（大正四年）八月六日所發生的「中社騷擾」。所以從文獻得知，喀西帕南事件、大分事件發生後一個月，為了增強警察防備，在一九一五年（大正四年）六月二十日，花蓮港廳當局便將原先設在拉庫拉庫溪下游南岸的中社駐在所，向下游後撤約四公里遠，移至「拉庫拉庫溪與清水溪匯流點左岸高地」，就是今日卓樂駐在所的位置。八月六日，就發生了「中社騷擾事件」的集體屠殺布農人的慘劇。

當地耆老的印象中，當時日本當局為了剷除反對勢力，於是設下了酒席款待布農族的壯丁們，趁他們喝醉之後，再將他們推入早先挖好的洞內並將他們活埋！只有少數人僥倖逃過一劫。

——黃泰山

Duma minsuma ita , tupa qabas savan in qaimansut a, paqudaan davus patazun in naika.

有的是從別的地方來的，他們給了東西和喝了酒後突然加以捕殺活埋，只有少數人僥倖逃過一劫。

Mataz haizang musbai, haiza musbai aupa maqu qabas vanglaz musbas, tunpu danun , makahan in ma 南安 nu ludun a ni makasan dan lipun in na haiza lipun , maka ludun musbai , maupata.

有的人見機跑掉，有的人從河邊、有的人從南安的上面，就是不能從日本路，因為會有日本人。

官方檔案記載指出，事件發生原因是布農人酒醉後向警察動刀攻擊，警察被迫還擊而殺人，我想這應該是官方的藉口。衝突發生時，警察僅有數人受傷，布農人卻有十一人以上當場死亡，日人最後也沒有為這件事做一個石碑。

根據當地青年潘子星的說法，這是民間自己設立的紀念碑，因為這件事沒有被官方紀錄，但是透過口耳相傳，偶爾會有人提起，或許因時間的推移，或許因記憶中的陰影，使史實產生了歷史時空上的錯象，但不論是「中社騷擾事件」或是「卓樂大屠殺」，都是一個族群衝突的悲劇。直到民國七十多年，才由一位國小老師、泰雅族的周清松先生立了個石碑。十幾人的性命只換來一個簡陋的石碑，上面甚至連死者的姓名、事件內容、時間都沒有，只剩下無法熄滅的十二道光芒。

圖十二：抗日英雄紀念碑。（沙力浪・達岌菲芝萊藍提供）

表忠碑

六天的返回傳統領域踏勘尋根行程結束後，回到自己的村落前，在經過玉里時，看一下玉里的表忠碑，總結自己這幾天的心情。這個碑，應該也是日本人總結至一九一五年「喀西帕南事件」、「大分事件」、「中社騷擾事件」（卓樂大屠殺事件）、「八通關越道路」、集團移住等所發生的事，而建立的慰靈碑「表忠碑」。根據《臺灣日日新報》記載，此碑完成於昭和七年（一九三二年）一月五日[12]。

從毛利之俊於昭和八年（一九三三年）所拍攝的照片，可以見到「表忠碑」正面朝東，底下

圖十三：昭和八年（一九三三年）玉里「表忠碑」。（沙力浪．達岌菲芝萊藍提供）

12 〈玉里の表忠碑：五日除幕式舉行〉，《臺灣日日新報》，一九三二年一月七日。

至少有五層鋼筋水泥所堆疊的平臺，最下面兩層還混合了石頭。另外，從最底層走上第一層平臺，有四階的石階梯；第一層平臺有圓柱及砲彈型的石柱，並由鐵鍊串起來圍成一圈。

這個碑曾經跟玉里神社一樣差點被拆除，民國六十三年（一九七四年）二月二十五日，內政部發布「清除臺灣日據時代表現日本帝國主義優越感之殖民統治紀念遺跡要點」（臺內民字第五七三九〇一號函）：日據時代遺留具有表示日本帝國主義優越感之紀念碑、石等構造物應予澈底清除……[13]。

位在深山的碑，因位於偏僻的山區，隱沒於荒煙蔓草中，被人們所遺忘，所以也躲過戰後的國民政權及人為報復破壞，而能保存至今。山下的碑文，則多少深受這個政策影響。雖然這些碑記錄著日本人的事蹟，但如果全部拆除，我們將會找不到與日本殖民統治時期歷史的對話，這次走在古道，可能就缺少了穿越時空的想像空間。

太平村建村頌德碑

回到自己的村落，一路上看到很多的紀念碑，自己的村落也有一個碑，在太平國小內，這是為了紀念大正十三年（一九二四年）建村，日本人於昭和十九年（一九四四年）在此建立建村頌德碑。

根據調查，拉庫拉庫溪南北兩岸布農族舊部落約有五十五個，兩百八十四處的建築物遺跡。大分事件、喀西帕南事件後，在集團移住之前，日本人為了要讓山上布農族人遷移到山下，於是就在昭和五年（一九三〇年）年代開

圖十四：太平村建村頌德碑。（沙力浪・達岌斯菲芝萊藍提供）

13　葉連鵬，〈淡水神社的石燈籠〉，《臺灣文獻別冊》九期，頁二五—二六。

始，在現今太平村規劃示範村。

一九三六年間，日人開始把太平村興建為模範的計畫。首先測繪地圖，完成社區的街道與房舍分布計畫，在太平部落完成二十八戶的日式木造房舍，轟動花蓮，並以「模範村」的名義成為日本殖民政府向全省宣傳「蕃人集團移住」的樣板。

一九三四至一九三六年，拉庫拉庫溪流域的布農族被集團移住至花東縱谷旁的山麓地帶，移往今天花蓮縣卓溪、卓樂、古分、清水、崙天、石壁和秀巒等地。來到山下的族人，如何適應低海拔的氣溫，和被迫學習農耕技術的複雜心情？被日本人強制或勸誘離開家園的布農人是如何背著家當走過這裡？不也是沿著這次所走的八通關越嶺古道？

看著頌德碑，它歌頌的主體，應該不是居住在此地的我們。

後語——會說話的碑文

這次返回祖居地，一路看著石碑，從八通關越道開鑿紀念碑，到自己村落的頌德碑。這些原是一塊一塊的石頭，它們不會講述歷史，但是這些石頭被挑選出來，日本人用天然石材、鋼筋水泥、木頭，用堆砌法、雕刻法。不會說話的石頭在寫上文字後的那一刻起，不再只是不會講話的石頭，它述說了不同的歷史意義，同時也述說一段布農族人被殖民的歷史。

山中的石碑都接近百年的時間，百年是一個不算長、也不算短的日子。馬奎斯書寫的百年，充滿了權力的孤寂、智慧的孤寂、善良的孤寂、戰爭的孤寂、愛的孤寂。山中人事已非，所有的一切好像就此終結，只留下百年的石碑，殖民政權的歷史觀，茫然地讓人感受到強烈的孤寂、強烈的悲情。碑文雖然是主流社會所主導，但紀念碑歷史的價值在於傳承經驗與記取教訓，透過石碑了解不同於族人觀點的歷史，時間總會沖淡歷史恩怨，卻不能遺忘。

對於一個沒有刻石碑文化的布農族人來看，如果沒有對自己族群歷史了解的話，很容易跟著碑文去理解自己的歷史。石碑告訴了我們這麼多事，也隱藏了很多事。當刻上頌德碑，布農族人已遠離了家園；當刻上表忠碑、殉職之碑，有許多布農族人已經家破人亡了。我們只能把石碑後面被隱藏的故事再次找回來。石碑雖然隱藏了很多事，它卻告訴我們建碑那個時間點所發生的事情，透過了解過去的歷史，知道自己現在在時間軸上的定位，我們知道自己的定位在哪，才能從這個定位再走向未來。

回到部落，想想這是一趟豐富的行程。走在部落的街角，來到 Ali 的祖父的家中，分享這次長達百年的行程。

馬翊航

〈小型時間〉（二〇二〇）
〈老虎在哪裡〉（二〇二〇）
〈關於買賣〉（二〇二一）

Varasung，一九八二年生，臺東卑南族人，池上成長，父親來自Kasavakan建和部落。臺灣大學臺灣文學研究所博士，曾任《幼獅文藝》主編、國立臺北藝術大學兼任助理教授。現專職創作與講學。著有詩集《細軟》，散文集《山地話／珊蒂化》、《假城鎮》，合著有《終戰那一天：臺灣戰爭世代的故事》、《百年降生：一九〇〇—二〇〇〇臺灣文學故事》。

小型時間

我是一九八二年冬天生的。胡德夫《芬芳的山谷》的歌詞本，裡面附上了編年大事紀，當年他加入黨外編輯作家聯誼會，隔年寫下〈最最遙遠的路〉，獻給「旅北大專學生聯誼會」的學弟妹們。這些事情，嬰兒的我不知道，那時的父親大概也不知道。在我十八歲離開東部之前，都聽瑪莉亞．凱莉，聽席琳．狄翁，溫嵐徐懷鈺王菲蕭亞軒，臺北女生紐約女生的情感造型，轉音習作，從來沒有聽說過胡德夫。關於殖民，族群問題，原運，還我姓名，美麗島這些問題，手腳很難伸到池上，比較容易聽到的原住民歌手應該是林玉英（但很長一段時間我因為〈小雨〉而以為她是閩南人）。但不是胡德夫的問題，也不是池上的問題。

小時家中有個例行的夜晚CD時間。父親洗完澡，裹著浴巾出來（那浴巾的圖案是紐約或其他大城市的夜景），細微的蒸氣繞行厚實的身體，像縮小的火車頭。他按下房間CD音響的PLAY鍵（平常不能進去的主臥室好像是另一座城市），鼓點與類擊掌的合成音效，節奏之後是歡呼，轉音，女聲強壯地上下抬升，沉靜的一樓也像二樓了。日後才知道是惠妮・休斯頓的〈I Wanna Dance with Somebody〉，我那時也真想跳舞，但不好在父親面前 PLAY——When the night falls, My lonely heart calls.

天黑之後，寂寞的心呼叫起來。

離開家裡，有了自己的ＣＤ時間，想跳舞就跳舞。還是繼續聽那些女生的歌，有人更趨空靈，有人輕易地走精。偶爾也買一些原住民的唱片，為自己的身分做些補償認同，像是紀曉君的《太陽　風　草原的聲音》（但最認真學的竟然是〈婦女除草完工祭古調〉。後來才知道那在南王卑南語裡叫 Emayaayam，鳥鳴之歌），也聽巴奈〈泥娃娃〉，貼著水溝自言自語那樣低沉感傷。碩士班時候租房在新店一棟老公寓，地板鋪著舊式的櫸木拼花地板，三房格局，我分配到近乎空曠的主臥室（真是另一座城市了）。只要播放〈泥娃娃〉，時間就會變成潑水的石板，透出不情願的灰。對照那時候不甚順暢的感情跟學業，若說是無病呻吟就太不厚道了。流浪到臺北，誰不希望在心頭上受點補助。這些音樂固然不是生活的全部，但也像那些父親浴後的片段，在記憶中自動擴編，整隊，填充空蕩的租房，只是從壓抑歡樂的抬升，變成自在孤單的積水而已。回到池上，偶爾也會買上幾張ＣＤ跟父親分享，《高山阿嬤》、《海洋》、《Am 到天亮》……這樣大概比較「像」。有段期間瘋狂迷上巴奈版本的〈臺東人〉，但不是因為我是臺東人，而是移山倒海樊梨花。

二〇〇五年十月，在花蓮舉行了一次盛大的原住民文學研討會。我是菜鳥研究生，在晚宴第一次親眼看見胡德夫。第一個念頭是：跟父親好像。上次令我有這種感覺的男人是柯俊雄——那讓我不太敢重看電視劇《孽子》的開頭，不是害怕柯俊雄穿著木屐在巷弄裡追打李青的氣魄，而是他把李青趕走之後，待在陰暗的小廳裡，如一頭頹敗的象低著頭，喘氣。昏黃的光線意圖冒犯什麼，斜斜地侵占半截手臂。當然胡德夫不是那樣的。比父親歲數略大一些的他，像另一種父親的選項。茂密（這比較難）霜白的短髮，清淡的醉意裡隨性行走出來的聲音，與孫大川拿著宴會廳裡的麥克風搖擺著。我想研討會結束回家後可以跟父親炫耀一下。

那年四月，胡德夫的第一張專輯《匆匆》也發行了。這個與父親相像的，歷史一樣的男人，原來聲音是這樣的啊（「歷史一樣的男人」這說法當然很奇怪，但我真是先讀臺灣文學史，而後才聽到歌聲的）。《匆匆》的裝幀非常美，人認同樹或樹認同人，叉開的雙腿，名字，歌名，簡略的風的線條，金屬綠畫過布紋書衣。我攜帶CD回到池上，與父親蹲坐在客廳分享（當年主臥室的音響早壞了）。才發現胡德夫也唱了我聽她們唱過的歌——其實是她們唱了他唱過的歌：巴奈的〈大武山美麗的媽媽〉、紀曉君〈美麗的稻穗〉（後來知道高山阿嬤唱的〈大地的孩子〉，正是胡德夫在八〇年代初期，參加新民謠歌曲徵選的冠軍歌曲）。讓客廳空氣伸展變幻的，是〈standing on my land〉，從郭英男的馬蘭部落傳唱歌謠〈拜把兄弟〉改編而來。「Oh I roared ! oh yes! I'd been roaring out loud thunders. Till now we really need is lightening to lit the road to the mountain-ma-ma, and the old old heart.」雷聲，閃電與乾燥的心，胡德夫的聲音像可以包抄一切，最細小的音量也是潛伏的旱溪，可以漲起與流動。不過接下來的敘事很平淡，我回到老家的房間裡發懶，父親在客廳看電視，像ＣＤ包裝上的胡德夫一樣叉開雙腿。我沒有因為胡德夫的音樂，變得更愛土地或者更不愛土地一些。

去年胡德夫還演了電影《阿莉芙》。他飾演的頭目達卡鬧，北上找他的兒子Alifu（阿利夫／阿莉芙），他不知道在髮廊工作時候，在臺北時候的兒子，是比較漂亮那種。他看著銳利美豔的阿莉芙問：「我的孩子在哪裡？那個很男人、很帥（sauqaljai）的孩子，叫他出來。」孽子的情景逆轉，胡德夫走出髮廊，阿莉芙穿著高跟鞋在巷弄裡追趕，爸爸、爸爸、爸爸（還一定要配合跌倒喔）。我不知道為何與父親相像的男人，也要巧合演出那些與我們相像的小難關。後來胡德夫一路走回部落（電影裡面真的一直拍他走路），背景音樂是〈美麗的稻穗〉。畫面聲音的組合ＭＶ一樣彆扭，但裡面的山頭黃昏，公路的水泥矮欄，過站不停的車，我與父親一定也見過，只是沒有演化成衝突——僥倖地被誰竊取了。

兩天前洗完澡後，在房間放胡德夫給戀人聽。《時光》CD附上厚厚一本寫真，像引誘誰開始思想歷史。戀人說，沒想到錄音品質這麼好。為了討好他或者討好時間的質地，藍牙音響繼續放著，我戴上耳機接著筆電，聽YouTube上面的林玉英《山地情歌全集》（林玉英的離開，跟當年惠妮．休斯頓的離開，讓我感覺一樣惆悵），耳機外是〈頌祭祖先〉與〈橄欖樹〉，耳機裡是心上人呀心上人，請你不要把我忘記呀心上人。胡德夫在外面，我躲在裡面。小型時間，小型記憶，也許能保留某種空曠，鬆散的依賴。

大地的孩子愛不愛草原呢？也許暫時先不想這個問題。

老虎在哪裡

電話對面的小姐姐刻意把呻吟拉得好長，十秒可以完結的句子拖成三分鐘，好像就是色情了。擔心大人走進來，趕緊把電話掛上，轉開小房間裡的小電視。喔，是趙雅芝的《新白娘子傳奇》。

繼母的娘家在隔壁村，家裡偶爾會去陪外公、外婆一起吃晚餐。吃完晚餐大人在客廳抬槓，十歲的我習慣躲進邊房看電視。那間小房間裡有閉路（以前池上的小孩都說看「閉路」而不是說「看錄影帶」）、小表弟的童書，抽屜裡有外婆的藥品與水粉（有次我差點要把白鳳丸當成化核梅吃下去），太魯閣遊覽買回來的手持小幻燈片機。我對床墊下外婆的私傢沒什麼興趣，倒是《新里見八犬傳》的閉路看了許多遍。夏木麻里飾演的妖婆玉梓，裡面有一幕正面全裸，浸泡在巨大血池裡的畫面。紅的血水、白的胸脯、黑的頭髮，她看起來元氣飽滿、恨意十足，我也沉溺在壯觀與犯禁的快樂裡。

外婆家後院養著小雞，橘色的燈泡夜間照著小枇杷一樣的雞崽，細小的啼聲讓夜晚穿孔。雞籠底下鋪著牙黃的糠殼，聞起來像健素糖，空氣飽脹，富含摩擦力。不知道十歲的我還算不算小雞，但待在外婆家的時候就像暫時放養。跟家裡樓房清潔陰涼的氣氛不同，家犬，野貓，夏日驟雨的積水，剩飯與鐵盆。竹林，九重葛，醜玫瑰，小辣椒。曳引機的厚油味，輪胎田土壓出長長的曲紋，陽光強烈像蝴蝶也會被晒死。外婆家是感覺的圖書館。

那裡有前埕，後院，四個房間，三臺電視，像組合在一起的小紙箱。女兒們都嫁出去了，大多數房間只有過年時候睡滿人。我在這間躺一下，那間躺一下，找尋飼料把感覺的小雞養得更大。其中一間房間堆著小阿姨再也不看的女性雜誌。我在一些時尚新知星座運勢的資訊裡，挖到一篇色情而粗糙的小說。年近三十的女主角，同時認識了中年男子老井，與年輕精壯的青年鐵雄。小說反覆描繪老井如何在性上面委頓不濟，她如何從鐵雄身上得到如槍砲、如流水的愉悅。因為審查的尺度限制，小說中滿是╳╳。玉玲握著老井沉默疲軟的╳╳，想起鐵雄憤怒堅挺的╳╳。我凝視著╳╳，第一次感覺什麼是不寫而寫，愈隱藏愈暴露。╳╳在連貫的字句之間彈跳，阻礙又張開。廚房有滷肉完成的味道傳來，謹慎地闔上書本。把我的╳╳留給自己，你的╳╳讓你帶走。

九〇年代初期鄉間的色情真是得來不易，手指沾上的糖粉入水就會化開，更不能與人交換了。外婆家訂《民眾日報》，我維持資優生形象，常在客廳讀報，對報紙上刊登的色情電話號碼更好奇。我偷偷把報紙帶到邊房，看起來像要看影視副刊，分類廣告欄就在不遠處。輕輕拿起床頭上綠白配色的電話，數字鍵盤之外有個＊，有個＃，是嘴與井。電話並不對話，我也不想與遠端的女性交換生活，只是想感覺色情。

第一通電話撥進去，一聲好長的喂，小姐姐好像刻意要把故事說得很長。不是小說裡用××遮掩的技巧，而是把無關緊要的語氣變得溼氣重重，我不知道為什麼要從動物園的故事開始，不過我其實也沒去過臺北的動物園。小姐姐說我們（也許在用詞上希望追求互動與共感）某天一起走到動物園，聽起來是一場快樂的郊遊。

現在，啊，我們來到了一個動物園，啊，好大，好大的動物園。我往前走，走到老虎的前面，啊，好大，好大的老虎。老虎叫了，啊，好大聲，好大聲……。

我沒有讓她繼續講下去，可能是擔心她在老虎前面脫衣服會有危險，或者並不想聽接下來（也許是）猴子與駱駝的故事。不過已經知道原有一種色情是這樣：叫得空空的，說得慢慢的，無關緊要的事都會變得色色的。後來偶爾會在新聞看到一些青少年色情電話話費爆額的消息，好像打電話的人都是傻子，但我想說不定他們真的想知道老虎怎麼了。我知道我對小姐姐與老虎提不起興趣，也有一些相互冒犯的愧疚，後來還是比較常去找雜誌裡的××在哪裡。

之後有天在房間裡聽見小阿姨在客廳叨念外公：「一定是爸爸偷打的吧！為什麼電話費突然變得這麼多呢？幾千塊耶！我乾脆把房間的電話線拔掉！」

我繼續看又演了幾集的《新白娘子傳奇》，不知道哪天可以戴上趙雅芝那像米老鼠一樣浮誇的頭飾呢。

關於買賣

國中時候從阿美族的同學那裡，學會幾個詞彙：cucu 是奶奶，cacopi 是蛆，fafoy 是豬。但為什麼是這幾個字呢？只要說使用的人是國中生，應該就可以理解了，國中生可以把字放在任何喜歡的地方。

（她的 cucu 已經很大了喲。）

（你 fafoy 啦你、你才是 cacopi！）

有一個字，每次都會在嚴肅平淡的社會課裡引來笑聲。阿美語裡鴨子是 maymay，而且發音容易，近於「買賣」。只要當老師說：「我們進行買賣的時候，所使用的金錢我們稱之為貨幣……」大家不會聽見買賣，只會聽見 maymay。最近我才在《卑南語法概論》裡學到，我們跟阿美族說法是一樣的，而這個詞被歸在擬聲詞，想像鴨群在大坡池邊 maymay、maymay 地叫，也是萬種風情。但國中畢業二十多年，我只要讀到或聽到買賣，不管韋伯（談市場與 maymay）或班雅明（收藏行為將物從 maymay 過程中拯救出來），還是會有一頭白色的胖鴨，在我前面搖搖晃晃。發音觸動兩片嘴唇，鼻腔微震使人分心。我也苦惱於這麼私房、富有生命力的笑料，到底要跟誰分享？

（maymay 走過天亮——）

安哲羅普洛斯的《永遠的一天》裡，主角向小男孩說故事：一位流亡的詩人，當他返回故土希臘，卻無法使用母語交談、歌頌革命，於是他開始買詞彙。男友在三月陪我報名了初階的卑南語班，也跟我分享這個電影裡的故事。聽到時除了應具備的惆悵，也同時湧起豪奢的無奈，勤儉的欣喜：求學階段父親贊助的日文補習學費數萬元，如今大半詞彙是水流了。但眼前尚未開課的卑南語班，只要九週全勤，僅僅一千元的保證金還可以退費。在多重的回收心態之下，我起步學習卑南語。

有天去逛菜市場，學語言要求根植生活。雖然學不到半個月，我企圖把目前買到的詞彙都拋出來，還驕傲超前進度多背了幾個。不只花、草，還有樹根、甘蔗、樹豆、圓葉胡椒。只是我看著眼前的花椰菜、小白菜，青辣椒、蒜頭、芹、韭，如同被突襲野放，能說出的菜只有玉米 kudumu 跟地瓜 vurasi。只好當場邀男友共同複習頭鼻子牙齒臉，五官繞了一圈又一圈，聲音平板也像 maymay。想背得更多更快，我甚至想像自己是以聯想記憶法聞名的族語補教名師——ungcan 是什麼？是鼻子。發音很簡單喔，就像「穩讚」，聞起來好讚，鼻子就是 ungcan！來，跟我唸一遍 ungcan——男友露出無奈的小狗眼神，當然是行不通的。

時間就是買賣。三十歲之後對番茄鐘依賴漸深，反映我對日常時間組成的焦慮，錙銖必較與報復性格。對每一項任務的「評估」，隨之變得重要：兩千字的文章二十四個番茄，約十二個小時；三百頁的書八個番茄，大約四小時。添加「建和卑南語」項目時，我稍微愣了一下。據聞順暢掌握新語言的學習時間，最短是六百小時，更深難的需要一千兩百小時以上或更多。兩千四百個番茄，幾乎是球池了，一顆一顆番茄滴漏，在球池中游泳是很遠的事。

我的英語發生在小三（跟一臺當時新潮時髦的互動學習機），日語發生在大一（跟著臺大日文系的朱秋而老師）。但小學時沒想過世界，大一時無力想世界，我現在三十九歲，跟著洪豔玉老師加族語E樂園學卑南語，更想彌補過往遺漏的語言蜜月期，那裡有現代生活少見的甜美、寬容、和顏悅色。族語E樂園網站內容豐富，愈跳級想必愈划算。我繞過基本九階教材，直接點選文化篇高級文章，一些詞彙卑漢雙語對照出現。諸如分享 pu’acar，設施 pinarahan，根據 kuwarelrangan，絕對準確 penauwa，護佑 ina’iyal，誤解 pacepelr，就算只是看過，都能自我感覺良好。千詞表裡有物品類七十一種，植物類五十七種，行動類五十二種。向下自動播放發音，有些單音節重複兩次的詞彙，俐落地在耳中活動。例如翅膀是 pakpak，就像鳥羽搧動，在空氣的階梯中啪啪抬升。像是飛機綜合堅果包拆開撒在地毯上，我用耳朵將它們排列起來。

virvir，tutus，tengteng，pedped，dindin。

嘴唇，老鼠，蜻蜓，蚊子，蝸牛。

’ap’ap，wa’wa’，kuku，sa’sa’，’ura’ura。

眼鏡蛇，烏鴉，幼犬，床鋪，泥土色。

但在一篇以漢語寫成的文章中，如何讓原本像驚嘆，像親吻，像模仿，像撫摸，像警告的聲音，能多踏一步，走入你眼前的空氣，使它們緊緊攜帶的震動（撞擊、心跳、拍手、吹氣、威嚇），有機會發生？有一些以「ung」結尾的字，也可以牽手跳舞，muwarak。它們像輕輕的雷，鐘，蜂，在鼻子與額頭之間嗡嗡響。

takungkung，空心菜。acevung，找到。’avuvung，心臟。

magunggung，笨笨的。derung，打雷。mukulukulung，滾落。

有一個字是我的久別重逢，tungtung 是打瞌睡、想睡覺。我很小的時候跟初鹿外婆說，我想吃凍凍果，外婆以為是「tungtung ku（我想睡覺）」。她為我蓋上薄被，哄我睡覺。我躺著，繼續說我要凍凍果、凍凍果，外婆又繼續哄我，哼起 wu-wa-wu——wu-wa-wu——

（來到這裡，是不是需要有聲書？）

（可能還需要解釋什麼是凍凍果？）

不知不覺之間，我們竟然已經有了兩個關於諧音的笑話了。還有一些特別富有節奏感的字，如果有人可以用它們說唱饒舌填詞寫詩繞口令：

sirusirupan，**蝴蝶**。mu'ururus，**滑掉**。lremaslras，**搓揉**。

pacarangcang，**晾乾**。kipayapaya'，**找碴**。ngalangalayan，**車站**。

遇見不好發音的字我請教父親，其中舌頭打結的是「忙」這個字。vangavangan 是很忙，mavangavang 是忙碌、麻煩、擔心，kamavangavangan 是太忙，adi aku kamavangavangan 是不太忙……我在清明聚餐桌上跟爸爸說這個字超難唸，愈唸愈忙。

但他耳朵還儲存其他類似的聲音，「如果說衣服太寬大，寬大這個字『valangavang』念起來跟『忙』也很像喔。萬一今天想講說，因為急急忙忙結果穿到一件太寬的褲子……」餐桌上嬸嬸姑姑爸爸這批族語高級使用者，開始 gavang、gavang 地造句起來。我想起另一個結構優美、節奏靈活的字：遊戲，malihilihi。其實「忙碌」（mavangavang），也跟「玩耍」（kivangavang）有同一個源頭。

寫作這篇文章的時候，所有族語詞彙，都被文書軟體自動標註下方紅點：陌生，錯誤，危險。卑南語的紅色是 dangdarang（勉強接近「擋打浪」），聽起來像中獎，也像警告。

整篇文章都變紅了，我按下右鍵——查詢拼字，學習拼字，忽略拼字——學習拼字。詞彙在最近爆炸性展開，偏偏它們不是我想買就能買，更像雨天北上的自強號，詞海水滴從玻璃流到後座又後座。不過新手理應是最安於貧窮的，安於買賣與持有的餘地，與各種未來的囤積，神祕，日常，損壞，出賣。所以是使人傷感的詞彙，表達遙遠的詞彙，堅固的詞彙，年紀較輕的詞彙，是好也是壞的詞彙。

《永遠的一天》的片尾，是主角亞歷山大在海邊背對我們，唸著他向小男孩買來的四個詞彙：蔻芙拉，放逐者，我，深夜。

我的記事本裡也有幾個希望買下的：temulrepulrepu'，雨滴。muliyuliyus，旋轉。cemikip，折疊。pa'ilring，誘餌……。

程廷

〈梅花〉（二〇一九）
〈你那填滿 bhring 的槍射向我〉（二〇二〇）
〈下山的山蘇〉（二〇二一）
〈疫情部落〉（二〇二一）
〈警戒〉（二〇二一）

Apyang Imiq，一九八三年生，成長於花蓮縣萬榮鄉支亞干部落（Ciyakang），太魯閣族。國立政治大學民族學系、國立臺灣大學建築與城鄉研究所畢業，現任社區發展協會理事、部落簡易自來水委員會總幹事、部落會議幹部、部落旅遊體驗公司董事長。散文集《我長在打開的樹洞》收錄他自研究所畢業後，回返家鄉學習文化的生活片段，內容除了描寫自己如何經由身體實踐來學習太魯閣族文化，也涉及個人性別認同與傳統文化間的磨合。

曾獲多屆臺灣原住民族文學獎散文獎、二〇二〇年臺灣文學獎原住民族漢語散文獎、國藝會創作補助等。二〇二一年出版散文集《我長在打開的樹洞》，並獲臺灣文學獎蓓蕾獎、OPEN BOOK 好書獎年度中文創作。

梅花

王美花、林梅花、張美花、黃梅花……tama 那個年代，部落裡很常出現的漢語名字，通常這些阿姨們的族語名字都會被篡改，不管原來他們叫 Rubiq、Sayun、Uhay 還是 Aki，最後都會變成ㄇㄟ ㄏㄨㄚˋ，美花和梅花也許太好讀，或者對太魯閣族有致命吸引力，硬生生地「太漢融合」，三聲改成一聲，一聲改成四聲，重音一樣太魯閣腔調倒數第二個音節，用羅馬拼音比較適合讀，Meyhua、Meyhua、Meyhua 這樣喊，這樣叫，緊接著很快沒人記得阿姨們一開始真正的族名了。

眾多的 Meyhua 住在支亞干，大家為了辨識他們，述說的時候會加上附註，如「第一鄰的 Meyhua」、「Uking 的 Meyhua[1]」、「黃家的 Meyhua」、「騎電動車的 Meyhua」、「愛打小孩的 Meyhua」……。

愛打小孩的 Meyhua 住在我們家下面，下面是順著地勢稱呼，漢人會說就是你家左邊數來第二個房子，但我們說下面，因為馬路不是平的，順著支亞干溪河階地形下降，從西至東，從北至南，我家在 Mehua 家的上面的上面，Meyhua 在我家下面的下面。

Meyhua 的 bubu 過世後，留下一棟老房子，房子是部落第二代建築，老人家說第一代是竹子茅草搭建，第二代是基座少量水泥，木造結構加頂上灰瓦片，第三代全水泥平屋頂洋房，外加鐵皮無限延伸加蓋，第四代就琳朗滿目難以定義，像部落入口處那棟蓋起來像醫院的房子，立面五開間，二樓五個窗洞，水泥牆面鑲上灰色大理石，入口牆上兩顆正圓形鵝黃色大燈泡，晚上看過去，差點以為是靈骨塔。

二代房子令我懷念，自孩提有記憶以來，我就住在二代房子中，灰瓦片斜屋頂，走出門口有前廊，暗紅色圓形木柱筆直插在水泥地板上，我記得有六支，我和哥哥像玉米一樣，手拖著木柱不停旋轉，好像把玉米粒脫出梗的動作，雙手不斷搓揉旋轉，玉米一顆一顆灑落，我們也轉到頭暈目眩飛出去，倒在地板上哈哈大笑。房子裡唯有兩個隔間，一間爸媽睡，一間塞了一個雙層兒童床，鑽進去伸手不見五指。其他全部是開放空間：廚房、客廳兼睡覺、兼被爸媽教訓的地方。

Meyhua 年輕的時候長得很像六〇、七〇年代的豔星，一頭波浪大捲髮，五官精緻漂亮，但身材因為務農的關係略顯壯碩，手臂尤其粗大有力，腰際卻還是細細的，她嘴

1　Uking，太魯閣族男性名稱，Uking 的 Meyhua 通常指 Uking 的老婆 Meyhua。

裡不時咬著檳榔，隨地噗一口，紅色鮮血噴滿地，天然無化學色素口紅。她的眼神很銳利，騎著機車呼嘯而過，部落的小朋友紛紛鳥獸散，不敢看多她一眼，每個人心中謹記著「愛打小孩的 Meyhua」。

Meyhua 愛打小孩的事蹟數也數不清，奇怪的是，即使那麼多小孩挨過揍，她也從來沒因為這事上派出所，也許打小孩在我們那個年代稀鬆平常，或者部落裡總有自己解決的方法。

有一個下午，我們一夥小朋友在下面的房子玩玻璃彈珠，這個房子也是二代建築，原來是我們家族的 payi Asi 居住，家族的定義很簡單，payi Asi 往上數第三代，可以和我 tama 往上數第四代的 baki 連在一起，同一個血緣蜘蛛網就是家族，我實在記不住漢人的親屬稱謂規則，反正 payi、payi 這樣叫，payi 死掉了後，孤單的房子和偌大的庭院變成小孩們的專屬遊樂場。

玻璃彈珠的規則很簡單，在泥土上挖一個坑擺上好幾顆彈珠，大概三步遠畫一條線，誰先將坑裡彈珠彈出最多就贏了，玩著玩著，彈珠衝到下面 Meyhua 的家，遊戲起勁的時候，沒人記得「愛打小孩的 Meyhua」這回事，等我們意識過來，Meyhua 已經出現在我們眼前，像山上的赤楊木一樣巨大，接近傍晚的陽光在她的後方，影子大到籠罩所有驚恐的小孩，她手裡拿一根不知哪裡找來的竹掃把，猛力一揮，哥哥和弟弟被她擊中肩膀往旁邊飛，我嚇得連怎麼哭都忘記。

「誰叫妳們跑到我家玩。」

「……」所有小孩瞪大眼睛低頭看著赤楊樹的影子。

「沒有禮貌，你這個 utas[2] 都在亂打炮。」Meyhua 用直挺挺的掃把頂著我的下體，粗暴地說。

「……」我驚恐的同時想著她哪裡學來這麼厲害的話。

這個記憶堪稱我小時候的部落恐怖傳說第一名，我們發現 Meyhua 有一個極為明確的點，那就是 ayus（邊界），每個人都有自己的領域邊界，太魯閣族都如此，邊界內的事物必須清楚掌控，不容外人在不經允許的狀況下進入或干涉，比方我曾外祖父因為有人弄壞家中水管，直接用弓箭射擊侵入者的肩膀，又如我家上面的 baki 跟我說過，他打算在自己的私人獵徑埋下機關，敢闖進來的人就跌進去被尖銳的竹子插死。

2　utas：男性生殖器。

ayus 是邊界，同時也是手掌上指紋的意思，每個人的指紋長得不一樣，每個人的ayus 也不同，惱人的是，我們都必須熟悉這個巨大部落裡每一個人的 ayus，以免誤踩地雷。

Meyhua 的家有一條清楚的邊界，這個邊界包含院子外用空心磚疊出來的灰色牆壁，牆邊種植各種顏色的花和木瓜樹，甚至也包含房屋基地向外延伸的馬路。

有件事情也令我印象深刻，故事並非親身經歷，轉述自我那喜歡流連支亞干大道上卡拉OK的弟弟。有一次，我家上面一個媽媽帶著小女孩去 Meyhua 家下面雜貨店買東西，媽媽還在店裡物色商品時，小女孩尿急跑到上面，恰恰好就在 Meyhua 家正前方的馬路上，脫了裙子和內褲，雙腳蹲下尿尿。故事的版本有很多，我弟的版本是妹妹還沒尿完，Meyhua 像狗一樣快速衝出房子，提起粗壯的大腿踢過去，命中小妹妹的屁股，女孩在支亞干大道上滾了幾圈，連著尿水灑成一片雲的形狀，她大聲坐在地上哀號哭泣，媽媽趕忙從商店走出來，直接一巴掌打向 Meyhua，Meyhua 挨了巴掌，用拳頭回擊，兩個女人互拉頭髮糾結在夏日陽光的街道上，最後 Meyhua 占了下風，敵不過死命保護雛雞的瘋狂母雞，兀自坐在路邊哭泣，好像沒有對象，又好像有對象地大聲哭喊。

「這是我的家呢，幹什麼來這邊尿尿大便，這不是廁所呢，這是我的家呢，髒死了，臭 pipi[3]……。」

高中畢業後，我離開支亞干十年，在臺北念書工作，再一次回來部落生活，發現 Meyhua 變得跟以前很不一樣，她的五官淪陷在河水裡，乾乾癟癟，不再深刻立挺，眼睛雖然一樣，卻少了過往的銳利，更多的時候，反而顯得不安和可憐，粗壯的身形逐漸縮小，手臂大腿好像抽脂一樣變成小鳥的腳。

bubu 說她離婚了，原因是重度躁鬱外加癲癇，老公受不了她三不五時發作和情緒暴走，她孤身一人住在我家的下面，但不在二代老房子裡面，而是用木頭和鐵皮在房屋右側，加蓋一個臨時的小房間。bubu 補充房子給 Meyhua 的哥哥繼承，她哥哥不住支亞干，卻不願她搬進房子裡住，非要她在旁邊蓋了跟我家廁所一樣大小，看起來像貧民窟一樣的地方住。

Meyhua 家的後院，房子的對面，有他自己的小農地，小黃瓜、木瓜、南瓜、樹薯、鵝菜、佛手瓜、地瓜、芋頭、香蕉樹……自己種自己吃，有一段時間她也養雞，

---

3 pipi：女性生殖器官。

最後被不住家裡的哥哥制止，原因是他不喜歡雞屎味……。Meyhua 的個性有時像春天多變的天氣，偶爾暖暖陽光，偶爾下雨溼冷好幾天，平常看到我們會微笑叫著少爺、少爺，如果沒有即時回應她的熱切，隨即變臉，大聲咒罵：「沒有禮貌，都不理人，你最厲害啦。」

過了一段時間，我開始務農和養雞，Meyhua 主動來家裡說她的芭蕉太多，要我們拿一些過去餵雞，我跟著她到田裡，她指著高大的芭蕉樹，一整串肥美的芭蕉，靠近底端的已經轉淡黃，有些還被果蠅咬出痕跡，Meyhua 要我用鐮刀慢慢砍，我聽不太懂她的意思，原先慢慢用鐮刀劃開香蕉樹幹，汁液像河水溢出來，但實在太緩慢，耐不住性子的我用力劃下去，整顆香蕉樹瞬間倒下，一半的香蕉壓在地上被擠爛，其他散落泥土上。

「看吧，我就叫你慢慢砍，不是這樣，你要慢慢地砍，樹快倒下來，你再把香蕉拿下來。好可惜呢。」

「喔。」我納悶地回應。

「把這些全部撿起來，還是可以餵雞，不要浪費，可惜呢……」我聽她的話把香蕉全部裝進麻布袋，扛著沉重的香蕉回家。

tama 和 bubu 看我一個人做農太辛苦，商討要找 Meyhua 來當幫手，bubu 興奮地說 Meyhua 很厲害，什麼都會種，這對於新手農夫的我，自然是很好的決定。隔天 tama 和 bubu 帶了 Meyhua 去田裡幫我整理那糟糕的玉米田，因為人手不足，已經快長到膝蓋的玉米都還沒疏苗和鋤草。Meyhua 的動作俐落，很像在跳街舞，拿著香蕉刀快速地清理一株和一株，她勤快地跟我蹲在一起，邊告訴我有些可以留兩株，這樣一個死了還有一個，我們都這樣種。

工作沒有多久，癲癇找上她，身體猛地倒下來，雙手雙腳像迴紋針打結，手指頭變成雞爪一樣瘋狂顫抖，嘴裡吐出白沫、眼睛翻白，我們三個人緊張得不知道是要ＣＰＲ還是把沾滿鬼針草的工作手套塞進她嘴巴，tama 回過神衝回家裡打一一九，等他再次回到田裡，Meyhua 已經像沒事一樣地手舞足蹈、唱起歌了……。那天晚上，bubu 和 tama 決議還是不請 Meyhua 來幫忙了。

有一天早上，我在廚房裡殺雞，Meyhua 走進院子跟 bubu 要五十塊買一瓶米酒，bubu 趕著出門，不耐煩地應付她，Meyhua 看我在殺雞，先是在一旁觀察，後來主動雙手伸過來洗水槽幫忙，殺過二十幾隻雞的我以為手藝已經精湛，但她搶著說話告訴我該怎麼處理，開水燒到冒泡前必須關火，雞浸泡熱水不用三十秒，羽毛順著拔不會破皮，脖子和雞頭的汗毛拔不乾淨就用火槍去噴。

我很常這樣，很多農活自己做的時候明明順手，有老人家在一旁就開始緊張，害怕沒做好會被笑被糾正，這次也一樣，火槍噴的時候，停留太久，雞皮上出現燒燙傷的圓形圈圈，Meyhua 接手說我來，火焰快速掃過皮膚，沒多久噴出一身漂亮的黃金雞皮。接著我用刀子劃開雞屁股，手伸進去把內臟挖出來，我很喜歡這個動作，可以感受雞身體裡面熱熱的溫度，肝臟、心臟、膽囊、胃、腸子……全部一股氣拉出來的那一刻，好像畫家完成大作的最後一筆，通常部落人吃雞，都希望內臟完整保存，太用力拉，容易弄破；Mrmum 是肝臟也是勇氣，尤其勇氣不能弄破，現殺的勇氣加鹽巴生吃，人都可以變大膽。

我自信地完成這個步驟，Meyhua 冷冷地說：「你還有一個東西沒有拿出來。」她的手再次從破口進出雞，翻攪一下，拉出了粉紅色的肺，「這個大家不會吃。」我像搗年糕一樣的杵拚命點頭。

「這樣子可以了，你養的雞很漂亮，有些人養的雞看起來胖胖的，羽毛拔光光，結果前面都瘦瘦，你養得很好。」

「謝謝妳呢。」

「沒什麼啦，這個還是兩個人做比較快，少爺你身上有五十塊嗎？我去下面買一瓶米酒，我們一起喝。」

「阿姨我不用，妳喝就好，等下我還要開車去送雞。」

「去哪裡送？」

「要去光復呢。」

「喔，喔，那很遠，不要喝酒開車，現在警察很會抓。」

「五十塊給妳，謝謝妳。」

Meyhua 接過五十塊硬幣，收進口袋裡，哼著我聽不懂的歌走出廚房，從我的眼前由近到遠，她熟練地推開我家的紗門，再熟練地關上，歌聲愈來愈微弱，身體也愈來愈小，變成一朵白色小梅花，消失在支亞干大道上。

你那填滿 bhring 的槍射向我

機車跟著我十幾年了，行駛在蜿蜒林道上，遇到排水處，路面陡然下降，輪子踩過，kong、kong 發出破爛聲音。車底好像即將臨盆的孕婦，多走一個凹洞就要卸貨，引擎和馬達流洩滿地。

舅舅在我的背後，雙腳外八像青蛙，跨坐在機車和我的身上。有那麼幾刻我想過，舅舅會不會因為我是 hagay[1]，是同性戀，不願意肢體接觸，以為齷齪的侄兒會就此勃起，所以始終我粗壯的大腿感受不到他的雙腳。

好一陣子我們沒見面，透過表妹聯繫舅舅，讓他來協會擔任講師，帶著一群對山不熟悉的人走一趟林道。林道從部落蜿蜒展開，七〇年代的時候曾經延伸到六十公里處，如今車子只能通行到十九公里處，再往裡面就得砍草步行了。

剛回部落的時候，心裡熱切盼望能成為會狩獵的男人，我跟過幾個人一起上山。第一位是大我差不多十歲的哥哥，他身材魁梧，一頭光亮頭皮，平時在桃園做板模，放假回部落就邀我一起打獵。

他的獵區沿著支亞干溪擴散到 Sipaw，我們稱對岸的地方。這裡屬游擊戰，戴上頭燈，手拿獵槍，沿著溪流上下追蹤獵物。我們在黑覷的深夜，用頭燈掃過，倏地看見冒出的雙眼火光拔腿就跑。我忘不了第一次追山羌，「跑啊 Apyang！」腳底肉忘記尖銳的石頭，雨鞋變成軍靴，kang、kang 在河床上結實地敲。奔跑的速度令我吃驚，我以為自己適合平地和PU跑道，沒想到在凹凸不平、布滿大小石頭的路上，跑得如此酣暢。

我們常常沿著溪水走到盡頭，毫無收獲的時候，大哥問我要不要過河走對岸。每一次的詢問都像祈求，打獵是一種迷戀的執著，打到一隻飛鼠，不夠，至少再一隻果子狸或猴子吧。打到一隻小山羌，不夠，至少再一隻水鹿或山羊吧。最終打到一隻肥山豬，這條路才算圓滿。

「好啊！」我們手拉著手，相互抵擋河水的衝擊，用頭燈探照水花散開的流速，用雙腳交疊成一個百來斤的巨石，我們像機器人，再凶猛的河水都能劃開，像摩西領以色

1　hagay：太魯閣語，「男同性戀」之意。

列人走海尋樂園。

月光下的支亞干溪，有我們一起奔跑的腳印，還有很多裝進竹簍裡，等待呼吸聲散去，那些祖靈給我們的禮物。

一段時間過去，大哥再也沒打電話給我，期待半夜的電話聲再也沒響過。我曾經想過 bhring，是風也是靈力，當一個人的 bhring 和你氣味相投，兩人聚合，bhring 是強大的颶風，什麼獵物都能輕易捲進槍口下，但如果 bhring 不合，上山都會有危險。我們的 bhring 曾經那麼契合，那麼有默契，如今什麼原因搗亂我們的風。

也許他知道我是 hagay，他不再那麼單純以為我牽著他的手，僅是為了做彼此的大腿，一起渡河到對岸找山羊。也許他認為我有淫穢的想法，每一次拉他的手，幻想浪漫月光下，我們隨著溪水擺盪身體，渴求他一槍命中心臟的手臂，打到我頭暈目眩。也許他認為我的 bhring 就這麼骯髒……。

第二位是住在我家附近，一個七十歲的 baki[2]，他初來找我，溫和地說：「我很老了，背不動了，你幫我背好不好。」我大力點頭好啊。

我們上山幾次，每一次都滿載而歸。

baki 的獵區在 Ayug Qeycing 附近，那裡天空狹窄，一座山壓著一座山，陽光灑不進去，所以我們稱 Ayug Qeycing，是陽光照不到的地方，也稱清水溪。

清水溪是一條美麗的溪，是部落的水源地，也是大家常去戲水烤肉的地方。從小我就不斷從岩石上往下跳，翻開石頭抓螃蟹，潛到水中用魚叉射魚，卻不知道抬頭望見的綠色山上像迷宮。

我跟著 baki 的腳步走進這座雨林，腳底的土石像果凍，踏過去停一會兒，身體自動向下滑。baki 的雨鞋好像沾黏雙面膠，牢固地踩過這片要崩塌的森林，我很害怕他回頭，笑我走路像跳舞。

第一次進去，走到一半，baki 停下來，問我知道怎麼走回去嗎？我笑著搖頭，「你第一次來這裡，會覺得很遠，多來幾次後就會覺得很近。」他一貫溫和的口氣說。我懂他，他想要我多跟他來山上，但我說不出一聲好，怕哪一天他也發現我的 bhring 與眾不同。

2　baki：太魯閣語，男性耆老。

baki 在這裡設下好幾門陷阱，抓山羌、山羊和山豬。他挖一個又一個的洞，套索圍圈小心地放進去，另外一端繫在有彈性的九芎頂端，擺製好木板，鋪上腎蕨葉或山蘇葉，掩蓋人的氣味。每隔三到五天，帶著獵狗上山巡邏。

我忘不了第一次抓到山豬，狗軍隊聞到氣味，紛紛衝上去咬一口，一隻咬臉，一隻咬腳，一隻在旁邊叫囂，血跡四散。山豬是被圍困的山大王，逃不出鋼索套住的右前腳，身體一跛一跛地反擊。突然黑色獵狗被山豬咬住嘴巴，嗚咽大叫。baki 走上前，用槍托狠狠地敲擊豬頭，命令獵狗散去後，開一槍命中腦袋。四周沉寂下來，只剩山豬抖動的雙腳，摩擦落葉。

我背起那隻將近五十斤的山豬，姿勢很詭異，前腳和後腳雙雙用繩子綁起來，我穿過他的身體扛起沉重的皮毛，銳利的牙齒在我耳邊，血從嘴巴慢慢流下來，滲透我的背，浸溼我的臀部和內褲。下山很難走，每一步踩穩了才敢往前踏，趁 baki 不注意，我和山豬一起自拍，牠的舌頭下垂搖擺，好像跟我一起開心地笑。

沒多久，baki 沒再找我上山，這次不因為 bhring，只因為他身體不行了，他的雙腳無法再支撐流血般的山上土石，他把獵區給了自己的孩子，我卻從沒看過他帶著獵槍和獵狗進去。

第三位就是舅舅，他的獵場遍布整個部落，從林道二十多公里延伸到對岸，四處都有他的專屬領域。我跟著他一起上去 Ulay，一處野溪溫泉，整條路程來回六小時，我們不斷涉水，褲腳乾了又溼，他索性把褲管捲起來，露出結實雙腿。舅舅的肌肉全數集中在那裡，發達的小腿肚鼓譟得像一座山，令人羨慕。

「你知道嗎 Pyang，我真的很喜歡爬山。」某次我們爬行數小時後，他突然回頭跟我說這句話，一字一句刻印在心裡，他喜歡山，喜歡打獵，跟我一樣迷戀山上的一切，迷戀老人家取的地名和那些山上人寫下的歷史，他開心說這裡叫「工寮沼澤」，那裡是「混濁的溪」和「背起 Watan」，Watan 跌斷腿，大家輪流背他下山，因此命名。

這一切，我都打從心底，瘋狂地喜歡……。

我在臉書出櫃前，舅舅帶我走過一條自己開發的獵徑，那裡位於山腰，入口處一條緊鄰懸崖的小路，他用樟木搭建小橋，用石頭堆起崩落的邊坡。他扛起土製獵槍在肩上，差不多一米五，像周星馳在沙漠扛金箍棒，回頭笑著介紹自己的豐功偉業，那樣帥氣。

「過段時間，這條路給你管理。」舅舅說。

那一天，我開心地騎機車下山，每繞過一個轉彎，心情都在旋轉，機車都在微笑。

我要有獵場了，一座自己的獵場了。

出櫃後數個月，舅舅沒再提起這事，直到現在他坐在我的身後，顛簸著一起上山。舅舅的話一樣很多，飛快地說這塊地是誰的，這座工寮是哪個老人家的，現在沒人工作，等著被雜草吃掉……我想開口問他我的獵場呢？卻又想起前些日子，表妹跟我說的話：「舅舅知道你喜歡男生，他說很生氣，他要來罵你……」，怎麼舅舅開口盡是其他人的歷史，我只想知道自己的歷史，只想知道你罵完我後，到底還讓不讓獵場給我……。

十二公里處把機車停下來，舅舅帶我們走進一座柳杉林，深褐色的樹皮，像我被太陽晒黑的雙頰，筆直粗壯的樹幹，像舅舅隆起的小腿。他敏捷地踩過久未砍草的路，找到日本人過去伐木時留下的軌道遺跡，學員們紛紛稱奇，原來山上還有這些地方。我已然不驚訝於舅舅豐富的山林知識，他從小跟文面老人一起穿梭森林，我只想要你也帶我，我只想要你也給我一座獵場，讓我有文面的感覺……。

兩個小時後課程結束，我載著舅舅回到辦公室，拿出領據給他簽名，叮囑他不要寫錯位置，他潦草簽完，講師費遞過去，他收進口袋說謝謝啦，「舅舅，下次……下次，再開課讓你來教好嗎？」我小聲地問他。

「我的 bhring 沒問題，我們一起走過溪流，走過高山，一百公尺到一千兩百公尺，我們打過很多獵物，有飛鼠、黃鼠狼、白鼻心、猴子、山羌、山羊和水鹿。我們沒有一次受傷，如果 bhring 有問題，我們早就跌落懸崖，斷一隻腿變成地名。我喜歡男生沒問題，我騎車載你沒問題，我拉你的手一起過河沒問題，你的 bhring 不會讓我勃起，不會有亂七八糟的想法，因為我跟你一樣，真的很喜歡山啊。」

舅舅說好，機車避震器記得修，關上門離開。

下山的山蘇

Bi-yi[1] ～ Brayaw[2] Bi-yi ～ Sruhing[3]……。

（姑婆芋和山蘇搭建的獵寮……）

古調的開頭是這樣唱，曲調耳熟能詳，部落裡朗朗上口，接續後面的歌詞有太多的變換，我總是記不清楚：

「給我小心一點，我是太魯閣族的勇士……」

「山上所有的獵物都是我們太魯閣族的……」

「不要惹我……」

山蘇是支亞干主要的地景之一，平地、山坡地、臺地，俯拾即是。但事實上，山蘇過去對我來說，一直沒有好印象，我心中的山蘇總是危機四伏。

碩士期間，為了撰寫論文，四處訪談部落長輩，他們談及一座位於山蘇田裡的游泳池。日本政府在現今部落的第一鄰興建蕃童教育所，旁邊設置大型水泥泳池，泳池的水同時灌溉下方的水稻田，這些我在文獻及訪談聽到的故事令我興奮不已。

某個夏天，我和小弟一起尋找那座老人家口中不會游泳就不能畢業的泳池。詢問附近的大哥，確定位址後，闖進那片檳榔山蘇田。檳榔整齊列植遮蔽天空，山蘇鋪滿剩餘的空地，我們在夾縫中緩緩前進。才瞥見泳池幾秒，一大群蜜蜂飛出來咬我們，百米賽跑後小弟被螫兩包，咬牙切齒不喊痛。

山蘇田裡總是謠傳各種危險事跡，農夫採摘嫩葉時被毒蛇咬，利齒穿透雨鞋，送榮民醫院或慈濟醫院打血清。於是，對我來說，山蘇田加上夏天等於危險或者冒險。

那天，我們好像古調裡的太魯閣族勇士，歷經一番冒險只為看一眼那座灰白色的游泳池。

---

1 Bi~yi：工寮、獵寮。

2 Brayaw：姑婆芋。

3 Sruhing：山蘇。

山蘇為什麼都遷徙下山了？過去姑婆芋和山蘇都是山林裡常見的植物，它們因為張狂的外形及入山的行獵文化，成為特殊的的山林符碼，青綠色的長型葉片重複交疊，築構山上人的手作基地，蹲踞深邃綠色底下的獵人，注視著獵物，那樣的畫面，多麼帥氣。

當代上山「巡邏」已有別於古調中的歌詞，我們很少再看到姑婆芋和山蘇搭建的獵寮，再多麼簡易，也至少有藍白相間的帆布遮風蔽雨。有趣的是，現在姑婆芋仍舊留在山上，山蘇卻集體遷徙下山了。

大約二十年前，山蘇搖身一變，成為多數太魯閣族部落規劃種植的產業作物，我的baki還活著的時候，曾經在山上種滿山蘇，依照他的說法，那個時候日本人來花蓮遊玩，無意間在山產店吃到山蘇，驚為天人，吸引大批觀光客前來。在店家與中盤商的遊說下，部落開始大量推廣種植。

山蘇原來僅是入山行獵時打打牙祭的野菜，而非常見的餐桌主菜，卻突然落入部落的換種系統，起先老人們上山採山蘇苗，經過一批批的栽培管理，再由家族與部落間不斷交換繁衍。光是在支亞干，就有高達三十甲以上的山蘇田。

山蘇的栽培管理相對容易，初期控制雜草的生長，等到葉片伸張開來覆蓋地表，幾乎不需再使用除草劑。山蘇吃肥量不高，兩個月灑一次肥料，花費的成本相對低。再來就是環境，多雨潮溼的近山部落很適合山蘇，尤其我們的原保地大部分是山坡地，受限於水土保持管理辦法、現代農業技術及青壯年流失等客觀條件，許多土地都被安置於林務局規劃的造林補助政策，種植一棵棵筆直樹木，這些環境條件讓山蘇得以填塞在回收成本緩慢的造林地，形成特殊的「部落式林下經濟」。

此外，部落裡的山蘇產業保有過去的換工制度，過去部落人的生活同質性高，造就許多共作機會，家族性的換工特別明顯，今天整個家族幫這個家庭翻土，過幾天輪到下一個家庭，稱為 snbarux[4] 和 sntuku[5]。進入現代社會後，生活逐漸多樣化，換工的景象鮮少可見。但因為山蘇大量栽種，snbarux 和 sntuku 重新回到部落，生產出各種「山蘇班」，農人們將有限的勞力集合起來，共同進行勞務的分配達到有效的種植。

4 snbarux：換工。
5 sntuku：還工。

務農初期，曾經也想種山蘇，但在了解山蘇產業生態後，骨子叛逆的我打消這個念頭。山蘇雖然是目前看起來最適宜部落的經濟作物，但後端的收購與銷售全仰賴外界，價格隨著冷季、熱季及市場而變動，天冷的時候產量豐沃，價格隨之降低，天熱的時候產量降低，價格隨之攀升。

此外，花蓮北、中區許多部落與社區均種植山蘇，銷售端卻僅仰賴十根手指頭數得完的中盤商，農人即使清楚收購價格遠低於市場賣出價格，卻仍舊配合演出，時間到了把山蘇安裝在箱子裡，擺放在門口等著老闆開著貨車搬走。如此看來，種植端保有部落的傳統性，銷售端卻落入了現實的新臺幣市場機制。

回溯姑婆芋和山蘇之歌以及接續各版歌詞：

Bi-yi ~ Brayaw　Bi-yi ~ Sruhing……。

（姑婆芋和山蘇搭建的獵寮……）

「給我小心一點，我是太魯閣族的勇士……」

「山上所有的獵物都是我們太魯閣族的……」

「不要惹我……」

我曾經看過另外一種說法，這首歌是女性在諷刺男性能力不足，只能蓋出用姑婆芋和山蘇葉做成的簡陋房子，遮風蔽雨都可憐。某次，跟附近的阿姨聊天，好奇她怎麼烹調，「我沒有吃過山蘇，山蘇是拿來賣的。」她冷冷回覆我。再次去造訪，她說身體老了，心臟愈發肥大，一個人種不下去，山蘇田讓給其他人經營。

馬克思「異化」的特性在於原來自然附屬或協調的兩物，最後導致分離與矛盾，山蘇在古調裡作為太魯閣族英勇的山林印記，或是揶揄一個人生活能力的強弱，現在的山蘇，卻看似與傳統悖離。當然傳統會隨著社會不斷轉變，如因為山蘇的栽種延續發展的換種系統及換工制度，但也許我更期待山蘇依舊如過往，盤據在樹枝上，有自己的高度，有自己的故事，有自己的權力。

疫情部落

咖哩[1]再次氾濫，僅屬於這個部落的邊境拘束。

等你飽早餐店的譯名來自 thngi，吃飽的意思，疫情前的日常，走進早餐店，無數的阿姨叔叔好你好你好；疫情來臨後，擺一張占據入口百分之八十的餐桌，上面有紙有筆，還有個人資料必填欄位，客人一位都沒有，連帶總是聚在一旁烤火聊天喝小酒的 payi、baki 都不在，矮凳甚至省得搬出來布置。等你吃飽無法內用，少了喧囂的咖哩，好像怎麼樣都吃不飽。

「確診人數又增加了，好煩，什麼時候可以結束。」開啟疫情話題準沒錯，老闆姐姐必能回應，我也總有答案可以延續。

「部落是還好啦，最怕是親戚從外縣市回來。」老闆姐姐皺眉。

「啊……對……」此時我只能保持沉默。

我那豔麗的小弟問今天能去清水溪游泳嗎？我說沒辦法，還有工作要忙，多少部落年輕人從勞動業或服務業被迫停工，閒在家裡找事做，找咖哩。線上電影看了無數遍，歡唱KTV APP排了好幾首，水餃包到第幾百顆，爸媽老媽總是有家事找他做，擦窗戶、Key in 客戶名單、晒衣服……小弟恐怕要悶壞，如果泡一身山林溪水會多爽快。

「對了，支亞干的防疫破口來了！」小弟的咖哩濃醇香，揶揄自嘲著實辛辣，大弟和弟妹從萬華回來，萬華多麼刺激，萬華簡直武漢還是ＨＩＶ代名詞。

辦公室裡我跟兩個妹妹談二弟從重災區回來，百貨公司先是輪班，後來乾脆休假扣年假，他倆真沒辦法，待臺北要多少新臺幣，回鄉避難輕鬆多了，順便幫爸爸裝什麼汽車零件。

我在處理繁瑣的文書業務，要 baki 們原子筆簽這裡，身分證拿出來拍正反面，核銷令人頭痛，尤其計算收據領據的新臺幣面額，excel 表格調整再調整。疫情來臨前，我負責社區發展協會蓋竹子工寮的計畫，趕在部落入口開始架設管制站前，工寮終於搭建好，正跟工班確認所有細節，我家對面的姐姐打電話來。

「你家是不是有人從萬華回來，是你弟弟對嗎？」

姐姐平時溫柔婉約，這次咖哩卻添增不少朝天椒，火焰即將燃燒。

---

1 這是讀起來像「咖哩」的太魯閣語，原文為 kari，表示「言語」、「說話」之意，是名詞，也是動詞。

「嗯，有……」我心虛回應。

「他們有去村辦公室登記了嗎？」再放些馬告增添香氣吧。

「他們在設管制站前就回來了，應該沒去登記（沒有被通知去登記）。」我已經想裝作大弟不是我血濃於水的家人。

「你知道嗎？他們今天一群人還去水溝[2]游泳，口罩都沒有戴。」好像我應該把他們關起來，給最基本的水和食物，以免空氣感染成毒氣，蔓延整座支亞干溪流域。

「簽這裡，對，沒錯……，這裡，姐，等一下，有，我還在聽……」我慶幸手邊正好有事情處理，電話草草不認真應答。

掛上電話，看一旁的管制站，管制的意義不在於限制誰進出，量完體溫，掃完Qrcode，志工一樣放你進去，只是全部落都會用咖哩道德箝制你和家人的行動。

我驅車離開，鎖在家裡，心裡矛盾又恐懼，還有三個侄子，因為不能去學校上課，二哥二嫂正安排從臺南送回來。

2　農田水利會興建的水圳，我們都說是水溝。

警戒

聚酒

晚上十一點，開車載室友和小弟去鳳林市區，鄉下宵夜，方圓十公里，唯一7－11，想都不用想。繞過黑暗的部落，臺九線筆直往南駛，小弟說剛剛在喝酒，你自己喝嗎？沒有啊，跟一群朋友⋯⋯疫情期間絕不想聽到的消息。

「沒有啦，我們視訊喝酒！」

實在太搞笑了。

「怎麼開始啊？約好時間一起打開視訊嗎？還是怎樣？」

三級警戒開始，聽過視訊上課、視訊審查、視訊歡唱、視訊尻槍，還沒聽過視訊喝酒。

「就今天特別想喝，走到下面雜貨店買一手，打開視訊跟朋友聊天，大家有默契手拿一杯，一個拉一個，就這樣喝起來。」

隔著螢幕如何敬酒？要說乾杯嗎？玻璃杯碰撞的聲音得自己製造嗎？杯子空了怎麼

隔空勸酒？然後眾人一起咕嚕咕嚕吞下去嗎？想像那些怪異又好笑的情景。

「你太誇張了。」小弟不耐煩地回答。

突然覺得可憐，往後的社交生活是否都得像穿著雨鞋踩踏溪水，總是隔了一層才能感受溫度。

煩買

室友說我在超市總是一副不耐煩的樣子，有多不耐煩，我沒有吧，你有，你真的有。

上超市好像一種罪惡，好幾次我單純當個司機，在車上玩手遊，等待他大包小包走上車。

也許採買對我來說很功能性，無論買任何東西，總是心裡想好要什麼，走進走出不到數分鐘，看到商品就拿，甚至懶得比價或看成分，第一印象決定口袋的新臺幣該不該繳出。

小弟突然來家裡，要我陪他去超市採買食材。自三級警戒，渡假村放一群部落青年無薪假，他們的行蹤變得愈來愈不可預料，加上他那臺幾乎沒有引擎聲的車子，門被打開才驚訝人來了。

室友還在睡覺，床邊問需要買什麼，他開一個清單給我。

走進超市，架上琳瑯滿目，眼睛掃略一遍又一遍，沒看到番茄、沒看到生菜，也沒有杏鮑菇，我在不大不小的超市中迷路……。急忙視訊室友，一樣一樣地問，水果是入口處右邊，特價的擺走道，蔬菜在中間，菇類最後一側，根莖類在角落……。

他透過手機遙控我的螢幕，擴大播放的聲音是一道道指令：

對，再左邊一點，鏡頭往上一點……。

我開始不耐煩了。

需渴

我就是那種一旦喜愛就停不下來的人，只要各方條件許可，為什麼不能一直「做」

下去。

我無法理解「需索無度」和「邊際效益遞減」，如果是一件愉悅的事情，一加一永遠是加法，數字只會向上攀升，絕不可能變成減法或是其他的數學邏輯。

自從三級警戒開始，不用進辦公室工作，每日每夜看著室友，我的熱烈期盼激進至變態，變態成一個狼人狀態。

我起床時他仍在熟睡，精緻的五官和稀疏的鬍渣，看了心就受不了，手往下滑過，被單裡藏一根黑色水晶，我在清水溪的岩壁上摸過，想像那種用力刺水後水花激射留下的陽光燦爛。

大熱天的時候，室友脫掉上衣，單薄的上身，纖細的腰肢，上手臂因為近期愛上烘焙，不斷地揉麵團，揉出緊實又堅硬的線條，他以為我在餐桌上盯著筆電認真工作，其實一格格濃烈的畫面早就讓我腦袋充血，妄想室友在赤裸的圍裙下，猛烈地親吻我或要我咬下。

夜晚我們窩在沙發上追劇，我喜歡藉故枕在他白皙的大腿上，仔細端詳那隨電扇規律搖擺的腿毛，輕柔又細小，好像山徑旁一層層腎蕨，輕輕滑過小腿難以排解的癢，我在無數個枕頭下，摸到一條血管，就在他的大腿後側，那條血管自有生命，食指用力按壓裡面有液體流動，我又開始進入一頁頁放蕩的文字之中。

究竟室友什麼時候可以從我的警戒中解除。

小物分享

室友因為疫情開發廚房的烘焙之路，檸檬磅蛋糕，皮脆香甜，蛋糕體隨枕邊人要求不斷調整糖度，我對甜品自然喜愛，但更喜歡看他揉麵團時汗如雨下的帥勁。

陳孟君

〈時光膠卷：我的助產士vuvu〉（二〇一二）

Tjinuay Ljivangraw，一九八三年生，屏東縣春日村排灣族。畢業於國立清華大學臺灣文學研究所，碩士論文《排灣族口頭敘事探究：以palji傳說為中心》。

曾任職中央研究院民族學研究所助理、財團法人原住民族文化事業基金會、國立臺灣師範大學原住民族學生導師等職務。目前是全職母親，育有一兒，定居高雄。

時光膠卷：我的助產士 vuvu

一、默聲 vuvu

二〇一二年，在爆竹掣響的年節時分，隔壁鄰居的 vuvu Alui 過世了，返家過節的人車讓部落的初春多了幾分騷動，遠處總有摸麻將與卡拉OK的聲音，陽光大方的晒遍整個部落，嗅不出絲毫哀傷。鄰居家門前放置一個大鍋子，那是治喪期間用來煮食喪家與工作人員的伙食，多半的時候它是靜置不動，看起來有些寂寥，始終沒有聽見開火烹調的鍋鏟聲。母親要我幫她的忙，帶著一包米與一箱綠茶前往弔唁。

隔壁 vuvu Alui 和我的 vuvu 年紀相仿，她們同樣都是鄉裡的助產士，而且還是同期訓練的「同梯」，連名字也一樣都是 Alui。和她最近的一次交集，是去年我想問她還記不記得她擔任助產士的往事。當時正值初夏，鄰居庭院花草扶疏，她坐在輪椅上晒著太陽，佝僂的身子圍著深藍色格紋披肩，與身旁蔓藤垂掛、滿頂爆綻的橘紅色炮仗花形成強烈對比。「現在沒辦法啦！失智呀！可能都不記得了啦！」女兒停下晒衣的動作往我們這邊走來，並蹲了下來大聲以母語問了老人家還記不記得助產士的事情。問了兩次，最後一次女兒倚著老人家的膝蓋，聲量又稍高而緩慢地說，さんばさん（助產士），還記得嗎？凹陷的眼眶沒有回聲，老人家彷彿跌宕在失語的深谷裡，遍尋不著任何記憶的線索。女兒無奈地搖搖頭說：「助產士的事情現在可能只剩妳 vuvu 最清楚，妳問她應該就很多資料了……」說完，一陣風起，一小撮炮仗花苞，輕巧搖曳地降落在我腳前，心裡一酸，部落老人生命殞落之快，恐怕比這炮仗花掉落地面的距離還要短吧！春日鄉曾經有六個助產士，如今，隨著一首首聖歌哀樂奏起，昔日的助產士僅剩我 vuvu 了。

圖一：衛生所是原住民地區重要醫療站，早期總是擠滿了病患。（陳孟君提供）

圖二：衛生所領藥處。（陳孟君提供）

圖三：vuvu 在衛生所對民眾衛教。（陳孟君提供）

二〇一〇年歲末，部落街道的欖仁樹自慚形穢地掛著幾片葉子，稀疏的禿頂透露出這個冬天的靜寂，而這個冬天也再平常不過了。「vuvu，我把妳的照片放到相簿整理好，照片才不會壞掉。好不好？」我欣喜地看著一張張從 vuvu 堆放雜物的房間中，某一個書桌抽屜翻出的老照片；本來在找吹風機，沒想到意外跑出一個鐵盒子，好奇地打開盒子，眼前掠過的是 vuvu 的年華青春，風拂著她的髮尾，當時那風一定很涼爽，因為照片中的她是如此神采朗朗。「好呀！看妳啊！」vuvu 沒有抬頭，專注地剝著樹豆，沒有意見地回我。我想，那時，她並不了解這批照片之於我的意義。以前常聽人說 vuvu 是全鄉技術最好的助產士，而今突然有照片佐證，看著一張張方正的老照片，有些場景是我小時候的生活記憶，比如坐滿病患的衛生所大廳；vuvu 退休後曾有一段時間住在舊衛生所，外觀依舊，內部則重新裝潢成一般民宅之格局，不知道什麼原因得以入住，我在那裡渡過童年的許多寒暑，對於當時衛生所的外觀與內部空間我都還歷歷在目。

一開始我僅是想好好保存這些照片，老人家不知道黑白照片長時間接觸空氣會氧化褪色，於是我帶上臺北，向部落大學的攝影課講師，借了單眼相機翻拍以便存檔，當時為了怕反光還另外架了燈。翻拍完後，買了一本自黏相簿，我依照片主題排列，有一些是民眾看診、領藥的畫面；有一些是 vuvu 替孕婦、民眾觸診、打針的鏡頭；更多的是她與衛生所同仁餐敘、旅行，以及舉杯言歡的時刻；另外，還有她在國小講臺上衛教的情景。一路看下來，照片的場域與時代背景似乎與她從事助產士、公衛護士時期有關。當下我看著這些照片，感覺一定有故事正力透紙張、想要告訴我什麼，那時我決定，下次回去要與她聊聊有關助產士的回憶。令我始料未及的是，這個突發的念頭，卻令我和 vuvu 的關係逐漸融冰。這麼說是因為，我和 vuvu 過往並不親近，原因是 vuvu 並不像一般故事裡所描繪的，是個既慈祥又和藹的老奶奶，她的威嚴與對人對事的嚴

圖四：vuvu 在衛生所門口前留影，這是她服務近四十年的地方，集結人生青春精華之地。（陳孟君提供）

圖五：此張照片是 vuvu 拿著試管，據她說可能是在驗尿，試管裡裝的是尿液。應是她二十幾歲左右拍下這張照片，那時已結婚生子了。（陳孟君提供）

謹自律，總令我覺得她像個靜默而遙遠的冰山，難以接近。看著老照片裡她年輕時亮燦燦的笑容，很難想像這跟我眼前的 vuvu 竟是同一個人，突兀的陌生感，油然而生。

「vuvu，妳那時當助產士的時候是幾歲？」我一邊調整錄影機的高度一邊問她。

「……這個好了嗎？」她坐在凳上，下巴微抬，對著錄影機的方向問。

「好了，妳可以直接講。」我坐在她的對面，翻開筆記本準備記錄。

「十七歲，在高雄鳳山受訓三個月以後，我就到舊歸崇衛生室那邊上班。」對著鏡頭講完後，她轉向看著我，似乎在等待我下一個問題。

「所以……妳每天從舊春日的家走路到舊歸崇上班嗎？」

vuvu 側身轉向錄影機說：「沒有，那個時候，我禮拜一到禮拜五都住在舊歸崇，禮拜六的時候就走路回舊春日，很遠呢！」說完，又一個轉頭看著我，安靜地。

「vuvu，妳不用這樣轉來轉去，那個錄影機都照得到。」我笑著跟她說。

「是嗎？可以照這麼寬喔！我以為照不到呢！」她靦腆地笑了一下，或許是感到自己剛剛的舉動有些滑稽。

面對面的訪問，令 vuvu 有些不自在，也許是因為 vuvu 很少對我講述過往之事，即便我念研究所期間，常到其他部落作田野調查拜訪耆老，卻甚少問她有關部落傳統文化習俗，突然說要訪問她，令她慎重地有些不知所措。後來，我改變方式與她一起並肩看老照片，從照片的人物開始談起，而攝影機就在我們的正對面，不偏不倚，祖孫兩人都入鏡了。

時間的滑軌在她身上的每個時期都留下鑿痕，老照片像攪動了沉澱的什麼，疏浚了腦海夾層裡的沉積物，令記憶的長河汩汩流洩，往事在她眼前又演了一遍。時間的輪軸倒回至民國三、四十年，那時春日部落的道路仍是黃沙泥地，腳踏車是富貴人家的奢物，部落的人往返其他地方不是走路就是坐牛車，而 vuvu 用薪水購入的一個舶來品就是手錶，方便數算病患的心跳脈博，看著

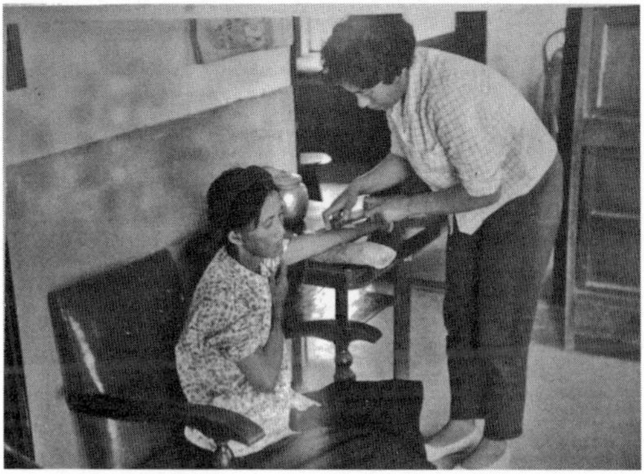

圖六：vuvu 說當時她在為這位女士抽血。以前要驗血，都必須送到潮州檢驗所或是屏東檢驗所。至於為什麼驗血，可能是有些疾病是需要驗血才會知道，像是肝病、肝炎。（陳孟君提供）

秒針從十二走到十二，心中默唸數字，以六十秒感受脈博靜默地跳動……我聽著vuvu娓娓道來，那些時光的那些人那些事，士文村的衛生室在民國四十年時還是以茅草做屋頂，訴說她的好友同事兼酒友，如何偷閒與她喝上兩杯的往事。我試圖從織羅密網的回憶中取出時代環境、部落背景的骨架，讓vuvu這段時光長廊更顯得立體。

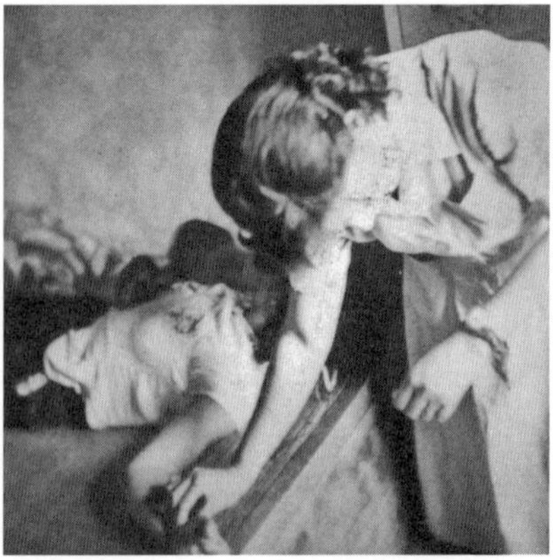

圖七：vuvu 看著手錶上的秒針數算病人的脈搏。（陳孟君提供）

圖八：助產士、保健員與臺東阿美族的蔡秀山醫生（左一）於士文衛生室合影。當時衛生室的屋頂仍是茅草，vuvu（右蹲者）、胡杏花女士（左蹲者）。（陳孟君提供）

二、轉動片格

一八九五年日本占領臺灣，感受到臺灣位處亞熱帶氣候，風土瘴癘，造成許多傳染病橫行，殖民政府隨即建立了衛生制度。自一九一四年開始在各原住民族部落設立療養所，在警察駐在所備置簡單的藥品，由警察兼任醫療工作，這是醫療機構在原住民部落設置的濫觴。之後，一九一七年設立公醫培養原住民籍的醫生負責原住民部落的醫療照護[1]。殖民政府也發現臺灣新生兒夭折的比例很高，強國必先強種，新生兒的健康成為改革的重大項目，

圖九：vuvu（左）與七佳村助產士柯玉蘭女士（右），中間者為春日派出所的所長夫人。三人在工作之餘的慰勞閒聊，拍攝地點為春日鄉衛生所。（陳孟君提供）

1 泰雅族的公醫樂信．瓦旦，就是在那樣的時空環境下被培養的原住民醫生。臺灣省文獻委員會，《臺灣省通志》四四卷八期，頁六—二二，一九七二年出版。

而首當其衝的就是培養具有現代衛生觀念之助產婦；一九二〇年公立醫院開始了助產婦的培訓，其中也有招攬原住民婦女參與訓練，但人數始終不多，於是日本人主動下鄉到部落開辦「蕃人助產婦講習會」，而講師主要由公醫擔任。正如一九三〇年《臺灣日日新報》的報導：

臺北州為養成蕃人助產婦日崗片山知事。深川內務部長。鶴地方課長。瀨野尾理番課長。竝（音同並）家村蘇澳郡守數回磋商指導方法遂至於實現。去八日午前十時半。由蘇澳郡下各番社。選拔十三名未婚女子聚集於寒溪駐在所。警務部長代理山田高等課長。瀨野尾理番課長。及家村郡守等臨席。舉助產婦講習會發會式。豫（預）定今後二箇（個）月開產婆講習。

元（原）來蕃人之習慣。產婦自料理出產兒一切。以川之冷水，洗產兒之身體。頗為冒險是以產兒死亡甚多。且不解有育兒衛生等事。因是臺北州開蕃人助產婦講習會於蕃人教化上頗有意義。諒必能收多大效果。講師為蘇澳番地勤務水野公醫及齊藤巡查之妻臺子兩式[2]。

比起平地的助產婦來說，山地助產婦的設立與普及起步較晚，主要原因是原住民婦女生產之事多半獨力完成，或者由家族內有生產經驗的親戚協力完成，極少由外人幫忙。另外，山區偏遠，族人大都保持傳統生活，因此現代化的腳程不易到達，衛生觀念較晚普及。

vuvu 中文名字是高杏桂，是高雄州阿猴士文社人，出生於一九三〇年，當時屏東地區隸屬高雄州，而屏東的舊地名則是阿猴。一九四五年日本戰敗，國民政府來臺後基本上沿用日治時期的衛生制度，助產婦更名助產士，戰後嬰兒潮的蜂起，使得助產士缺口激增，尤其是交通不便的山區，因此省政府每年招募每一鄉兩名十八歲到二十五歲的婦女，經由訓練及格後成為助產士，分發至鄉裡的衛生所、衛生室協助助產工作。民國三十六年（一九四七年），vuvu 參加山地助產士講習班為期三個月的訓練後，第一個被分發的單位是舊歸崇的衛生室，當時她僅十七歲。由於舊歸崇距離她住的地方舊春日，往返就要六個小時，所以執勤時她住在舊歸崇衛生室，假日才走路回到舊春日。

2 〈臺北州為番社養成蕃人助產婦〉，《臺灣日日新報》，昭和五年（一九三〇年六月廿一日）日刊第四版。

「vuvu 妳在舊歸崇替人接生的時候，看到血都不會怕嗎？」我很好奇她分發後第一次的接生經驗。

「會啊！可是我剛服務的時候，沒有幫人接生呢！第二年調到春日衛生所才有。」記性好的她如此回溯。原來，在助產士訓練期間，vuvu 說她們根本沒有實際接生的實習機會，幾乎都只是在旁觀察醫生接生，然後依樣畫葫蘆地記住接生的動作與順序，所以分發時她很擔心有人找她接生，每天一睜眼就希望不要有村民上門，幸好在舊歸崇一年的時間裡，並沒有人找她接生，倒是打針包藥、受傷包紮的比較多。但，第二年轉到春日衛生所後，萬事起頭難，總算有了第一次的接生經驗。vuvu 說，雖然當時心裡很緊張，但族人請託，而且大家都知道她是受訓合格的助產士，只好故作鎮定、硬著頭皮前往。由於族人生育眾多，vuvu 累積愈多接生經驗、技藝就愈加純熟。從陣痛、破水、陰道開指寬度、分娩、保護產婦會陰、斷臍等順序，vuvu 漸漸能駕輕就熟地處理。

畢業證書
學員高杏桂 係臺灣省高雄縣人
現年十八歲在本縣山地助產士講習
班訓練三個月考核成績及格准
予畢業
此證
縣長 兼 班主任
衛生院長 副主任
中華民國卅六年 七月十二日

圖十：vuvu「山地助產士」畢業證書。（陳孟君提供）

助產士對於新生兒的臍帶護理非常重視，原因是因為新生兒致死率最高的就是破傷風，臍帶傷口如果未善加照護而發炎感染是非常危險的。這樣的情況可從其他老人口中驗證，「哇！以前的人生孩子都是自己生，妳阿祖余敏月 vuvu，肚子好大了還在田裡工作，工作到一半肚子痛，知道可能孩子要出來了，她趕緊回家，想不到半路上，孩子的頭就出來了，不得了，趕快躲到竹林，妳的舅公就是這樣被生出來的，然後，就用鐮刀還是竹片割斷臍帶。以前的嬰兒，很多就是因為沒有消毒就破傷風死掉呢！」古華村的姨婆余明珠 vuvu 繪聲繪影地描述了她母親產下弟弟的過程。

「那有助產士以後呢？比較沒有破傷風了嗎？」

「當然好很多呀！她們都會消毒接生器具，而且孕婦還沒生的時候，助產士每幾個月就會來家裡關心孕婦的肚子，提醒我們不要太勞累、要注意什麼。接生完以後，助產士還會教我們怎麼幫孩子洗澡，注意孩子的臍帶傷口，告訴我們孩子幾個月大的時候要吃什麼。還有生活衛生啊，要開窗戶通風、棉被要晒啦！每個月都會來家裡關懷我們……講真的，以前的老人家，比較沒有衛生觀念，以前喔……如果嬰兒大便，有的老人家就用小刀，切檳榔用的小刀，就刮刮刮……這樣刮大便，再用力甩掉，小刀上面如果還沾著大便，就隨便地在褲管上來回抹好幾下，然後同一支刀子還用來切檳榔或作手工呢！不騙妳，真的是這樣呢！」姨婆眉頭微皺，用力點頭肯定地說。那時我已經張大了嘴，驚訝於她口中的畫面。我仔細推敲了這裡面是否有誇張的嫌疑；以當時根本沒有自來水，取水必須到河邊的環境來說，家庭成員洗澡都不是每天洗了，辛苦挑來的水都用於烹食、飲用，將水用於洗嬰兒屁股確實有些浪費，過去也沒有衛生紙，如果是在工作中，以褲管拭糞的情況也很合理，而刀子即使散著些許屎味也仍要發揮它所有的功能，不能因此停止切檳榔或作手工等日常活動。我想姨婆描述的情況有九分可信吧！

在部落裡 vuvu 有兩個名字，一個是 Alui，一個是山本邱子（やまもと あきこ），她剛從事助產工作時，較年長的長輩都叫她「あきこ」。在沒有電話的時代裡，如果遠處傳來陣陣呼喚「あきこ！あきこ！」，即使下班後在家人的鼾聲睡夢中，當那由遠而近的「あきこ」與急促的「咚咚咚」敲門聲，同時抵達且大力地撞上 vuvu 家門，頓時，壞了造夢者的好事，酣夢驚嚇拔腿就跑，vuvu 便起身盥洗，如反射動作似的，毫不遲疑地準備接生用具，拿著火把隨村民前往產婦家中。路上暗黑靜寂，彷彿整個宇宙都睡著了，唯獨她必須克服睏意、集中精神。時間，時間是最重要的，必須在產婦臨盆以前到達。我想像著，vuvu 提著助產士專用的醫療包，在無數的白天或夜晚，邁步展開她跨村的助產旅行；四四方方的黑色皮包，裡頭放著墊布、棉線、肥皂、刷指甲隙縫的刷子、手套、剪臍工具、碘酒、磅秤等，它們被安放於方包內，拜訪、道別了一個又一個的產婦家，沾染了不同房子的氣味與灰塵，也夾帶了路途風景中揚起的泥沙。行路上，有時豔陽高照、有時夜黑風高、有時星月皎潔，更有時夜雨泥濘，但，不論何種路況或晝或夜，vuvu 仍篤篤前行，心裡清楚，步伐可慢，卻不可停下，黑色方包被拎在 vuvu 手裡，因行進而前後搖晃，內裡有些躁動地發出咯隆悶聲，但，那些藥罐屏住氣息，等著再次被使用，再次聽見嬰啼的喜悅。

等一行人氣喘吁吁到達，冒著陣陣白煙的家屋，八九不離十就是產婦家。燒柴滾水是必備的，生產是一家重大之事，產婦的母親或婆婆與丈夫通常會在旁幫忙、看顧產婦。若是在夜裡，一家子點亮燭火、燃起炊煙，人影晃動、音聲穿雜的景象，遠看還會以為是哪戶人家正擺桌設宴呢！現代醫療之生產模式，不論是自然產或剖腹產，產婦只能乖乖躺好，靜聽醫生指示的生產形式，對照起 vuvu 多元而彈性的接生方式，助產士的接生法顯得更人性化，而生產過程也充滿了溫馨與熱鬧的氛圍。首先，vuvu 在預備生產的地方鋪上舊布、舊棉被，若家中沒有，至少會鋪著茅草，讓血液不至於漫流四地。有些人的胎兒性急，等不及 vuvu 抵達就呱呱落地了，也有慢吞吞的，讓母親陣痛了半天，卻還不見胎兒探頭的動靜，這時，vuvu 就會在旁按摩產婦的肚子，讓陣痛稍微舒緩；有時，視產婦情況而問想不想起身走動，於是在 vuvu 的攙扶下，她邊陪產婦繞著屋子轉，邊提醒產婦要張口而規律地呼吸，家人也在旁為產婦打氣擦汗；有時慢條斯理的胎兒，令母親陰道開指緩慢，分秒如渡年，一天都過去了才開三指。助產士無法預知胎兒何時會出生，因此 vuvu 在外接生住上一、兩天是家常便飯，僅能以耐心陪伴，在產婦家與其家人一同吃飯，預備生產的族人通常家中都會提前釀酒，所以等待之中，vuvu 也會與產婦家人一同飲酒閒聊，但她得隨時注意產婦的情況。所有的家庭成員都在旁邊陪著產婦，產婦也可自由走動或使喚家人，這當中還經過了幾餐的酒食，長久以來，vuvu 就是這樣練就了千杯不醉的好酒量與超強耐力。

產婦陣痛結束後，接下來就是嬰兒必須離開子宮的分娩，vuvu 描述孕婦用力將胎兒滑出產道的過程，有別於我對於生產的想像。以現代臺灣來說，孕婦常見的生產姿勢是躺著生，而 vuvu 的助產多半是採蹲踞姿勢，「有時候 vuvu 會請產婦的先生，從後面胳肢窩的地方抱住產婦，來幫助產婦用力，太太用力身體往下蹲的時候，丈夫在後面撐住，兩個人就『咿呀！咿呀！』一起用力。」童年時曾經陪同 vuvu 接生的姑姑，挾抱著 vuvu 示範接生動作。或者，將繩子繞於家裡的橫梁，產婦半蹲或半跪拉著繩子的兩端，像解便一樣，身體向下施力。而助產士則低身對著產婦的下身，指揮產婦施力，並且避免嬰兒直接落地。等嬰兒呱呱落地後，vuvu 就會幫嬰兒洗澡，有些族人可能因沒有經驗，或怕孩子肚臍傷口感染而不敢幫孩子洗澡，就會請 vuvu 到產婦家替嬰兒洗澡，直到臍帶乾了掉落為止。

歷史學者李貞德指出，從古代文獻裡可以知道，跪著生、蹲著生，以及他人後抱著生的姿勢，早在中國唐宋時期就已存在了[3]。不論是他人後抱或是懸繩施力，產婦都是採取蹲踞姿勢，這些方式都是協助產婦用力產兒。若是從科學觀點著眼的話，產婦蹲踞生產，胎兒較易因地心引力而滑出產道，躺著生的地心引力小，產婦也較不容易使力。對照歷史文獻，我不得不佩服助產士的智慧：在醫療設備不足的情況下，也能運用產婦家中的各項條件協助順產，而家中的每一個成員，也或多或少參與了迎接新生命的

3　她指出有關婦女分娩時採蹲踞姿勢，從中國唐代起就已有文字紀錄。唐代（六一八—九〇七年）中葉的王燾（約六七〇—七五五年），其醫學名著《外臺祕要》中收錄了一則婦女分娩、高僧助產的故事，其中一段文字記載了高僧教導產婦以蹲踞為生產體位的過程，「……慶領無所聞，然猶苦見邀向家，乃更與相隨，停其家十餘日。日晡時見報，云：兒婦腹痛，似是產候。余便教屏除床案，遍一房地，布草三四處，懸繩繫木做衡，度高下，令得蹲當腋，得憑當衡，下敷僈氈，恐兒落草誤傷之。」參考李貞德，《女人的中國醫療史》〈漢唐之間的健康照護與性別〉，（臺北：三民書局，二〇〇八年）。原文出處，王燾《外臺祕要》卷三三，頁九二四。

工程，每一位家人都付出了自己的力量。胎兒出生後，助產士必須為嬰兒斷臍、洗澡，接生任務才算告成，之後則每個月到新生兒家中訪問，教導照護嬰兒的知識方法。而臍帶與胎盤的處理，則是按照排灣族習俗：以前的房子沒有水泥磁磚，腳底踩的都是泥土，老人家會在家中某一處角落將孩子的臍帶與胎盤一起掩埋。而婦女做月子的補品，則是醃肉樹豆湯，醃肉能補充油脂，樹豆能幫助恢復體力，至於麻油雞等物則是後來受漢人影響，並非傳統。

三、**浮塵掠影**

訪問進行得非常順利，我從 vuvu 與其他老人的回憶當中，窺探舊時部落的風土環境與文化習俗，想著現代生活選擇多樣，有設備精良的醫院診所，也有專業服務的做月子中心，由助產士所接生的一輩，她們後代子女的生產大事紛紛都轉手由醫師醫院主導，老人們口中的回憶與助產士的接生技藝，正被快速地淡忘，正如那一堆日夜蒙塵、爬滿朱鏽的，助產士所使用的接生器械。某日，春日村衛生所護理長趙秀英女士打電話通知我，說她找到了早期助產士的接生器械，我立刻快車前往。只有一層樓高的力里村衛生室相當老舊，斑駁的手動鐵捲門，屋內好幾處大片油漆掉落，尷尬地露出建築物的原始構體——長了黑黴的紅磚，空氣中飄著灰塵悶味與化學藥物的餘味，我和護理長接連打了好幾個噴嚏。助產士專用的接生器械靜躺在衛生室裡一處不起眼的角落，有些器械護理長還知道怎麼使用，她熱心地為我講解這些器械的歷史。為了讓 vuvu 看一看這些過去的好幫手，我帶回了一些攜帶方便的器械，其他大件的器械，我以相機拍照。

「vuvu 妳有看過這個包包嗎？」一回到家，我提著助產士專用的黑色方包問。

「有呀！你在哪裡找到的？」vuvu 看到了包包，很熟練地打開，把每一樣東西都拿起來仔細端詳，看了很久。

「這些都不能用了。」她一邊說一邊放下彈性疲乏的一條橡皮軟管，那是用來清理胎兒口鼻異物的軟管，但它已經沾黏變形，有些地方也因脆化而裂開了。

「那個呢？」我指著一個木造的小玩意兒，外型

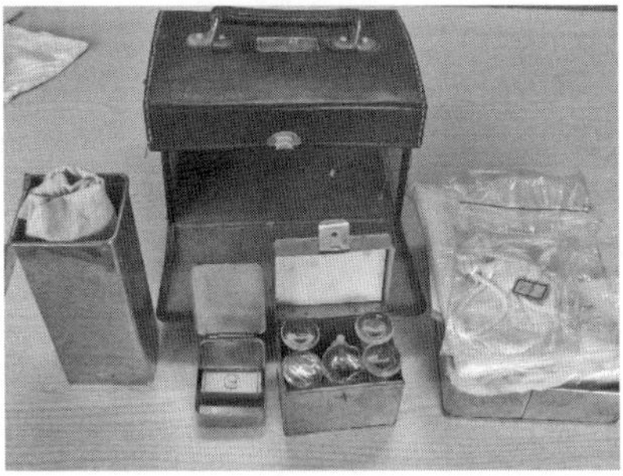

圖十一：助產士專用的醫療方包。最左包裹著攜帶型磅秤、鼻管、溫度計；左二裝的是消毒用火柴、及刷指甲縫的刷子與肥皂（遺失）；左三是上藥用的碘酒等；最右是口罩、處理臍帶的棉線與棉墊片。（陳孟君提供）

看起來像高一點的沙漏。

「這是胎心筒，用來聽胎兒的心跳……，哇！這個很久了……」她摸著胎心筒的邊緣，細心地翻轉看著。

「這個放在孕婦的肚子上，像這樣子聽。」vuvu 將耳朵靠近胎心筒的一端說。

在沒有超音波的時代，想知道胎兒在母親肚子裡的情況，助產士僅能靠經驗判斷，胎心筒是由上等木材所製，因此長年保持完好，兩端類似聽筒的結構，一端靠在母親的肚上，一端罩於助產士的耳朵，透過細小孔縫將聲音收納於圓窄的中管，靜聽胎兒的心跳，那是他們向世界喊話的第一個音聲，而心臟是胎兒在母體內最先發育的臟器。「小孩子的心跳比較快，聽聲音就可以知道孩子有沒有健康，像這樣，噗——噗！噗——噗！」vuvu 說。此外，觸診是最直接的方式，vuvu 光靠手感就能判斷胎位是否正常，如果胎位不正，vuvu 會慢慢手調旋轉，母親子宮充滿羊水，胎兒浮泳其中，技術好的助產士，會判斷頭腳的位置，漸漸施力，讓胎兒轉回頭下腳上，以免逆產。

「vuvu，所以胎位不正的話，你們用手調整就可以，不需要剖腹？」

「不用啦！以前哪有開刀，原住民也沒有錢去醫院呀！我們就用手慢慢轉，要很慢，慢慢感覺，胎兒就會轉過來了。」vuvu 兩隻手在空中比劃著。我驚訝著助產士的手調技法，竟可以像乾坤挪移一樣，將胎兒導引正位。不若現在，只要胎位不正，動輒剖腹。而懸掛式的吊鉤秤，是用來測量新生兒的體重：把嬰兒以布包捆後，將布勾住吊秤，就可知道嬰兒的體重了。想起來，那畫面還滿逗趣的，就像早期賣菜、賣肉的秤仔一樣。

黑色方包靜止在翡翠綠的大理石地板上，它生鏽的釦環、脫線的邊緣與泛黃的內襯，在明亮舒適的客廳裡，顯得老態龍鍾、格格不入。它真的不屬於這個時代了，我小心翼翼地將所有東西歸位並闔上蓋子，按下釦環，深怕一個不注意，方包會解體，心中想著應該好好將它們完整地保存下來，在衛生所找一個閒置空間布置展出，讓村民知道這一段助產士的歷史與器物。就在我向護理長提出此建議時，她又告訴我，她

圖十二：胎心筒。（陳孟君提供）

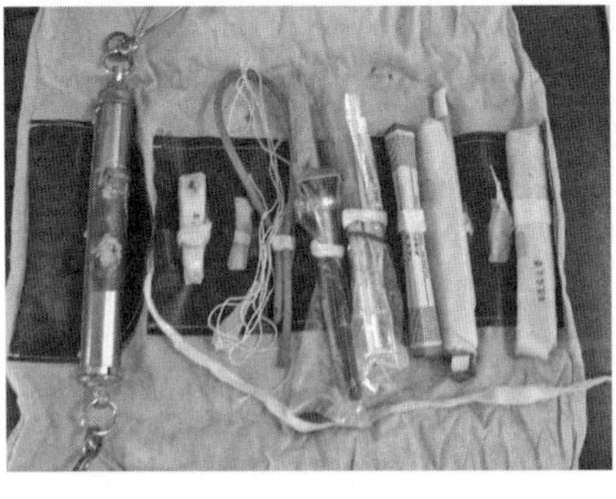

圖十三：方包內的醫療用品，左起為：磅秤、綁臍帶的棉線、清除黏液的鼻管、剪臍帶用具、溫度計等。（陳孟君提供）

在春日村衛生所的倉庫裡，發現了春日鄉所有助產士的履歷表。護理長自從知道我在蒐集助產士的歷史時，她也留心了衛生所是否有留存春日鄉助產士的相關資料，沒想到就在一堆準備要回收丟棄的舊文件中，讓她找著了助產士的履歷表。我聽了簡直不可思議，一切都如此手到擒來，莫非真的有股力量推動著我，要我寫下那段助產士的歷史過往？

護理長輕輕地翻開助產士的履歷表，那是一本側邊打洞的線裝書，用來固定的黑繩有些已經不堪歲月斷掉了，其他則欲振乏力地苦撐著。我實在難掩激動，履歷表除了有個人資料以外，還清楚記載著助產士所受過的訓練班期，以及年度的考核獎懲。我看著那些薄如羽翼、頁角卷翹，貼著助產士之黑白大頭照的履歷表，沒想到，是在這樣的情況下，理解過去的她們。「我幫妳彩色影印吧！這些都是寶呢！怕妳翻來翻去會壞掉。」護理長將資料倒著放在影印機上說。看著影印機的光束來回逡巡，一張張助產士的職涯旅程被緩緩吐出，然而，助產士的人生路，實在難以一紙道盡。溫熱的複印紙熨上了筆墨與肖像，連帶拓印了原始文件缺角與黃漬的痕跡，儘管是浮光掠影，能從這些資料中與助產士交會，我已感到非常幸運了。

而我在這些助產士履歷表中，發現了一個歷史事實，春日鄉大部分的助產士都曾因為國語（中文）考核不佳或未通過，而被記過或記申誡，甚至被解職。對於原住民族來說，一九四五年，日本撤退、國民政府來臺，僅是換另一個國家統治，當時的語言政策，主要是根除日語、推行國語為主要目標。而一九五一年，《山地施政要點》第二十條更訂定了「積極獎勵國語文，以各項有效辦法啟發山胞學習國語文興趣，嚴格考核山地國語文推行進度。」以及「山地人民生活改進運動辦法」之第一目標，「語言方面：以國語為主，山地方言為輔，由工作人員、學校、社會三方面，全力配合推行[4]。」

以前曾聽聞父母親講述過去戒嚴時期，在成長中「禁說方言、請說國語」的校園環境，然而，從助產士們的履歷表中，那些敘明「申誡」、「警告」、「記過」之理由，全是由於國語考核之故，原來撲滅族語的政策是如此鋪天蓋地地進行，連從事接生工作之助產士也被網羅在內。助產士們大多歷經日本時代，村民之間的共通語言除了族語就是日語，以國語（中文）說得流利與否考核個人接生專業，實在風馬牛不相及，我才明

4　謝麗君，《戰後臺灣語言政策之政治分析》（臺北：國立臺灣大學政治研究所碩士論文，一九九七年），頁四二—四三。

白，原來我們的族語就是這樣一點一滴地被矮化、禁聲，漸而失語。同樣生為人，都是為人所生，為何世間仍有許多不公義之事？在人類母體內，眾生皆然，以頭下腳上，顛倒之姿臨世，出生後又顛倒眾生，以頭上腳下而立於世間；世界顛倒，貪嗔痴念，何以正位，想來頗有諷刺人生之味。而原住民族之母體，在一連串易主改國的歷史情境中，更令族人倒倒顛顛，無所適從。

四、助產剪影

這些已過去的助產士都是 vuvu 的好同事與酒友，在 vuvu 的老照片中，也都有出現她們的身影，而履歷表更記載了她們在大時代中的奮搏與無奈，我對於這些助產士有更親近的感覺，也想拜訪她們的子女，但，助產士之後代每個家庭境遇不同，有些人疾病纏身或已遷居外地。最後，我帶著電腦到古華村找胡素美女士，想讓她知道這裡有一張她母親胡杏花女士與我 vuvu，身穿制服在古華村衛生室的合影。一到胡家，一家人剛巧煮了一鍋新鮮魚湯正在吃早餐，魚是胡素美女士的弟弟——胡忠仁先生清晨去抓的，他們熱情地準備了碗筷招呼我入座。閒聊之中，胡素美女士回憶，小時候常聽見晚上有人敲門，要她母親接生，白天反而少，母親就會帶著黑色的接生箱去接生，胡忠仁先生開玩笑地說，當然晚上接生的多啦！因為「做人」也是在晚上做比較多呀！惹得旁人捧腹大笑，有人笑得連手裡的杯中物都搖晃溢出了。

「以前我們住在士文，我媽媽都是從士文村走路到古華村，以前的路窄窄的，都是石頭路，大概要走一個小時。很……遠呢！」她拖長的語氣，真的令我感覺助產路途都是舉步維艱。

「我媽媽跟妳 vuvu 是麻吉，感情很好。我媽媽比妳 vuvu 年長，但是拿到證照是妳 vuvu 先，再加上妳 vuvu 國語說得比較好，所以她的考核比較容易通過，我媽媽國語說得不好。」胡女士拿著湯勺攪著鍋裡的魚湯，撥開生薑與魚肉，最後舀了一匙清湯放入碗中說。

「唉啊！以前那個年代都要說國語呀！禁止方言，但是媽媽的日語很好！」胡忠仁伯伯在旁幫腔解釋。

在助產士們的履歷表中就獨缺 vuvu 個人的，我無法得知過去她的國語考核表現，但是在老照片裡 vuvu 有許多與衛生局同仁開會、旅行的照片，她也有幾張每年護士節與屏東縣衛生局長，及公共衛生護產人員的大合照，她都是代表春日鄉衛生所參加，而相較於與她同輩的老人而言，vuvu 的中文確實算是流利，打從我有記憶以來，我們都是以中文交談。我猜想 vuvu 中文口說好的原因是因為，她長期待在春日衛生所服務，常會接觸衛生局的長官與其他外地同仁，因而比起其他在衛生室服務的助產士來說，她有更多的機會說中文，自然而然中文進步較快。此外，vuvu 有兩、三張照片是她在講臺上對民眾演說的照片，黑板上掛著「屏東縣春日鄉戰時婦女救護隊」的字樣。臺灣自日本戰敗後以為終於可以休養生息，然而，國共內戰仍交火熾烈，臺灣仍得在備戰狀態，因而各鄉鎮的婦女救護隊就是在這樣的社會氛圍中展開。據 vuvu 說，當時主要是教導婦女們在戰事中該如何協助幼童避難，遇到傷患該如何包紮處理等等。可以想見助產士們平常負責鄉內的衛生醫療工作，也是傳達國家政令的最佳傳聲筒，成為戰時體制下國家動員的旗哨。

不過，排灣語與日語始終是她助產工作中最常使用的語言。聽 vuvu 說，早期村民來衛生所看病時，因為當時的醫生同時也是衛生所主任，是臺東長濱的阿美族人蔡秀山醫生，他與 vuvu 之間的共通語言是日文，因此常常是 vuvu 先聽村民說明病痛如何，再以日語翻譯給醫生，而 vuvu 聽了醫生的日文囑咐後，她又再以排灣語翻譯給村民知道，醫病之間總是需要雙語往返的翻譯。最令我折服的是，vuvu 還會說一點閩南語，由於她接生口碑好，受人信賴，連住在附近的漢人都指名要她接生，那時 vuvu 和阿公就住在距離枋寮匏仔園不遠的山丘上，只要走路能到的地方，vuvu 也都會前往接生。母親剛嫁進門時，曾不解為何總是有陌生的「白浪」到家中找 vuvu，他們口裡常說著「三婆」，後來，才知道他們講的其實是「產婆」，不會說閩南語的母親，一開始誤以為是發音雷同的「三婆」，常常跟那些平地人雞同鴨講，不斷揮動著手重複「這裡

圖十四：vuvu 正在對婦女演說，上面旗幟是「屏東縣春日鄉戰時婦女救護隊」，她記得宣講的內容，包含了民眾如果遇到昏迷的人怎麼急救、傷口如何包紮等，但是黑板上醫生所寫的字跡是「生理衛生及女性保健：一、女性青春期的變化及注意事項；二、經期前後及疾病的預防；三、家庭女性保健」。（陳孟君提供）

沒有叫三婆的人」。而他們找 vuvu 除了接生以外，還有來看病拿藥的。原來，因 vuvu 在衛生所服務的關係，身上總會多準備一些常用藥品，所以舉凡發燒、拉肚子、傷風、跌倒等，都會請 vuvu 救急一下，雖然，法令不允許助產士私下看診，但，過去農村純樸、交通不便，一般人的小病小痛是不可能跑醫院的，所以，vuvu 家就是最方便的急救站了，也因此，vuvu 才會說生活中常用的閩南語，她的人生閱歷都與助產工作有很大的關係。

vuvu 十八歲起就開始替族人接生，服務共四十年，部落裡民國三十、四十、五十年代出生的嬰兒幾乎都是她接生的，也就是說目前村莊的中年人幾乎都是經由 vuvu 的雙手而生，連母親也是 vuvu 接生的。母親轉述，據長輩說她出生的時候是早產兒，滑出產道時，四肢柴瘦，皮膚透著血絲的模樣像一隻小老鼠，那時候是冬天，氣溫低又是不足月出生的嬰兒，外婆與家人都十分擔心。由於早產兒對溫度極為敏感，必須注意體溫的保持與溫度的穩定性，但部落又沒有保溫箱，即使馬上趕送醫院，體弱的嬰兒恐怕也會在半路上失溫死亡，窮途末路下，vuvu 靈機一動，請外公準備兩支大玻璃瓶，外公找出了平時買酒用的大瓶子，那時，族人買酒買油都是自備玻璃瓶，而商家是以勺為單位計價。

vuvu 將兩支瓶子都裝了熱水與冷水各半，瓶子不可全部裝熱水，否則瓶身會爆裂，兩支熱瓶子以毛巾層層裹覆，因為嬰兒皮膚脆弱須避免高溫灼傷，再把嬰兒包裹在溫暖的衣物中，之後將瓶子靠近嬰兒身體的兩側，如此，可保持熱源不散，維持嬰兒的體溫，並且交代家人，必須留意瓶子的溫度，大概每一、兩個小時就必須就將冷水倒出添加熱水，以維持水瓶的熱度。將近一個月的時間，母親在家人輪流照顧下，逐漸穩定脫離了早產兒的危險。母親說，在熱水瓶陪睡的近三十天裡，夜深人靜時，家人都不敢熟睡，深怕誤了換熱水的時間，也幸好 vuvu 急中生智，自製了熱水瓶充當保溫箱的發明，造福了部落許多早產兒，讓他們能夠有一線生機。

隨著衛生條件的改善，大約民國五十年開始，政府開始意識到人口爆增將帶來就業與糧食問題，轉而推行「一個孩子不嫌少，兩個孩子恰恰好」的家庭計畫，鼓勵生育兩胎以上的婦女，裝設子宮內避孕器——樂普，並規定唯獨產科醫師才能裝設，而產科診所、醫院的發達，也一再地削弱了助產士的生存空間，最終，助產士還是走入歷史了。但，vuvu 的腳步仍未停歇，儘管接生率逐漸趨緩，她仍推動部落公共衛生的工作，舉凡到國小施打預防針、參與瘧疾防疫、肺結核防治、民眾衛教等。彼時，現代化生活已然臨到部落，家戶整潔、街道有序，一切正如政府想像，教化之功已可坐收。

「vuvu，妳喜歡以前的生活還是現在的？」

我知道這個問題很難回答，但還是忍不住地發問。

「以前很辛苦……現在很方便哪！……以前沒有水龍頭的時候，洗衣服要到河流，還要挑水回家，才可以煮飯、洗澡……妳阿公還有點聰明，知道把竹子劈開，用竹子接水，讓水流到家裡的水缸。」她老人家細數過去艱苦的情節。站在人類演化的歷史，追求安穩舒適的生活是人性使然，但，若著眼維護族群立場，現代化的馴服利誘卻深深地割裂了傳統，生活如是、文化亦然，是非與否，似乎難以單一的答案概括而論。

五、身影之外

自從父母親回老家定居後，我們舉家從臺南搬回屏東老家春日，這幾年，已漸漸適應在部落生活的日子，雖然偶爾會懷念一家人在臺南的光陰歲月，但，臺南的房子終究是租給別人了。vuvu 在我印象中一直是個寡言而嚴肅的人，難得開口說話時卻常板著一張臉問東問西，而且問得非常細節，必須耐著性子逐一回答。會說「印象」，是因為我過去成長於外地，只有過年過節才回老家，因而極少與她互動，即使在父母回老家定居後，料理 vuvu 的三餐自然成了我返家的主要工作，但多半時候，我和 vuvu 的飯桌上仍是安靜的，有時僅有筷子碰觸餐盤時的寥寥聲響。無話可說的祖孫兩人默默低頭扒飯，常常我可以清楚聽見 vuvu 嚼咬花椰菜的片刻，或是熱湯滑入食道的咕嚕聲。

這些年，隨著母親與 vuvu 綿密的日常相處，緊繃的婆媳關係急遽凍結，遂成了橫亙在我倆祖孫面前的冰河，我不解 vuvu 性格中，對外人是大方慷慨，對待家人卻常顯苛刻與執拗，家人即便是刻意討好卻常落得自討沒趣。曾有段時間我以為我與 vuvu 之間會繼續無語，就這麼繼續疏離下去。直到老照片的出現，老照片成為我與她相近、對視的契機，它讓我走向了 vuvu 過去的年歲，試圖理解她的時代、生命，以至於環境如何形塑了她的性格，然而，座標於當下的我們，在錄音筆與攝影機之外，我可以清楚感覺到彼此遙遠的兩點正逐漸在挪移、拉近，我嘗試練習以不同的焦距、角度，解讀 vuvu 生命的肌理、暗谷。正如，我初學攝影時，以百次、千次的構圖練習，變換我與拍攝主體的對話方式。

自從展開助產士的調查，我一方面希望了解助產士的歷史與工作，但，在私人情感上，我想要了解 vuvu 個人或許已經超越想要了解助產士工作了，而助產士與 vuvu 之間，終究是形成了兩面一體的鏡像。因為助產工作，vuvu 走過時代的貧瘠，感受過貧窮的荒蕪，體認刻苦的守成，知道一點一滴得來不易，因此，她又怎能寬心見於家人處處顯露奢侈、浪費與漫不經心的生活方式。所以，她會為了心疼剩菜被丟棄而怒罵；會為了我們忘記關燈、忘記洗碗等散漫的生活態度，而叨唸不停，波及全家；她會像個偵探一樣看著我們行事，注意我們的對話內容，一切彷若監視的舉動，令我們不快，但，那是因為她的助產工作對於細節與專注力的要求，長久以來已滲透她的生活世界，使她特別敏銳精明，連我都望塵莫及。很早就成為職業婦女的她，所培養的獨立與幹練，令她的生活自律井然，公務員退休，不靠子女奉養的優勢，也讓她像隻高傲的孔雀。然而，在一次次與 vuvu 捧著相簿閒聊當中，偶然見她重提舊事展露笑顏與溫柔時，我發現，對家人表達情感總是僵硬而嚴穆的她，其實也渴望有人親近。原來，了解家人往往要花費更大的力氣，因距離的關係總讓我們過於主觀，而愛卻常因力道過猛而逆向行駛，也極易以被誤解的形貌而隱匿憋藏。

曾經，我以為 vuvu 是不諳族群文化的，她不擅講述神話傳說、也未聞她會吟唱古調，以她的高齡族群文化的色彩在她身上卻如此輕描淡寫，少不更事的我，於是理所當然地以為 vuvu 因學習助產醫學，因現代化的生活而背離了自己的傳統文化。直到我走向她的生命，聽著她細數童年時她和表妹 Akai 天未亮時帶著地瓜、芋頭，越山渡溪走路去士文公學校學習，貪玩的兩人總是因為沿途的蜻蜓、蝴蝶或沁涼的溪谷，而將嚴峻的日本老師拋諸腦後。她長大後在衛生所服務長達四十年，沒有職務在身時也參與部落換工，去族人家幫忙整理搭蓋屋頂的茅草；她描述著，茅草要綁成一大綑，大到兩隻手幾乎握合不住才行，然後層層疊放，雨水才不會滲漏，而翻新時，只要將最上層的茅草取下、鋪上新的就好。她也仍種植作物，勤於務農；如今苦於膝關節退化的她，總在午睡後叫家人載她上山巡田，餐桌上也少不了芋頭與野菜湯，還有她一整片的樹豆田，採收時，家裡總會瀰漫著濃郁的樹豆味。即使高齡八十二歲，仍能看見她出現於族人婚喪之中，特別是喪事裡她默默而長時的陪守。我不禁懷疑自己認為的族群認同與她的是在同一個象限嗎？不同世代的我們，時間與空間相交的軸線早已遠遠不同，她的認同安靜地顯影在身體勞動與日常生活中，或許對她而言，那便是承襲祖先的生活方式，並不特別意味著認同。但相較之下，成長於部落之外的我，生活在更現代化的當今，我的認同想像似乎是飄浮而虛胖的。

在物資缺乏的部落裡，vuvu 為了解決婦女月事來時僅能常以換褲應之，而不方便出門或工作，她以當時少有的塑膠袋與舊衣料發明了月事布，並教導婦女使用，在沒有衛生棉的年代，vuvu 的月事布讓婦女們不再因月事而恥於出門，她的聰慧與分享默默推進了部落婦女的生活。做為推動公共衛生與現代化的第一線人員，長時間的工作占據了她大半的生活，現代化的觸角才剛伸向部落，醫療、公共建設確實也帶給族人生活的盼望。在老照片之外的多次咀嚼中，對於 vuvu 的不解與困惑，我好像可以釋然些什麼，了解每個人都有自己的天賦所在，而在每個世代裡，每個人都背負著不同的任務與角色，正如 vuvu 忠職於鄉內的接生工作，以及投入公共衛生歷史階段性的工程。此時，我心底不但浮起了一切還來得及追悔的慶幸之喜，也升起對 vuvu 深深的感佩與驕傲，身為山地助產士的她將自己的價值發揮極致，在無數的步伐奔走中為族人迎生救命，同時她的勞動生命也給我了最好的身教，向我展示了文化或者認同是從身體而來並非思惟。

圖十五：vuvu 示範月事布的製作。（陳孟君提供）

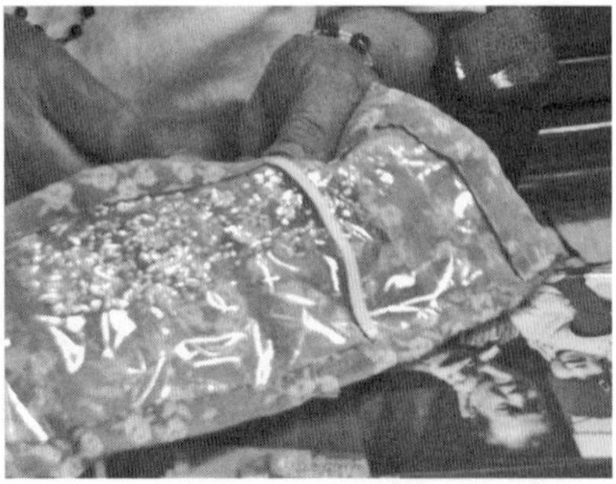

圖十六：月事布中間是一層塑膠袋，以防經血滲漏。早期塑膠袋取得不易，vuvu 一看到塑膠袋就會趕快收好，在路上看到或即使不是很大片的塑膠袋她都會收起來，做為月事布的材料。（陳孟君提供）

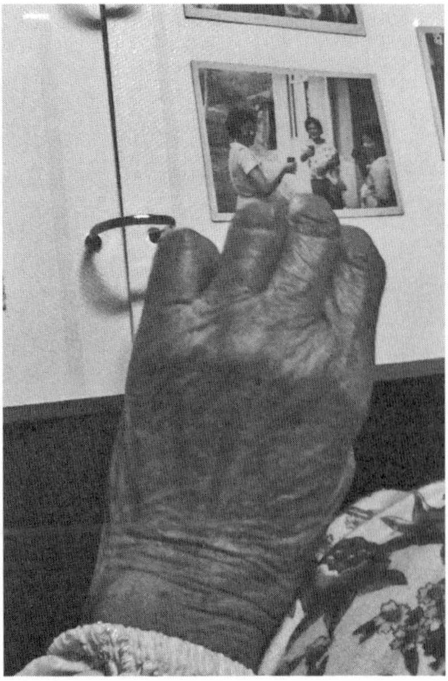

圖十七、十八：二〇一一年，vuvu 專心回味筆者為她整理的老照片相簿。（陳孟君提供）

潘一帆

〈與父過河〉（二〇一九）

Maqundiv Binkinuan，馬昆帝夫．明基努安。一九八四年生於花蓮縣卓溪鄉的卓樂部落（Takluk），布農族。臺灣大學法律系學士。曾任原住民族委員會原基法推動小組人員、耶穌基督後期聖徒教會口筆譯員及媒體協調員，近年專注於聲音媒體內容製播。

自製臺灣第一個原住民說書播客「馬夏爾嗑書」。主持原民臺「世代對話」節目播客，討論原民與國際新聞時事。主持「臺北原宇宙」，分享原住民居住於臺北的生活經驗，另擔任「來跟從我，律上加律」經文動畫配音員。

與父過河

大雨滴滴答答地入了耳，總讓我虔誠地往窗外探視。習慣性地閉上眼睛聽著嘩啦的雨聲，揣想部落旁的拉庫拉庫溪水會暴漲多高。往往就這樣，召喚出我兒時跟爸爸沿著暴洪電魚的回憶。

記憶中，不到十歲的我，常常站在簷下，望著大雨望得出神。雨滴冷冷地落下，濺到門廊上來，擺在門口的鞋子、拖鞋全被濺溼，穿在腳上會滑膩地擠出水來。屋簷集水孔的雨水噴洩而下，像一道白色的強力水柱，沖激的力道讓人感到痛快。母親要我們趕緊拿幾個空的水桶去接雨水，這樣省些水費。有時雨下得又密又大，母親會催促我們趕緊就著雨水洗澡，好省下燒水的瓦斯費，如果打雷了，就會叫我們洗快一點，免得被雷劈。

我記得自己在那個年紀，常常餓著肚子。唯一可以期待的就是晚餐，因為父親在晚餐時分回來。

父親是個幾乎沒有休息時間的人。他凌晨兩點就出發去玉里鎮上的一間豬舍，做私宰豬的屠夫，白天則做預拌混凝土車的司機。在花蓮這個地方，不兼兩個工作，很難養活六口之家。母親為了體恤他的辛勞，每晚努力準備一桌菜。雖然再怎麼張羅，桌上都只是一鍋野菜湯，和賒欠來的雞蛋、鯖魚罐頭，但已是十分值得感激的了。當然，我們小孩偶爾會奢望一盤炒蝸牛或香煎豬五花。

父親很愛面子，不喜歡無緣無故接受他人的接濟，連食物也都不好意思接受，母親則不一樣，喜歡把食物送出去，特別喜歡把父親打到的獵物送回去娘家。一個愛送，一個不愛收，讓家裡的食物更加匱乏。

冰箱幾乎總是空著，小孩翻翻找找，除了豆腐乳和醬油之外，什麼也找不到。記得有好一陣子，我的碗中只有醬油淋上白飯。白亮亮的米飯，溶著鹹香的醬油，就是精彩的一頓。冰箱裡總是有一罐辣味的豆腐乳，孩子們也都節省著用。一塊拇指見方的豆腐乳，我只捨得挾四分之一塊，來配一大碗白飯。

由於平時很少看到父親，所以用晚飯的時候，我和弟弟妹妹都會安安靜靜地聽他說話。往往在下過大雨，或颱風來襲之後，他在飯桌上會淡淡地跟我說一句：「今天的雨夠大，吃完飯跟我準備一下工具。」

我那時不過八、九歲，父親還是未滿三十歲的青壯年，但父親已經自作主張，把我這個長子當作他不可或缺的跟班與幫手。我聽到他評論雨勢的話後，便去床下的置物處，把他的電瓶搬到浴廁間。家裡廚房的水泥牆後面，是一堵十幾公尺高的山壁，中間相隔不過四呎寬。父親用了幾塊木板、幾根木條，搭上鏽紅的鐵皮，隔出一個浴廁間。他在這個狹小的浴廁間，祕密地進行他的電魚計畫。

父親的電魚的工具十分簡單，任何國小的化學實驗室都可以組裝，所有的材料也都隨處可得。他拿一個塑膠背板，背板下方是一個方正的小空間，恰好可以放入汽車電瓶。電瓶接上電線與鐵絲，而鐵絲正極纏裹一根長桿，作負極的鐵絲纏裹網桿與網框，利用安裝的變壓器，就能產生電場，將魚電暈。

我們通常在大雨消退後的兩、三天出動，因為雨已停，但溪水正大。不過有時父親心血來潮，即使雨未停，我們仍會出門。父親會在前一天告訴我早點睡，並在隔天凌晨兩點把我喚醒，當然母親也會起床，囑咐我小心一點。

坐在父親的越野機車上，黑夜之中，只能見到車燈照射之處。不斷有飛蟲狀似著火般明亮，向車燈衝來。清晨的風把我的睡意完全吹散，跟父親去做這類的事，我就像個小學徒。父親好像從不在意我隔天是否需要上課，即使明天要考試，他也只是問我準備得如何，勸我早點睡覺，但隔天凌晨還是要出門。總之，獵人總有這樣的頑固性情，該做的事，時間到了就必須做到底。聽說從小爺爺帶他上山打獵時，也是這樣對他。

父親通常會把車停在河岸的蘆葦叢中，或是山邊的林中，總之要遮掩行蹤。車停好之後，我們就直接切入溪邊。夜裡的拉庫拉庫溪既隱蔽又開闊，善用蘆葦和岩石地形，隱匿行跡並不難。到了溪邊隱密的地方，父親才開始組裝他的工具。父親給我的任務很簡單，就是拿著袋子，盛裝他網裡的魚。

「不要走在我前面的水中，離我至少一公尺遠。」丟下這番警告給我後，他就背起蓄電池，手執電桿和網子，逕自走到水邊。我十分服從，始終恪守他所給的警告，因此從未被電擊。倒是父親，頗常被自己電到，頻爆粗口。

他走在前頭，我走在後面；他走在水中，我走在河岸。有時候一個晚上都不說話，兩個人就好像夜行性動物那樣，被頭燈微弱的燈光引導著。

拉庫拉庫溪與清水溪在我家門前交會，是一點都不誇張的說法。白天時，從我們家屋旁的芒果樹遠眺，越過一小塊青田、一大片蘆葦、更大片的白石河岸，便是拉庫拉庫溪躍動的溪水，在小溪的對岸是聳立的青山。我們日裡看著它，夜裡聽著它，有時在夢裡，也隱約聽見小溪的聲音。

這流域我們從黑夜走到黎明，從深處走到淺處，讓我獲得同齡孩子未曾有過的自然經驗。我記得曾在卵石的沙洲上，看過一窩又一窩鳥蛋，連續踩破了幾顆蛋，才發現這是迷鳥在河中的巢穴。小頭燈不時吸引溪邊和山邊的動物，山羌、狐狸，甚至飛鼠的注目。我在黑暗中只看到牠們眼睛的反光，靜靜看著我們走遠，似乎覺得我們是夜裡的不速之客。

父親走累時，會停在長著蘆葦的淺水處，找他的點心。「你看！」我一時還看不清他手中掐著什麼。「是隻小蝦子。」頭燈下的半透明物體，被他一口吞了下去。父親立刻又為我抓了一隻，「吃吃看！很甜。」

我非常猶豫，還是勉強吞入口。

「很甜吧！」爸爸得意地說。

我皺著眉頭，勉強點點頭，忍不住說道：「我覺得自己像野蠻人。」

「你到底是不是布農族的啊！」父親譏笑著，又回頭去作他的事。

因為國家公園管理處就在小學附近，管理處每個學期都派人來學校講授生態教育，教我們辨認這片山河裡的動物。所以我在理智上很早就了解電魚的行為既違法又危害生態，在情感上也相當排斥。當然，管理處的人員應該沒想到，全校唯一可以一眼辨認苦花、高身鯝魚、何氏棘魞的學生，竟是因為跟著父親做生態幫兇，才獲得這項能力。

我曾直接跟父親說我不想參與這種事，但他說：「這樣的話，你的弟弟妹妹也都沒有魚吃了。」電魚這件事在我家中，從來都不是個人的事。如果祖父沒有教父親用這種方式捕魚，父親大概也不會想到用這樣的方式取得食物。其實父親也知道不應擊殺小魚，因為小魚沒多少肉。他之所以習慣性地選在大雨過後、河水高漲的時間，就是因為大魚在大水氾濫的時候，不會留在河中央或深處，而是會往岸邊游。

「只要幾條大魚，就可以回家了。」我非常同意這樣的承諾。畢竟我整晚拖著魚袋，魚袋太重，我也會手痠。

趁著暴雨惡水偷偷摸摸捕撈，讓我近身面臨自然的狂暴。我記得曾經看到父親瞬間跳回岸上，因為一根巨大的漂流木順流沖了過來，撞擊岸邊的石頭，還發出轟隆巨響。還有一次，因為洪水氾濫，河川竟然改道，愈淹愈高，我和父親只能趕緊摸黑，順著原路撤退。

但印象最深刻的生死一刻，卻是發生在月光皎潔的夜晚。我記得那天，拉庫拉庫溪因為大雨，水勢壯盛起來，從拔地的銀色山谷中湧出，隱隱地在氾濫。月光底下，波濤湧動，但我們不清楚溪水的深度。我們在河的右側忙了大半夜，沒什麼斬獲，魚袋中只有兩、三條中等體型的魚。

「我們現在過去對岸。」父親把頭燈關掉，擦了擦額上的汗水。我的眼睛已經適應黑暗，在月光下看到騰漲的溪水與強激的飛浪。

「我們要過去嗎？水太大了！」我非常不安，甚至驚嚇。這溪水湍急的水聲，充溢在我和父親之間。但父親已經開始拆解他的工具。

「這邊沒什麼魚，我們必須過去。天快要亮了。我早上來看過，下面一點的地方水並不深。」沒一會兒，他已把網桿與電杆捆成一束，電線也都拆解，「把你的拖鞋丟進袋子裡。」我緊跟在他的身後。

「等一下下水的時候，你手要抱緊我，腳要踩著我的腳，不管怎樣，千萬不要鬆開。電池和工具不能進水，我會把手舉高。不要怕，水只有到我的腰這麼高，大概到你的胸口而已，不要怕！」

我照著父親的指示，面對面抱緊他。我隨著他一步一步邁開步伐，彷彿兩個在跳探戈的舞者。河水漸漸從小腿，淹到我的腰。

「慢慢來，一下就到了……」父親不斷出聲，為了安撫我，但聽得出他也很緊張。緊貼著他的身軀，他因為溪水寒冷，有些顫抖。父親謹慎地橫向跨走，每跨出一步，水淹得更高。他面對奔向我們的大水，而我只能看到父親的胸膛，背部感覺到水流的沖刷，水已默默淹過我的下巴。

「到中間了——」我才稍稍鬆口氣，卻發現腳底踩了空，父親也踩了空。「爸爸！爸爸！」我只記得驚恐地喊著，手中緊握的魚袋不小心被水沖開。

「不要放開！不要放開！」我以為父親是在斥責我，不要鬆開魚袋，所以我鬆開了環抱他的手，想把魚袋撈回來。父親顧不得手中的工具，單手把我扣緊，直到站穩腳跟，再把我拖到岸邊。

上了岸後，他先把工具放在地上。

「叫你抱緊，你怎麼不抱緊？」父親回神之後，責備我一聲。

「袋子被沖走了。」

「誰管那個袋子啊！」父親大吼。不明所以的我，腦子只記得漂走的魚袋，便往下游走了一段，發現魚袋被沖到淺灘，裡面的大魚都游走了，只剩下幾條小魚。

「魚都沒了。」我有點自責地說。

父親平靜下來，「那我們要更努力一點。這次你要跟緊一點，聽到嗎？」

最近一連幾天的雨，讓我自然而然地和父親談起那一、兩年清苦的生活，那段等待風雨，出去電魚的日子。我倆都覺得不可思議。講到當時帶我去電魚的事，他若有所思地笑著說道：「怎麼會忘記呢？我差點讓水把你沖走。」

甘炤文

〈瑪帕伊斯之河〉（二〇一六）

勒虎，一九八五年生，南投羅娜部落布農族。臺中一中、臺大中文系、臺大臺文所碩士班畢業，現於師大臺文所進修並任職媒體業。

創作曾獲新世紀全球華文青年文學獎、教育部文藝創作獎、全國學生文學獎、原住民族文學獎等，論評曾獲臺灣文學研究生學術論文研討會推薦獎、推理評論金鑰獎等。目前居遊原鄉之外，享受生活的離散、書寫的跨界與身分的游移。

瑪帕伊斯之河

至今，我仍不時憶起你的身影，彷彿曾經的舉手投足皆已固化為巨大的猛瑪象骨，封凍在極地冰原；又或者，你的眼神就像是閃藏著花粉的晶凝蜜蠟，記錄了遠古時代一段來不及展露的芬芳。當我目睹衣衫襤褸的乞討者沿街向路人伸出枯瘦的手，或者一大群孩子追逐著另一名哭泣的孩子的時候，你那張童稚卻又略顯疲累的面容，便將緩緩自我腦海深處浮出，與眼前的他們的形象相互纏縛、疊合，又共同朝向另一片記憶汪洋曳航。

在依稀可辨的印象裡頭，你總是以裸裎之姿出沒於睽睽眾目間，也因此，初次會面的場景顯得有些尷尬……。那個時候，我剛升上小二，正值對一切感到好奇、亟欲打破沙鍋問到底的年紀。記得是個火傘高張的七月天，我趁著暑期回到部落鄉間小住，為了打發百無聊賴的假日時光，白晝裡索性任由堂哥騎自行車、雙載著到處兜風。我們每每利用大人們忙於午寐的時節隨興撒潑，腳底彷彿踩踏一對風火輪般呼嘯過山徑與田塍，或至村外的野地摘食桑葚與土芭樂，或穿林打葉，戲弄樹幹間攀爬的呆拙金龜。初夏的流雲替近郊峰巒染了雪意，我們的自行車緣著凹凸的林間小路前進，頻頻惹動黃埃；午後，穿透樹蔭的陽光順勢撩起滿地綠影，俄頃之間風吹、草擺、歸途在望，身後的青山霎時響起一片亮烈蟬聲。

我們才剛騎駛入村口，遠遠的，便看見堆滿柴禾的廣場邊上，幾名年紀比起我大不了多少的孩童將你團團圈住，又笑又鬧地推搡著你，間雜以幾聲尖利的咆哮。一條癩皮狗湊熱鬧似的在旁兜繞，好像經過鎮日的昏沉後終於發現獵物，竟也不明就裡甩動小尾巴，對著空氣興奮地吠叫了起來。

你僵硬地杵在原地，通體赤條地裸出黧黑但肥潤的胸乳、肚腩，男器一如你因害羞而垂斂的臉龐，眼皮同樣不知所措地耷拉著。有那麼一瞬，你怯憐的目光穿越嘈切聲牆投向彼方，與我四目交接，手裡那瓣淌汁的西瓜就像一小片殘破的紅旗，暗中發出微弱的求救訊號……。如果還能夠回到那天，如果我能及早由撩亂的成人思維中覓得「霸凌」的概念，那麼我將毫不遲疑地箭步向前，用肉身替你抵擋譏誚的惡浪。然而，彼時的我倏然目睹這令人費解的場景，耳聞一對對本該天真無邪的雙唇不斷傾吐滿籮筐誶語，混亂中竟只本能地撇過頭去，彷彿就此化為互不相涉的鹽柱。隨著眾口洶湧地進逼，「啪——」不知是誰出掌拍擊，你掌間的西瓜片應聲墜地，迸碎成大太陽下滿地腥紅的淚滴。

我無從指認你確切的年紀（當時想來不過十二三歲吧），甚至不曉得你的漢家姓名；只管跟著鄉人喊你的族名笛安（Tiang），意思是「辯才無礙的能人」。

後來，我才由大人們隱祕傳遞的耳語間陸續得知：你出生於一個人滿為患的貧困農家，在你之上，尚有十幾張嗷嗷待哺的黃口等待餵養。母親懷上你時，或許由於年事稍高，以致上帝糊塗到少替你填裝一根筋；又或者出身大家庭的兒女，在成長過程中本有太多雞飛狗跳之事，做父母親的分身乏術，難以勻出時間予以雨露均霑的照護，因而自某個神祕時刻開始，你的外表雖如常人般日復日茁長，智力水平卻始終與學齡前孩童無異，保有一份未更人事的爛漫與憨戇。

平素的你，乖巧得像一莢樹豆，只是不喜歡說話，也不喜歡著裝，卻老愛往外跑，三天兩頭前往林木參天、溪水潺湲的曠野去放牧自己無羈的靈魂。久了，家人便也以「管不住你」為由，樂得聽任你四處嬉耍——只要不哭、不鬧、不添亂子，部落老少早已習慣你來去自如的行蹤，彼此倒也相安無事。

只不過，閭里間仍難免存在一幫好事之徒，總愛趁茶餘飯後大嚼舌根、拿道聽塗說的諢事充作下酒菜，彷彿不在言談間投放點腥羶色調味，這山居歲月就顯得平淡無奇了。他們誇張著你悖於常理又無厘頭到有些傻氣的行徑，甚至繪聲繪影描述，描述你曾趴伏於鄰家窗牖，貪婪地窺看浴簾背後盛放的女體；或在轆轆飢腸的驅使下出沒於墳場墓域，竊取碑前新進呈獻給死者的供品食用。部落裡的長者多半疼惜你，每回巧遇總習慣賞你一瓣瓜果、半塊糖酥解饞——他們決不許你銅板零鈔，以免向來「視錢財如糞土」的你順手擱棄，平白便宜了好些個在你跟前腳後兜轉的村童。

有一次，我又發現那幫好事之徒中的某幾名意欲捉弄你，他們佯意由褲袋摸出一枚青紅相接的輪胎茄，吆喝著你前來取用。你靦腆地接過這狀若甜柿的果蓏，脆生生咬了一口。極其罕然的，你在伸了伸舌頭後，以近乎失控的音量嚷叫起來：「mapaish![1] mapaish!」不待你奮力擲開手中的苦果，饒有興味的圍觀群眾早已爆出陣陣笑聲。

我不曉得該如何解釋這種挾帶輕忽與戲謔俱下的惡意。那是遺傳自畋獵時代的叢林法則嗎？率先將自己劃定為征服的一方，服膺強凌弱、多欺寡的戰略進擊他者，並且由嗜血的殺戮中攫取某種猥瑣的快感。平心而論，那些訕笑你的人不見得是「喪盡天良」

1　mapaish：布農族語，意為苦澀。

的一群；相反的，他們的日常也許活得父慈子孝，在上蒼派定的人生框架中積極扮演好屬世角色——他們依循四季作息勞作，按時將一袋袋穀米兌換成存摺數字，也樂於幫助村中荷重的耆老扛物，沿途並不忘噓寒問暖，稱讚老人家身骨硬朗、腦袋清明。

然而，一旦將他們擺放於人與人之間素面相照的情境，面對心智不全的「非我族類」，他們霎時竟恍若失卻了應對進退的繩墨，遂沿用警戒本能，從混沌的精神狀態中抽長出惡質心眼，脾性更彷彿剛出鞘的銳利短刀，以刮傷旁人為能事……他們以為執干戈相向就能彰顯自我的存在價值，殊不知，窮兵黷武只會換來空洞的虛榮與優越感！

單純如你，當然無由洞悉一連串排擠行動背後幽微的人性指令，可也無法自外於複雜的現世網絡。隨著年歲漸長，你日益勃發的男性性徵終究引發側目，就連自家兄弟姐妹有時也不住蹙眉，嫌憎你暴露的身軀不知沾惹多少病菌，指摘你的無知無識辱沒了家族輝煌的獵士血統。於是，他們要麼巧立各種名目將你禁絕在厝，要麼乾脆要求你鎮日離開眾人視線，圖個「眼不見為淨」。家不再是永遠的避風港，倒有如經年顛著浪尖的險峻礁灘了。

是某年開春後不久吧，我記得部落冷冽的空氣間依稀迴旋著山肉與樹豆共煮的香氣。才開過早飯，不遠的長街上便傳來未合時宜的罵架聲——只因你雙手捧護著一隻奄奄待斃的青蛙，堅持將牠帶入屋內取暖，而姐姐們一定不肯，紛紛趨前阻撓你進門……於是，單純的口角逐漸演變成一臺熱戲，她們索性將你攆出，在人來人往的街心聯合起來數落你的不是。左右老鄰居看不過意，紛紛出言規勸，你的幾名兄長卻又在後方激動地扭開肢體語言，毫無退讓之勢，彷彿不如此不足以洩心頭之憤。

我站在最外圈旁觀，儘管隔著影影綽綽的距離，仍不難由大人閃現的眉目、尖拔的嗓音以及因怒氣牽引而變形的眼角肌群，去勾兌對話中蘊含的咒詛分量。我聽見他們高聲喝斥，將你的魯鈍歸咎於累世罪愆、惡靈反撲的報應；我聽見他們控訴你強加於彼的重軛，埋怨自己時運未濟——他們寧可曠日經久地嗟嘆家門不幸，也不願在平時多花點心思，帶領你前往醫院接受更積極的矯治！

紛爭尚未退潮，你早已獨自攜著青蛙悄然離場。也是從那次之後，部落裡的人愈來愈少提起你那承襲自氏族祖輩的名字；即便提起，神情猶仍鬼祟，彷彿你在世間的身分預先遭到汰除，成為一縷出沒無形的幽靈，不再受人倫禮法轄制。竊取碑前供物食用的流言依然盛行，更多時候，那些入山砍柴或務農的鄉人說起曾在某些不經意的片刻，瞥見你兀自趴臥在河邊巨石上臨水觀照，彷彿漂洗一身孤獨的倒影。

所以很多年以後，當你的死訊輾轉由親戚間的聚會閑談傳揚開來，我竟產生了如釋重負之感，好像心底一則塵封多時的故事，至此終於打開命定的結局。

據親戚描述，你是被鄰近部落幾名起了大早的釣客發現的。前夜，山裡降下一場急雨，突發的行潦川流逼寬了河面，將原本淤積泥垢渣滓的水岸滌蕩得分外潔淨；在岩壁、短瀑以及冷薄如紗的晨霧間，他們發現你就攲臥於近水的蘆葦叢邊，頭面朝上，原本黝黑的肌膚因著浸泡過久而現出白紫的腫痕。或有推測你是因為病革而謝世，更有人謠傳，你是為了追逐什麼而踩著蹣跚步履涉水，卻又在回程中錯入泥淖，躲不過轟然而至的山洪，此身於是化為蘆葦河畔一叢新發的幽綠。

「……笛安的臉腫起來了，眼睛睜得好大。」他們說。那混合著疑懼和惋惜的口吻，恍惚又帶我回到與你初次相遇的七月：穿越重層的詈罵聲，你投來的遙遠目光使我不住陷入臆想：如果能夠再回到那天，回到暑氣噴發的大太陽底下，我一定會毫不遲疑地排開看熱鬧的孩童，騎著自行車將你載離現場。初夏的流雲替近郊峰巒染了雪意，自行車緣著凹凸的林間小路前進，搖晃著駛向蛇虺出沒、藤蘿糾纏的青山深處，縱使背景有一整片蟬聲點綴，三伏炎天背後的密林與河岸，也往往泛著陽光不到的森冷。

你曾經涉足過嗎？在複奧的群山、幻設的眾水之外，你是不是擁有一處隱密的居所，小心翼翼收藏著旁人未解的心事和暗語？在你離開人世的最後一刻，是否也曾想要努力記住這個世界，偷偷將心底荒涼的景色置換為風和日麗的晴天？我想像你的靈魂緩緩自鳶飛草長的水涯間浮升，像飽睡之人悠然醒轉後，復以清泉濯面，抖落沾身的塵埃；而前方正停泊一葉輕舟，等待著引領你渡越忘川。

我想像，並且由衷感到慶幸，你錯位的身心靈此刻業已純然翕合，又恢復成通體清朗的赤子樣貌。那條乾淨又溫柔的小河承載著你朝向未知處漫溯，一路上，一隻隻可愛的小青蛙將陪伴你喧嘩。

然木柔・巴高揚

〈姓名　學〉（二〇二〇）

〈miyasaur・再・一起〉（二〇二〇）

Lamulu Pakawyan，一九八六年生，戶籍登記為卑南族，卻同時擁有阿美族與排灣族的基因與名字。畢業於國立臺灣大學人類學系。二〇一六年與部落的夥伴一起創立工作室，期望能透過藝術、設計與工藝，使文化脫離「文獻化」趨向，成為生活中的「進行式」。後更於二〇二一年創立有限公司，盼能透過如文學、影像等媒介，發展族群的故事產業。

然木柔的作品產量不高，卻屢屢獲得肯定，曾以〈不是，她是我 vuvu〉獲二〇一三年第四屆臺灣原住民族文學獎小說組第二名；二〇二〇年同時以〈臉書〉、〈姓名　學〉、〈他們叫我〉、〈miyasaur・再・一起〉等作品，榮獲第十一屆臺灣原住民族文學獎小說組、散文組、新詩組首獎以及報導文學組第二名，創下歷屆原住民族文學獎得獎的紀錄。作品〈不是，她是我 vuvu〉被翻譯成德語、日語，〈臉書〉亦正進行英語翻譯授權中。與墨刻編輯部合著有旅遊書《歡迎來作部落客：幸福臺九線》。

姓名學

一個微微悶熱的夜晚，我的車頭燈晃過了一排面街的連棟房屋，其中一間，呈現了不同的明度與色澤。我下了車，繞過覆蓋著深厚炭灰的火爐，穿過一股煙氣，小心翼翼地進入了一道敞開的玻璃門。一座占領客廳空間一半以上的神壇，瞬間占據了我的視線。其上的神像，正居高臨下地審視著我。兩排座椅沿著兩側牆壁佇列，濃烈的立香味道，讓這一個夏夜，更增添了揮之不去的黏膩感。

我摸著脖頸中，母親送我的十字架，戰戰兢兢地坐在最角落的椅子，猶如一個即將被審判的異教徒。我非常熟悉這樣的緊張感，因為，雖然我戴著十字架，但從未受洗的我，也一直是信上帝的家庭中，唯一的異教徒。

一個婦人從神壇邊的過道走出，親切地問我：「老師正在休息，稍等一下啊！妳是哪位啊？妳哪裡人？妳來找老師是有什麼事嗎？」

我一時之間，不知從何答起。

那一刻的二十四小時前，母親像牛仔一樣，用 Line 精準地套住了正在追劇的我，下達了一道行政命令——去恢復原名。

其依據是，我的妹妹，與也是來自臺灣的漢族丈夫，在異國生了一個孩子，那個孩子的異國姓氏跟隨了父親，因此，我妹妹想要讓孩子的漢語姓氏，跟隨她自己。然而，再三考量男方家族的「父權性感受」，妹妹最後決定讓她的孩子使用族語姓名——因為比起漢語姓氏的陳、林、黃、張等等，男方家族可能比較能接受，唸起來似有「異國情調」的族語姓氏。然而，因為我們全家人都是採取漢名、原名並列的方式，該國辦事處認為以原住民族語書寫符號呈現的姓名，並不具備任何法律效力，因此，我們家中必須要有一人將姓名「完全恢復」，在戶籍謄本上呈現以漢語音譯後的原住民族姓名，方能成為辦理依據。

即使母親交代得如此鉅細靡遺，她卻完全忽略了此道行政命令最大的疑點——「我怎麼說都是旁系吧？直系親屬恢復原名比較合理吧？比如身為母親的妹妹？身為祖父的爸爸？身為祖母的您？」

「因為妳比較有空。」

一擊必殺！

是的，誠如母親大人所述，生活中只有上班、下班、追劇、一人吃飽全家不餓的我，目前確實是家裡最閒，僅能在恢復原名這件事情上，發揮自身最大價值的人。

「好……」我用帶著無限刪節號的回答，走完這場程序。接著，找了部落中一位很顯然不是基督徒的長輩，請她推薦我姓名學專業的老師。

對，我不是先確認恢復原名要帶什麼證件，而是先做了我認為最重要的一件事──「算名字」。我身旁有許多人，依據「專業建議」改了名字後，運勢似乎都突飛猛進。所以，我想，既然要用「漢語」呈現原名，那當然要去請教這方面的專業人士，盡全力保證我後半輩子的幸福快樂。

這就是為什麼二十四小時後，我會戴著十字架，坐在神壇前聞香的原因。而聞了半個小時的香後，老師終於──很普通的進場。

沒有金光，衣著普通，就是個和藹的阿公。他親切地朝我笑了一下，完全看透了我身為異教徒的無知，直接指示我去對街的金香店買立香、金紙等物，可能是……類似基督教的「奉獻」？

等我慌慌張張地帶著這些物品回來後，我的姓名學諮商即正式開始。老師細細地講解我的生肖不可使用有哪些部首或形狀的字，又補充說明，我是五行缺水的火命人，不適合用有水意象的字──「等等！不是缺什麼補什麼嗎？」我驚訝地問道，老師回答：

「這又不是補鈣。妳是缺水，但水對妳不好。」

我瞬間覺得有些暈眩，非西方科學的邏輯，其運行方式怎可以如此複雜？

最後，我們談到了將名字各種排列組合後，所產生的筆畫數，對運勢會造成什麼樣的影響。老師很熱心地解說兩個字、三個字、四個字的姓名要怎麼算。

但是——「那個，老師，不好意思，我是原住民姓名音譯過來，會超過四個字，那要怎麼算？」

老師明顯愣住，但還是反應很快地說道：「妳先寫下來，暫時不用管用什麼字，我來試試看。」

我高興地將我預設的幾個漢字，寫下來給老師過目。

「這幾個字的筆畫數可以，但有艸，妳屬虎，虎落平陽被犬欺，不能用。」他邊說邊指著我寫在紙上的名字，接著又指向了家族姓氏，說：「這筆畫數不行，字形也像蛇，絕對不能用。妳不是說音譯嗎？怎麼兩個唸起來不一樣？」

「老師，第一行是我的名字，第二行是我的家族姓，家族姓的中文，已經刻在家族墓園的墓碑上了，不能改，我的全名是這兩行一起唸。」

「這麼多字？」老師震驚地看著那一長串的漢語書寫符號，默默地拿起了他的筆，開始寫寫畫畫，最後說道：「那妳這個只能算總筆畫數，其他不用管，回去按我說的規則挑好字後，拿過來，我再幫妳算。」

於是，我帶著一身的「香氣」回家，從書櫃底部挖出滿是灰塵的字典，花了幾個晚上的時間，找到符合發音，也符合「最佳形象」的幾個字。到超商列印出來後，又回到那座神壇前，恭敬地將那張承載我後半輩子重量的紙，遞給了老師。

老師從神壇的抽屜中，拿出一支螢光筆，迅速地挑出幾個字，算出不同組合的筆畫數。過了一會兒，他將那張紙遞給我，說道：「用這一個名字，妳會具有先見之明，充滿女性魅力。換身分證後，記得告知祖先。」

在我震驚於自己居然如此輕易地擁有了一個光明燦爛的未來，以及困擾於基督教似乎沒有「告知祖先」此一儀式時，兩位年輕的排灣族男生走了進來。老師一看到他們，說了聲「稍等」，就從旁邊的櫃子中拿起一本書。我的眼角餘光掃過那本書的封面，似乎有「合婚」兩個字？下一刻，我就聽見老師對他們說：「婚姻沒那麼好算，而且原本是用男命、女命去算，你們的生辰八字先給我，我來試試看。」

走到門外的我，回頭看向了那兩道逐漸融入煙氣中的背影，一堆學術名詞在腦中不斷盤旋迴繞。我第一次感受到，原來所謂的文化衝擊，可以如此微小，卻又如此溫柔動人。

回到家，我興奮地和父母親分享我的「新名字」與「新人生」。理所當然地，只有唯一真神，且浸淫於西方科學甚久，對其他系統的奇蹟不再有好奇心的他們，回應了我一抹「禮貌性的笑容」。

我只能默默收起對美好未來的無限期待，再次出門，在一家老舊的刻印店中，找到了同時符合我需求和要求的印材。我將新名字寫了下來，遞給坐在輪椅上的師傅，說：「我想要篆體。」那一瞬間，我從師傅的眼神中看見，我不只是一個閒人、一個迷信的異教徒，此時此刻，還成為了一個奧客。他苦笑著說：「給我幾天，我試試看。」幾天後，我去取印章，師傅拿起了一本蓋有許多印章的小冊子，翻到嶄新的一頁，對我說：「我第一次刻這樣的，可以讓我留個紀念嗎？」

我點了點頭，看著自己的名字，出現在紙上，緊緊地撐著那一方小小的天地，似乎下一刻就要衝破天際。

接下來，就是一連串和公務系統、民間系統衝撞的過程。猶如另類的受洗儀式，所有恢復原名的前輩們所遇到的問題，我都澈底地經受了一遍。例如，我的姓名無法完整呈現；姓和名中間的空白無法存在，或前後順序顛倒；證件要客製化，無法客製化的就直接「恢復手寫傳統」。怪不得到目前為止，完全恢復原名的人數，不到原住民族總人口數的百分之一，要付出的時間、金錢和心理成本，實在太高昂了！整整半個月，我一邊翻白眼，一邊體現了「我最閒的最大價值」。

將修正後的戶籍謄本恭謹地上交給母親後，我拜訪了家族中一位表叔，他家是拜拜的。表叔將我的新身分證擺在了祖先牌位前，讓我手持立香，向「我們的祖先」做簡報，他自己則拿著手機，興奮地側拍我各種生疏僵硬的姿勢。煙氣環繞著牌位，環繞著我，那跟隨我已久的漢名，似乎正逐漸地消失；而我的原名，正鮮紅如印章般，緩緩地浮現了出來。

祖先拜完了，重要資料也陸續辦完了，但最折磨人的階段才開始。我總是要和許多人，如辦事員、郵差、星巴克店員或診所櫃檯人員等，一遍遍地解釋哪個是我的名、哪個是我的姓，一遍遍地演示正確唸法。我其實很疑惑，為什麼明明已經以漢語呈現了，他們叫起我的名字時，卻總是如此不輪轉？

更打擊人的是，當我上臉書宣告我恢復原名時，有朋友好奇地問我：「身分證和護照不是要改版了嗎？妳現在恢復，之後換發不是又要再花一次規費？」

花的發……。

看來，世界沒什麼改變，幸福美滿也還在遙遠的未來。

也是在這個時候，經修正的戶籍謄本，越洋寄送到了妹妹手中。沒幾天，當我正走向超商要領取包裹時，Messenger 閃出了一大長串閃電般劈啪爆裂的文字。

「姐，辦事處的人居然問我『為什麼小孩要跟妳姓？』、『為什麼會有這種名字？』、『為什麼姓在後面？不是應該在前面嗎？』我的婆婆在旁邊，我只能像小媳婦一樣，唯唯諾諾地指著戶籍謄本上妳的名字，回答：『這是原住民名字，原住民的名字就是這樣的。』他還繼續鬼打牆地說：『妳這樣說不過去啊！小孩子和爸媽怎麼都不同姓？』我和他說小孩子的中文姓名是原住民語音譯的，和我以書寫符號呈現的原名姓氏是一樣的，他卻堅持那是英文名，不可參考！最後竟然還嗆了一句『好啦，隨便你們，到時候沒辦法辦理我不管啦！』我心想到底關你什麼事啊！為啥不想讓我給我自己的小孩、取我想取的名字？要不是我婆婆在旁邊，我早就爆氣吼回去了！」

我看著手機螢幕，幸災樂禍地哈哈大笑，立刻回了妹妹一句：「妳女兒確實不是跟父母姓，是跟我這個阿姨姓，記得跟她說長大後要奉養我。」

叮咚！超商門開啟。

「我要領取包裹。」

「手機末三碼和身分證。」

我拿出新辦的身分證，在店員詫異的眼神中停滯了幾秒，才猛然想起——我什麼都改了，就是沒改到網路購物平臺的名字！

幸好部落中常使用人臉辨識系統，店員弟弟將寫著我那舊名字的包裹遞了過來，說：「姐，回去趕快改，這是程序。」

「好……」

拿著包裹回到家，我立刻登錄所有網購平臺，修改姓名資料，然後不小心手滑，再次下了訂單。幾天後，我接到了宅配員的電話，很習慣地聽著對方結結巴巴地唸著我的名字，很習慣地再次演示正確發音，很習慣地在接過包裹時，以和煦的笑容回答對方的問題：「這是原住民名字。」

奇蹟，就這樣發生了！

幾個星期後，我再度接到同樣一個宅配員的電話，這一次，他以非常正確、漂亮的發音，說出了我的名字。震驚的我打開了門，看見他拿著包裹站在門前，而我的名字，穿過他的口罩，再一次，以正確的音頻和節奏，鼓動起我的耳膜。

那一刻，我聽見了未來——

我是我，在這個時空中，戴著十字架、挾裹著煙氣，在許多人的試試看中，一起，
微微地影響一些小小的事。

miyasaur·再·一起

很久很久以前，普悠瑪部落的農作事務，皆是由女性主導。而二到三月間，是小米田除草的季節，部落所有的婦女會組成 miyasaur 婦女除草換工團，於 tinumaidrang（最年長的人）家中集合，視每家小米田生長的狀況，討論換工除草的順序。接著，會由較年輕的女孩子，於清晨沿著大街小巷，挨家挨戶敲擊著銅罄，通知大家集合，一起小跑至當天要除草的小米田。

在為期一到兩個月的除草工作結束後，這段期間緊密相依的婦女們，就要各自歸家，回到原本的生活軌道。疲憊的身軀中，卻蘊含著濃重的不捨。於是，婦女們會辦一場 mugamut（婦女除草完工慶），男人們會上山採荖藤、捕撈蝦蟹、獵捕野味，為婦女們烹煮豐盛的餐食，慰勞她們的辛苦，也讓她們平復不捨，趕快回家——曾有老人家這麼開玩笑地說道。

歡慶開始的前一天下午，為確保大家的平安，必須先由巫師主持 meraparapas（送亡靈儀式）。這個季節，是莿桐花開的季節，是萬物驚蟄鑽動的時刻，也是普悠瑪部落族人認為「靈魂會迷路」的時節。

歡慶結束後，年輕的婦女們會砍柴，送到 tinumaidrang 家中，感謝除草期間，tinumaidrang 的帶領與招待。

這些女性和女性之間，女性和土地之間的深刻連結，這些充滿孕育、守護和感謝的情懷，以及那些屬於女性的知識體系，卻隨著小米文化的式微，小米田迅速地消失，成為記憶。而部落中女性的面孔，也漸趨模糊。

因此，有那麼一群人，在很久很久以後，重新進入了小米田，開始一一找尋、拾起那些散落的記憶，試圖再次拼湊出——miyasaur ——這一個字。

mi — ya — saur，存有——要——一體。

要存在為一體。

銅罄擊響，一聲呼喊，再一起

二〇〇三年，在南王國小擔任廚工、有三個女兒的王秀美，在近四十歲時，又懷上了第四胎，這次是個兒子。這個兒子在二〇〇四年元旦呱呱墜地，因此整個寒冷的一月，秀美都待在溫暖的房間中，在婆婆的照顧下安心地坐月子。直到她南王國小的同事，同時也是普悠瑪文化發展協會的理事長鄭浩祥，託人帶了一張紙條給她。

她展開紙條，原來是鄭浩祥又再一次，跟她提起恢復 miyasaur （婦女小米除草換工團）的事。

秀美與鄭浩祥兩人不只同在南王國小服務，同時也致力於普悠瑪部落文化的復振與推動，在校長和主任的支持下，常常帶著學生共同參與部落的文化活動。而一直在推動 trakubakuban （卑南族男青少年組織） 相關事務的鄭浩祥，不只一次問秀美，是否可以復振女性的 miyasaur？秀美卻有些猶豫，因為部落中已經沒什麼人在種小米。雖然小米文化中的 meraparapas（除喪）、mugamut （婦女除草完工慶），因結合了當代的「三八婦女節」，一直沒有中斷，但在這之前的 misaur （換工除草），以及之後的 kiyabatrang （砍柴致謝），已消失多年，僅存在於老人家的回憶中了！

「這個不知道誰可以帶動？我這個年齡，有辦法帶動嗎？」秀美擔憂地反問。

當時的普悠瑪部落分為四區，每年由每區輪流主辦 mugamut，因此，和秀美同為第一區族人的鄭浩祥，回答：「要不然就是我們第一區主辦的時候，我們來試試看。」

「也是可以啦！可是我們一開始做可能會很辛苦，已經中斷這麼多年了！大家也不再務農，有多少人會跟我們一起做？老人家會不會在後面挺我們？」

「沒有關係，就我們這幾個先來帶帶看。」

於是，為了了解過去的老人家是怎麼進行 misaur，秀美開始在部落進行多次的訪調，甚至帶著她的女兒，以及女兒的同學等人，於三月的一個週末，曙光濛亮的清晨，騎著單車，在茄苳老樹們的注視下，穿過綠色隧道，抵達下賓朗部落，觀摩「隔壁鄰居」辦理 misaur 的方式。

坐月子的秀美看著鄭浩祥的紙條，想起這一年確實是輪到第一區主辦 mugamut！她打電話給鄭浩祥，說：「可以啊！但我現在坐月子，不方便出門，等我出月子也是二月中了！這麼短的時間，我們做得起來嗎？」

「要不然我們就先找幾個人，去妳家裡討論。」鄭浩祥回答她：「等妳做完月子後，我們再邀請幾個老人家來談。」

因此，他們邀請了幾位老人家，在秀美家進行初步的討論。而秀美的婆婆，是部落裡少數持續種植小米的人，在當時的會議中，提供了諸多珍貴的記憶與資料。

待秀美終於出月子後，他們邀集了許多耆老至第一區的 tinumaidrang 孫生動姆姆

[1]家集合。除了有小米記憶與經驗的耆老外，還有秀美在語言和文化學習上的師父們——林清美老師、鄭玉妹校長，以及幾個一起推動部落文化事務的夥伴。「當時幾乎都是由小俊[2]在旁邊協助拍攝和記錄所有的過程。」秀美老師後來回憶道：「不知道那些東西還在不在？」

秀美和鄭浩祥就在孫生動姆姆家，和幾位部落中重要的女性耆老，說明他們想恢復 misaur 和 kiyabatrang 的想法。在場的耆老都表示支持，甚至非常高興，在熱熱鬧鬧地你一言、我一句中，完整還原了小米種植與生長的過程。

因距離 mugamut 辦理的時間，僅剩一個多月，他們只好每週於孫生動姆姆家集合，討論具體執行方式。整個過程，猶如很久很久以前，當火紅的莿桐花開，小米長出第三根葉子，指向天空時的除草前夕，婦女們集合於 tinumaidrang 家中，細細討論該從哪一家開始，進行一年一度，小米田的 murairaib（換工）。

但是，他們遇到的第一個難題，就是找不到適合的小米田。在場的耆老中，僅少數人還有種植小米，但時間不對，無法在 mugamut「既定辦理時間」之前除草。他們不斷地在部落中詢問，還有誰家有種小米？誰家的小米田可以除草了？問到最後，終於有個老人家說，他家還有種小米，不大，但是可以除草了！

終於找到了可以除草的小米田，但部落反對的聲音卻一一浮現。有許多人說：「現在什麼時代了？大家都不再務農了，幹麼還要種那個小米？」「小米的禁忌那麼多，我們既然已經放了，幹麼還要回來做？還要復振？」「我們以前一直做農，現在年紀大了可以休息了，還要叫我們去做農嗎？」這些反對的聲浪中，卻也不乏較為可愛的質疑：「種了，我們自己能吃得到嗎？」「我們都沒有在吃小米了，要吃小米很麻煩，要脫穗、脫殼，幹麼還要種？」

秀美他們只能不斷地解釋：「我們想要復振，是因為從我們這些中生代，一直到後面的學生，我們都沒有經歷過，我們想要親自去體驗。」「你們長輩不用做，你們在後面挺我們就好了，我們不懂的地方，你們再來教我們。」

於是，二〇〇四年，銅罄的聲聲擊響中，中斷已久的 miyasaur，再次集合。

---

1 卑南族語 mumu，音譯姆姆，為卑南族對祖父母輩、老人們的稱呼。

2 本名呂育云，已逝，因協助部落記錄了大量珍貴的小米文化影音資料，因此特於此文中提及她作為感謝與紀念。

那一年，從頭到尾情義相挺的老人、部落的中堅女性，以及當時由南王國小朱慧清[3]主任帶領的學生們，共同組成了龐大的miyasaur。他們戴上斗笠、繫上sukun[4]、背簍裡裝入水與工作刀，浩浩蕩蕩地，在充滿節奏感的銅罄敲擊聲中，列隊跑向位在卑南里、王健慈姆姆的小米田。

除草結束，當天下午，miyasaur中的女性們，共同握著「猴子的荖藤」[5]，跟隨主持meraparapas的王議苓巫師長，將亡靈引渡至部落的界門外。那一長串的隊伍，彷彿接上了久遠以前中斷的那一刻，並延伸向很久以後的未來。

meraparapas結束後的隔天，秀美穿上華麗的卑南族禮服，同林清美老師和鄭玉妹校長，帶領著手持荖藤的婦女隊伍，沿著部落的大街小巷，繞行小跑，一邊交替呼喊著：「hu hu wa! Kasakasakar a inulisawan a!（呼呼哇！多美麗啊我們的隊伍！）」喊詞一落，所有的婦女們一起同時高聲回應：「hu hu hu wa hui!」（呼呼呼哇輝！）、「hu hu wa! kasakasakar a maaidrangan a!」（呼呼哇！多美麗啊這些老人！）、「hu hu hu wa hui!」（呼呼呼哇輝！）

女聲此起彼落，這一年度，她們歡樂的聲音如此厚實又高亢，根植於大地，流動於部落，飄向天際。

歡慶結束，秀美脫下層層的禮服，隔天清晨，再度穿上了sukun和袖套，帶著柴刀與鋸子，往部落外尋找適合的柴薪。她砍下了一根長長的木頭，稍微修去枝葉，卻留下最頂端的綠葉——因為老人家說，要留著最上面的葉子，象徵生生不息、薪火相傳。

她半扛半拖地將那根木頭帶回部落，前往tinumaidrang孫生動姆姆家。遠遠地，她就看見九十幾歲的孫生動姆姆，穩穩地佇立於門前，遙遙望著她。

當她加快腳步將木頭拖至門前，孫生動姆姆突然開口——

「Iralrak a! alra adri ku lra nanau dra kiyabatrang, kiyanatray ku lra kema ku adri ku nanau. garem i，menau ku lra dra kiyabatrang. semangal ku.」

孩子啊！我以為我不會再看到kiyabatrang了，我以為在我離開之前不會再看到了！現在，我看到了kiyabatrang。我很高興。

---

3 利嘉部落卑南族人，現為介達國小校長。

4 卑南族婦女傳統工作圍裙。

5 風藤，卑南族語為traker kana lutung，直譯即為「猴子的荖藤」，為獻祭給亡靈的祭儀物品。

「ina,[6] ane semangal yu i, adri mi pakirungertr amaw?」

伊娜，看到您如此高興，我們怎麼可以不更努力呢？

——被孫生動姆姆的情緒包裹住的秀美，如此回應。

「我們第一次做還是有很多缺失啦！但我們和大家說沒關係，我們還是一年一年把它做起來。」秀美後來說道：「主要是恢復如何除草、如何辨別小米和鼠尾草，連我自己都是真的投入後，才知道小米長得怎麼樣。」

後來，在某一年度的 mugamut，鄭玉妹校長也說道：「林清美老師十二年後，是我，我十二年後，是秀美，秀美下來的十二年，沒有人。」

「因為我們那時候 mugamut 為了配合教會，都辦在星期六，只能用星期五的時間辦 misaur 和 meraparapas，所以都只有老、中、小，沒有『青』，她們都要上班或上學。」秀美這麼說。

二〇〇四年，miyasaur 再度集合後，除草工作和 kiyabatrang 活動，就這樣一路辦了下來。但是每一年，尋找適合的小米田都是件困難的工作。

二〇〇五年，她們找到了邱家的田。要去到那塊田，得先從部落往南走，上南王橋，經過砂石廠，轉進一條砂石車來來往往的小路，穿過死角甚多的涵洞。老人家必須小心翼翼地騎車閃避路上的坑洞和砂石車，年輕的婦女們則是一路小跑兩公里。小米田在斜坡上，婦女們必須運用膝蓋和腳踝的力量，將自己撐住，避免滑落。

二〇〇六年，王議苓巫師長的母親、秀美的婆婆，她們的小米田剛好都可以除草了，不僅位處於部落中，且兩塊小米田還相鄰著，因此她們第一次體驗到 paaliw 的過程——這塊小米田除完草後，「順道」去鄰近的小米田除草。

當時，住在小米田旁側的竹占師陳德和，正坐於家中。熟悉的銅磬響聲，似乎隱隱約約地從遙遠的地方傳來，那些聲響，彷彿從記憶深處突然湧上來般，愈來愈清晰、愈來愈清晰，清晰到他忍不住起身，走至門外，確認這熟悉的聲響是從何而來？當他走到院子，就看見一長列的婦女們，戴著斗笠、穿著 sukun，湧進了他家前面的小米田。那些婦女們和他打招呼，接著就看見他家旁邊也有一塊小米田。於是，婦女們在處理完預計的兩塊小米田後，又湧進了他家的小米田。他趕緊跑去附近的商店，買回米酒、保力

---

6 ina 為卑南族語對母親輩的稱呼，可翻譯為母親、阿姨、嬸嬸等，但譯為中文卻無法呈現出在部落中，即使是非親屬關係，之間亦存有的緊密感，因此後續中文以音譯方式呈現。

達和各種飲料，招待這些 paaliw 的婦女們。

待他旅外的兒子回家時，他講述了這件事給他的兒子聽。而他的兒子在某一次聽見銅磬的擊響聲時，將這個故事轉述給了周遭的親友。

記憶，就此延續。

也是那一年，發生了一件讓秀美印象深刻的事。那時她們辛苦地除完草後，老人家們坐在田的一側，年輕的女孩子們則坐在對面一側休息。不知道是怎麼開始的，雙方在田的兩側，對唱起了 emayaayam ——鳥鳴之歌，獨屬於卑南族婦女、優美悠揚的古調。沉澱著時間的古老聲音，以及猶如新芽長出般的清嫩聲音，在小米田之間穿梭、交織，匯流成巨大的情感漩渦，以及延綿不絕的文化長河。

二〇〇七年，秀美的婆婆生病，她只要一休假，就必須照顧婆婆，待婆婆離世後，她成為了喪家，除了 meraparapas 外，她無法參與二〇〇八年所有的部落活動。因此，她暫時離開了 miyasaur。但是，當時她帶著去下賓朗的那群孩子，卻似乎形成了一種身體習慣，當時間一到，她們就會拿起銅磬，在部落的街巷中敲響那些「要成為一體」的聲音。

「最開始的那些老人家們，那些挺我們的核心老人家們，有很多都不在了！」當秀美一邊回憶當年那些老人家的名字，一邊這麼說道。

相遇，我們，在小米田

時間回溯到二〇〇〇年，那一年，國立臺灣史前文化博物館加入了一位碩士班剛畢業的新人——林佳靜。隔年，她從博物館調到了位於普悠瑪部落旁側的卑南遺址公園，負責環境教育與公園植栽管理。當時，她想在公園中種植原住民族植物，但是因為手邊沒有任何資料，因此最開始先是以種植原生植物為主，再慢慢地展開民族植物的研究調查。

她在二〇〇五年，也就是 miyasaur 復振後的第二年，和教育部申請計畫，於公園中建造了東排灣族家屋，目的是為了展示東排灣族的民族植物。二〇〇七年，也就是秀美暫時離開 miyasaur 的那一年，她也因懷孕生子的關係，留職停薪。

二〇〇八年，她回到公園，開始申請計畫，建造卑南族家屋，展示卑南族民族植物。因當時公園的植栽工人中，有下賓朗部落的卑南族人，因此包含家屋、小米倉的形制，以及民族植物的名稱，都是以下賓朗為主。也是在這個時候，她認識了鄭浩祥，將手中的資料一一補上普悠瑪部落的名稱，並在調查過程中，進入了普悠瑪部落。

二〇〇九年，公園的卑南族家屋落成。在鄭浩祥的邀請下，她參與了merapapas與mugamut活動，認識了林清美老師與秀美，並受到來自她們兩位親切熱情的招呼與招待。

「第一次參加merapapas的時候，我還因為有事，所以先走，後來才知道，不可以先離開，那是禁忌。之後我就知道，只要去了，就一定要待到最後。」佳靜在回顧第一次進入小米場域中的情況時，這麼說道。

那一年，她辦理了以小米為主題的假日推廣活動，邀請秀美擔任講師。

當秀美將豐盛的傳統餐食一一擺上餐桌時，她感到無比驚豔，「這是我看過最豐盛的活動餐點了！還有那些擺盤的方式，太好看了！」而更讓她震撼的是，在公園這個非部落的場域中，她看著秀美熟練地帶著參與活動的孩子們，繞著公園小跑，一邊敲擊銅磬，一邊進行「hu hu wa!」的呼喊，以及，帶著這些孩子們，以parpar（脫穗用小米杵）和杵臼，為小米脫穗、脫殼。她在那一刻，看見了部落文化進入公園的可能性。

因此，二〇一〇年，佳靜在普悠瑪部落婦女會的同意下，辦理了一場「認識與體驗卑南族南王部落 mugamut」的教育活動，帶著十幾位學員進入部落，加入了 miyasaur，並由秀美全程導覽，詳細解說小米每個生長階段伴隨而來的活動與儀式。

這是普悠瑪部落和公園第一次合作辦理的教育活動，也是部落和公園之間的界線開始消失的那一刻。

那一年，miyasaur 又回到了邱家那斜坡上的小米田。看著辛苦伏在斜坡上，緩緩移動除草的那些老人家們，佳靜向林清美老師、鄭玉妹校長與秀美提出，「姆姆明年來文化公園的小米田除草好嗎？」當下，她沒有得到任何的回應。

那時，婦女會已經在與部落其中一戶人家商借一塊地，作為固定的小米田。考量到每年都要重新尋找適合的小米田，以及有些小米田距離實在太遠，misaur 似乎已變成婦女們巨大的負擔，因此，一塊位在部落中、面積夠大的小米田，是當時婦女會迫切的需求。但是，最後卻沒有談成。秀美就想到，佳靜似乎曾提出公園可以讓 miyasaur 辦理除草活動。她找了佳靜，問道：「公園不是我們的地，在那邊誰要去種？長出來後誰來照顧？」佳靜回答她：「地借給你們，由你們決定怎麼處理。」

於是，秀美將這個訊息帶回到部落中，老人家們又展開了熱熱鬧鬧的討論。有老人家說：「地是公園的，那就是公園種植和照顧啊！」

秀美回答：「怎麼可能？一定是我們自己種。公園是看到我們每年都跑來跑去，還要跑很遠，姆姆們騎車也不方便，才願意借一塊地給我們用。」

「那種在那邊，收了以後是不是就是公園拿去？我們吃得到嗎？」

「問題是我們每年也都只是去幫別人除草，收成都是他們自己來，一樣吃不到啊我們！在公園搞不好我們多少還吃得到。」

秀美這麼回答他們時，有些老人家，就說了——「好！」

因此，當年年底，當時已接任婦女會會長一職的林清美老師，帶領婦女會的幹部們，從即將到來的大獵祭各項繁忙事務中抽身，到公園和佳靜展開初步合作的討論。

也是在同一年，佳靜申請了一項計畫，委託鄭浩祥於公園建造 trakuban（少年會所）。

「那年年底的大獵祭，我和當時的主任有去參加。」佳靜後來說道：「可能是因為正在蓋 trakuban，小米田也即將搬來公園，所以主任就悄悄地問我，大獵祭是否也有可能在公園辦理。」但是佳靜想到，miyasaur 的婦女們之所以最後願意選擇公園，是因為她們真的沒有一個固定場地，而大獵祭當時卻已固定於臺東新站前辦理，若要搬遷到公園，所有儀式進行的動線都要改變，那將會是一項大工程。於是，她也悄悄地回應主任：「這件事，不方便由公園這邊提出。」

大獵祭結束後新的一年，亦即二〇一一年的一月，當時主辦的第四區婦女會幹部，邀請了王議苓巫師長，到卑南族傳統家屋前預訂的小米田，用檳榔進行 pakalradram（告知），用 inasi（陶珠）編織而成的小鳥，進行 penelin（潔淨）等儀式。

當巫師在進行儀式，一群婦女開始在旁邊討論隔天的 pubini（播種）要如何進行。因為過去小米田是屬於個人的，是由該小米田的擁有者進行撒播的動作，但是公園的地不屬於任何人，因此需要有人擔任「主人家」。最後，大家討論出由第四區的耆老林玉蘭，進行隔天上午撒播的工作。

沒想到，第二天一大早，林玉蘭就跑來找秀美，一臉忐忑地問道：「imi[7] a! makuda ku matiya dra laya?（媳婦啊！為什麼我會夢到旗子？）」「amanay a laya?（是什麼旗子？）」「matiya ku dra laya kadru，kadri isatr mabingabing. matrina na laya, amanay tu pauwayan kana tiya?（有很大的旗子在那邊，在上面飄。是國旗，這個夢是什麼意思？）」

---

7 本文中的王秀美與林玉蘭兩人是姻親關係，在卑南族語中，不論是兒媳、侄媳或甥媳，皆以 imi 稱呼。

秀美聽見了也很疑惑，但直覺這並不是很好的夢境，因此立刻打電話給王議苓巫師長。電話中，巫師長也覺得疑惑，回答：「會不會是有什麼事情？會不會是她不適合負責播種的任務？對待bini（小米種）要很慎重，問一下竹占師可能會比較好。」掛了電話後，秀美立刻打電話給自己的父親——也是部落竹占師王仁光，請他即刻協助，而當天的pubini（小米播種）也緊急暫停。

miyasaur幾個核心成員，一起到了位在卑南遺址公園上方王仁光的工寮。竹子一拉[8]，王仁光就對林玉蘭說：「哇！妳不適合內！妳去播種的話，小米會長得很漂亮，但是小鳥也會很高興，那個國旗就是指那些高興的小鳥。」

大家一聽，就知道如果是由林玉蘭播種，當年小米長得再怎麼好，最後也都是填飽小鳥們的肚子。於是大家開始絞盡腦汁，用力思考還有誰適合擔任播種一職。首先，她必須一直都有參與miyasaur，年紀要足夠，再來，要有種植小米的經驗，身體狀況也要足夠好到能一個人灑播完整塊小米田。在各種條件的篩選下，以及竹占師的各種判定中，她們終於找到最適合的人選——陳春妹姆姆。

秀美老師一通電話過去，對方嚇了一跳，問道：「怎麼會是我？」

「就是妳，沒有別人了！」

「好啊！我這邊有高粱，順便帶去和小米一起混著撒，以前老人家就是這樣子做的。」

「為什麼？」

「高粱長大後會比小米高，小鳥會先吃它，但是它很硬，小鳥不喜歡吃，就會離開小米田，脫穗以後還可以做掃把。」

那一年 miyasaur 的婦女們穿著 sukun，列隊從園區入口一路敲擊銅罄，跑向了小米田。小米田旁的卑南族傳統家屋中，佳靜掛上了一幅又一幅 mugamut 的老照片；照片中的身影，有些已不在小米田中，而小米田中的身影，有些還來不及進入照片中。

那一年的小米，在 penelin、夢境和竹占，各種力量的聚集之下，緩緩成長、抽穗與成熟，最後成為了，據說是之後幾年，都無法超越的豐盛與美麗。

在小米即將成熟時，佳靜因著其他的計畫，邀請部落的祭司們到卑南族傳統家屋旁進行訪談。訪談結束後，祭司們看著準備結穗的小米田，開始回憶起過去他們是怎麼進

8　竹占方式是由竹占師用特殊工具將竹子拉斷，從竹子的斷口判定事物的好與壞，以及各項問題的解答。

行收割的，同時也感嘆：「現在，在部落已經看不到了！」

佳靜後來說道：「我們本來只打算做到 kiyabatrang，後面的收割沒有要做。但是我當時不知道哪來的勇氣，聽到祭司們他們描述那個收割的場景後，我就提出了，要不然我們也來做收割嘛！」

那一刻，祭司們的討論更為熱烈起來，從收割的場景，談到了入倉的儀式。於是那一年的六月，miyasaur 的婦女們再次於小米田集合。

在收割之前，佳靜看著逐漸轉為金黃色的美麗小米田，以及天空中盤旋的鳥群，開始擔憂會不會到了收割的時候，已經一粒米都不剩了？因此她詢問秀美，是不是可以架網子，防止鳥群進入小米田？秀美卻想起了之前一位老巫師，跟她說的真實故事……

部落有一位男子，看到舊鐵路旁有一處小米田的上方盤旋著許多的小鳥，因此在小米田的旁邊架設了鳥網，想補捉小鳥。沒過幾天，他的雙眼卻開始疼痛起來，去看了眼科，也去了醫院，卻怎麼樣也找不到病因。後來他聽友人的建議，找到了這位巫師。巫師手持 inasi，從他家裡的狀況開始詢問，問了很久，她終於停下，疑惑地轉頭對那位男子問道：「你是不是有碰小米？」男子回答：「沒有啊！我沒有種小米，怎麼可能會碰到？」巫師繼續拿著 inasi 和「各方」不停地溝通詢問，但怎麼問都是一樣的結果，而男子也終於想起他架在小米田旁的鳥網，「我有在一個小米田旁邊架鳥網。」巫師又問：「知道是誰的小米田嗎？」男子回答：「不知道是誰家的，就是在舊鐵路那邊。」

巫師愣了一下，五味雜陳地看著男子，說道：「yaka! amau yuyu na puka kana tabukulr! nanku dawa! madradreki na bini, driyama tu pakananayaw nu matra!」（呀嘎！原來就是你放的網子！那是我的小米田！小米神生氣了，所以讓你的眼睛痛！）

比小鳥先一步自投羅網的男子，聽巫師這麼說後，趕快衝去那塊小米田，將他架設的網子全部撤掉，而那不得其解的疼痛也終於不藥而癒。

因此，秀美和佳靜說：「先不要，我們先去問一下竹占，看適不適合這樣子做。」她們又再次請王仁光進行竹占。

竹子一拉，王仁光看著那些斷口與竹絲，輕描淡寫地回答：「沒關係啊！妳們就架網子嘛！架網子後，後面怎麼樣就自己收拾吧！」

她們一聽，就知道不行，但還是不死心，試著找出解套的方法，但怎麼問，得到的答案都是——「不行！」

不過，竹占師看了看竹子的斷口，安慰了擔憂的她們：「放心，說是最開始的 penelin 做得非常好、非常乾淨，不會有問題，會有很好的收成。」

聽到來自父親的話語，秀美想起了巫師長在進行 penelin 時，那以陶珠做成的小鳥，那是一種收服，也是一種祈求，更是一種無形、無聲的守護。

然而，遺憾的是，在收割之前，秀美的先生進了慈濟，她錯過了六月的那場集合。

也是那一年的那段期間，部落中有許多人陸續往生。在部落關於小米的禁忌之一，即是去過喪家的人，是不能進入小米田參與收割的。大家紛紛在遵守禁忌收割小米，與放棄收割小米，至喪家探視慰問之間，徬徨和掙扎。空氣中充滿了焦慮不安的氣息，因此，祭司們建議 miyasaur 的婦女們，看是否將預訂收割的日子提前，趕在往生者們出殯前，完成收割和入倉的工作。

收割前夕，婦女會的幹部們再一次請竹占師幫忙，佳靜也以園方代表的身分參與。這一次，她們要選出第一個去 gemetri（摘折）的人；在普悠瑪部落的小米文化中，大家進入小米田收成前，要先選出一個最適合這個小米田的人，去挑選、摘折長得最漂亮的那幾株小米，留作明年的小米種。

佳靜心裡想著：「既然我作為園方代表，也參與了多次的 miyasaur，那應該毫無疑問就是我了吧？」在場的人也幾乎是這麼想的，所以第一個詢問的名字就是「林佳靜」。

竹占師一拉，竹子斷裂——「不行！」

大家一愣，佳靜不行，那公園主任？

竹占師再拉，竹子再度斷裂——「不行！」

大家的眼神滑過在場所有具備「園方身分」的人，只剩下遺址監管員——一個大家從來沒有想過的人。

竹占師第三度拉起竹子，竹子第三度斷裂——「是她。」

於是，在全場愣怔中，由當時公園的遺址監管員擔負起為大家摘折下二〇一一年第一把小米，以及入倉的任務。

收割當天，當時的祭司長王傳心，在公園入口處設立了界門，讓所有參與收割的 miyasaur 成員越過界門，將那些不好的、晦暗的，擋在界外，避免觸犯到小米神靈。

等大家陸續抵達小米田周遭，準備讓遺址監管員摘折第一把小米時，其中一位祭司對著王傳心祭司長笑了一下，說道：「竹占那個時候你不在，你猜，哪一個是等一下要 gemetri 的？」

王傳心祭司長看了一圈後，指向了遺址監管員，說：「是她。」

第一把小米束起後，miyasaur 的婦女們游入了金色的小米田中。每十個人站成一排，緩緩往前，以小刀割下一株又一株的小米。一旦一手握滿了小米以後，她們就會喊出「lima!（手）」接著將小米往身側一一傳遞下去，每十個「lima」，就是一把，由小米田外側的人接手，以山棕葉將其捆起，放在帆布上晒乾。

「lima!」、「lima!」、「lima!」這個詞彙不停反覆地從小米田中長出，長出了那些曾經的畫面，那些很久很久以前的聲音；一束又一束的小米，經過了一雙又一雙女人的手，傳遞著時間，傳遞著那些逐漸模糊，卻又逐漸清晰的面孔。

跨越邊界，我們的miyasaur

十年後，佳靜坐在部落中的便利商店，說道：「那真的是歷年來最漂亮的畫面。」一旁的秀美也說：「我只有看到照片，但我看到的時候，真的是……哇！真的是恢復傳統，真的是很漂亮！很豐盛內那個小米。」

她們坐在涼爽的冷氣中，喝著咖啡，討論著博物館辦理的小米交流論壇，她們應該要如何呈現她們的簡報。

「這一年也真的是博物館、公園和部落之間的關係，很關鍵的一年。」佳靜說道：「部落和公園合作種植小米，鄭浩祥長老蓋的少年會所落成，大獵祭也遷到公園來。」

也就是那年的小米收成後，其中一位祭司找上了佳靜，詢問是否可以使用公園的場地辦理大獵祭？因為部落中已有許多人，提出在火車站前辦理大獵祭，車來車往，非常危險。佳靜想起去年底，主任悄悄詢問她的話，立刻點頭如搗蒜，回答：「可以！絕對沒問題！」

十年的時間，在小米田中，在 miyasaur 中，佳靜從「林小姐」成為「佳靜啊」，秀美也從母親升格為了好幾個孫子的祖母。她們在小米田中相遇，展開各自的故事，這些故事卻又在某些時刻，交織、延展、跨界。

在佳靜的兒子五歲時，她帶著兒子參加了荒野協會親子團的活動。他們在討論要以什麼樣的方式進場亮相時，佳靜對兒子提議到：「要不，我們就用 huhuwa 吧？」那一次的活動，他們那一隊的孩子，就像 miyasaur 的婦女一樣，列隊、小跑，一遍一遍地呼喊著：「hu hu wa! kasakasakar a inulisawan a! hu hu hu wa hui!」

「我也不知道為什麼，每次聽到 tawlriyulr（銅罄）和婦女呼喊的聲音，我都會很興奮，有種來了、來了、要來了的感覺。」佳靜笑著說。

似乎就是這聲聲呼喊，從部落裡不斷地發散，進入公園、博物館，甚至是任何它可以到達的地方；也是這聲聲呼喊，連結起了時間、空間，以及那些帶著不同文化與生命經驗的人們。

「在我婆婆離開之前，她有說過，要將家裡的小米帶走，不要再讓後面的孩子守著這些禁忌，守得那麼辛苦。」秀美說道：「但是有長輩說，不行，小米不是妳帶來的，所以妳也無法帶走，後面的小孩子也必須每年都要種小米，即使沒有田地、要上班，也可以種在盆栽裡，至少要讓小米神聞到新米的味道，要不然它一生氣，就來找妳麻煩了。」

二〇一一年，小米晒乾後，婦女們在卑南家屋前，開始給小米脫穗、去殼、篩米，那些新米被煮成了一鍋濃稠香甜的小米粥。由王傳心祭司主持，引導遺址監管員，將 bini（小米種子）放入小米倉中。他手持檳榔與陶珠，唸著長長的經文，引領小米神進入小米倉。接著，由 miyasaur 的婦女們進行 merimaw（分享），每個人輪流由碗中沾起小米粒，輕輕彈入小米倉中。

之後十年，即使因著巫師生病、祭司去世等等事情，使得儀式有所改變與簡化，但這些「一起一起」，不論是勞作還是分享，不論是看得見的、看不見的，卻始終存在。

「但是普悠瑪的小米真的有很多禁忌，很辛苦，像是在部落的小米收割前，家裡有alili（小米倉）的，一定要先把家裡的小米安頓好，不然祂又要找你麻煩。」秀美與佳靜討論完簡報內容後，說了這麼一句。

因此，每年部落的小米收割、入倉前，秀美都會從她的盆栽中收割那幾株小米，晒乾。在入倉前，點燃立香，向著祖先牌位告知她的名字，以及小米即將要入倉的事情。她家中倉庫中的一小角，放了一個桶子，那是她的小米倉。在她放入新的小米前，她總是會對著小米神說：

「這是我今年收的，雖然很少，但還是新的，我沒有忘記祢。」

圖一：miyasaur 除草情形。（然木柔·巴高揚提供）

圖二：miyasaur 除草後，於堤防上開始唱 emayaayam。（然木柔·巴高揚提供）

圖三：meraparapas，miyasaur 手持風藤，將亡靈引渡至部落界外。（然木柔·巴高揚提供）

圖四：meraparapas，巫師進行送亡靈儀式。（然木柔·巴高揚提供）

圖五：秀美帶領著年輕女孩砍柴，一路扛回部落裡最年長婦女家。（姆姆傳家寶工作室提供）

圖六：kiyabatrang，秀美帶領著年輕女孩，砍柴至最年長婦女家致謝。（姆姆傳家寶工作室提供）

圖七：kiyabatrang，年輕女孩協助分荖藤。（姆姆傳家寶工作室提供）

圖八：mugamut，miyasaur 在婦女會長林清美老師帶領下繞跑部落。（姆姆傳家寶工作室提供）

圖十一：miyasaur 於卑南遺址公園，青壯婦女除草情形。（姆姆傳家寶工作室提供）

圖九：miyasaur 於卑南遺址公園進行小米除草。（姆姆傳家寶工作室提供）

圖十二：miyasaur 於卑南遺址公園進行小米除草，筆者在眼力很好的姆姆指示下，拔除被漏掉的狗尾草。（姆姆傳家寶工作室提供）

圖十：miyasaur 於卑南遺址公園除草，較年長婦女於小米田旁傳唱古調。（姆姆傳家寶工作室提供）

圖十四：miyasaur 於卑南遺址公園辦理小米入倉，merimaw（分享小米予小米靈）。（然木柔．巴高揚提供）

圖十三：miyasaur 於卑南遺址公園用新收的小米煮成小米粥，準備 merimaw（分享小米予小米靈）。（然木柔．巴高揚提供）

亞威·諸給赫

〈「原」不存在的芬芳寶島：談二〇二一TIDF「如是原民，如是紀錄」單元〉（二〇二一）

〈原住民視野的臺灣電影——被收編與杜撰的錯誤原民形象〉（二〇二二）

Yawi Yukex，一九九〇年生，苗栗縣泰安鄉泰雅族。臺大中文系畢業，專業影評人。從大學開始撰寫影評，文章散於《放映週報》、《BIOSmonthly》、《臺灣人類學刊》、《關鍵評論網》、《幼獅文藝》等網路平臺。常受邀於各大專院校原住民社團、資源中心分享原住民電影中的形象再現。

對文字略有興趣，所以才有機會寫純文學，對於中國古典文學才有的微言大義特別著迷，不喜歡長篇大論，更喜歡冷靜但正中紅心的文學，對族群議題特別在意，所以更常寫的更多是時事的評論文章。

「原」不存在的芬芳寶島：
談二〇二一TIDF「如是原民，如是紀錄」單元

其實在看完同樣是此次TIDF臺灣國際紀錄片影展也有播映的「芬芳寶島」單元中，有關於原住民的兩部片《日月潭傳奇》和《神奇的蘭嶼》，並沒有特別對紀錄片旁白中，那充滿著當時年代對於原住民族的主流觀念感到憤恨或無奈，反而透過那些內容想傳達的以及意外透露出的訊息，有非常不同的討論。

其中之一就是「形容詞」的使用。在「芬芳寶島」裡，旁白在形容與原住民有關的情節時，在事實描述上其實沒有什麼問題，但在這些事實描述之前冠上的形容詞，卻可以一下將旁白背後的價值觀顯露出來，尤其是「原始」和「純真」這樣的字眼很常出現，而這樣的字眼，放在同樣是今年影展的「臺灣切片——如是原民，如是紀錄：一九九四至二〇〇〇年的原住民族紀錄片」單元中的任何一部原住民導演的作品裡，變成了巨大的諷刺。

如果部落有定義

「芬芳寶島」裡的那兩部片結尾旁白都很值得與「如是原民」中的電影作為參照，《日月潭傳奇》最後語重心長地說，「德化村（如今的伊達邵），如今不能再算山地村，而只能說是山地紀念品的市集，否則山地村裡有鋁門窗、有冷氣機，不是很滑稽的事嗎？」藉此表達該片不時穿插在其中有關於現代化如何影響日月潭的原住民族，片中有說到當地族人女性會上現代的妝容，或是即便身穿喇叭褲也還是道地族人等形容，但結尾這段話卻又馬上打臉了自己的關懷，也就是原住民聚落應該是什麼樣子，是怎樣決定的？是誰決定的？既然「山地村」不應該有現代化的家電，又何以穿上現代化服裝的族人卻能被稱為原住民呢？

從民國四十年開始，民國政府便陸續進行「山地平地化」政策，當時鑒於原住民生活相當「落後」，試圖用各種措施提高生活水準，也就是讓山地居民（原住民）過得要如同平地居民（漢人）一樣好，但其動機背後便已是認定原住民族在文化智識上的起跑點就輸於漢人，在其山地教育實況報告書中直接表明他們這是為了要診治原住民所患「貧、愚、弱」的病症，這也就形塑了當時漢人社會對於原住民族社會的矛盾現象，既希望原住民保有著自我的文化特色（為了獵奇？取悅？），但又進行一連串標榜著「為你好」，但會讓原住民族逐漸失去文化的行為舉措；而「如是原民」裡所有的作品，代表著的便是原住民族的一種強烈積極的抵抗，只是用影像技術來表達。

所以原住民族部落不能有鋁門窗或是冷氣機嗎？這樣的觀點在馬耀．比吼的《天堂小孩》便意外（也不意外）成了冷血的暴力，政府在面對特殊歷史背景而產生的文化移民形態，所採取的方案竟是完全不去思考族群多元性，以及文化場域被剝離的心理健康問題，以國家之名，強硬直接派遣工程車及警力破壞已搭建好的聚落，並遷居所謂的「國宅」轉變成為族人的監牢；喇外．達賴《新樂園》中也有提及耆老族人住了國宅後感到不適的經驗，同樣也是阿美族人，同樣是在一處空地搭建住處形成親緣聚落，也面臨著相同的問題。

那在這些新型聚落的族人該如何形塑自己在都市的文化認同，也逐漸形成一個原住民社會議題。早期臺灣經濟起飛時期對大量勞動力的需求，吸引在原鄉謀生不易的原住民族人來到都市尋找機會，但在與原鄉地緣分離的情況下，本來在都市漢人過端午節舉辦的划龍舟競賽裡作為傭兵出賽的族人，也試圖聚集自己的族人組成團體出賽，這便是《我們的名字叫春日》一片中的核心關懷，片中阿美族人如何在與地緣上的文化氛圍分離之後，再次凝聚在都市生活族人的認同感。

《日月潭傳奇》對於物質生活優劣作為分辨原住民部落的辯論，在「如是原民」單元中所選的片子裡顯得蒼白無力，因為這些原住民導演拍給漢人觀眾看到的是，原住民積極傳達認同的方式，是尋回並且鞏固親屬關係的文化，且只是淺碟介紹日月潭或是蘭嶼的風土民情，其實凸顯的是漢人視野下的影像與原住民族之間的距離有多遠。

危如累卵的文化和生計

而「如是原民」單元裡的導演們所學習到的，便是如何用紀錄片的形式呈現他們意識中的原住民模樣。其中有許多是感慨於文化流失的速度，比想像中還要快，因此以紀錄片來拍攝追尋的過程，或是對一個文化形式進行記錄，像是木枝．籠爻《鳥踏石仔的噶瑪蘭》，便是透過導演在孩提時期對於自身族群身分的疑問，而在追尋的過程中所發生的事情，其中就包括與其他族群之間的互動以及因為壓迫所造成的殖民遺緒。

而另外一種就是以單純記錄快要失傳或是已經失傳的文化內容或是載體，弗耐．瓦旦的《石壁部落的衣服》就不斷強調泰雅族織布，從製作過程和布織花紋的每個細節都有文化脈絡，絲毫馬虎不得，楊明輝的《褪色的獵舞》中無償傳承傳統樂舞的老人，和比令．亞布的《彩虹的故事》裡每位個性鮮活的紋面老人，都是該族群作為標誌性的文化圖譜一部分，這些導演用鏡頭記錄並且強烈傳達對於文化保存和追求的關懷，而比令導演還有一部《土地到哪裡去了》，藉由一樁官方行政上的歷史錯誤，導致部落要求返還土地卻於法無據的事件，以小喻大八〇年代風起雲湧的原住民運動中「還我土地」的訴求，這拉到當代仍是處處可見、懸而未決的難題，也點出了至今部落對於林務局等政府單位之所以不信任的癥結點，便是來自漢人威逼利誘、巧取豪奪的手段。

而馬耀．比吼的《如是生活　如是 Pangcah》，全程記錄一位阿美族耆老對於阿美族文化的實踐和傳承的渴望，甚至在被頒發「促進原住民社會發展有功團體暨人士」的獎項時，試圖要與時任總統的頒獎人建議有關於原住民文化保存之際，卻被敷衍過去；這樣的情景也出現在拉藍．吾那克的《油漆手鄭金生》，他身殘心不殘的勵志故事也獲得當時總統的接見。最終，在這兩部片裡，政府光鮮亮麗看似積極的作為，不過就是用來說嘴的政績，同時也被紀錄片中的主角當作自嘲或自怨的訪談內容。這一肚子的任何情緒，一般是很難以向非族人傾訴的，這更顯得當時作為族人導演是如何記錄到漢人無法目及的景象。

前面提到有關於六〇年代開始原住民族為了生計，逐漸遷移至臺灣各個城市，因此面臨了包括城鄉差距、文化流失等問題，且大多數人所從事的職業多屬收入較低的工人階級，因此對於他們來說，對於工作的需求與所處情境不同而略有不同，包括《新樂園》、楊明輝的《請給我一份工作》、《小夫妻的天空》、米將．斯谷的《阿慕伊》都有論及關於所處的工作階級會遇到的困境。其中，在《請給我一份工作》裡強調了在當時的族人心中，認為連工人階層的工作都這麼難找，有個原因是外籍勞工的引進；當時的雇主為了減少人事開銷而雇用移工而非原住民，讓無法在城市找到工作的族人回到機會更少的原鄉之中，處境更為艱困。不過相較起同樣也帶到外勞引進導致族人失業的《新樂園》，這部甚至把鏡頭帶進泰籍勞工的工地之中，讓觀眾可以看到這些移工其實所受待遇也是相當不人道的，且又有透過原住民籍工頭的訪談，共感著同是在臺灣主流社會中的弱勢，理應相互理解、支持。

失序的是精神還是社會？

楊明輝曾說《請給我一份工作》在金穗獎的評審討論中，曾被質疑結尾處理太過於直接偏頗，但如同與「第四電影」提倡者 Barry Barclay 一樣作為紐西蘭毛利族電影工作先驅之一的 Merata Mita 所言，在她一部有關於與政府抗爭的紀錄片中，曾被人質疑其立場過於偏袒某方時，她便回應，「那些建立在白人偏見上的毛利形象從來沒被質疑」，並且認為那部紀錄片即便口碑再好，但是「並沒有推翻紐西蘭白人中領階級的大規模動員，也並沒有從本來就有權利的一方得到好處」。這些誇誇其談的質疑所忽略的，便是在電影藝術美感的追求之外，其故事本身的文化多元性以及詮釋主體的獨特性能不能被彰顯出來。大眾或許安於單一且被大量產製的影像價值觀，而對於會讓人感到侵略或是抵觸的影像畫面產生排斥，但原住民的處境和故事在漢人社會裡就是不同，更何況當時的這批原住民導演在對紀錄片的目標裡，更多的是達到某種族群政治目的，以提升大眾對於原住民族社會的關注。

可惜的是，緊接著在文化流失、城鄉差距造成對於主流社會的不適應裡，產生更緊迫和嚴重的議題，那就是心理健康問題，在前面也有提到被遷居至國宅的族人對於現代化建築的不適應，而後引發的心理疾病議題其實愈來愈明顯，最直接的例子便是楊明輝的《流浪者之歌》，直接將鏡頭朝向三名因為不同的人生經歷以至於產生精神疾病情況的族人。在全球原住民社會裡，心理健康議題一直都是被關注，造成這些問題的原因，除了處於底層的文化不適應，還有歷史創傷（Historical Trauma）：所謂歷史創傷，就在一連串因為殖民歷史事件衝擊下所造成的精神病理反應，並且反應在原住民社群之中代代傳遞，藥物和酒精的濫用、憂鬱焦慮病症的頻繁出現，甚至是自尋短見都相當普遍。

然而大部分居住於臺灣本島上的原住民族與漢人，甚至說與整個資本世界結構接觸的時間相當直接。且城鄉雖有距離，至少仍在文化邏輯的運作下，還能夠找到親緣上的支持系統，但是在日本政府時期，便特意不讓外界與之接觸的蘭嶼，其島上的達悟族人相較於本島原住民，與外面世界的接觸更晚、更少，這便造成之後遷臺的達悟族人在臺灣島上的處境更加艱辛，其精神失序的比例更高於其他臺灣原住民族群。達悟族人的處境，更多的是體現現代化社會在持續發展時，使得本就處於不利地位的群體更為弱勢，他們並不能享受到現代化所帶來的美好生活。

雖然希．雅布書卡嫩的《面對惡靈》紀錄片主軸並非探討達悟族人的精神失序，但在居家護理與傳統文化的衝突之下，其被描述的達悟族社會已然不是「芬芳寶島」單元中《神奇的蘭嶼》那般美妙之地，而是已經受到現代化影響而艱苦生活著的原住民社群，而《神奇的蘭嶼》的片尾旁白說到，「對遊客而言，蘭嶼的那一份單純、樸拙和可愛，正是繁忙的現代人們嚮往的世外桃源，只要您踏上這一塊芬芳的土地，您就會深深地愛上它的那一份美和那一份真實。」也是相當諷刺，這部片出品年是八〇年代，而六〇年代便已來臺打拚的達悟族人，此時正受苦於對臺灣主流社會的不適應之中，蘭嶼作為族人的文化故鄉，卻被詮釋成漢人的「世外桃源」，看來神奇的是這些主流價值觀。

因為勞動力需求等緣故，離開原鄉的族人漸多，甚至待在城市中的族人比例已超過待在原鄉的族人，因此所謂的「都市原住民」因而產生，且這個名詞背後所連帶的，還有與自身文化脫節、身分認同焦慮等，幾乎是全球原住民社群都面臨到的議題，「如是原民」的那些原住民導演裡自然也不會錯過這樣的主題，甚至有些導演自身就是都市原住民的身分，其中便以龍男．以撒克．凡亞思的《尋找鹽巴》和《回來就好》，刻劃當代原住民族在都市成長時所面臨的處境。

《回來就好》以導演的妹妹為拍攝對象，本來只是單純作為作業要求所拍攝的作品，因為描繪了在都市的原住民家庭面臨到的家庭失能的情景，以及作為局內人的導演如何逐步介入，並且事後因為拍攝前後如何逐步修復家庭關係；另外，《尋找鹽巴》便是拍攝導演在大學時期的原住民社團，因為想要舉辦以部落祭儀為形式的活動，然後過程中社團同學之間的想法互動，以及面臨到族語演講時被評審認為說的族語不夠道地的處境，這種在語言上失去「鹽巴」（意味著族語說得沒有該有的味道），其實就是反映著都市原住民青年整體的共同困境。對於文化已不再充斥在自身周遭的流失焦慮，直至現在都是青年族人不斷學習的課題，這部片也成為所拍攝社團在討論身分認同時，常被播放如同參考文獻般的文本資料。

紀錄片作為抵抗的力量

其實「如是原民」這個單元中，不是以部落為拍攝背景的紀錄片，所會帶到的各種主題，都有可能會牽涉到當代原住民族在城市生活後的各種議題。在當時因為原住民文化可以作為觀光主題的想法，漢人拍攝有關於原住民題材的內容，通常都只會是族群的文化概論或是地景介紹，除非是作為人類學研究的民族誌電影。但若是原住民族的導演拿起攝影機，要他們拍攝自己所在意的議題，其鏡頭和關注方向自然便與漢人相去甚遠；另外，則是讓原住民導演拿起攝影機拍攝這件事情本身就具有強大的政治意義，讓原住民拿回自己的影像權勢主權，抵抗如同法農所說殖民二元論：殖民者在書寫歷史時，殖民者的生命是一部史詩，而在殖民者對立面的則是「懶散、病容枯槁，被『傳統習俗』搞得食古不化的傢伙，對於殖民重商主義開創的動力而言，形成一種幾乎沒有生氣的背景」。

當 Barclay 提出「第四電影」的時候，正值全球性的原住民運動，其目標是希冀全球對於原住民族的事務更加關注重視，因為國家的殖民力量正不斷侵蝕著原住民族社群，因此在電影創作上必須更在意原住民的主體性。不過在一九七六年時，一名薩摩亞作家 Albert Wendt 已經率先提出「新大洋洲運動」（New Oceania）的思潮，藉由認識自身歷史以及誠實認知殖民所帶來的影響，並走出一條新大洋洲文化的道路，只是 Wendt 指涉的不只是電影，而是任何形式的藝術創作和政治倡議，在全面認知原住民族已經失去和尚未失去事物的基礎下，如何邁向更有創造性的未來，包括 Barclay 和前面提到的 Mita 都在這股思潮下創造豐碩的成果，這或許是往後的臺灣原住民族人創作者可以努力的方向。

如今的臺灣原住民族所面臨的困境更加多樣，連舊有的歧視狀況也沒有隨著時間而有所改善，反而以其他的形式轉化成難以察覺的模樣，整個社會卻常有已經對原住民族百般呵護照顧備至的錯覺，以至於許多影像創作者認為自己可以凌駕於部落或族人，來向外界詮釋原住民族，若漢人創作者自身不具備相當程度的反思和自覺，就算知道再多祭儀的細節也枉然。

在整個「如是原民」單元中所有的原住民族紀錄片中，最令我動容的一幕是來自於《油漆手鄭金生》，一名僅有單腳單手的阿美族人鄭金生，身體上的不方便並沒有讓他失去工作的熱忱，仍然可以在墊高的木板上站著並且進行漆牆的工作，那位以相當不穩固的木板支撐、正專注工作但手腳缺陷的勞動者，那奮力的姿態一如被主流社會除去所有文化適應優勢以及對主體性詮釋被禁言的原住民族，雖然已是破碎失語的模樣，但仍然以自己的方式活著。

原住民視野的臺灣電影

——被收編與杜撰的錯誤原民形象

四十年是一個怎樣的時空維度？臺灣因著黨外運動的興盛，整個一九八〇年代都在碰撞既有體制和價值觀的風潮中，那些長年不被重視的少數及弱勢群體開始走入大眾視野。一九八二年聯合國所屬的「人權委員會」（Commissions on Human Rights）基於二戰後許多原住民族地區去殖民化的浪潮，成立「原住民族工作小組」，並在當年召開會議，之後才有了著名的「聯合國原住民族權利宣言」，而臺灣的原住民族也順著勢頭走上街頭。

回到影視領域上，當時的臺灣新電影對於臺灣民眾真實生活、歷史和處境的關照特別重視，抵抗威權、聚焦草根、關懷弱勢、詮釋舊史，都是常見的電影題材，這其中當然也包括了占全臺灣人口僅百分之二的原住民族。可是，攤開臺灣電影史上有關於原住民族的形象展現，仍不免感嘆，原住民還需要多少個四十年才能真正被重視。

新電影時期錯誤的原住民族形象

在一九八〇年代有牽涉到原住民族社會議題或形象的電影有《老師・斯卡也答》（宋存壽，一九八二年）、《老莫的第二個春天》（李祐寧，一九八四年）、《失蹤人口》（林清介，一九八七年）以及《唐山過臺灣》（李行，一九八六年）和《報告班長二》（金鰲勛，一九八八年），先姑且不論上述列舉電影是否符合新電影的定義，對於臺灣原住民族來說，作為一個在社會空間與政治空間弱勢的群體，在影視形象上的呈現一直是由他人代言，且扮演著臺灣主流社會依自己的觀點所建制化的結果。由漢人劃分的臺灣電影史分期，從來沒有在意過原住民族，不管是日本政府時期還是國民政府時期，至今原住民族在影視中的形象從來沒被正視過。甚至因為某些電影作品風靡全臺，其片中原住民角色的錯誤形象太過於深植人心，連帶影響漢人社會怎麼看待原住民。直至現在，新一代的原住民青年都仍得面對這樣的刻板印象和歧視。

真正意義上與原住民族有關的新電影，是上述電影的前三部，這些電影論及的原住民族社會議題，包括了原鄉家庭功能失能、原漢買賣婚姻以及原住民雛妓議題等三大主題，但在原住民族的角色塑造、背景人設、文化邏輯上卻出現大大小小的問題。對於漢人編劇導演來說，絲毫不影響劇情和電影本身想傳達的，卻一再地加強鞏固漢人如何看待和想像原住民這件事。

《老師，斯卡也答》開頭就是一首〈戒酒歌〉，鏡頭配合著部落小孩假裝喝酒醉倒以及青年工作喝酒的畫面，營造部落族人酗酒的形象。片中也有族人家庭因為酒醉鬧事的場面，劇情上是用來彰顯在原鄉生活水準的不足，希冀以教育方式脫離困境，但這樣的同情心態卻只是延續了國民政府初期山地平地化政策的同化視野，絲毫沒有也無法站在原住民族的角度詮釋當代情況。以部落酗酒作為背景，卻無法看到文化消逝、城鄉差距、精神失序造成的結構性問題，「原住民愛喝酒」只被作為既定狀態被呈現，接連地在近代影片中仍有這樣的描述。

原住民角色的下場與錯誤的口音

魏德聖的《海角七號》（二〇〇八年）被喻為新電影的接續者，在商業市場上的成功多少振奮已冷淡許久的國片市場。但細細審視，不難發現該片的所有原住民角色最後的結局都不是好下場。民雄飾演的勞馬，直到電影最後仍深陷於被愛妻拋棄的悲傷之中；另一名原住民警察角色，因執行公務發生意外，而無法上臺表演，臉上作為笑料的叉叉繃帶，給足觀眾對原住民角色既娛樂又荒謬的期待，綜觀原住民族在臺灣的歷史形象，顯得多麼諷刺；而《老莫的第二個春天》中，跟主角一樣因為買賣婚姻遠嫁到山下的族人角色，最終因為不忠淫亂甚至染上毒癮後選擇自盡。凡是原住民的角色只要不遵於漢人的道德標準，通常都不會有好下場。

然而《老莫的第二個春天》另一個對於族人來說非常致命的問題點在於，片中原住民角色穿著魯凱族的族服，講的卻是布農族語，這對兩個族群的人來說相當錯愕，可對於漢人觀眾來說根本不重要。在口音語言上的錯誤，甚至可以往後談到臺灣電影史上的一部劃時代作品，那就是《西部來的人》（黃明川，一九九〇年）。

這部充滿獨立製片藝術情懷的作品，在形式上以及意識形態上的特殊呈現都有相當深厚的批判力道，但是以泰雅族作為主角的故事裡，卻出現了泰雅語的三種不同方言別在互相溝通著，其中包括當時仍被分類在泰雅族裡的賽德克族語和泰雅族語賽考利克方言，以及作為該片主要方言，同時也是泰雅族語方言中最特別的一支——宜蘭澳花村的寒溪泰雅語。這對於不同方言別的族人來說，都是莫名其妙的。但對於漢人來說，聽不出來，也不必聽出來，畢竟只要不是中文就好。

新電影因為要貼近本土，使用的語言就不會像是早期電影裡那般操著標準無比的演講式中文說著臺詞，取而代之是更多元的語言呈現。好比許多漢人觀眾對於已逝演員陳松勇、文英的閩南語口音對白感到熟悉。然而，在林清介導演的《失蹤人口》中，涉及原鄉部落因為生計，年少女子被漢人連哄帶騙去都市「工作」，實際上卻是賣淫的橋段，就清楚展現漢人導演視野下的原住民族形象：部落族人被描繪成只因想拿錢買酒，便將自己的女兒賣掉。除了酗酒的刻板印象之外，該片所有原住民角色的口音更是全由漢人杜撰憑空想像，原住民觀眾根本無法在以「貼近臺灣民眾生活」為號召的新電影中找到一絲共鳴。

超譯原住民的當代臺灣電影

對於文化錯置和口音想像，甚至連帶地影響了當代臺灣電影。關於王育麟導演的《阿莉芙》（二〇一七年）一段排灣族文化儀式的段落，背景音樂放的竟是阿美族的歌曲，這樣的錯誤卻被導演超譯成原住民族之間開闊意象的共通性。試想若有跳八家將的橋段，背景音樂卻配著「客家本色」的時候，漢人觀眾不知做何感想？同一年的作品，楊雅喆導演榮獲金馬最佳劇情片的作品《血觀音》（二〇一七年），片中一名原住民角色，其聲音臺詞是另外配音的。楊雅喆在一次座談會做了相關解釋：因為該角色演員為原漢混血，口音不如他的期待，所以另外找人重新配音，以符合他對於原住民族的想像。要知道，上次將原住民角色重新配音而造成劇烈影響的片子，就是《報告班長》系列。直至現在，原住民族還得面對無知的漢人對著族人喊著「的啦、的啦」這樣愚蠢行為，已然是當代原住民的集體創傷。

因此才說臺灣電影歷史的任何分期，對原住民來說意義沒有很大，因為可以一言以蔽之，這都是在漢人視野下的原住民族形象，且大多時候都只會徒增原住民族的刻板印象和歧視狀況，絲毫無助於理解彼此，甚至有的時候在臺灣電影歷史上重要的人物，很可能族群意識亦非常低落。比方說於二〇二一年甫過世不久的李行導演，有著臺灣「電影教父」美譽的他，對於臺灣影壇，或者說華人電影而言，是個巨擘級的人物。但是好巧不巧，在他執導的第一部《王哥柳哥遊臺灣》（與張方霞、田豐合導，一九五九年）和最後一部作品《唐山過臺灣》，電影內容都牽涉原住民族：前者只是將原住民文化挪用錯置，以及加諸過多神祕主義的想像；而後者，更在前者的錯誤基礎上，企圖以漢人史觀的視野，同化且貶低原住民族的形象。因此，若是有個原住民族視野的臺灣電影歷史分期，李行大概就是個掌握龐大影視資源詮釋權，卻充滿族群歧視的漢人導演吧。

臺灣電影的新頁與未竟

若說到原住民族視野的電影，其實要到一九九〇年代，因為科技普及降低了影像攝製門檻，原住民族才有機會和資源拍攝自己，但大多都是拍攝紀錄片。臺灣首位原住民族導演、作品有上院線的，是來自泰雅族的導演陳潔瑤（Laha Mebow），她於二〇一一年執導的作品《不一樣的月光》可說是橫空出世。對我來說，這部片寫下了臺灣電影的新頁，不僅僅是因為她是第一位原住民族導演，而是這部電影凸顯出截然不同的視野，確實是漢人導演永遠拍不出來的。在《不一樣的月光》中，所有的漢人角色都很愚蠢，蠢得理所當然，一如在這部片之前所有電影的原住民角色，必須是漢人要角的陪襯，不是野蠻邪惡，就是單純到近乎痴傻的人設。但陳潔瑤並不需要刻意為之，只要簡單將族人如何看待漢人來到部落的模樣描繪出來就足夠了。

在陳潔瑤之後至今，原住民族身分的導演仍然不多，或許是臺灣影視圈本就不易生存。在臺灣，原住民族的生活困境仍多，從事電影行業並非當代原住民會願意投身的工作，主要來自社會環境的各種因素，拍攝紀錄片的門檻遠低於製作劇情片。因此，能夠拍攝原住民族題材的導演多數為漢人是無可厚非的，或許展望未來的臺灣「新」電影，可能仍然不會看到更多原住民族身分的導演，但有沒有可能，至少在觸及臺灣原住民族題材的電影時，能透過適合的族人顧問，讓包括導演在內，提升所有劇組的族群意識，或許是臺灣影視圈仍可以期待做到的微薄小事。

我們一直嚷嚷著新電影，但時至今日，臺灣電影仍可以看到——宛如日本政府時期的《莎韻之鐘》（清水宏，一九四三年）和國民政府時期的《吳鳳》（卜萬蒼，一九六二年）——那種被國族主義收編的原住民族形象。到底所謂的「新」，只是原住民族正用快速且不斷更新的方式被同化，還是能夠在尊重理解的前提下，緩緩等待原住民族前進呢？

已逝的布農族作家霍斯陸曼·伐伐（Husluman Vava）曾說：「如果你的出現是認為要幫助我、教育我，那麼請你回去。如果你將把我的經驗看成你生存的一部分，那麼或許我們可以一起努力」。臺灣電影還有多少個四十年，原住民族就還會有多長的路要走。

——本文原載於國家電影及視聽文化中心出版之《放映週報》第六九〇期

游以德

〈游阿香〉（二〇一八）

〈族語認證〉（二〇一九）

Sayun Nomin，一九九〇年出生，桃園市復興區拉拉山泰雅族。臺灣大學戲劇系畢業，現就讀臺北藝術大學文學跨域研究所。劇場演員與文字工作者，原住民族電視臺《尋 miing 紀遺》、《出力 CEO》節目主持人。重要劇場經歷有：莎士比亞的妹妹們的劇團《泰雅精神文創劇場》；二〇二二兩廳院秋天藝術節跨國共製《寫給滅絕時代》；趨勢教育基金會《愛是我們的嚮導》、《光年》；兩廳院藝術出走《阿章師の拉即歐》等。

文學寫作關注當代原住民，曾獲二〇一八臺灣文學獎原住民漢語散文金典獎、二〇一九原住民族文學獎散文與新詩雙首獎、第二二屆臺北文學獎散文優等、入圍二〇二一臺灣文學獎劇本創作獎等。作品常見於文學雜誌，專欄創作〈尤敏巴度那個無法田野〉發表於《幼獅文藝》。

游阿香

「小姐，請你替游阿香選一組羅馬拼音。」我站在中山區戶政事務所裡，申請中英文戶籍謄本。

游阿香是我的奶奶。我盯著電腦螢幕上三組羅馬拼音感到不安，彷彿終於來到這一天，我化作共犯

協助平地人「普賜漢姓」——依法有據地摧毀一個原住民曾經存在的證據，封印在「游阿香」三個漢字的排列組合裡，奶奶半隱形般流浪在平地人為她虛構的時空長達半世紀，最終任由這三個字刻在墓碑上，佇立在沒人識字的家鄉。

貿然地替任何一個人決定姓名，即使生命已成過往，我仍認為草率。我既非給予她生命的父母，更沒有果斷的自信替她選擇。

我是一位生長於臺北市的泰雅族人，沒有黑到發亮的肌膚，講著標準國語，若真要計較起來，只有腦中片片段段來自桃園拉拉山的童年回憶。出社會後，每當遇到與原住民相關的場合，我總會遁入求學回憶裡的某些場景。

當年大學放榜後，隨即收到大學迎新茶會的邀請。迎新茶會這種活動很特別，新

生們既期待又怕受傷害，而其中最緊張刺激的關卡便是自我介紹。「最後，我是桃園拉拉山的泰雅族。」我習慣在自我介紹結束前義務性地註記。「泰雅！那妳怎麼來學校的？」學長亦經典呈現義務性的直覺。其實，都市原住民們早已習慣見招拆招，我扮作驚魂未定地回答：「我剛剛……坐公車從臨沂街家裡來的！」這種笑話總能獲得平地同學的青睞。待笑聲漸弱，按照劇本，此時會進入下一個千篇一律的階段：煽動我唱歌。當然，流著原住民友善的血液，不好讓大家失望，我再次端出那一百零一首泰雅國歌〈Rimuy sula Rimuy yun〉，這首歌在故鄉大名鼎鼎，其歌詞大意可能非常摩登，瘋狂重複 Rimuy 是一個大美女。過往的經驗告訴我，演唱過程務必唱得深情重義，才能烘托演唱完畢後化解尷尬的笑話，「大家，我不叫 Rimuy！」是的，我不叫 Rimuy，但美麗的 Rimuy 同胞再次拯救了我，引我逆風滑行降落，安全地融入新環境。非常好，新生茶會當天，我靠著幽默的自我介紹順利結交了許多新朋友，預計接下來四年的大學生活尚無須出草。只是，不知為何，晚上回想起來，眼淚流了一夜。

並不是所有時候的我都是原住民，事實上，只有提到原住民的時刻我才是原住民。

其實游阿香在爸爸童年時就過世了，連媽媽也沒見過這位紋了面的泰雅女子。游阿香慣用的語言、她的生活習慣，甚至是她的想望與恐懼，對我來說，僅是社會課本上的〈村裡尋寶：泰雅奶奶家〉。課本向來沒著墨她是如何被外來文化欺壓、政府又是如何剝奪她的選擇。她在臺灣的一生被濃縮成為一張圖片，以一種欣賞異族風情的角度點綴在社會課本某一頁的角落，不曾亦不可能是重要考題；比起她回家的綿延山路，我更熟悉中國五千年的大江南北。

身為都市原住民，我就讀於臺北市中心的一所明星國中，同學們多來自擁有不錯社經地位的家庭。除了我之外，班上還有另一位原住民女孩，與我不同，排灣族的她有著古銅色的臉龐，濃密的睫毛層巒疊嶂地勾勒出一對深邃雙眸。與熱情的外在視覺條件有些反差，身材魁武的她永遠安安靜靜地坐在角落，連我也沒與她交談過幾次，若不是因為大隊接力老是和她搭配跑最後幾棒，我也不會發現她奮力嘶喊「快跑！」的聲線如此渾厚有力，那種響徹雲霄的呼喚令我印象深刻，好像她企圖遞到我手中的不只是接力棒。

每個學期，教務處會傳來一段廣播，通常發生在學期末剛結束課程、同學們聊天打鬧的午後。廣播內容並沒有多加闡述原因及目的，只是神祕地召集來自不同年級、不同班級的「某些同學」，而我與排灣族女孩總是共同囊括其中。「欸！教務處又叫妳們原住民去集合的啦！」聰明具推理頭腦的同學故意大聲提醒，我深吸一口氣，期望自己扭曲的念頭會隨著吐氣自動揮發。當然，這不是我第一次聽到「的啦」這種玩笑，也不是第一次嘗試反省自己為什麼老因為這種玩笑感到委屈。這時，我發現排灣族女孩正盯著我看，雖然她依然保持一貫的沉默，但那對炯炯有神的雙眸彷彿正向我傳達著什麼重要的訊息。正當我猜測著她的意圖時，她突然收起目光，再也看不出一絲情緒波動，默默地將課本收進抽屜，起立轉身將椅子輕輕地靠入桌子，沿著牆緣，低頭步離教室。突然間，我發現自己在發抖，細胞在體內燃燒沸騰，相互碰撞摩擦，激盪出數以萬計複雜的情緒，我屏住呼吸，感覺到教室裡一雙雙等待我做出反應的目光——我，我不想，我不想像她。「煩死了！教務處老是找原住民麻煩的啦！」我終究親身開了一個「的啦」的玩笑，同學們的笑聲劃破寂靜，教室再度回到聊天打鬧的節奏。我如釋重擔，開朗地一起笑著。我從笑聲中望向排灣族女孩的背影，看著她愈走愈遠。

並不是所有時候的我都是原住民，事實上，只有提到原住民的時刻我才是原住民。

大概是此時開始萌生這種念頭。

戶政事務所人們的嘻笑聲喚回了我紛亂的思緒。我試著唸出三組羅馬拼音，感受哪一種聲音最能夠呼喚遠走的奶奶。突然想起三歲時的自己，坐在爸爸的腿上學著唸自己的族名，抬頭仰望爸爸的嘴型一起重複著發音——「Sa-Yun」。時空回到六十年前，三歲的爸爸坐在奶奶的腿上，也是這樣抬頭仰望奶奶的嘴型，看著她正在重複練習「游阿香」三個字嗎？

我隨即草率挑選了一組看似簡單的羅馬拼音。好像能用這種隨便的態度表明自己與奶奶為伍。背棄部落的罪惡感反而觸動了我麻木的防禦機制，逐漸蔓延，一如眼前的印表機規律地噴墨。相信科學、仰賴物質是所有失去文化的族人唯一能抓緊的浮木。

等待列印的空白時間總是讓人思考生活中容易忽略的小事。焦慮逐漸瓦解了最後一道理性，心中萌生無數問號：除了課本上提到的紋面和口簧琴，家住復興鄉上巴陵的游阿香，每天睡前襲入腦中的煩惱是什麼？吹熄蠟燭的那一秒，是否因為身為原住民感到自卑？她曾經期待她的後代子孫過什麼樣的人生？無知令我愈發恐慌。倘若二十一世紀的此時此刻祖靈依舊存在，也許祂能領我躍過泰雅彩虹橋，親自向游阿香道歉：我在平地人的世界適應得太好。讀完北一女後安分地從臺大畢業，除了參加大姑姑的喪禮，我沒再回去拉拉山，更遑論去美國念書的那段光陰，擅於背叛母語，真是有一就有二，這些年，我至少真該學會講泰雅語的對不起。

戶政事務所充斥著鍵盤敲打聲，隔壁職員轉身從琳瑯滿目的文件裡抽出幾張紙，嫻熟地拿起釘書機，毫不猶豫地扎下去——「喀！」我的四肢漸漸發軟。釘書機敲響了山谷間各種標籤的回音，釘書針彷彿是童年從拉拉山勾著我回臺北的鬼針草，掛在背上看不到也拍不乾淨，但一路上總會有人提醒我，「小姐妳背後有鬼針草」。水蜜桃的甜味從四面八方蔓延而來、滲入戶政事務所，城市裡的人按部就班的工作著，太專心以至於沒有人意識到，於是甜到極致的水蜜桃靜靜地開始發酵，靜靜地開始腐爛。其實沒有人真的因為我的原住民血統排擠過我，其實他們喜歡我現在平地人的樣子。

許多時候我是錯亂的。學校老師說我們應該學習愛護自然，不要踐踏草皮，記憶裡神木聳立的拉拉山明明只有吞噬勇氣的黑暗，課本是樹的屍體，我把它埋葬在哈哈書套，打開電視看到藍綠惡鬥，我努力揣摩芋仔蕃薯之間的恩怨情仇，親戚用打趣的態度哼唱我們都是一家人……。我此刻已退化到一句完整的泰雅語都不會說，之於平地人，我的鼻子太高；之於泰雅族，我的皮膚太白。在臺灣這個島嶼上，我不屬於任何族群，捨命擺脫上一代，汲汲營營無法代表這一代。旭日東升的每一個早晨，爸爸媽媽出門賺錢，為的是換取一張居留在臺北的門票，而如今他們成功撫養出一個土生土長的臺北人第二代，卻不時再三叮嚀我不要忘記祖先來自山林。在這個世界上，我們該如何扮演好自己的角色？懦弱與恐懼是否早已貫穿時空？閃電從海拔兩千公尺劈頭打下，雷雨沖刷，山洪暴發，山谷間動物騷起噪作，地殼轟隆隆推擠震耳欲聾……忽然，耳膜傳來游阿香溫柔的聲音——「妳是誰？」

在羞恥的眼淚滴下來之前，我奮力地站起來，離開了戶政事務所——「我知道我是誰，我是妳的孫女！」——快步穿越了排隊的人群，奔向教務處推開老師與同學——「我的名字叫 Sayun！」——縱身躍過迎新茶會的自己，我抵達小學一年級的教室。重回那個第一次模仿平地同學蒸便當的中午，小小的我正因為和同學一樣蒸便當而嚐到前所未有的歸屬感。當然，這已經是我成長過程中無數次重回現場，觀察那個小學一年級的自己。

「老師！她的便當裡是老鼠！她吃老鼠！」隨之而來的是同學的尖叫聲。

「這是……姑姑昨天從桃園帶來的……不是老鼠……我姑姑說這叫飛鼠……」我不斷小聲地重複這句話，可惜被同學的尖叫聲完全覆蓋。這是我這輩子第一次體驗到如此劇烈的心跳，第一次澈底了解呼吸不過來的羞恥與孤單。眼眶漸漸開始泛紅，腦袋無法思考。走廊傳來別班同學議論紛紛的雜音，教室迴盪著同學的尖叫聲。佇立在同心圓的我只知道，一定要微笑。

「怎麼會是老鼠?你可以給我你爸爸媽媽的電話嗎?」老師緊張地端著我的便當盒。我傻傻盯著向來溫柔的老師，不明白此刻她為何對我如此失望。片刻的寂靜後，我放棄解釋那是飛鼠，事實上我已經開始懷疑這個世界上根本沒有飛鼠。便當盒還在冒熱煙，傳出陣陣不知道是什麼鼠的香味。雖然我不知道牠是什麼鼠，但我很熟悉牠的香味，來自巴陵的芒草、伴隨著泰雅玩伴的笑聲，我竟然曾經誤以為這是快樂的味道。

突然間，小小的我明白了一些道理。明白上小學前媽媽為什麼一再糾正我的某些原住民口頭禪，明白爸爸為什麼一再叮嚀我拉拉山和臺北是兩個不同的世界，不要混淆了。那個中午我把這五個字烙印在心上，「不要混淆了。」成長的路上，我都是如此謹慎地銘記在心，不再把家裡和學校混淆，不再把友誼與歸屬感混淆。當然，經歷二十幾年完整的漢人教育，我更學會一套標準的平地人處世哲學，不再把別人的歧視與原住民自我認同混淆，我成為了一位擅於使用國語替自己辯護的平凡漢人。這大概是我為了生存唯一能夠譜出最完美的結局：要讓平地人聽你講話，首先你的行為必須要像個平地人；時光流逝，現在我反而認定我是平地人。

我捧著手中乾淨裝訂整齊的中英文戶籍謄本，剛列印出的紙張傳遞著若有似無的溫度，這就是我和泰雅奶奶第一次穿越時空的接觸。凝視著戶籍謄本上妳和我共用的「山地原住民泰雅族」，白紙黑字不再帶給我安全感。端詳妳的名字，我瞥見文件裡隔壁行的爸爸。在來回臆測妳的思緒裡，我竟然完全忽略了我再熟悉不過的爸爸。突然間，他以一種我從未發覺的姿態閃亮出現，沒有西裝領帶、脫去皮鞋，再次赤腳奔馳於高山縱谷；黝黑的男孩在陽光樹影底下，原來也曾笑得那麼大聲，笑得那麼純粹開心。我的心揪了起來，那笑容，和我畢業典禮上安慰的釋懷是不一樣的。為了成全我的未來，一代過一代，犧牲了什麼又獲得到什麼？我把戶籍謄本小心地收進提袋，謹慎如一種封印儀式。只是多了幾張紙，回家的步伐卻倍感蹣跚。

並不是提到原住民的時刻我才是原住民，事實上，所有時候的我都是原住民。

族語認證

臺北是我出生、成長，居住了三十年的地方，卻不是我的家。因為，比起臺北人，他們更喜歡叫我原住民。

「一〇七——二——八，八號。」監考人員盯著我的族語准考證，「請坐到一、二、三，那邊，第三臺電腦。」捏著准考證，我逐步邁向祖靈的召喚。這是一間新穎的電腦教室，日光燈照亮了每一個本該陰暗的角落。側身越過喃喃背誦族語的考生們，他們大部分是孩子，不時回頭望向走廊上的帶隊老師，稚嫩的臉龐，埋藏著對繁華都市的無限想像。其中少數幾位，是看起來不大適應電腦設備的長輩，在瞬間的眼神中，洩漏了一絲溫柔的倔強。雖然只是在七樓，考場中隱約瀰漫著一股高海拔的芬多精，在這之前，我不曾在臺北遇過這麼多族人齊聚一堂，更從未在他們臉上看見如此戒慎恐懼的模樣。

按照監考人員的指示，我坐入指定位置，左右張望，這座牆上掛著秋海棠地圖，歷史悠久的女校，此刻被賦予了傳承臺灣千年傳統文化的神聖使命，而呆坐在試場中心、戶籍設在臺北市的我，卻是整個歷史洪流中的盲點。

「距離考試開始還有十分鐘，請大家檢查桌上貼紙，確認是你的位置。」

我是否在正確的位置？成長過程中，常有人問我，「妳從哪裡來？」若誠實回答臺北，總不免換來，「我指的是妳——真正——從哪裡來？」配上自認與我心有靈犀的挑眉。無奈的是，這類拒絕接受真相的提問總以千變萬化的形式反覆出現——「妳什麼時候過年？我指的是——真正——的豐年祭。」或是「妳叫什麼名字？我指的是妳——真正——的名字。」

「請戴上耳機測試麥克風，錄音後播放確認音量。」監考人員喚回我紛亂的思緒。

「Sayun lalu mu.」我小心翼翼托著麥克風，謹慎地咬字。Sayun 是我「真正」的名字——真正沒人稱呼的名字。對於 Sayun 的歸屬感，僅存於童年，在臺安醫院遊蕩的那個夏天。四歲的暑假，爸爸把爺爺從山上接來臺北接受化療，虛弱的爺爺躺在病床上，經常對我說著聽不懂的族語，在那些滑稽的聲音中，我只聽得懂 Sayun。再更久以前，爺爺還健康的時候，爸爸偶爾會載我去山上探望他，對於爺爺家的印象，除了暈車以外，還有始終被白雪覆蓋的圍籬。年幼的我，最鍾愛的活動就是蹲在院子中心堆作一個又一個的雪人家族，而當年身材魁武的爺爺，總會努力地把自己蜷縮成一團，蹲在我身旁，手裡拿著枯枝幫雪人家族插上手臂，嘴裡努力地用國語發音：「Sayun，名字，妳。」

一直到上禮拜，我獨自在家複習族語，才驚覺當年爺爺擠出的破碎國語，「Sayun，名字，妳。」是泰雅族語「Sayun lalu mu.」的文法直譯。

「請將准考證放在桌上，以便監考人員檢查。」距離考試開始還有七分鐘。

一個月前，社區管理員替我代收了一封掛號信，白色的信封上印著「准考證通知」五個紅字，那天晚上，我花了兩個小時上網下載了所有的族語教材，瀏覽著課本裡琳瑯滿目的插圖，部落的親戚，就這樣被濃縮在一幅又一幅錯置的時空當中。小時候熄燈睡覺前，我總愛纏著爸爸，強迫他重複那幾個鬼故事給我聽，長大後，在學校讀到臺灣原住民歷史，終於明白，那些嚇我入夢鄉的鬼故事，不過是部落族人的生活日常。插圖裡的獵人若隱若現，飄浮在雲海盡頭，一對鷹眼配上驕傲的嘴角，彷彿在嘲笑我，竟淪落到寄生在水泥五金的小套房。

監考人員俯身抽起准考證，來回仔細確認。對於應試的標準程序我並不陌生，似曾相似的電腦設備搭配雷同的考試介面，只是，今日的考試不同於托福、英檢，不為證明國際化的競爭力，反而更像某種儀式。

雖然我生長在臺北市中心，但與生俱來的高聳額骨襯著黝黑肌膚，通常無須表明，別人早已掏出標籤，主動貼了一層又一層，密密麻麻，怎麼美白都徒勞。我記得父親說，過去山上人煙稀少，能遇到人即是幸運非常，興奮得一直渴望聊天。我想，因為孤單、因為善於聆聽寂靜，山上才會有那麼多的鬼。又或許是父親的鬼故事太成功，每當察覺陌生的目光，總令我不由得神經緊繃。儘管都市裡的人們多數友善有禮，我仍經常偷偷期望，有那麼一對雙眸，能看穿表皮的假象，明白其實我們一樣都怕鬼，一個無助的靈魂藏躲在一顆孤單的心臟裡。

大學畢業那年，我親赴一家中小企業應徵秘書，老闆是一位踩著男仕黑皮涼鞋的中年大叔，他並沒有盯著我的臉龐，更準確地說，他看都不看我。面試過程我幾乎淡忘，只記得結束前，他猛然抬起頭，瞪大雙眼斥責我：「妳是臺灣人，怎麼可以不會說臺灣話！」我擠出一個臺灣人的微笑，腦中浮現爸爸努力用閩南語和客戶溝通的卑微模樣。

我根本不是臺灣人。之於平地人，我的長相太原住民；之於原住民，我的舉止太平地人——在臺灣這個多元文化的島嶼，我不屬於任何族群。

沒有聲音。考場裡的族人異常安靜。我陷入坐立難安的現代殘酷神話裡：被瓦愣紙隔開電腦而坐的我與族人，每顆頭上都戴著耳機，規範向來限制我們交談，一顆顆炙熱的太陽，匍匐在輸送帶上，咚一聲擊碎，推擠著墜入水塔冷卻，載浮了百年光陰，再任由戴著口罩的工人，打撈起來真空包裝，最終，貼上一枚印著繁體字的合格標章。族語裡沒有「公平」這個詞，族人顯得麻木，沉默如故鄉白雪紛飛的每一個清晨，沉默如曾經家門外神木的年輪。

剩下三分鐘。

我將腦中的單字複習一遍：qutux，數字一，讀作「孤獨」，一等於孤獨，多麼浪漫的巧合；mqwas’，讀書，mqwas’是唱歌，biru’是書，泰雅族人是這麼解讀，讀書實際上是唱書；qalang，部落，等等，是qalang吧？這個單字我背了好久，部落對我來說，實在太過抽象；yutas，爺爺，隨著音階起伏，飄出淡淡花香，那是爺爺長眠在百合花裡的模樣。

「妳猜我找到什麼？」半年前，爸爸從倉庫裡翻出一卷幾乎發霉的錄影帶，殘破的塑膠殼上黏著泛黃的標籤，上面依稀寫了幾個模糊到無法閱讀的文字。爸爸小心翼翼地捧著那捲骨董，異常溫柔地，將它送入錄放影機——「是妳和爺爺。」

「倒數兩分鐘，請再次檢查耳機、滑鼠和螢幕顯示是否正常。」

電視螢幕閃爍跳動，忽明忽暗。在不規則的雜訊裡，我認出了延吉街的舊家，櫥櫃裡那隻豆豆龍，現在依然躺在我的套房。走廊盡頭，依稀可見一個模糊的高大身影——是當年英姿煥發的爺爺，還未遭受癌症摧殘的他，正一步一步，慢慢地走向鏡頭……

陣陣雜訊劇烈閃動……下一秒！爺爺佇立在鏡頭前方，濃密的眉毛、黝黑的酒窩變得閃亮清晰，而他健壯的手臂裡，藏著一個陌生的嬰兒……跳躍的訊號凝聚著他溫柔的眼神，爺爺輕撫寶寶的頭髮：「Sayun—sa—yun, laxi zyungi’ Tayal da.」

那天晚上，我報名了族語認證。事實上，考試結果通過與否，對我的生活並沒有任何影響，更不知道除了爸爸，未來該對誰傾訴這些單字斷句，走進考場到現在，我竟也沒瞧見任何熟識面孔。也許，我只是渴望出現在族人齊聚一堂的時刻，即使是淘氣的男孩攤坐在考場的階梯上，大剌剌地玩手遊，我也尊敬他恐怕是個資深的族語前輩。雪花瀰漫的蒼林，霓虹璀璨的臺北，意念自由穿梭於過去與從前，如果我能利用午後背熟一首又一首英文歌，為何從來不曾學著吟唱，血液裡封印著的富麗音階？「真正」的族語認證書上，是否擁有我遺失的泰雅印記？這場族語考試，是否認證了我的回歸？

「最後一分鐘！」

爺爺，我已經學會了五百個單字。爸爸，下回我要聽族語版本的鬼故事。Sayun，莎韻；laxi，不要；zyungi’，忘記；Tayal，泰雅。

「考試正式開始。」

鄧惠文

〈手鍊斷了〉（二〇一三）
〈咖啡滋味〉（二〇一四）

Veneng，一九九〇年生，二分之一排灣族混血，媽媽來自屏東大社部落。童年曾在眷村生活，從小接受不同文化薰陶，大學就讀西班牙文系，曾赴美國短讀，返台工作多年後讀北藝大電影所編劇組。

二〇一〇年開始寫散文、小說等，曾多次獲原住民族文學獎、曾獲雲林縣文化藝術獎文學獎等獎項，二〇一六年初嘗試劇本寫作，以《今夏我們燦爛》入選優良電影劇本獎。二〇一九年入行編劇，曾任《生命捕手》、《如果花知道》、《墜愛》等臺劇長篇影集編劇，曾參與奇幻、愛情、輕喜劇、醫療等題材作品。

手鍊斷了

曾經 mumu 送我一條手鍊，在過年回 mumu 家時，當我坐在冰冷的石板屋地面跟著濃眉大眼的表弟們玩耍，她突然在我的右手腕上套上她親手串的手鍊。

深茶色的手鍊，是由陶黏土製成，上面有紅、黃、藍色錯結的圖騰，交纏於我的右手。我將它靠近點看，只感到驚喜和訝異。mumu 看著我，頭上戴著也是紅黃花與綠葉所織成的花圈，這樣環繞著，微笑輕聲對我說：「妳很喜歡這個吼……給妳！」

而我笑了，mumu 也開口笑，接著起身離去。身穿深色原住民服飾的她，雙腳踏在冰冷的石板上。瞬間，我不覺得石板是冰冷的，那種溫暖從右手腕傳至全身。小表弟睜著圓滾滾雙眼看我，也看著我的手，似乎想抓，但我雙手握緊緊地放在身後，接著兩人又是一陣玩鬧。

mumu 的黑髮總比白髮多，看不出年紀，身形略為矮小的她每次看見我，總是會拍拍我的背，說在中部要認真讀書。

其實一年只有一次的見面機會，也就是過年返鄉。

身為二分之一的原住民，是何其幸運能踏在舅舅親手搭的石板屋內，看著一個個陶壺，看著牆上的山刀與飛鼠皮，想像山上的故事。

山上的故事，跟我是如此遙遠，而我是何其幸運能夠參與這一切。

我躺在床上，逆光看著手鍊。透過光，只看見紅綠交纏在我手上，就像 mumu 頭上那頂花圈，就像她會給我戴上的花圈。

二分之一的炙熱，二分之一的血統，二分之一。

不知是過了幾個月，手鍊居然斷成了兩半，二分之一。

而我心痛著，手鍊斷了是不是什麼壞預兆呢？深茶色小陶土掉落在地面，聽不見聲響地掉落，而我無法拾回 mumu 親手為我一顆一顆串上的手鍊。

二分之一，連心碎也聽不見，但大雨聲卻是如此響亮地下著。

下著、下著。

電視開始傳來壞消息，二分之一，橋斷了、路塌了，以前跟表弟、表妹玩遊戲的山上國小被埋了。

二分之一。

手鍊斷了果然會是壞兆頭，八八風災對屏東造成的嚴重災情，讓政府為了原住民蓋了暫時的組合屋。一個又一個陌生卻美麗的屋子在那塊空地上三角隆起著，組合屋卻像國外的小木屋般優美。

好陌生，什麼時候那塊地與原住民的生活環境也畫下一個二分之一的分線。

於是我們走進空蕩蕩的屋子。小木屋的內部是採日式風格，已經不是冰涼的感覺，但我的心好冰冷。

平安無事的 mumu 看著我們，又輕輕地拍了我的背。但我的手鍊已經斷了，我沒提起，我想她也忘了。我看見她深黑色眼眸裡有著淡淡的悲傷。

我在小木屋裡走著，我用手觸摸每一個人造物，我想試著回憶石板屋的冰冷，之後那種炙熱會從右手腕傳來，我會想像每個石板雕刻的故事。

從未見過面的外公，帶著山刀，赤腳走過山頭到山上捕獵。

我想像他的故事，卻又不小心看著 mumu 的側臉，而那深黑色眼眸的悲傷又讓我難受。

她微笑，我感受悲傷，她在日式小木屋裡暫時生活，她的心思在山上的石板屋。

幾圈山路就能到達的家，卻因為路崩而距離遙遠。

我在日式小木屋裡看著大人們過簡單的新年，我的心思在山上的石板屋，想像屋內的石雕們是否因為孤獨而哭泣著。

我看著我的右手，而再次觸摸地板，一切都不一樣了。

媽媽跟 mumu 聊天著，mumu 笑著。其實從小到大她們說的母語我都聽不懂，二分之一，什麼時候我們之間也有了分界？穿上傳統服飾跳著舞時，也覺得如此地格格不入。

我聽不懂，而她們談笑著。我看著右手腕上本該有的手鍊，空虛得已無溫度存在。我想像她們所說的內容，想像她們的話我聽得懂。

想像著，屬於她們的故事。身為二分之一的原住民，而我似乎永遠都被那「二分之一」所羈絆著。

舅舅說山上的房子沒事，大家都放下一顆提心吊膽的心。但路還是斷了，橋還是斷了，政府總說正在整修，我卻無法被補齊完整。

所謂的二分之一，而我什麼也聽不懂。

回憶起在山上過新年，總是會參加傳統的婚禮；伴娘與新娘坐在轎子上，戰戰兢兢地被村里的壯年們抬進國小的活動廣場。

一桌又一桌穿著傳統服飾的村民，一張又一張的結婚照，他們說著祝賀的語言，而我猜測內容，新娘的淚慢慢流下，哭花了妝，但身上的紅色新娘服仍是如此耀眼。

我穿上會叮噹作響的傳統服飾，在喝完喜酒後大家圍著跳舞，手拉著手，而舞蹈，是我唯一聽懂的語言。

跟著節拍動著，從小就記得這簡單卻充滿凝聚力的舞蹈，衣服是舅媽與 mumu 共同縫製，一針一線隨著節拍叮噹響。

我頭上插著 mumu 給的百合花，純潔地在我髮上。mumu 微笑稱讚我很美，而我只是覺得自己是何其幸運能參與這一切。

我雙耳上掛著、頸上戴著美麗的飾品，是 mumu 用溫柔微笑為我打扮。我微彎腰接受她的巧手裝扮，卻無法對她說些什麼，只能在婚禮時跟著大人們跳舞，用我唯一聽懂的言語舞動著。

腳步動著，如同我能說出母語，隨著有點破的音響，大家唱歌、跳舞與慶祝。

聽不懂，但那時我能感受，合而為一。

結束婚禮，叮叮噹噹走在山路時，音樂已關上，而瞬間，又被分成兩半了。看著鏡子裡的自己，穿著原住民的傳統服飾，妝早已花掉。

mumu 與阿姨們又說著我聽不懂的話語談笑著。

而我不用脫下服飾就自然地與空氣融合。

回到家，踏在石板屋的黑色石板脫下一層又一層華麗裝飾，我將百合花、衣服、耳環等放在桌上。旁邊的雕像微笑著，山刀在牆上，我只能想像著山上的故事。

在風災後的組合屋內過新年，我走出門外，天空的星星有著平地沒看過的耀眼，乾淨的微風吹撫過我的髮絲，石板屋就在山上，只是距離是如此遙遠。

斷橋阻斷 mumu 回家的路途，卻無法阻斷我們對家的思念。我伸出手，試著指出石板屋的位置，而月亮皎潔照耀在身上。

「或許是一樣的感受。」我想。轉過身，看著 mumu 坐在家前門，正笑著看淘氣的表弟、表妹玩耍著。

「或許只要人在，家就在。」

「一切都是一樣的。」我心想。

伸出的右手慢慢收回，而赤裸的右手腕總懷念著被手鍊交纏的感覺，冰冷卻是如此溫暖。

離開組合屋時，mumu 又微笑拍著我的背，溫柔地要我好好讀書。

mumu 跟媽媽說著母語，那我聽不懂的話語。

心涼著，所謂的二分之一。

回到校園，回到社會，回到平地，回到原本的生活。

偶爾聽見媽媽會叫我的族名，陌生感總大於熟悉。

直到最近，才知道路已修好，mumu 也回到山上的生活了。一顆忐忑的心總放下擔憂。我轉著電視，希望雨別再下大了。

突然看見陌生的畫面，卻傳來了熟悉的語言，心裡馬上就直覺意識到，「這不是 mumu 的部落嗎？」

第一次內心如此驚訝，就算是聽不懂，卻還是能立刻分辨。就像是一個咒語般，瞬間覺得自己不再是二分之一，而是我知道，那就是，母語。

感動地看著畫面，再看著赤裸的右手腕，手鍊斷了，但原來對原鄉的思念早就深炙在血液裡，而不再是二分之一了。

也不是靠著那條手鍊。原來母親給我的血緣是斷不掉的，這麼直接地與「我」交纏著，就像鍊子上那交織的圖騰。

刻在血液裡，融合為一，形成了「我」。

「或許只要人在，家就在。」

「或許只要我心中有愛，我就不只有二分之一的血統。」我想。

感動下，淚水泛眶，我緊抓住我的右手腕，放在左胸隨著心跳跳動著。
「我」活著。
手鍊斷了，但思念沒斷，愛亦然。

咖啡滋味

突然才發現這個島嶼已經成了不夜島。有時晚上加班後回家，快要午夜的道路上，到處都是一片光亮，到處都聽得到叮咚、叮咚或是短暫樂音之後感應透明門滑動聲，接著是一聲「歡迎光臨」，二十四小時不休息的商店占據了不同街角，天花板一排排的日光燈帶給商店永晝的錯覺，讓夜晚增添地面的光亮，商店在城市像是取代夜空的星星般，人們會往光亮的地方走，就如以前的人會抬起頭看著黑夜上的星空。

我看過最美的星空是每次回到部落時，那安靜的山頭有星星點綴，靜謐得如同處於沒有地心引力的宇宙，我們漫無目的卻安心地飄盪，因為星星代表光亮。然而當我這麼幻想，一聲「叮咚」打亂我的思緒，從商店飄出來的，居然是咖啡香。

臺灣已成了到處都能喝到咖啡的島嶼，顧客能選擇一杯咖啡不再是奢侈品，二十四小時都能讓大腦保持清醒，於是硬逞強的人們昏昏欲睡下，再也不會抬起頭看著星星。星星似乎也不見了，不過我想是光害太嚴重了，因為我所住的城市的夜晚不再漆黑，而是成為了橘夜。

我回家打開冰箱也有咖啡，罐裝咖啡是公司同事送的，但是我依舊沒有打開它，而是冰在冰箱裡。如果喝了，我一定會想念更美味的咖啡滋味。

那是 vuvu 種的咖啡。

那一天是家族的家聚，聽媽媽說，有很多她自己也沒看過的親戚聚集，於是我們回到屏東三地門，來到一列列永久屋的某一棟。不同的是它鋪上了石板，裡面的裝潢不比山上的遜色；他們還是把家帶回來，不管人在哪。而那棟屋裡是一個個我陌生的親戚，一個個紅色塑膠椅上的他們穿著傳統服飾，開始了家族的對談。

當然我又是個局外人。我陪著媽媽來到這裡，然後安靜地聽著那些話語，或許在祈禱、祝福或只是閒話家常，畢竟我是所謂的「原漢結晶」，這個名詞還是我去年才知道的。

地上擺著一些物品：年糕、豬肉、米酒、檳榔、雞肉、小米等，好像還有彎刀，但現在的我不太記得了，我甚至是忘了哪一天，是不是 vuvu 七十二歲的那一天呢？

我也忘了。

但我記得豬肉又白又鮮紅地晾在那，我比他們還不黝黑的肌膚也是又白又咖啡色的晾在階梯上。

祝福完後一陣祈禱，好像還有爭吵，不過親戚就是這樣，總是有這種大嗓門的友善吵鬧。

所以我身為局外人似的吃了一道餐點，然後回家。

可是 vuvu 們在家聚時的低頭祈禱我一直記得，總在我耳邊迴旋著，雖然我聽不懂裡面的話語。

之後我才想起，家具和 vuvu 大壽不是同一天。

然後想到 vuvu，又想起那天她生日的情況。

還是依然的大餐桌、小餐桌、大蛋糕、小餐點，卻是滿滿的心意。她靦腆地笑，接受了大家的祝福，而我們唱著生日快樂歌。

大人們開始杯盤狼藉、小孩們則躲在電視機前，不同的世界。

我在中間吃著餐點，一回神才發現 vuvu 不見了！應該說，躲起來了，又是另一個世界。

兩個 vuvu 很安靜地在客廳看著電視，電視的聲音怎麼樣也掩蓋不了大人們的談話聲，於是我悄悄地走進門，vuvu 的笑容總是靦腆，就像路旁的小紅花一樣，雖然不顯眼，可是一看見總會暖上心頭。

他們看見我總會微笑，然後看了一眼電視，他們是否真的在看電視呢？我不知道。

或許他們也偷聽著大人們的談話。我們就像三個夢世界的小精靈一樣，躲在客廳裡。

而這個精靈才剛接受完大家的祝福而已，就像童話故事裡小飛俠的精靈剛染上魔法粉塵能隨意飛翔。

但是 vuvu 不能飛，因為她被我抱住了。

我不知道她快不快樂，可是她靦腆的笑終於綻放成太陽花一樣，早晨的陽光揮灑在花瓣上閃耀著。

我知道我們之間有一條語言的隔閡，她會說一點中文，或許日文還比較溜，可是我給她一個很深的擁抱、緊緊地貼在我的身上，在她肩上閉起眼時，時空總會穿越到小時候參加婚禮穿著傳統服飾時，vuvu 為我梳妝。我忍著頭痛戴著沉重的頭飾，臉上有不符合年紀的濃妝。她為我插上百合花，代表純潔的少女。

而那時候華麗的服飾發出叮叮噹噹的聲響，腳踏在石板屋上。現在我睜開眼，安靜無聲，除了 vuvu 和我的心跳聲，而我的腳踩在永久屋的地板上。

我說了：「我愛妳。」

幸好 vuvu 聽得懂，我想她應該聽得懂吧，於是我又用了另個語言表達我對她的愛，而另一個 vuvu 開心笑著。

我親上了她的臉頰，很輕柔的，如同花瓣上一滴露，很輕柔的，很輕柔。

我們在屬於我們的夢世界相擁飛翔，大人們則在他們的世界作夢。

我說：「生日快樂。」而 vuvu 又笑了。

早晨的山上有一點霧氣，然後是豔陽天籠罩，明明才天光卻有中午的錯覺。空氣很新鮮，但並沒有以前在部落裡安靜，這裡的摩托車有點吵雜的轟轟劃破安寧。

爸爸坐在門口的塑膠椅，我們像似有共識一樣，想保持這裡的安寧，於是不交談。而他看著前方，手則是慢慢轉開手中的銀色保溫瓶，我知道他喝著咖啡。不知道父母什麼時候開始喝咖啡的習慣，而我知道他現在喝的是 vuvu 種的咖啡。

那時候是農曆年媽媽回娘家時，我看著門口晒在圓形藤編的粒粒白色小果實，我不知道那是什麼，只是盯著看完全沒有頭緒。旁邊也有另一個藤編圓盤，上面有比白色果實更細小、感覺像紅白相間的種子，後來我聽 vuvu 說，這個是高粱，而白色的果實是咖啡。

「咖啡！」我嚇了一跳，什麼時候 vuvu 也開始種起了咖啡？我不小心想像 vuvu 像巴黎街頭的時尚女郎，穿著一件式洋裝然後坐在露天咖啡座喝一杯濃縮咖啡。不過想像力還是抵不過現實，vuvu 在我的腦海裡開始從洋裝變成了排灣族黑色的傳統服飾、高跟鞋成了赤腳，但衣服上的圖騰可是比巴黎洋裝還美麗與充滿設計感。不過我前幾分鐘不是才覺得臺灣是個到處能喝咖啡的島嶼嗎？只是對於原住民部落開始種咖啡的這個風潮感到驚訝。

那是我第一次知道咖啡在山上的存在，vuvu 說看到隔壁部落「種得很開心」，所以也種種看，沒想到居然在屏東的山頭種成功了！他們說有人會跟其他種植的人家買，vuvu 可以只是嘗試看看，沒想到就一試成功，剛好爸爸有認識的人會烘咖啡豆，於是來自山上的白色咖啡豆就被爸爸帶到平地烘成咖啡色的。

居然有種莫名好笑的諷刺感。

vuvu 種的咖啡喝起來是微酸，我一直以為會是「土味」，類似越南咖啡那樣，就是咖啡味道比較重，沒想到卻偏酸。然後我喝了一口後，想到 vuvu 說的話，她說好討厭猴子，猴子會吃咖啡果實的肉，把「咖啡豆」吐出來，也不知道要感謝猴子還是討厭猴子。猴子吃了甜美的果肉，留下苦澀的咖啡豆，然後就溜走了，剩下 vuvu 一個人又氣又帶著充滿冒險心的精神來晒咖啡豆，說是看著別人家晒也跟著晒，完全沒有經驗就嘗試成功。然後煮出來的咖啡就如同猴子們的選擇，第一口苦澀、第二口微酸，接著是有點甘味，這是我對 vuvu 種的咖啡的第一印象。但我還是覺得山上會種起咖啡是很特別的事，所以或許 vuvu 的空間真的是個夢之島；vuvu 在山上的後院已經種了不知道多少種植物：小米、高粱、芋頭、野菜、玉米，還有好多漂亮的花。

難怪猴子都搶著去夢之島尋找甜美的果實；牠們津津有味地吃著果肉，大人們在門外大肆談論，小孩在電視機前玩手機，我和 vuvu 們相視而笑，然後看著電視。我們都在作夢。

猴子將苦澀的果實吐出，人們喝完酒杯子剩下什麼，指尖在手機螢幕下滑動剩下什麼，我們緊緊擁抱後剩下什麼。

那一天我跟爸爸都有著共識，沒有互相交談，他轉動保溫瓶蓋而飄咖啡香，猴子在後院跑動。風吹過枝葉，猴子摘下了果實咬了一口，vuvu 一邊大罵又一邊撿起果實曝晒，晒好咖啡豆或許會被人買走烘焙，成為現在所謂熱門的「原鄉咖啡」。

vuvu 靦腆地笑，我耳邊的「我愛妳」迴盪。

然後城市夜晚的叮咚聲敲醒我，我瞬間又回到了孤零零的公寓，看著未知名的罐裝咖啡，嘴巴居然有咖啡微酸滋味，是 vuvu 種的咖啡。

那我的夢之島在哪呢？

於是我閉上眼，卻聽見了家聚時親戚們的祈禱聲，還有那布滿星空的部落黑夜就在我眼前，「我愛妳」還有緊擁的感覺，陣陣咖啡香彷彿抵達鼻尖，那微酸咖啡滋味在心頭也在舌尖思念，是 vuvu 種的。

黃璽

〈關於回部落的小事〉（二〇一七）

Temu Suyan，一九九〇年生，臺中梨山泰雅族與高雄那瑪夏布農族的後裔。Slamaw 人，老家位於臺中市新佳陽部落。國立政治大學語言學研究所碩士。

國小就離開部落在都市長大，大學時期才開始提筆創作，研究所時期因為田野調查而有機會更深地探究自身族群文化、語言與歷史。曾獲多屆臺灣原住民族文學獎，獎項包含新詩及小說首獎；並於二〇一九年、二〇二一年，分別以詩作〈十二個今天〉和〈莎拉茅群訪談記事〉獲臺灣文學獎原住民漢語新詩獎。作品大多以當代原住民面對時下社會議題所產生的斷裂與妥協做為書寫主題，並常用詼諧、荒謬或諷刺的風格進行書寫。著有詩集《骨鯁集》。

關於回部落的小事

我是一個都市原住民，從幼兒園就生長在臺中市區裡，住在離部落車程大約三、四個鐘頭以內的地方。「回部落」在我們家卻是類似一種看病的行程，非得等到婚喪喜慶、思鄉得緊了，各種症狀出來時，才迅速地一天來回。這種大家都知道治標不治本的方式，我們家還是維持至今。

這導致我對部落的感覺是既陌生又熟悉，因為在那裡的長輩們、山山木木們、房舍貓狗們好像都早已知道我是誰，但我只能模模糊糊地知道回去，這一來一往地相認途中總是相隔著一段足以產出「陌生」的「距離」。

這個「距離」的具體形容大概就是一條回部落的路。這條路其實並不複雜，從市區開始，往大坑、新社、和平、谷關、德基然後一個大轉彎就能到達。但如果有這麼容易到達的話，我們家也不會如此相信蒙古大夫的醫術；這其中最關鍵的一點就是谷關到德基這段。

在九二一大地震以及後續至今許多颱風的侵擾以後，中部橫貫公路上谷關到德基這段早已肝腸寸斷，難以通行。由於臺電發電廠的重要性，以及梨山地區居民的出入，這段路不得不修、不得不通，於是便在評估後又另外開闢了一條便道。這段便道以每天早、中、下午管制放行三次（特殊節日四次）的方式，讓居民與在梨山地區工作的人員保持最基本的交通方便性。

而要通過這個管制站之前還需要向市政府申請一組號碼，表示已保過保險、確定是梨山地區的居民或工作人員才能登記放行。否則就算千里迢迢來到這裡，還是會被擋下來。在了解這一切之後，即便是基於安全的考量，回家的路早已經在不知不覺中多長出了好多距離。

如果不走這條路的話也可以，那就選擇從宜蘭進梨山，或是走合歡山進梨山，再從梨山到我們的部落。如果從臺中走的話，兩者需花超過六個小時的時間，如果是在臺中市區工作的人，假日花最少十二小時來回一趟，光是交通就去了四分之一的假日了。更何況，只要一下大雨或地震，這三條可以選擇的路，都非常地脆弱，所以不管是住在山上的人還是在市區的人，想出來、想回去，都特別麻煩。

所以不只我們家，部落裡面很多戶人家都已在平地定居，部落已經不是大家居住的選擇了。這讓我感到難過，為了生計、為了生存、為了便利，大多數的人都離開了部落，他們承載著這個部落的所有歷史以及未來的可能性，就這樣一去不歸，而指望部落能自己跟上現代的腳步。的確，我們的部落踉踉蹌蹌地跟上了時代，有了電、有了網路，甚至還在部落的上方坡地上種滿了茶樹，非常地與時俱進。即便我們都知道水土保持的重要性，加上我們部落原本就處於一個有滑落風險的狀態，這讓我們對於部落的安全與發展埋了一些無奈。

不過還是有必須且喜歡住在部落的人，那就是老人們。如果說我們回部落是為了醫好我們的心病，那老人們離開部落就是為了要醫好他們身體的病。

部落裡有一位非常有智慧的老人家，我都叫他威浪阿公，這位威浪阿公其實不是我的阿公（爸爸的爸爸），而是部落裡的一位長輩。就連中文名字的姓，我們也是不同的（雖然這並不能清楚區分原住民的氏族，只是剛好這次可以），但在部落裡面哪有分這些呢？yutas 就是 yutas，我從懂事之後就一直叫他阿公了。威浪阿公在東勢有一棟房子卻不住在那裡，已經買了好幾十年了，原本是要讓孩子們可以方便讀書而買，現在則是在冬天時，讓高齡的他可以下山避寒的一個地方。而到了夏天，這棟房子只在拿藥看病或參加婚喪喜慶時，成為可以方便休息的一個落腳處。他真正的家在部落裡。他說的故事、他有的回憶、他的身體都是部落的，他的記憶承載了他上一輩與上上一輩的歷史。我也是從他那裡知道我們的部落是如何遷徙的，而且也是從他那裡知道我們的部落名字叫做 Slamaw，而這名字的意思也是他告訴我的。

Slamaw 在中文的理解來說是在說一個狀態，也就是芒草被鐮刀砍過頹倒的那個樣子。為什麼會這樣的命名呢？這就要從我們部落的歷史開始講起，我們的部落遷到現址之前曾經有兩個聚落，一個是在現在的德基水庫裡面了（就因為要蓋水庫所以被遷村），最早的據點則是在新佳陽沖積扇平原上。那時候是日治時代，而我們 Slamaw 族人因為兇狠而且勢力強大成了日本人的眼中釘，常常被日本人煽動其他部落或族群的人來攻打，最狠的一次就是有一回，日本人佯裝要請部落的人在駐在所喝酒，結果等在場的 Slamaw 人都喝醉以後，就把門窗緊閉，開始燒房子，還在出口處埋下重兵，只要逃出來的都會被射殺。所以許多人一出來就被射殺頹倒的樣子，被烙印在記憶裡面了。逃出來的族人躲的躲、藏的藏，要再聚一起已經是好幾個月以後的事情了。也因為這件事情，所以我們的部落開始被遷移，也開始衰弱。

威浪阿公在說這個故事的時候，表情並不憤慨。對他來說，那已經是上一個世代發生的事情了，他的出生已經是在第二個據點的 Slamaw 部落的事情了。而我在聽的時候卻覺得非常義憤填膺，總覺得部落的衰頹到現在，都是當時日本人把我們當芒草一樣殺滅的後果。

這只是一位老人告訴我的其中一個故事而已。那些關於我的祖先、部落的傳統領域、大家的名字、植物與傳統工業的知識等等故事，都是在老人家的腦袋裡面。這些歷史與記憶，如果不去問、不去發掘，總有一天會消失的，老人是跟著部落一起消失的，因為就像前面所說的，老人只會離開部落。

每當我思考這些時不我予的問題，「因為我們家在山上沒有屋子不能久住」、「因為我們家未來的發展不在部落」、「因為我們家已經在市區有了房子」、「因為我們家沒有很多地可以在山上生活」等等，一些原因自發性地投入我的腦海，它們讓我對於回部落的這個想法愈來愈卑微，彷彿回部落在現代社會中是一種錯誤。

但不回部落就不能成為部落的一分子，這個事實是血淋淋的。如果想要成為這一分子，就必須要反過來想，部落需要我嗎？我回部落到底能貢獻些什麼？而不是「我要不要回部落」這麼膚淺了。部落裡面沒有人也沒有空位在等待一個空空的人的回來，只是永遠缺少能夠組成並驅動這個部落前進成長的成員。老人們貢獻他們一生的智慧還有記憶給部落，那我們能夠貢獻什麼呢？這才是我們得去思考的問題，而非一味地要求部落接納自己。

「回部落」這個詞對我們這一輩的都市原住民來說，已經等於「回家」的詞義了。回家很簡單，只要跳上車子，開上幾個鐘頭，就可以到家，並且關在家裡跟外頭沒有關聯地待上好幾個禮拜，接著跳上車子回到自己覺得舒適便利的住所裡繼續活著，僅僅只是了卻一些鄉愁；然而回部落不是，回部落是一種宣誓，絕對不是逃避，那是包含義務與責任的宣誓，願意與部落一起進步而非墮落，願意回到母體的文化、母體的語言。

現在的我還不能大聲地說我已經回到部落了，但我也在這條路上，我相信有一天我可以成為 Slamaw 的一分子，在中文來說，就是成為新佳陽部落的一分子。

潘貞蕙

〈難以成眠的長夏〉（二〇一八）
〈你看那個亮亮的地方〉（二〇二〇）

Yaway Suyang，一九九一年生，南投縣仁愛鄉馬烈霸部落泰雅族。臺灣藝術大學視傳所畢業，參與過幾年的博物館工作，現為國立東華大學原住民族發展中心計畫助理。

書寫作品以散文及報導文學為主，試著描繪生活的形狀，屢獲多屆原住民族文學獎的肯定。

難以成眠的長夏

長夏開始了。

出了新店捷運站，沿著北宜路折轉上新烏路，長長的臺九甲線依偎著南勢溪，盤曲地旋上山腹。傍晚的山村總是多雨，白日過晒的山野被洗滌，水氣將遠處燈火暈染成曖昧的光帶。我把臉貼近車窗，像隔著什麼透鏡一樣，望著山景逐漸失去輪廓，看遙遠的光因為暗夜來臨而變得密實起來。不知不覺，八四九號公車就這樣顛簸著我的夢境，往道路終點奔去。

烏來總站到了。

人們都說烏來區是最發達的泰雅部落，路好、離城市近，工作機會也跟著多。確實，從最外圍的 Tampya（忠治）開始，直至溪流上游的 Tranan（福山），一路上鋪蓋著平整的柏油，路燈比野樹還多。步入老街，一波波遊客湧流，舉目所及滿是溫泉湯屋與小吃店，林立成一片又一片漢化的街景。忽然，我撞見一張巨大肅穆的臉孔，深邃的眼窩像深藏一個宇宙，泥刻的刺紋狀似彩虹，就這樣坐鎮在文物館牆面，目光灼灼盯看著我。我們凝視著彼此，我想像著祂會用什麼方式去指認眼前的事物，或是就靜靜地匿入街衢，看時光流淌，看人群聚攏然後散去，日夜連綴。

山村的早晨特別透亮，昨日的雨夜在一種燦爛的光照中，慢慢地被晾乾。離開了大博物館，我來到老街上這間小小的民族文物館，專責文物維護及研究的工作。文物館由從前的停車場改建而成，窄仄挑高的建築體，斜斜灑進了好幾束光，我彷彿可以看見光穿透歷史的塵埃，溫柔地照在每個物件上。

戴上乳膠手套與口罩，推開厚重的氣密門，從踏入典藏庫的那一刻開始，一場喚醒文物的旅程就此展開。有別於展區，庫房內的文物被妥善地安放在無酸的環境裡，以月為週期的溫／溼度紀錄紙維持著平緩的波形，無論馘首多人的刀具或是織就靈魂的地機，物件的生命好像就只剩下那一上一下的線條。

「典藏編號A二〇一八××，Lukus，一件泰雅族屈尺群男用長衣，無領無袖，開前襟並衣長及膝，此類長衣是慶典或重要場合穿著的男子禮服，代表穿著者的身分地位，本件織品的×〇型織紋是屈尺群織品的重要特色。」

走近櫃位，調整好呼吸、步伐與持拿方式，複述完文物詮釋，拉開布尺，小心翼翼地丈量尺寸與重量，透過放大鏡仔細地檢視蟲害與損傷程度，將所觀察到的物件狀況都登錄在文物資料表，那就好像是一張文物的身分證一樣。拿起毛刷與鑷子，順著纖維的方向除去肉眼可見的塵粒與髒汙，在每處捲曲與皺褶中，填塞包覆鋪棉的軟紙，撐托衣物不致變形。最後，根據文物形制與材質，手工裁切合適的收納盒，入庫保存。進行繁複縝密的整飭工作就像替文物修整靈魂，有些人相信物件中蝸居著難以解釋的靈性，就算只是重製品，復刻的也是族人曾經共有的生命記憶。

「上次那個誰看到二樓出草區的骷顱頭滾下來又滾上去的，嚇都嚇死了，所以才離職啊。」警衛大哥一時興起講起了鬼故事，嚇得眾人哇哇大叫。

「Nanu，少在那邊亂講了啦。」答話的是Angci姐，在地烏來人，也是館內資深的導覽員。

「那應該只是假模型而已吧。」半信半疑的我說。

「Yasa pi，我有時候都會忘記它們是複製品，還會跟它們聊天餒。」Angci姐話一說完，不知道為什麼，我想起了她曾經跟著達悟族人一起在烏來瀑布下跳舞的那段經歷。

談起原住民歌舞表演，就不得不提及曾經風光一時的烏來跳舞場。民國六〇、七〇年代，在烏來觀光產業最興盛的時期，為了幫助家境，Angci姐放棄就讀護校，國中一畢業就到跳舞場打工，一簽就是兩年約。當時，有一大群遠離家鄉的達悟族人，一聽說在烏來跳舞可以賺很多新臺幣，想都沒想，行李一拽就來了。每天每天，在那樣的日子裡，面對幾近飽和的人潮，男男女女穿著一樣的傳統服，載歌載舞、揮汗如雨。或許，在那樣的風景裡，每個人都好像是複製品，在壯闊的瀑布面前，都失去了自己的聲音。

看著Angci姐從小家庭導覽到數十人的大團體，我不確定她是否後悔曾經的選擇，但我好像可以理解，她現在是為了什麼而發聲。

穿越老街盡頭的覽勝橋，右轉後拐過幾個大彎，就是通達Ulay（烏來部落）的環山路，因此也有人稱之為環山部落。

「今天忘了殺雞，馬告咖哩雞沒有雞，只有牛喔。」可愛的老闆娘大聲喊著。

總有那麼幾次，我和社工員Lawa會約在環山路上一家名為「泛香」的咖啡廳，分享彼此的生活和近況。Lawa是來自花蓮的太魯閣族人，在烏來服務已經兩年，跑遍各部落的她，腦袋裡有著一張密麻的人際網，除了偶爾交換一些小道消息以外，我特別喜愛聽她講述那些關於烏來地區族人奇異且銘心的故事。

Lawa一邊畫起錯綜複雜的家系圖，一邊告訴我，在她畫圖的同時，故事就已經悄悄展開。這裡線段、那裡圖形的，看似紛亂無序的筆畫和符號，結構出一幅又一幅的家族圖景。比如，在某個個案裡：父親是第三代，因為失去土地，有嚴重嗜酒的問題。母親曾經離異，二次婚姻。兩人共同撫養好幾位子女，在這個家庭裡，誰出軌，誰得了慢性病，誰發生意外，誰死亡……在家系圖裡，任何傷痛和難以釋懷，好像都被澈底地轉化成了信息。

「就算發生了這麼多讓人心碎的事，我覺得，我還是看到了愛。」

回憶起過往，出自某些特殊原因，Lawa 的訪視後來被迫中斷，但愛依舊流轉著。或許因為這樣的緣故，泛香咖啡的咖啡喝起來總是香甜，泛起的是生命濃郁的馨香。

昏黃的天漸轉深黑，遠處亮起點點燈火，像星星被山風吹落。回租屋處前的一個轉角，我鑽上了一道陡坡，來到策展員 Kabu 的住處，探視因病告假的她。

我們坐在陡坡上，那剛好是烏來部落的制高點，在溫泉飯店與商家構築而成的這座城裡，我們聊著即將到來的文化季，討論起部落麵店的菜單，辨認通往運動場的捷徑，想像著從前周遭都是木造房屋的情景。循著 Kabu 的回憶，我們沒有怨懟觀光帶來的變化，只是試圖找尋被時間遺棄的那些山巒和聚落，彷彿此刻我們也都忘記了自己的姓名。

山上的夏夜很是清爽，微涼的風從山頭慢慢滑翔下來，越過樹林和山野，吹拂在我們身上，這樣的自然風比冷氣還涼。不久前 Kabu 才說，在烏來這邊，七月已經是吃「給啾」（雞酒）的季節了餒。望著眼前的山稜線，那是進入忠治部落後再向上爬升的山巔地帶，走到頂端可以遠眺整個烏來部落。我和 Kabu 約定好，在不遠的將來，我們要走入古徑，攀上山頂，好好地擁抱烏來現在的面貌。這樣的念頭乘著風，在遠方凝成一個靜止不動的點。

我時常想，是熙攘的人群還是太漫長的夜，讓烏來的長夏總是難以成眠？好幾個下班後的夜晚，我讓自己躺臥在山路上，在路燈與路燈間隔的地段，像野放自己，星群和月光是我僅有的照明。直面瀑布，下方是空無一人的跳舞場，在最幽暗的地方，總比白日還異常光亮。我看得見水流奔過峭壁時發散的銀光，看得見小蟲在夜黑中飛行的航線，看得見遠處野狗追逐的暗影，眼皮用力一點，彷彿還看得見整個宇宙就在我眼前運行。直到一輛小客車疾行，強光吞蝕了黑暗，後來的我就什麼也看不見了。

我想像著，在這樣的夜晚，會不會有那麼一個時刻，像接近一輩子那麼久。烏來的土地、山林與溪流，恍如失去喧囂與光亮，我也像察覺不到自己的存在般，在時間的慢流裡，像是停滯了一樣。

你看那個亮亮的地方

晨起，當萬物都還尚未甦醒，一陣童趣盎然的樂音從遠處遞進，將山城裡的一切慢慢喚醒過來。一輛鵝黃醒目的幼兒園娃娃車，每日清早從山腳下出發，悠然地穿行於鄉野中的烏來部落，在太陽初升和降落的時候，接送村裡孩子平安地往返學校……這是獵人高義榮週間擔任校車司機的日常。週末，當喧嘩熱烈的氛圍壟罩，山谷不斷湧進潮水般的人流，高義榮便又駕著自有計程車，伴著來自各地的觀光客，靜靜地細數這座山城的繁華和失落。

偶爾，當黃色車體和我錯身而過，我總會想起高義榮帶我們走進家族獵場的那天，當我緊抓著綁縛在山壁上的麻製繩索，負重踉蹌行進的時候，他帶著堅定無懼的口吻對我說：「不要太依賴那條繩子，好好走路，相信妳腳下的路。」當我再次踏穩步幅，我能感覺，柔軟的土地伸展著，撐起我們的心靈和每一次邁步。後來，我除了看見動物踩踏的行跡、留下的排

圖一：始終喧鬧的山城——烏來。（潘貞蕙提供）

遺，以及大片被啃食掉的植株以外，好像也漸漸能夠感受到山林裡的溼氣、樹叢的密度，甚至是葉片在陽光照射下的樣子，都構成了地景的變化，成為了獵人口中「那個亮亮的地方」。

山野分岔之處

Lahaw（泰雅語，今新北市烏來區信賢部落）舊時因實施林業政策，早年伐木工人會將砍伐的巨木從高處投擲至溪中順流而下，此景便像山野中樹枝分岔而利於設置陷阱之處，烏來泰雅人便稱此地為「蚋哮」（Lahaw）。在歷史的長河中，巨木跨越的不僅是時光的向度，同時也穿梭了高家世世代代的日常光景。

「我的祖父、祖母他們是大豹社的，以前日治時代的戶口名簿上面是寫大豹社，出生地，大豹社。」

——高義榮

高義榮的祖先來自大嵙崁群大豹社（今新北市三峽山區），當年的高家泰雅人為躲避日人侵略，便攜家帶眷翻山越嶺遷徙至烏來（屈尺群），落腳於現今的信賢部落。就泰雅族的群系劃分而言，屈尺群（泛指新北市烏來區）與大嵙崁群（泛指桃園市復興區及新北市三峽區）的泰雅人由於地域位置鄰近，有著非常緊密的親緣關係，聽過幾位族人說，屈尺群顯然是大嵙崁群的延續。高義榮則認為，不少學術文獻資料常以群系分類的方式切割地理，目前行政區域劃分的方式亦傾向於將空間簡化，但若從泰雅人的世界觀來思考，山系、流域和不斷遷徙的人跡所交會出的文化地景，其中充滿著絕非理性的隱喻和語境。

談起家族史，高義榮詼諧地說：「我的祖先是部落領袖。妳知道嗎，日本人為了統治，會帶他們去看很大的鳥（飛機），然後看大鳥下蛋（炸彈）。」「還有啊，以前日本人的砲臺會跟我們打招呼，直接對準我的老家。」遷居至 Lahaw 以後，即便面對日人軟硬兼施的理蕃政策及移住管理計畫，對於高家而言，山林和獵場始終是孕育生命與詩意的溫床，高家泰雅人努力地在時代變化中遵循 *gaga* 規範，在自然厚賜的環境中編織生活。當日月不停地轉換，蔥鬱的山林始終是高家獵人恆久的歸屬，即便歷經動盪的年代，家族獵場猶如內在靈魂之所，凝結出獨特的空間，也像一面多維度的明鏡，映現出獵者與自然環境間彼此貼近、餵養且相互依存的生命圖像。

第八十五號電線桿

「我們高家，我阿公他有五個兄弟，那在每一個他們兄弟之間，他們說，『啊，我要去那邊』，那以後他的直系的親屬就是去那邊；我阿公說，『我要在這邊』，那我阿公以後的，我們就是在這邊。」

——高義榮

據高義榮所述，早年高家獵場範圍遼闊，一位獵人能夠獨自設置五座山的傳統陷阱，有時甚至不只。若從信賢部落數算至下盆部落（Habun），每五座山等同於一位獵人所設置陷阱的獵區，以此不斷延續，當整個山系被放滿了陷阱，也就形成了一道無形的界線。高義榮說：「我們這個路邊，二十年前這個路上，你看不到什麼山羌，你現在晚上來，十一點以後，你最少可以看到三隻。」現今烏來地區的泰雅獵人少了，具備製作傳統陷阱能力的獵人更是屈指可數，當設置的陷阱稀疏了，部分獵場的運作便因此停擺，動物的繁殖數量與行進路徑亦因此不受阻隔。

「我阿祖、阿公他們那一代，我們家族就是這邊，他們那時候都有一起設置陷阱。後來我國小的時候就變成是信福路的對面這個地方，從娃娃谷底一直往福山的方向，跟那條路平行，一直到Tonlok。再怎麼講，現在已經沒有在走了，也不可能會再回去那個地方了啦，因為沒辦法再回去了。」——高義榮

高家獵場的邊界起於娃娃谷（今內洞國家森林遊樂區），止於屯鹿（Tonlok）第八十五號電線桿（信賢幹85），超過此電線桿之後的範圍便屬福山部落的傳統領域。在國家山林及生態保育政策背景之下，內洞國家森林遊樂區於民國七十三年成立，娃娃谷日後便成為了遊客競相造訪的觀光熱點，遂使高家獵人被迫棄守部分的家族獵場，也深刻影響了高義榮和父親高富德（Taro Walis）近年巡獵的範圍。不同於簡要、化約的地誌紀錄，官方體制、山林政策、社經生活的變遷，一一說明了烏來泰雅人獵場空間裂解的原因，而變遷的高家獵場亦隱隱約約反映出多年來，高家獵人移動地域及狩獵習慣的改變。

為什麼是第八十五號電線桿呢？起初，我對於這根電線桿的存在感到十分好奇。某日，當我騎著機車沿南勢溪行進的時候，恰巧看見第八十五號電線桿所佇立的位置正對準了不遠處兩座山脈的山坳處，成為了獵場的分界點。後來我便明白，真正重要的並非電線桿本身，而是綿延在電線桿後的那片群山。豁然開朗之際，我又忽然想起有那麼一次，當我點開Google Earth（衛星地圖）試圖梭巡高家獵場的時候，電腦畫面中紊亂且繁複的等高線條、色塊與各式量化標誌接連出現，將所有日常風景符號化，頓時使我失去方向。相較於我，鮮少使用電腦設備的高義榮，看了幾眼便迅速指認，「這是河流、那是山溝啊，認真看的話，妳會發現這些山溝都圍繞在獵場邊緣。」

我忽然理解，原來我們面對山林時所擁有的感受是如此不同。我不禁想像，高義榮是帶著什麼樣的視角看待山林的？又或者，獵人的感官是如何引領著他回應瞬息萬變的自然生態？或許，

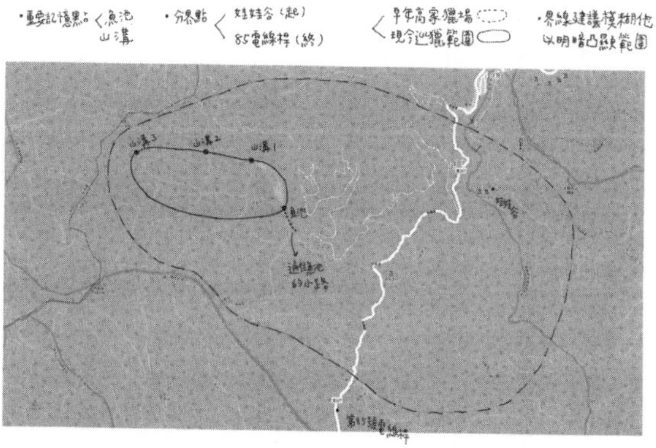

圖二：高家獵場範圍與現今高家父子巡獵區域。（潘貞蕙提供）

一位獵者行走山林的時候，他的腳蹤其實是想像和心靈的拓線，帶著與生俱來的思維、直覺和身體感，所有的智性都帶他走向一個更為深沉且無垠的內在，也許就在行進的當下，同時賦予了獵場本身所擁有的輪廓。

那個亮亮的地方

一般而言，泰雅男子習得山林技藝的過程非由父親直接傳承，反而多為家族中的叔伯或長輩帶領，高義榮補充說明：「其實以現在來講，今天由我來帶我兒子的話，因為愛子心切，會護子，就會變成說，『這個危險，你不要碰』、『那個危險，你不要去』；那如果給別人帶，別人會對我兒子說，『你去、你去』，那這樣子他就會學得比較快。」談起初次狩獵的情形，高義榮強調自己的經驗較為特殊，「大概就是在十歲吧，要賺錢嘛，那你不幫他的話，他叫別人，那個錢是要分給別人。那我爸爸倒不如找我，來幫忙家計。」由於高家身為獵戶，早年為協助父親獲致足夠的獵物以維持家庭生計，高義榮自小便隨著父親上山打獵，日復一日地將走過的群山峻嶺記載在自己的腳印裡。國中三年級時，高義榮已經可以單獨上山巡獵，為了擔負家計，偶爾還會遊說年紀小的弟弟一同上山，只為增加背重量。

「一二〇巷那邊上去，我家裡魚池上面，以前有三個地方（陷阱）要看，我看不完。一個是要往逐鹿山，往三峽、桃園的方向；另外一個是往屯鹿（Tonlok）的方向；還有一個是魚池還要再上面。三個點。」

——高義榮

高義榮現今與父親巡獵的範圍位於五重溪流域，獵場的輪廓由好幾處山溝構成，與以往的家族獵場相比，獵區已大為縮減。回首多年來入山的經驗，高義榮說：「在山上的時候，我感到我是自由的。」我想起了我們一行人踏進獵場的那天早晨，當我們轉進信福路一二〇巷，車體穿越小路和閘門，在櫻花林之間不停轉悠，途經的每一次顛簸和迷途彷彿都成為一種預示，指引我們即將前往一個無比貼近自由的所在。

圖三：觀察山林地貌的獵人高義榮。（潘貞蕙提供）

一抵達獵場入口，高義榮拿出準備多時的菸、酒舉行簡易的入山儀式，後來我們便從魚池旁的小路開始上爬，曲折地從一條獵徑輾轉到另一條獵徑。大多時候，攜著工作刀的高義榮都是靜靜地走在前頭，為我們劈草開路，在如此空曠的山野裡，連雨鞋踩在地表的回聲都顯得如此巨大。我們時而攀上山壁，時而下切至溪谷旁的窄徑，每一條道路都在我們腳前慢慢綻放。在那樣的時刻，時間的刻度變成了光影，山丘和谷地撐起一切的重負，我凝視著身邊所有令人驚奇的意象，一切視野都帶我們走進一個更為寬廣且深湛的世界。在那一瞬間，如同高義榮所說，像相連的山脈一般，土地擁抱著我們的時候，我竟感到前所未有的自由。

「妳看，整個都亮亮的，像那個地方為什麼會突然亮亮的，那個就是有大型動物來過，才會這樣子亮亮。要不然的話，一般來講，植被的東西長在那邊永遠都不會不見，它還會再繼續長。會那樣子，就是代表有大型的東西來過。」——高義榮

在高義榮眼中，他人看似凡常的山林地景時刻都在更迭自身的樣貌，雨後的氣味、溼潤的地表、落葉的數量以及篝火燃燒後的餘燼，土地一層又一層地堆疊在自己的過去

底下，它混雜、支撐、保存著自身的一切，而一位敏銳的獵者能夠在這些昨日的殘餘中發現事物的蹤跡。高義榮說：「打獵其實就是觀察，理解動物的習慣，知道牠們喜歡吃什麼，會往哪裡走，要用心認識牠們。」我不斷猜想，為什麼眼前的景觀地貌會是「亮亮的」？在短短半天的時間裡，我讓自己以非同以往的方式觀看著周遭的一切。後來，在行經的路途中，高義榮不停地翻看著地表的植被，他說動、植物有自己的語言，只要用心感受，我們就會發現光線本身透露出豐富的訊息，那些細微的光芒甚至是陰影附著在所有微小的事物上，構成了地景的變貌。

離溪谷不遠的一道陡坡，在一整片蔓延的蕨類植物中，我們發現了不少截斷的葉柄殘枝以及葉面上各式各樣的動物咬痕。高義榮說，從地面環境緊鄰山壁與取食蕨類這些跡象來判斷，可以初步判定為山羊。過了不久，我們便在不遠處找到了山羊留下的糞便以及足跡。高義榮補充說明，我們可以進一步地從植物的狀態來推敲動物口器的構造、咀嚼

圖四：高家獵場一景（潘貞蕙提供）

的方式，甚至是取食的方向性，進而辨別出山羊的來路與去向。當眾人起身前行，準備前往下一個地點，忽然一個念頭，我轉了個身回望這片植栽，我看見光的微粒緩緩降落在每一片葉面上，遠遠看來，葉片的縫隙、葉柄接壤之處，以及經動物踩踏而新生的捲曲嫩芽，深淺不一的色調在陽光的照射下，透出濃淡有別的光芒。我想，在那個失去時間感的瞬刻，我看見了那個亮亮的地方。

對高義榮而言，熠熠發光的土地承載著萬物的重量，生命的聯繫從來不曾間斷——溪底悠游的苦花反射著豔陽的光照，纏藤貯存著甘甜水源，走獸的腳印交相呼應，而高家獵人以身為度，以靜謐的眼光丈量變異的地貌，在山林中踽踽前行，留下疊石以記錄行跡。帶著這樣廣闊的視野，泰雅人將目光所及的一切都看成是一個有意義的整體，並且將其連結在一起，匯聚成對於生命本質的思考。

圖五：山羊取食過後的蕨類殘枝。（潘貞蕙提供）

沒有冰箱的年代

「那個時代，我們烏來觀光區有客人的時候，就是說，你抓獵物，不是完全地要靠動物來生活，因為開頭就有包商、有工作，在道路上崩山，你也要跟他去工作。做很快啦，做五天，一天算多少那樣生活，補來補去啦。其他沒有工作的時候，等於說沒有做什麼了，我們也就是說抓魚啦、去打獵啦這樣。」

——高富德

「以前在那個時候，打獵維生是可以，那時候中華民國政府在臺灣嘛，那時候日本人都會來臺灣，我們烏來的小餐廳都會煮山產，日本人會吃，連我們這個烏來的苦花魚，日本人最喜歡吃，我們原住民就靠抓魚、抓山產。以前就是說也有種小米啦，也有種那個旱稻喔，就是米啦，可以播在那個地上面，就會長出來。」

——高富德

烏來地區位處時代洪流的交會處，承襲了日殖時期的觀光性質，銜著戰後基礎建設及交通設施的積極整備，助長了經濟活動的興盛，進而形塑出民國時期至近代的觀光樣貌。殖民政策及經濟榮景所帶來的衝擊，顛覆了烏來泰雅人的勞動模式，遂使地方／部落社群的傳統觀念及價值體系逐漸離析。耕獵習慣的改變弱化了烏來泰雅人在土地利用與勞動生產之間緊密的聯繫，同時也使高家與外在社會環境的連結更加迅速。高家泰雅人的農事形態從山田燒墾轉為栽種旱稻及水田，有時亦自種蔬果及椴木香菇；狩獵行為亦因著市場需求的改變產生殊異性，動物標本、獸骨毛皮與山肉溪產的買賣，成為了反映社會文化變遷的交易活動。

「今天打到了一頭豬，今天這頭豬能大家分著吃，你也不可能獨吞，以前沒有大的冰箱嘛。沒有冰箱，那也是分給你、分給他，能分就分。」

——高義榮

「沒有冰箱啦，以前的生活都是互相啦。」

——高富德

據幾位當地耆老所述，在早期冰箱尚未普及的年代，從前的烏來泰雅人會將食物以芋葉包裹，將其貯存於藤籠，甚至埋入地底以保新鮮。高義榮憶起，父親高富德在自己國小二年級時，憑藉著山產買賣，才購置了家中的第一臺冰箱。在沒有冰箱的年代，高家獵人會將捕獲的山豬剮去四肢作為買賣部位，剩餘的肉品除了自家食用，也會分送給部落親友和路上巧遇的漢族朋友。高義榮說：「吃那個山產，我們家裡最常少的東西呢，就是鍋碗瓢盆，他們來有沒有，要帶走啊，這鍋子借一下、這碗借一下，拿一拿，一天就沒有了，鍋子不見了。人與人之間的那種親密感，是很緊密、很扣在一起的。」過往混沌的時局裡，人群分食的不只是肉品，更是一份深情的問候，也共享了面對生活中一切艱難困頓的勇氣，從而彰顯了人、族群與生存環境之間厚實而誠摯的情感。

民國五〇年代，烏來地區山產交易行為愈趨熱絡，使得狩獵行為加諸了經濟活動的精神，從許多面向來看，烏來這座山城的確具備了商業體系的縮影，但若回歸到泰雅人的內在觀點，狩獵行為及分食共享的過程是泰雅人在日常生活中實踐信念的方式，承載著深厚的文化意義和集體經驗。我想起高義榮曾多次強調：「打獵不是為了買賣，是要吃。」對於高家泰雅人而言，早期從事山產買賣僅是為了生計所需，狩獵行為仍然是一趟

圖六：獵人父子高富德與高義榮。（潘貞蕙提供）

喚尋傳統文化、維繫生命平衡與靠近先祖之路的旅程。

最後的水鹿

「那個水鹿我最後碰到的，可以說烏來、福山最後一隻的水鹿。以前原住民有看到好的，大家會講，水鹿的價錢很高。他們打獵多少人去妳知道嗎？追那一條鹿，二十多個人在山上睡兩天，在下面的繞到宜蘭去等，他們抓到、綁到了，打獵的人就到城市了，他們是這樣抓的。最後的水鹿就一隻而已，賣十萬。」——高富德

民國六〇年代，臺灣的山產交易活動蒸蒸日上，養鹿產業亦在各地迅速崛起，鹿茸、鹿皮與鹿鞭屬於奢侈性消費品，市場需求的變化某種程度上亦深刻影響著烏來泰雅人的狩獵模式。高富德回憶起自己二十多歲時，在家族獵場曾經見過的最後一隻水鹿，那一年他正好收到兵單，入伍後便心心念念想著早日入山追捕那隻水鹿。後來當消息傳開，於是高家獵人、部落親族與聽聞消息的福山獵人，便爭相從內洞山區一路追捕水鹿

至宜蘭交界處，當地漢人看見身陷農田的水鹿，便扛起扁擔一同加入圍捕的行列。人群追逐著最後的水鹿，彷彿追逐著一個即將遠去的時代。水鹿的消逝作為一個歷史節點，標記了當時烏來地區與周遭世界的關係。

「打獵的人就到城市了。」我不斷回想當高富德吐露出這句話時的神情，至今仍使我心頭微微一顫。或許，人們彼此都心知肚明最後的水鹿並不只有一隻而已，使我們感到悵然的，是那不斷流逝的時間感。無論山野或是城市，泰雅人或是漢人，在那樣的時空背景裡，眾人所做出的一切選擇，都只是對當下的時間、對整個生命所真切表達呼喚的過程。

在歲月的淘洗中，土地記憶了人們真切的聚散悲歡，環境的波動使烏來泰雅人歷經生活形態與價值觀念的重組，也使高家獵人的腳蹤在家族獵場和外在境域之間不斷地穿行移動。高家獵人迎著時代的風不斷前行，深記著祖輩殷切的叮嚀，堅守著耕地和獵場，追隨異夢的指引，感懷山林和溪流一切的贈與，在飛快變動的世界裡，以持續的勞動實踐烏來泰雅人繁花般盛放的生命。

靈力停歇的刀

時空遞嬗，從日本時代便開始發跡的溫泉觀光過渡至民國時期的異族歌舞展演，形形色色的觀光經濟活動提供了當地人民改善生活的契機，同時也創造出不少職業生活形態，如清流園山地歌舞舞者、山產店廚工、計程車司機與紀念品攤商等。當部落社群成為了鏈結資本主義的經濟空間，便順勢帶動了烏來泰雅人在生活角色上的實質改變。當舊有狩獵形態失去維繫生計的功能，部分烏來泰雅人遂順應當代經濟模式改變狩獵習慣甚至棄捨獵場，因而面臨著傳統知識傳承斷層的困境。面對大時代下烏來地區所衍生出的商業機制，高家獵人竭力在傳統勞動與生計追求之間尋求平衡。

「那個刀沒有在我身邊，那個不是很特別啦，其實依照打獵的 gaga 來講，每把刀都有它自己的靈在。那把刀也是傳承下來的，傳承到我這邊的時候可能久了吧，那把刀就變成說，比較奇怪。因為一般來講那個刀，不好講，它自己會……它不是新刀也不是……反正它就是，它沒辦法工作，它自己會罷工。」

——高義榮

高義榮提起一把父親留下、將近三十五年刀齡的家傳獵刀，據他所述，這把獵刀十分神奇，無論上山狩獵前如何打緊，每當刺擊山豬時僅能觸及手指三至四指的深度，且刀刃與棍體總是脫節，而當作為日常所用時，刀體便完好如初，怎麼敲就是敲不掉。高義榮轉述父親高富德的看法，「這把刀有靈啦。它的靈性到了，少用它。」聽完這段敘述，我不禁想像，一把失去靈力且矛鏃與木棍不斷脫離的獵刀，是否若隱若現地象徵著現今政治、經濟與社會文化框架下，烏來泰雅人生活內涵的巨大變遷，以及其與自然生態、傳統慣習之間逐漸抽離的生命情境；同時亦在狩獵倫理和生態保育的爭論議題上，啟示了泰雅人節制獵取的文化觀點。或許，這把獵刀時刻都在提醒著高家獵人，必須謹記 gaga 規範與禁忌，尊重萬物的生息體系，取食足夠生活的獵物，並且不忘承續泰雅人保護、看顧自然及維持生態平衡的文化內涵。

路是自己走出來的

在幅員廣闊的山林中，獵人高義榮伴著兒子高祺禎巡視陷阱，自在地穿梭於家族獵場，仔細觀察著每一寸土地，將對地貌的感受銘刻成身體的記憶。他依循著祖輩留下的行跡，教導後代子嗣開闢出一條屬於自己的獵徑。面對狩獵技藝的傳承與否，因著無法迴避的現實考量，高義榮沒有標準答案。他僅能帶著兒子邁入群山，以身體力行的方式，將泰雅人溫柔且堅定的生命意志，轉化成為觀測和思索世界的途徑，像是隱微地告訴著孩子：「成為你自己心目中的獵人，願你擁有完整的世界觀和心靈的自由。即便踉蹌地走在忽明忽滅的道途上，讓泰雅人的精神變成貫穿你生命的座標軸。期許你能保有對土地的愛以及對生命的尊重，像獵人般地，踏上屬於自己的道路。」

「爸爸他們是說，他們打獵是從阿公開始那邊學的，學了就是要為了幫家裡賺一點錢嘛，然後要買吃的、米、那些有的沒的，然後我覺得到我們這輩，我就只是，就覺得文化的一種傳統，就想學下來，他們以前是要養家嘛，我們現在那麼幸福，就只是想學下來，不要讓我們的文化沒有，一直這樣傳下去啊。」——高祺禎

今年即將升上高中的高祺禎自小便隨著父親與爺爺上山狩獵，熱愛籃球的他向我分享了一件趣事。某次，高祺禎與爺爺高富德兩人入山巡視陷阱時，高祺禎因為路滑不慎

跌倒，高富德便調侃地說：「喂喂喂，你怎麼去學了打球以後，就不會走路了？」回應爺爺殷切的期盼，高祺禎對我說，即便深愛籃球，他也想追隨父親與爺爺的腳步成為獵人，「我想學會看動物的走向還有牠們留下來的足跡、記號，然後再學怎麼放陷阱、放在哪裡才是對的，才會抓到獵物。」

我們終將成為什麼樣的泰雅，又該心向何方劈出一條道路？烏來地區特殊的政經環境編織了泰雅人豐厚多樣的生命經驗，面對無以為繼的傳統和無法預示的未來，高家獵人意欲實踐的是日常生活的真實樣貌，並試圖在傳統文化和當代群像中探詢世代之間對於「成為泰雅」的繁複意涵。

在文化流轉與變形的同時，高家獵人以更混融多元的樣貌及身分認同直視生命本身，繫上與祖輩相連的線頭，在泛光的土地上尋覓心靈指涉之處，趨近自己也通向彼此，牽引出更為廣袤且深邃的探索。

有人曾經說過：「烏來看起來就像是一個受過傷的地方。」早在許久以前，諸多外力的進駐與跌宕，使得

圖七：獵人父子高義榮與高祺禎。（潘貞蕙提供）

烏來泰雅人被多樣、局部的文化觸動且調和，輾轉成了現今我們所見的面貌。我特別喜歡看著雨後的烏來，溼氣中混雜著過往陳跡的氣味，凝聚不散的濃霧環繞著盤曲的街道和擁擠的房屋，刷洗過後的山脈透出微微的光芒。我想像著，或許有那麼一天，如他們所說，在這些事物的輪廓底下，我會看見這座山城的傷疤，以及在傷疤之上癒合與重生的樣態。

潘宗儒

〈在離家與返家之間成家〉（二〇一八）

paljaljim paljatja，一九九二年生，排灣族。臺灣大學社會工作學系畢業。父親來自屏東內埔，母親來自屏東滿州，從小在新北市生活，十六歲時登記為排灣族。現任職於屏東縣牡丹鄉公所。

在離家與返家之間成家

自從到恆春半島的K部落工作之後我變得很少回家。臺北的家。好幾個月才回去一次，甚至都是因為部落的事情才回臺北，而上一次也是因為部落的石板屋舊社長期與臺大人類學系合作，受邀請參與原住民考古學研討會暨兩部紀錄片：《Mukai 的跨世紀婚禮》、《cenvulj ta vuvu ／祖靈的召喚》的首映會。

從文學作品、流行音樂、原民臺廣告或節目到原住民議題倡議，「回家」絕對是最常出現的題材與最好用的情感召喚，但部落工作者們又不時地告誡我們：部落不是你想像中的浪漫，不要拿你的熱情燙傷部落。但我總覺得「浪漫」是唯一能夠驅使我們回到部落的動力來源，在面臨許多不浪漫的現實問題時，「浪漫」也是能夠安慰我們的唯一解方。如果沒有懷著一點浪漫，我也不會在畢業之後離開從小生活的臺北，毅然決然到部落工作。

紀錄片分別描述從日治時代，帝國大學入藏的佳平舊社四面木雕祖靈柱，及望嘉舊社的雙面石雕祖靈柱，因為《文化資產保存法》[1]及文物返還的議題，人類學博物館在登記成國寶時，主動與部落聯繫，希望徵求部落意見。經過部落內部討論後，兩個部落現階段都缺乏管理、保存、維護文物的技術、資源及人力，所以決定將文物「暫時」繼續放置在博物館內。但兩個部落也各自運用了不同的傳統儀式，象徵與校方關係從日治帝國大學的「殖民／被殖民」的關係中重建新的關係；佳平部落採用婚禮的儀式，而望嘉部落則運用了結拜的儀式，也藉此重新彰顯部落的主體性。在國寶儀式之後，兩個部落在文化復振的工作也有了各自的發展。「文物返還」本來是帶點尖銳的議題，好像頓時被浪漫而神聖的儀式化解了。當年臺大人類學博物館與佳平部落舉辦國寶婚禮時，我還是臺大的學生，許多社團的學弟妹們還一起去幫忙抬聘禮，在紀錄片裡能看到當時的我們。這應該是有史以來臺大校園裡，能夠看見最多盛裝排灣族服飾的一天了。這場婚禮以頭目規格辦理，在臺北校園裡立起鞦韆、獵槍鳴禮、當家頭目女兒出嫁時才能唱的婚禮頌，因為已經很少人會唱婚禮頌，部落為此還練習了一整個月。抬聘隊伍浩浩蕩蕩、華麗的轎子上坐著的是頭頂插著三根羽毛的頭目，豬肉、酒、小米糕、木材、檳

1 二〇〇五年《文化資產保存法》，將「古物」類別細分為「一般古物」、「重要古物」和「國寶」三個等級。二〇一六年明定《原住民族文化資產特別辦法》。

榔、飲料、陶壺、琉璃珠、鐵鍋、熊鷹羽毛等聘禮逐一進場，搭配著傳統歌謠，場面十分壯觀。

從小在臺北生活的我，在「返鄉、尋根」的氛圍之中，我都得從臺北一直到恆春半島的滿州鄉去，「回滿州」好遠，距離遠、車程遠、時代遙遠。滿州鄉從日治時期就被劃為普通行政區，歸類為熟番。過去參與原住民族社團、組織或倡議工作，常常會有失落感。為什麼我徒有原住民身分，而沒有部落可以回去參加歲時祭儀，沒有族群服飾、沒有語言？滿州鄉親如今都與一般閩南人沒有什麼差異，說著閩南語、燒香拜拜，僅僅只是官方身分註記上的不同。因此我選擇到鄰近的隔壁鄉的K部落工作，希望能對這個區域有所認識。

失落感驅使我大學時到各個部落去，不管是以學習文化為名、以返鄉服務為名、以小旅行為名、以捍衛土地為名。經過一個又一個的部落，我多麼想就那樣待在那裡，成為在地人，不再是外地人。畢業旅行時，到了東部的布農族部落，遇見一個年輕的導覽解說員，黝黑的膚色、深邃的臉孔，有條有理地向我們說著山林知識。未經世事的我，心容易隨波起伏、春心蕩漾；缺乏部落經驗的我，好像這就是我人生缺口的另一半。

回到臺北，我在臉書動態上寫著，「想要有一個部落青年的伴侶是認真的，特別是會帶部落生態旅遊，長得又帥。某種理想型。這樣你好像才有『部落』可以回。」

但不知不覺在部落工作的一年當中，自己也成了導覽解說員，也有了一個部落的伴侶。我的伴侶當然浪漫，但也給了我很多現實反思。以前認識的原住民青年，總是對indjamai（部落喜宴）情有獨鍾，因為那個場合代表了部落文化、親族關係的再實踐，而且一定要學會包菜，那樣才能彰顯自己的原味、部落與在地。但我的部落伴侶跟我說，他很討厭吃部落的喜宴，因為會見到很多的親戚，他在那個場合，彷彿所有人都在對他竊竊私語、指指點點，原生家庭讓他感覺到自己好像不斷地被撕裂。

我想起還在校園裡的時候，深夜與酒精就像吐真劑，社團的學妹用盡全身力氣，悲憤激動地大哭大喊：「我以前其實很討厭我的部落，因為我瞧不起他們！我看不起他們的落後！我以前只想著離開……」

部落與傳統不全然是美好的，對很多人來說，它還夾帶著創傷經驗。以前的我總是認為失業、失婚、失土都是資本主義、殖民侵略、社會結構惹的禍，但對個人來說，那是他們的生命。從前的我總過分地想像，回到傳統，文化就會自有一套解決任何事情的辦法。但事實上是，我們回不去了，文化也應該是流動的，才能生生不息。

婚禮喜宴是成家結親的過渡儀式，而我跟我的同性伴侶，當然還不可能成家。

記得我到部落工作的第一天，剛好就是傳統婚禮體驗遊程，遊客們穿上鮮豔的傳統服飾 cosplay 雙方新人、父母、媒人，自導自演不亦樂乎，加上抬聘隊伍、背婚、鞭炮聲、靈媒祝福、四步舞圈，好似有那麼一回事，喜氣洋洋。

社區發展協會總幹事，拿著麥克風對著遊客說著：「為什麼要有傳統婚禮體驗呢？因為在過去都是一夫一妻制，而且終身不再嫁娶，如果另一半死了，還要守寡。現代社會離婚率很高吼，我們希望找回過去的家庭價值。」哇噻，我還以為我在聽「護家盟」說話，而且這一年當中有多少團遊客體驗這個遊程，我就聽了多少遍。

為了繼續待在部落工作，維持和諧，我選擇了妥協。拿著麥克風的人，似乎看不見部落裡失婚的單親媽媽與鐵T互相扶持，看不見受暴婦女提起勇氣離開丈夫、尋找人生的庇護所，看不見部落裡有多少為文化工作努力的 adu[2] 們，嘴裡說著弟兄姐妹，卻看不見自己的親戚有多少是同父異母、同母異父的兄弟姐妹。更令人難過的是，身為單親母親的導覽解說員，不自覺地複製了這種說法，從她口中吐出一模一樣的導覽解說臺詞。她好像沒有發現，反覆強調這種家庭價值，就是在貶低部落裡的單親家庭、重組家庭、同志家庭……也在貶低自己。其實部落裡的家庭樣貌是非常多元的，充滿生命力地自己長出共同生活的家庭形態。

「紀錄片中好像一切很完美，想請問在這當中，部落有沒有質疑的聲音？」

映後座談時，觀眾提問。

「有的 vuvu 一開始是有疑問的，她們會說怎麼能跟木頭結婚呢？但我說我們把祂擬人化，為了讓臺大不要這麼輕易地得到祂。」

木頭怎麼能跟學校結婚呢。

男生怎麼能跟男生結婚呢。

「還是說，是校長跟女祖先冥婚的概念？」

「冥婚？你才冥婚吧！你是魔鬼欸，妖魔鬼怪會下地獄的。」

「如果地獄都是 gay 的話，我不入地獄誰入地獄？」

學生時的我們，總是肆無忌憚地說玩笑話。

臺北的變化很快，有些熟悉、有些陌生，像學校裡拆掉的舊大樓，蓋起的新大樓。

---

2 adu：排灣語，原指女性朋友之間的暱稱，衍生為男同志以「姐妹」的互稱。

走到大學口一家新開的、以前沒吃過的港式餐館，店裡的食物氣味、木色的裝潢擺設都是新的。直到我進到洗手間，貼了一張白底紅字的公告，「馬桶容易阻塞，請勿將衛生紙等雜物丟入馬桶，以免造成阻塞／謝謝配合／邁阿密　啟」。

「邁阿密」應該是充滿海灘氣息，搭配藍紫色霓虹燈光的義大利麵店吶！想當年剛入學時，社團迎新還在這裡舉辦，如今從佛羅里達的「邁阿密」搖身一變成了「香港亨記」。

「你不是原住民嗎？」在臺北的時候。

「臺北人都這樣嗎？」在部落的時候。

無法成家的人。

游移／猶疑在都市與原鄉之間的人。

「第二個問題，如果複製的祖靈柱回到部落，那麼靈會在哪裡？」

我們好像很狹隘地非得要有一個「真品」，非得只能二選一，但靈的世界，是遼闊的，是無垠的。

那個是靈。巫術的詮釋。

「這個問題我也很好奇，所以我也一直問那個靈媒。pulingaw[3]是這樣告訴我的：

『我們在哪裡呼求，祂就會在哪裡。就好像那個是祂臺北的家，這個是祂部落的家。只要呼喚祂，祂就會降臨。』」

3 pulingaw：排灣語，靈媒，在傳統祭儀中擔任與祖靈之間的溝通與傳達者。

麗度兒・瓦歷斯

〈謊〉（二〇一七）

Lidur Walis，一九九二年生，臺中 Mihu 部落人，一半泰雅族，一半排灣族。從小在泰雅族部落長大，之後在都市工作生活，夜深人靜的時候，開始寫部落的故事。

曾獲親情文學獎、原住民族文學獎、臺中文學獎等。清華大學環境與文化資源學系畢業，交通大學族群與文化碩士班肄業。現職自由接案，曾企劃國家人權博物館與原住民族文化事業基金會合作之「原住民族白色恐怖政治受難者暨相關人士口述歷史影像紀錄計畫」、「白色恐佈時期相關史蹟點調查暨影像紀錄專輯」。

謊

一

那年夏天，我離開部落，到都市去讀書，那是一所女校。

九月正是燥熱的時候，整個城市悶得能夠從空氣中擰出一把溫水來。學生宿舍裡，一只吊扇在天花板下旋轉，彷彿隨時會掉落，像電影中的血滴子一般，每日在頭頂上旋轉著。

嚇！又一次從高處墜落。

阿公愛解夢，他說過這夢是長大的意思；夢中的失重感猶存，從脖頸、背部再到全身，皮膚上滲出細細密密的凝露。吊扇仍在空氣中嗡嗡轉，吹不散一室的悶熱，我窩坐在床上，久久無法回神。不到三坪大的空間，放置四組書桌床櫃組，上方是床，床下就是書桌與櫃子；正中一條窄小的走道，步伐大一點，三步就從門口到了窗邊。

早晨六點半，我坐在床上發了會兒呆，抬眼看見隔床仍在酣睡的女孩，安靜溫和像一隻睡著的貓。沉滯悶熱的房間裡，我的手指頭如水中動作那般，在空氣中，緩慢地隔著半個身體的距離，假裝正為女孩梳理臉上的毛髮，細細地描繪她的五官；她的名字叫晶晶。

我們一起從宿舍走到各自的教室，開始一天的校園生活。

正午時分，陽光掃射在地表上，操場上的草地經過一上午的曝晒，草葉皺巴巴地垂下，萎靡不已；鐘聲響起，一群穿著體育服裝的女孩們，飛快地遁入距離最近的遮蔽物內，人手一瓶水，急切地澆灌乾渴似磨砂的喉。我流了滿身大汗，一瓶水進了體內，有半瓶透過毛細孔排出，被溫熱的風一吹，汗溼的衣服怎麼也乾不了。

我沿著操場邊的走廊慢慢地走著，身體不再像是燒開的水壺一樣噴著蒸氣，只是臉頰仍透著燥熱的粉紅，剛剛降溫的手指頭，一碰觸到雙頰，立刻又火熱起來；我在走廊轉角處遇見了晶晶，她雙肘搭著欄杆，面向著游泳池，臉上的笑容跟泳池裡反射出的光線一樣耀眼。池邊零散的學生帶著一身水走進更衣間，泳池裡只剩一個女孩在游泳，膚色是大地的顏色，像溼潤的泥土。

晶晶專注地看著她，「她是我的女朋友。」

我掃描著水中那悠遊自在的身影，試圖找出她身上的缺點，女孩在水中擺動的肢體，帶出蓬蓬水花，因為距離的關係，看不清楚她的臉，眼前盡是不可思議的美好，那身體像塊滑潤的巧克力，引人食欲。我本是嫉妒那女孩的，現在反倒嫉妒晶晶了。隨口道別後，我匆匆地逃離了這扎眼的泳池。

二

當初考上這所學校時，阿公、阿嬤恨不能掛紅布條放鞭炮，幾天後，阿嬤卻有些憂心忡忡，直到臨近要離開部落前，她才抓著我的手說：「聽說妳的學校都是女生，真的沒有男生嗎？」

點點頭，我說這是所女校，我看見阿嬤眉間的皺褶更深了。

「妳不要去那邊就變成跟那個吳家的女兒一樣，知道嗎！他們都說同性戀會傳染，妳要小心啊！」阿嬤嚴厲地看著我。

在部落裡，說到吳家的女兒，那就一定是她了；我記得小時候是叫她姐姐的，不知道什麼時候開始，她理成平頭、穿著寬鬆的上衣短褲，跟同年紀的男生玩在一塊，阿嬤每次在部落看見她，都一臉嫌棄地說：哪有女孩子像她這樣的。

可是，女孩子應該是什麼樣子呢？

阿嬤常常跟我說她小時候的故事，她說，如果家中女孩子坐下的時候腿開開的話，她的母親會拿藤條抽打大腿，說女孩子這樣不好看。我想，在阿嬤的心中，女孩子就該像她母親當初教導她的那樣吧。

在阿嬤殷切的叨唸中，我離開了部落；臺中市區的繁華和部落截然不同，高中生活似乎也一點、一點地偏離了預設想像的軌道。初來到學校沒幾週，撞見兩個長髮女孩在操場邊的大樹下依偎著，那親暱的樣子，絕不會讓人錯認成姐妹淘。我心裡很驚訝，原來，同性戀竟可以如此明目張膽？

我的直屬學姐很有魅力，在田徑場上神采飛揚的樣子，瀟灑又漂亮，有時我會帶著點心去「孝敬」她，一來一往地也和學姐的女朋友熟識了。「學姐的女朋友」，我幾乎是毫無疑問地習慣這個用詞，難道真的像是阿嬤說的那樣，同性戀是會傳染的嗎？如果是的話，這是一種病嗎？除了打哈欠以外，我只聽過疾病會傳染。

當我在學校中，看見兩個女孩親密，心底只有美好的感覺，她們是那般自然而無須遮掩，不會有人對她們指指點點；我想起部落吳家的女兒，想起阿嬤說的話，想起部落裡的人說起她時，用「那個吳家的女兒」指稱，好像她沒有名字，或者直接用稱呼，代指了她是不正常的女人。

我開始害怕回去部落。

三

高二時，我認識了一個女孩，小思。

臺中市區一年中像是有三個夏天，除了冬天之外，天氣只有微熱、酷熱、悶熱三種形態；我和小思各抱著一疊作業本，穿過一群又一群在走廊上的同學，一顆汗珠滴落，沒兩步路，又一顆汗珠滑進衣領。教師辦公室的冷氣開得很強，站在門口就能感受到冷冽的氣流穿過門縫，慢慢爬上百褶裙裡的雙腿，浸潤著少女細嫩的毛細孔。

把收好的作業本放在國文老師的桌子上，這個時間竟沒能遇到老師，我們都有點失望；小思和我都很喜歡班上的國文老師，她說話的語調帶著一種獨有的韻律感，我們經常用各種藉口去找老師，每回國文考試也總是拚命表現。有一次我拿了全班最高分，老師將卷子遞來的同時，喊著我的名字，那瞬間，我的心頭有個小人偶在跳舞。

平日放學後，我在教室裡看書寫功課，然後拎著書包下樓，到操場邊坐著看小思打籃球，她的動作俐落，在場上享受著汗水揮灑的快感，那模樣很吸引我。

寒假，回家，貫穿部落的產業道路兩旁開滿了櫻花，是豔麗的桃紅色。阿公坐在家門外的躺椅上，腳邊的小暖爐冒著灰白色的煙，和他指尖那一縷黃長壽繚繞在一塊。

「yungay，回來啦！」每次回家，阿公都會面容嚴肅而語氣溫和地對我這麼說。我曾經很疑惑：為什麼女孩子和猴子都叫做 yungay？小時候常聽說懶惰的人會變成猴子，是泰雅族的口傳故事。阿公說，女孩子會偷懶，他告誡我要努力讀書，不要懶惰，不然會變成猴子。其實我更想問阿公的是，只有女孩子會偷懶嗎？

「yungay～」這一聲拉長了的呼喚，必是出自阿嬤之口了。不論是回家還是離家，阿嬤都免不了這一聲好似八點檔家庭劇的呼喊。

一如往常，總有串門子的長輩來找阿公、阿嬤閒聊，也不知道是哪一輩的親戚，他們和阿嬤交換了自己種的蔬菜、水果，看我坐在一邊，不免隨口問了幾句，「有沒有交男朋友了？」「這麼漂亮一定有交男朋友啦。」阿嬤的嘴角微微下垂，這是不開心的表情。親戚離開後，阿嬤沉著一張臉問我：有沒有在外面亂搞！我什麼時候交了男朋友？連我自己都不知道！

家門前靠近路邊的那株櫻花，今年開得特別豔紅，謝了一地像婚禮上的紅地毯。要回學校了，阿公坐在門口那張籐編的椅子上，仍舊嚴肅溫和地交代著，要好好讀書，還說何時畢業？還要念多久的書才回來？「畢業回來以後，就可以結婚啦。」我笑笑地回說還要讀大學，才不要結婚呢！「哪有女孩子不結婚的。」阿公鼻子哼著氣，不以為然地說著。

四

回到學校，在部落冷藏了近月的身心漸漸活絡起來。

我和小思牽著手在走廊上，遠遠地就看見了晶晶走來，正要朝她揮手，小思放開了牽著的手，說急著去打球，一溜煙地就朝向操場跑去。我還沒來得及詢問晶晶之前那個女朋友的事，她就先提起自己新交了個男朋友；那時我還不知道雙性戀，只是驚訝繼同性戀會傳染後，性向也能夠自由轉換！

冬天，夜色提早到來，放學後，我和小思牽手走在昏暗的街道上，大概是因為常運動的關係，她的手很溫暖，像握著暖暖包似的，我喜歡牽她的手；在學校裡，牽手的女孩很多，分不清楚哪些人是情侶，哪些人是朋友。

學校的校慶在冬天舉行，我的身體一直都不太好，小思不同，她參加了四、五項運動比賽，我在人群中穿梭，等待小思參賽的項目開始，準備為她加油歡呼；活動結束後，即使人群聚集，寒冷的風還是吹得人直發抖，小思轉頭看了我一眼，將外套脫下遞給我，帶著她餘溫的外套，將我的上半身完全包裹。

活動結束前的最高潮是頒獎典禮，場面已亂成一團，有人繞著操場跑圈，也有人或坐或躺在地上休息，小思看起來很疲累，她靠在我肩上，風吹過，頭髮滑過我的臉頰，洗髮乳的香氣混合著她身上的味道，成為她獨有的氣息；我忽然記起國文課上教過的詩句，我和小思特地背過那詩，跑到辦公室裡唸給國文老師聽。

「如果你的清芬，在我的鼻孔。」

透過相觸的肌膚，我們交換著體溫，溫熱的感覺從肩頸流竄到全身，腦袋暈沉沉的，我忽然意識到，只要側過頭，就能碰到她的臉頰、她的唇，我想親吻她。可是，我不敢。

我夢見我回家了。我家位在部落上方，靠近一處大彎道，路邊有很多草叢，我看見一條蛇在路上爬行，蛇身上有漂亮的花紋，黑得發亮的蛇皮混雜著青綠與灰白兩色，綿延不斷的蛇紋從眼前掠過，看不見蛇尾，蛇身挾著寒氣而來，鑽進了我的後衣領。

啊！我倏忽睜開雙眼。

阿公說過夢見蛇的含意，但我忘記了，夢裡出現蛇究竟是好是壞呢？我只知道剛剛做了個噩夢。風從窗邊吹來，夢裡的感覺仍在，那蛇彷彿還在我的肩頸處，忽然心裡湧現一股委屈，眼淚瞬間滑出。我還記得，剛搬到學校宿舍的時候，因為第一次離家，住在陌生的地方，當天晚上窩在被子裡啜泣，覺得格外想家；後來，打電話給阿嬤，她說有空就回家。那時恨不得每個週末都能回去，最近幾次接到家裡電話，阿嬤問：什麼時候放假？每回接到電話的當晚，我就會做噩夢，各式各樣被追趕的夢。

我愈來愈少回去部落，兩、三個月才回家一趟，高中女孩的生活，有心安排，時間根本不夠用；有時候留在學校讀書，或參加活動，或逛街看電影。一天放學後，正好是週五，好多人都趕著回家，小思也是，我陪著她走到公車候車亭，她的手依然溫暖。

我向小思告白了。

夏天的體育課原是最討人厭的，可游泳課就不同了，我站在池邊，因為生理期的緣故無法下水，但至少不用在操場上晒太陽；小思穿著天藍色連身泳衣，襯著健康的膚色，她跳水的動作乾淨俐落，濺起白色的水花，落在我腳邊。

忽然感覺，這一幕熟悉得驚人。

下課後，我在走廊遇見晶晶，她靠在欄杆上，我走到她身旁，跟隨著她的視線往下看，溼潤的身體、泥土般的顏色，同時晃過眼前和腦海，像一塊滑潤的巧克力。

小思說，她不喜歡女生啊。

李庭宇

〈無族齡之人〉（二〇一七）

Hemuy Alan，一九九六年生，新竹縣尖石鄉嘉樂（Klapay）部落泰雅族。李庭宇這個名字，是父母在字典上看了幾百組文字後遞出的期許。臺灣藝術大學電影系理論組畢業。喜歡研究文獻，研習攝影。

作品入圍二〇二三金穗獎、女性影展。目前正於部落採集與田野調查，蒐集更多生長背景的檔案庫，結合在地經驗書寫與創作，協助實驗教育之進行。對於文字與影像的喜歡，如同在天秤嘗試平衡之樂趣，希望能以不同觀點與語言繼續書寫、流動下去。

無族齡之人

祖先們在身高不足的時代，抓住了樹上的枝椏；我們卻在身高足夠的時代，被蒙上眼，成了盲人。

自出生後遷進市區，我的身上便沾滿了城市的塵霾，跟不止息的人流一起被推往所謂追求美好人生的目的地。生活所見皆是競爭，食衣住行再也不是娛樂。求生、求名、求利，在都市裡，人們似乎都成了極不善的白牙，但求生存，懼怕落魄。在這樣的環境裡，我載浮載沉二十餘年，時常忘記自己來自何方；又時常渴盼能回到孕育自己的母地，總是焦慮地在城市裡尋找著自己的歸屬，卻都成一場空。

記得國小時，母親常和我說起在山裡的回憶，她講起來歷歷在目，之於我卻像遙遠不可及的傳說。每當被書本壓得喘不過氣，煩躁地躺在床上發呆著，她便會拿起正在編織的作品，坐在我身邊，一邊勾著線，一邊向我講述，說她曾經從山上哪個坡拉著竹子滾下去、渾身是傷，哪次春天時和頑皮的舅舅拿著木枝戳冬眠的蛇堆被外婆怒罵，抑或是夏日一絲不掛地跳入山溪中，嘴唇發紫了才心不甘、情不願地被拉上岸。平平都是年少，母親的燦爛如雨後的七彩霓虹，我的卻如秋天正枯萎的黃葉，了無生氣，只能在故事結束後意猶未盡地撇撇嘴，打開教科書繼續畫著筆記，心卻還在母親的故事裡飄盪。

我的爺爺能夠俐落地穿梭於山林間砍草，我只會迅速地將題目填上正確答案；我的舅舅在黑夜來臨前會擦亮自己的槍枝、祭好祖靈，準備上山打獵，我只能將硯臺磨亮，把毛筆蘸上墨水寫一張不豪邁的書法；我的母親能夠在織布機上屹立不搖地待一整天，把經線與緯線整理出來，織出一匹匹如彩虹橋那般壯觀的布，我只會用大量的題目，編織出還不錯的名次，換取一些陌生的稱讚；我甚至沒有機會穿著母親編織的族服在山間奔跑，只能扣上整齊的制服，在升旗臺前立正站好。背著書包在街上行走時，我早已與外人無異，但誰又能感知到，我也曾欽羨部落裡的生活，渴望了解祖先的 *gaga*。只是日子久了，認同的天秤早已失衡。在這裡，我適應了城市人們一貫追求生活的模式，看不見追本溯源之重要性。像是一顆被去皮切好的馬鈴薯，在油鍋中被炸成自己認不出來，人客們卻喜歡的油膩樣子。用這樣的不可逆，換來在城市裡的來去自如。

入了九年一貫體系後，生活更如遇到海上的亂流，難以前進又必須盡力拚搏，青春大部分獻給了競爭，愈發沉重的課業壓住了本該開朗的笑臉，只有在段考後的頒獎典禮才能窺見幾次上揚的嘴角，下了臺卻又退回陰影中。自此，我漸漸忘卻了母親講述的故事；也沒有熱忱於午餐及午休時間去活動中心上學校開辦的族語課，只怕去了，下午的課會睡得更熟。課上的同學們也接收了這種默契，缺席率漸漸提高，過了約莫一個月，族語課就再也沒有老師和學生出現，只留下名義上的課表了。

再次和同學們相見，已是準備檢定族語的那天，彼此不免俗地為缺席心虛地和父母演著戲，說著拗口的 aw 跟 balay，零零落落卻還是硬要說到考試結束，好讓自己心安一點。認證通過後，我們便忘記族語，因為族語不考試了，英文、國文還有數學，卻還是在我們這群升學羔羊的身後窮追不捨。我時常想著，若無法說族語能定罪的話，我們這些都市原住民，都會被嚴厲地指責為傳承的罪人吧。但，若不抓緊時間追趕老師們迅速擦去的黑板，那些漫出來的筆記，便會將我輾壓成《變形記》裡卑微的蟲子，日復一日地被挫敗摺疊成愈發渺小的樣子，直至消失不見。

思及至此，冷汗直冒，只能將多餘的思緒收起，繼續在教科書海中討海，不知何時能揚帆而歸。生命的意義之於我，像是個望不見底的黑洞，如同我在城市望不見部落的輪廓。

九年一貫結束後，獲得自由的學子們大多離家到更遠的城市進修，我也不免俗地在南部某處布置好自己的房間，踏入最後一階段的求學路程。大學課業自理成分極重，系上活動比起國、高中多了好幾倍，一不仔細安排生活日程，就容易變成一場作息大亂鬥。在這樣不算忙碌也不清閒的狀態下，我在這個新城市與系上朋友悠游了幾年。本以為自己再也離不開這個建築物滿布如繭殼的城市，卻在某個睡眼惺忪的課堂上，接到一通來自部落的電話，一個辣疼不及防的巴掌：我那在山林間來去自如的爺爺在檢查水源時，摔入山谷過世了。

噩耗與情緒來得如此之快，訂著回鄉的票，手都還止不住顫抖，也不敢以自己腫脹充血的眼睛看向售票員，只能撇頭迅速接過票根上車，在狹窄的個人座上瑟縮成一團毛物。看著車子駛離熟悉的城市，駛入陌生的部落。

路途上，車身偶爾會因碎石與不甚平坦的路搖晃，震動將眼神帶往了窗外，才發現秋末葉子已差不多乾枯掉落，只留空枝。這是在城市裡幾乎看不見的景色，因為城裡的葉子本來就了無生氣，枯黃幾乎是它們本來的顏色。城市的季節光譜如此地粗糙不健全，如我這個對即將到達的目的地感到陌生迷茫的偽外來子弟。

下車後，繞過一個上坡就是爺爺家，父親常說那是 yutas 的家。我們什麼族語都不會說，但要記得叫他 yutas，他會非常開心，而 yutas 也真的都如此開心。我和弟弟常常和 yutas 打個招呼就不知道要繼續說什麼了，但他會睜亮那大又清澈且不輸部落孩子們的眼睛，一邊問我們有沒有好好地 mita biru，一邊笨拙地做出翻開書本的動作。我跟弟弟總會點頭，輕快地回答他 aw gi。但此時此刻，我的腳步沉重如剛灌好的水泥模，不想走上那棟我唯一有點熟悉的屋，看我熟悉的 yutas 已經成為 utux，在我不熟悉也不能觸碰的世界。焦慮地思考著這些時，已到達門口，看著眼前的冰櫃，帶起排山倒海的眼淚。我知道自己已二十餘歲，但我的族齡依舊是零，還來不及經歷你們所經歷的，你們卻都只留下故事了。痛哭於冰冷的金屬上，父親將我攙扶起來，看著冰櫃裡 yutas 安詳的神情，唸了一段我不明瞭的族語，兩人默默地掉下眼淚。

「跟爺爺說點什麼吧。」父親擦去眼淚後說道。

「好……yutas，我回來了，我有好好 mita biru 喔……就是因為 biru 很多要讀，沒有常常回來了，我還是沒有認識你說很危險的阿美里嘎（美國人），還是在學校喔……yutas，你……。」話說不下去了，我跟父親搖搖手，抽開一旁的衛生紙，走去廚房找正在煮客人晚餐的母親和大伯母。

「稀客餒。」大伯母將菜盛入大碗中，一邊示意我過去，「妳不要 mngilis 成這樣啦，爺爺也很老了啊，不要難過，來，我們有留 singut 給妳先吃飽。」

久違地喝著樹豆湯，總覺得回到部落的感覺愈來愈真實，並漸漸感受到這裡與城市步調相差甚遠的緩慢氣息，靜靜看著一開始忽略的遼闊天空。

將最後一口湯喝完，回到廚房將空碗洗好。撇頭看到弟弟在工寮裡呆坐，我便到他身旁坐下。

「你們什麼時候回來的？」我拿起一旁 mama 摺好的紙花問道。

「過世的當天就來了。」

「怎麼會出這個意外？」我壓低自己的音量，卻壓不住憋在心中的疑惑。

「因為那個啊，露營區為了接水源，把部落很多人牽的水管都切斷，有一段時間停水，大家才發現。不過重新接過以後還是不穩定，所以要常常查看跟修補……大概是因為這樣更頻繁爬坡吧，他們是這樣說的，嗯……他們說最近大家都是這樣。」弟弟將 mama 摺好的紙花丟進工寮前的火堆，靜靜地看著竄出來的火星。我因為震驚和憤怒沉默著。這時父親拉開布簾看見我們，便揮手尋求幫忙，就和弟弟一前一後默默地往大門口走去。

「等一下，妳看。」弟弟在大門前停下腳步，指著對面山頭。那時已近傍晚，天空半黑呈現漸層的黑藍色，放眼望去，山頭出現了些許金光。

「那個是？」

「是新開的幾個露營區。」

「我們剛來也是有點訝異，不過部落的人說早就習慣了，城市裡的人又開始在週末時往山裡移動，留下一堆垃圾後逃走，他們早就見怪不怪……。」

「好了，去幫忙。」走出來的父親打斷弟弟的話，也示意他停止說下去，也許是覺得 yutas 還沒完全離開吧。我們三人都沉默了一陣，而後各自踏入屋子幫忙。

幾天後喪禮邁入尾聲，明日就要將 yutas 火化放回山上的墓裡，大家都開始整理周邊物品，我則是幫大伯母把乾竹子剖半，放入工寮旁的柴堆裡，以備烤火的不時之需。待在山上不過幾日，我已能用不甚流利的族語跟親人們溝通，比起剛考完認證的期間還順口許多，也和父親弟弟去田裡檢查了水源。城市遺留在我身上的認知與生活方式幾乎被歸於零，以雙手擁抱我回歸的部落則像是母親保護我的羊水，一開始雖然陌生，後來卻充滿安心與歸屬感。

隔日，yutas 在我們面前被火化，父親將骨灰裝入那將 yutas 壓得小小小的甕中，我們則大大大聲地哭著。在回到部落休息片刻後，曠課多日的我啟程趕回學校，準備期末考。父親提議開著車載我在部落中繞了一下，讓我記得這裡的樣子，便將我送回車站。

「有一些珍貴事物正在消失，而讓那些珍貴事物消失的東西，卻愈來愈多。」準備下車前，父親語重心長地留下這一句話，開走了，留下我走上長長的階梯思考著，也焦慮著，城市又要把我帶走這件事。

結束了一週馬拉松式的熬夜期末考，我躺在租屋處的單人床上補眠，正準備睡個天昏地暗時，父親來電話了。

「妳考完囉？」

「對呀，下午的時候考完的。」

「喔……。」父親說話欲言又止。

「有什麼事嗎？」快要入睡的我按捺不住自己的焦躁，逼問著。

「那個啊，我們大家討論後決定搬回部落了，yutas 過世以後那裡空著沒人，但他珍視的田跟水源都需要照顧，露營區快要把那附近的地都買走了，我想好好照顧起來，我是你們的 yaba 沒有錯，但我也是他的 laqi。」他頓一頓，吞了口水，繼續說，「仔細想想，我也不能都不回來部落，事業結束以後也差不多該回來了，但你們沒關係，你們小孩本來就習慣外面，看你們自己，我明天跟 yaya 會先搬回來。」

父親懇切地說著，我一邊應聲，一邊查看期末考後的日程表，思索著，打開弟弟的聯絡訊息和他討論了一下，便回電給爸爸。

「我們也把舊家的東西搬回去吧，放假的日子我也住部落。」像是找到了一直以來尋求的答案，我堅定地說著：「明天早上我就回去跟你們一起整理東西。」

隔日，起床全身充滿力氣，收好簡便的行李後奔至客運站，接過售票員的票根，又一次坐上同號碼的座位，看著車子從城市駛離，駛入部落。

人生已過二十餘年，難得回來都是包袱款款的來、包袱款款的走，這次已如落葉歸根。看著車子漸漸開入林蔭濃密的山林中，我望著窗外，心情舒暢如吐出了一口長長的菸。

yutas，musa' ngasal la。

李真理

〈搭建 Syaw na hongu utux 的生命力〉（二〇二〇）

Yaway，一九九八年生，宜蘭大同鄉寒溪部落泰雅族。國立東華大學民族社工學程學系畢業之後即回鄉服務，目前任職崗給協會長照送餐社工一職。

高中開始寫作之路，由於任教老師的鼓勵，完成第一篇作品，更因為原住民族文學獎的肯定，持續書寫的步履。擅長以報導文學的創作形式看見族人的視角，踏入部落最真實的角落，聆聽耆老的故事也了解青年的心聲，省思部落議題，更重要的是在當中找到自我，認識寒溪這塊土地的故事。

搭建 Syaw na hongu utux 的生命力

憶起燃燒的 puniq

「yaya，為什麼我們要燒起 puniq ？」年紀還小的我，這樣開口問了 yaya。

「燃燒 puniq 是和上面的人說話，最貼近的方式。」yaya 這樣低著頭對我說。

puniq，此刻燃起，群聚煙團，煙團無聲無息上天際，只有燃燒木頭的原聲，更顯得清晰強烈，是「啪嗒……啪嗒……」清脆的聲響，忘了說，還有地上人的談話聲，是喜悅、是哀傷，也可能是各種情緒被表述著，但唯一想表達的是對在天之人的「思」，像與天連結的橋梁，隨煙團上去了。

好久以前，那深刻的片段，總在特定節日、近秋冬季的階段，見著家家戶戶外頭群聚著好多人，圍坐在火堆旁，這樣的生活常態，是部落常見的模式，包括我自己的家族也如此；每一次的聚會，總是會圍坐在一起，以火為中心，開啟彼此的對話。用了好幾根乾樹枝、一塊塊木頭推疊起的火檯，就這樣愈燒愈旺，煙霧逐漸蔓延在空中匯集在一塊，而後飄上雲端。眼看著火堆燃燒的樣貌，就好像雲層上有什麼力量正拉著濃煙似的，往上……往上……再往上飄，年長的家中長輩，正認真地與家人們談話，濃煙串起就如同一條橋梁，是進入雲端的捷徑，下頭的對話隨著濃煙迅速傳達到了雲端般，而製造煙橋的，正是燃燒著的火。

我的 yaya 跟我提到已逝的母親拿助．蘇漾，也就是我的外婆，在我出生前一年出了一場車禍，回到了天家。當時 yaya 懷胎著我已有五個月，但還未知道我的存在，是隔著肚皮裡的小生命。外婆的逝世對 yaya 來說是重重的打擊，因此我的到來像是安撫著她的心一般，yaya 都說我是她的天使，還好有來到世上，就像外婆帶來的禮物，而 yaya 也因此常常談起了她和外婆相處的兒時記憶，說自己總是像個小跟班追著外婆的屁股，常常會一起到田地作農事，一旁搭建了小工寮，每次農事結束後就會開始烤火，有時還會烹飪簡單的料理解決一頓餐，邊招呼著路過的人們，又不知不覺多了好幾個人加入，有些

圖一：puniq 燃燒的意象。（李真理提供）

人會帶著自己養的雞，有些人則會帶著自己種的菜，就這樣聚集在一起談論大小事，或誰家的兒子女兒要結婚了、誰家獵到了獵物，又或者是報告了自己家中的狀況，彼此安慰禱告。簡單的對話內容，感受了最溫暖的應答，每次的話題都不一定，卻緊連著彼此的心，烤火房無形中成了一個重要的據點，因為裡頭承載了許多的故事，燃燒著的puniq，象徵著生命的持續，表示這個地方有人在，是有呼吸的房。

puniq的記憶，是濃烈的，是惋惜的；濃烈的是那個味還熟知，惋惜的是外婆拿助的離世。來不及在生命的道路見著祢，祢到達了雲後的那端，安穩地在那，再次地回到烤火房，再次地燃燒著puniq，我能夠感受祢，祢是否也見了地面上的我們？我們很好，那祢呢？

搭起立地的烤火房

在一個天還沒亮的清晨，靠近部落水源地旁的一塊農田上，是外婆拿助．蘇漾留下的土地，她在世以前，早已分配好土地財產給孩子們；嚴厲管教的背後，其實無條件的付出才是她對孩子無價的愛，早已為孩子安排好一切。然而幾十年過去了，不變的是土地依舊在那，一群人或站或坐地聚集在一起，雙手合十、低頭祈禱著，口中為著今日做的工一切順利，說道：「今日我們聚集在這裡，是祢的旨意，我們即將做工搭建烤火房，願有祢的同在，保守我們每一步所做的工都平安順利，將這一切全都獻給祢。」巴尚耆老這樣誠心祈禱著。所有人開始自己動作，在分配的工作上揮灑汗水，有人鋸木、整地、砍草，還有搬運石板與石塊，原來寧靜的早晨頓時交錯著各種聲音，是一心所向的聲音。

圖二：威朗部落的耆老，更是部落敬重的老獵人，手中握著鋸木的機器，仔細地完成鋸木工作。（李真理提供）

其中一個耆老叫做威朗，他是我的外公、部落的老獵人，領著頭分配每個人的事工。之所以再次建造起烤火房，除了能再延續傳統泰雅族烤火房的精神，也為此惦記回到天家的拿助外婆，依靠這樣的力量，家族親戚們先加入了這個重建的行列，合力再建烤火房。外公告知烤火房是泰雅族很重要的核心空間，承載了特別的意義，在這樣的場域可以談論部落集體事務，還有分享共食的文化，就連婚約也會在烤火房內商討，是連結部落族人重要的空間，有連結、和解、協調、分配之功能。

將一根根鋸好、削好的原木打入土，巨大的原木是梁柱，房屋重要的核心，不能輕易動搖。好幾個人從合力搬運到放入梁柱，看似困難的工作，配合大家的默契，三兩下就結束了，經過了十幾個小時以上的初工，已完成了烤火房最基本的梁柱搭建。身體還年輕的幾位青、壯年，飛快地爬上了梁柱頂端，在鼓鼓的工作褲袋裡頭，塞滿了好幾顆甜糖，上頭的人安靜了，地面上的人緊閉雙眼、雙手合十著，再次寧靜了這塊土地，耆老便開始了祈福儀式，告知祖靈我們的梁柱已放下，願在建造這房屋時，可以是很平安地完成。說完了以後，上頭的人撒下了糖果，獻給祖靈，作為祝禱的儀式。血、汗、淚堆積而成的烤火房，聚集了不同的心境，值得開心的是可以重新燃起火堆，讓大家聚在一起，這裡建造的每一角都是大家親手完成的，一塊塊堆疊起的石牆，是精挑細選的石塊築起的，來回撿拾大概近百趟了吧！而堅固立地的梁柱，是經由多次削木細選完成的，

圖三：部落的婦女整地的過程，先搬運土地旁可用的石塊和石板。（李真理提供）

巴尚耆老告知大家：「若沒有合一的心，是無法完成搭建的，我們必須存有合一的心，才能團結在一起，連結在一塊。」接著巴尚耆老拿起了三塊長方形的中型石塊，立在土地上，他說這是過去的祖先（三兄弟）往不同路徑走，宜蘭南澳群的是二哥 Kyaboh，指引了我們來到 Lpayal 這塊土地。我們現在這樣的祈福，先感謝上天，這一切所做的工全獻給祢，請祢保守部落一切平安。

經過四個多月的時間，終於完成了座落於山腳下的烤火房，時間點在民國一〇一年，成了部落知曉的場地，舉辦了一場開幕茶會，與部落族人們分享喜悅。爾後烤火房不單只是烤火房的用途，利用周邊的田地，再次復耕 trakis，也舉辦每年一次的小米感恩祭儀，讓部落族人走進這裡，參與祭典儀式；消逝已久的 trakis 文化，重新被種在 Lpayal 這塊土地，這裡成為了起點，新的希望之地。烤火房建起了，用了不同的方式，賦予它各個意義，不單是合一家族血親，更帶動了整個部落，種下了特別

圖四：部落唯一的祭師巴尚耆老，為搭建完的烤火房進行祈福儀式。（李真理提供）

的緣在這塊土地上，持續地發芽茁壯，而後烤火房取為部落廚房，房屋旁重新搭建了廚房，承接在地組織所提供的長者送餐服務，每日固定會有部落媽媽來到部落廚房備料與煮餐。在這裡，我們用自己的方式來照顧部落的長輩，並重新賦予烤火房的存在意義。

烙起青年的火力

大四的最後一個學期，接近畢業的時間點，早已先修完學分了，到了假期我便背起行李，宜蘭、花蓮來回跑，一個契機，便接下了重建烤火房的任務，從原先滿懷期待之心，到一踏進部落的土地，馬上切換成擔憂模式，因為我真心不知道該如何做才好。一直以來自己就是個不太喜愛交際的人，就是很不擅言詞的人，可以說就是個尷尬王、爆炸句點王。

再次想起那時候，是三月的冬季，在一場莫名的談話中，認識了一位部落的青年，她就住在九鄰巷，在我家後面那棟兩層樓房，是從小看到大的妹妹，族語名字叫 Lapi，彼此年紀差了大概兩歲左右，但總覺得自己是從小看她長大的，「不知不覺再見到就已經長這麼大了！」我這麼對她說道，她則是笑著對我說：「明明也才差兩歲啊！」幾乎沒有交集的兩人，一見面就聊了好多，才知道她因家庭緣故暫時休學，先回到部落。我不太曉得她的近況，也可能年紀略差距，不大會有交集，但在談話中，她與我有好多想法都相同，幾乎無話不談，而我是家中老么，她則是家中的長女，年紀沒有阻礙她成熟的思想，在她身上我看見不同的眼光。經過好幾次對話後，我大略告知她四月分我會重建烤火房的事情，她一口氣答應了我的要求，說可以一同完成這件事情，因著認識她的緣故，從前那個不太愛外出的我，居然晚上接受邀約，認識了部落所謂的夜光組。為何稱之夜光組，其實是我自己隨意取名的小團體；大概夜晚時刻，部落的青年們會坐在堤防邊有一絲微光的角落，圍在一塊聊著彼此的近況，裡面的青年有比我大的，也有比我還小的；裡頭有些人早已踏入工作職場，因為種種因素，只能先工作為家裡扛起經濟責任，而有些人則是長期在外讀書，也可能是非常偶爾才回到部落，和家人們早已搬到外地住了，但仍然維持與部落朋友的關係，把握回家的每一次聚會，就這樣融入了夜光組的小聚會。爾後每一次回到部落，開始維持參與這樣的聚會，在當中聽到了不同的故事，是我從來不曉得的事情，有些事太超出我所想，有些事則是離我太近卻從未聽聞。每次總被點醒，原來有好多的故事，是被誤解的、是被掩蓋的，每次開啟對話頻道時，會談論不同的事情；有人會談到自己的成長歷程，談到在外就學被歧視的過程，有些人則是說了自己入職場的困境等事件，此刻感受到的只有溫暖，大家在對話中認真傾聽著、安慰著彼此。長時間的關係建立，便嘗試地說起了自己的故事，從淺至深地和大家說起「我」。

因此，烤火房的故事，藉著對話的過程漸漸被知曉。距今烤火房的搭建已有八年了，對於他們而言，實在是好遙遠的紀錄，現在他們已知道有這個地方的存在。召集了幾位有意願的青年們一同來協助重建的工作，在當中互相了解彼此、連結彼此；因著與他們的相處，我更堅定了想做的事情，就是重建烤火房，將此空間規劃成部落青年聚會所，因此，就在四月左右，就這樣「烙」起了青年們，一同開啟了重建工作，雖然大家對此還保持不確定，但仍是站了出來，一起做事。

圖五：第一次正式的討論會，起初由四位部落青年起頭討論該如何重新改造烤火房。（李真理提供）

四月分，來來回回密集地討論無數次，在今年烤火房傳承給青年去管理與經營，就這樣被賦予了這個責任，從小群體的討論再慢慢影響其他人，經過討論以後，我們決定將這烤火房給予新的名字：彩虹角落，之所以會如此命名，是構想了泰雅族彩虹橋的故事，代表著「連結」之意——從決定回到部落的那刻起，我也正在連結這塊土地；打進了部落青年的夜光組世界後，才明白了我未曾聽過的一則則故事，是那麼地真實，就離我好近，可我都不知道，若是能夠重建彩虹角落，成為部落青年聚會場域，也就不用躲在河堤邊的小角落，單靠微光看見彼此，有多少時刻我們忽略了聽見誰的聲音，因著實在的看見與聽見，有了往前的動力。

每一天用身體力行的勞動，真實體會了當初從什麼都沒有的一塊土地，搭建而成的烤火房過程是如此辛勞，我們在過程中成了彼此互相陪伴的好摯友。一開始我們先整理大型器材跟雜物，搬運大型器具到小倉庫，打掃陳年累積的蜘蛛網，密密麻麻的螞蟻橫列一排的，不知通往何處。仔細地整理每個角落，而其中一位青年叫做拔尚，他一個使力，立馬就爬上了屋頂，其他人則是在下方用力地抓住粗長的黑水管，水桶裡的水是 yaya 好幾天前從水源地接下來的水，早已幫我們蓄好了一桶，記得 yaya 之前告訴過我，以前外婆那個時代，接水的方式就是用竹子一根根接到部落各家戶，但現在已經沒有那個技術了，大概只有工寮、田地才會有人需要接水，現在幾乎都依靠自來水了……yaya 對外婆的思念就像水一般湧流不息。

在工作過程中，最懊惱的大概就是水的問題了，總是懊惱著該如何處理水量過小的問題，因為水流量實在是太小了，後來大夥兒討論改用水桶接水的方式，一個個水桶接著，幫忙上頭的拔尚沖溼屋頂。好在午後的陣雨，讓屋頂被淋溼個徹底，拔尚淋著雨，手拿清潔劑，用盡全力地刷掉任性的汙漬，口裡很用力地說：「刷吧！刷吧！刷吧！它這個很快就可以用好的！」其他人則是在下方除草，yaya 還特地交代了田地的雜草要拔得小心，因為剛種的 trakis 還未長出，要小心翼翼地除掉雜草。yaya 總照顧著大家，偶爾工作快結束的時候，或是到了中間休息時段，yaya 就會帶一些食物給我們填飽肚子，到了傍晚又留大家一起烤肉、吃晚餐。辛勞過後所嚥下的食物是那麼美味啊！我們一致認為。

反覆工作的時間，將近一個月左右，過程中有些困頓，不知道如何進行下一步，正當我們感到無助，去了一個臨時的聚會，是來自拔尚的邀約。有個契機認識到了在部落開露營區的小董叔，是拔尚的親戚，拔尚總是喊著「小董舅」。就在某一天晚上，忘了是什麼原因，拔尚邀請我們到對面部落的露營區。其實部落近幾年露營區的產業非常興盛，認真去計算的話，部落至少有七、八家營業中，愈做愈多家，所以真不知道赴約的露營區在哪個方位。通話中拔尚只告訴我們：「過了大橋以後，你們就會看見燃燒 puniq 的地方。」還記得那時候天氣滿冷的，大夥兒在大橋上慢慢騎著車，馬上就看見了正在燃燒的 puniq，便循著煙霧到了露營區，大家圍坐在火堆旁聊著天，就因為這樣的小聚會認識了小董叔。他爽快地答應了我們要來到烤火房協助我們，就這樣到了隔日，看見他的身影就正在指導拔尚如何做步道，後到的其他人則是趕緊加入快學班，這樣看似簡單的工作，實際執行卻如此繁雜。後期階段的每個人都勞力爆炸，但也讓隱藏的實力瞬間爆發開來。我也實在嚇到了自己居然會有這樣的體力和承受力，三十近四十斤的石塊包，一肩扛起至烤火房，將近有十包左右。現在再次回憶起當時的大家，真不曉得是哪來的無名力量，竟可以維持將近一個月左右持續爆發勞動，而且工作中的我們一直在突破自我，總會有個什麼盼望突然地出現，讓我們能度過困難，拉著我們繼續前進。

就像眨眼的瞬間，五月分到了，如期完成了整頓工作，過程中有太多的故事被寫上，在這將近一個月左右的日子裡被吐露，彩虹角落就像療癒的場域，大

圖六：團隊中的拔尚整理著入口的雜草堆。（李真理提供）

家都被真實地觸摸著。青年們有各自人生角色的安排，屬於他們的故事，各有各的出發點，因為每個人的生命經歷各不同，但在這我們找到共同處，彼此安慰著。不知道這樣的空間能延續多久？只知道它會一直佇立在同塊地上，等著我們開啟連結彼此的這條路，這條回家的路。

常問自己：「對於部落的想像是什麼？」現在我回答自己：「只要真實地過每一天就能感受得到。」就像現在八十幾歲的耆老巴尚，依然堅持要親自耕種小米一樣，腳踏實地在自己的土地上深耕小米。

圖七：小董叔叔在後期階段親自到烤火房協助我們搭建步道。（李真理提供）

整頓的工作將近一個月左右，過程中遇到了很多的部落族人，總會好奇地問著我們在做什麼，為何都會往裡面跑。雖然前往彩虹角落的路程不遠，但會經過這裡的人少之又少，所以當我們來來回回走進這條小路，總會引起大家的好奇心，

因此開始有很多族人親自來看我們在做的事情，也有一些部落青年聯繫我們說要來幫忙整理。過程中，間接連結了不同的人來到了這裡，這樣的改變，也就是初衷一直期

盼的目的吧！藉由不同的關係，連起了一條無形的橋梁，參與整頓的青年們告訴著彼此：「我們可行的，我們先做，再慢慢影響其他的青年。」值得喜悅的是我們先行跨出了這一步，連結著彼此，開啟了彩虹橋的路。

每日勤奮做工的彩虹角落小組，每位成員都是部落的孩子。工作中，最細心的那位，就如同成為母親角色般的性格細心做工著——她是阿嵐，大我三歲左右，母親是寒溪人，雖從小就在外生活，但緣分就是這麼深，她嫁給了自己部落的青年，而後就回到了部落生活。一些契機讓她踏上了部落組織工作，從事老幼共照的事工。然而工作中最需要臂力的時候，就把任務交付給好強的拔尚。拔尚之前的工作是機車技師，大家常說到的「黑手」，還有兼任其他臨時工作。面對粗活工作時，他總說：「交給我就夠了啦！」因此有些勞力工作，可以看到拔尚是埋頭狠做的那一個。另外，因著某些緣分，重新認識到的 Lapi，小小隻的身影，任何事情都願意參一腳，像堅韌的小草般，每一次都是待最晚，而且沒做完工作絕不離開。每個成員都有不同的人生故事，能夠這樣聚在一起，就像是打散的蛋液恢復成蛋；常比喻起這份重建彩虹角落事工的我們就像是顆蛋一樣，意見不合會變「散蛋」，太多想法匯集在一起有時會「完蛋」，而有時會是「原好蛋」，因為總會說出異想天開的想法，大夥兒都會大笑一場，但其實天馬行空地說出構想，有時卻又非常有效地解決問題。也許就是這樣的組織工作，使我們日漸明白所做，是那麼可貴又重要的事情。從工作上大家聊了很多對部落的憧憬，各有不同的立場與認知，但總能在最後達成共識，因為我們不一樣，但也一樣。

重建．連結 Hongu utux

約莫六月分，不知從何而來的衝勁，決定組織起部落青年，籌辦了第一次的跨部落 Lpayal 青年聚會，對我們而言就是一個挑戰，寒溪部落的地理環境較為特別，四個小部落匯集在一起，雖同樣是寒溪村，但從語言、信仰，甚至是生活形態都不大一樣，難以串聯在一塊。以部落青年為主，其實就分了好多小群體，大多是各個宗教信仰組織成的小團體，像是教會青年會之類的。組織青年最核心的意義，是突破與相信的衝勁，有太多的聲音一直沒被聽見，當聚集在堤防邊的石柱

圖八：參與四月分彩虹角落整頓工作的部落青年，左起阿嵐、拔尚、亞伯、Lapi。（李真理提供）

上聊天，聽見每個青年不同的聲音，有顫抖的哭泣聲，談論著在外讀書或工作的壓力，也有神情落寞的心事，提起自己因為性別傾向不被認同而被排擠的處境，那不同的眼光正徘徊在他們身上，又或是因為信任而打開心房的人，訴說起了自己家庭的裂痕。躲在這黑暗角落下的孩子們，聲音又是如何被再次聽見，彩虹角落的重建與始終忘不了初衷，用其他的方式，一直延續下去，會是更遙遠以後，期盼能透過跨部落聚會的方式，緊繫彼此的手，讓彩虹角落成為一個共同的場域，連結各個青年的手，在裡頭彼此安慰、照料、學習，並且傳承延續泰雅族 gaga 之精神。

想起在聚會上，有位青年他告訴了我關於「她」的故事。我們是同齡，她飄逸著長髮，說話特別溫和，但是她的生理性別是男性，她出生的家族在部落裡也算是大家族，非常傳統保守，她對於自己的性別認同是女性，但這樣的自我認同，是打破了與家族和睦的源頭。她說起了前年和父親大吵的畫面，父親狠狠地罵了她：「你這個妖怪！」在爭吵的過程裡她哭得不成人樣，用最快的方式簡單收拾行李就搬離了家。這是人生中她最無助的片刻，卻也是她最放下的片刻，從小早已活在痛苦之下，但又必須在部落生活，原住民的身分讓她多了一道硬牆，在成長過程中被部落族人指指點點的。她總說：「我就是個女人，請不要把我當成 gay 或是男的。」每一次在外跟她約碰面，總是做那一個真正的自己，但再回到部落碰面時，卻只能掩蓋真正的自己。脫去那個被指點的外殼，她寧可自己不被大家看見才是最好的，她只想做最平凡的人。

部落中，其實還有好多的聲音被埋沒，被逼得必須躲藏在櫃子裡頭，在櫃子中拚命演戲不被看透，因此許多青年不願回家，也不願回部落了。同志議題近幾年開始被討論，但在部落裡更是新的挑戰，臺灣同性婚姻法案於二〇一九年五月二十四日合法化，成爲亞洲第一個同性婚姻合法化的國家，在有關同婚公投那陣子開始，已經有不同的方式摧毀著他們活的權利。為此築建起的彩虹角落，更是為著部落中那少數人造了一個可安歇的水邊，也許這會是雙溫暖的手，將你們都與彩虹橋特別地連結一起。你們給予大家勇氣生活著，每個人都是特別存在的本身，不論是同志議題，還是不被看見的故事，相信在 Syaw na hongu utux 都是被接納的個體。

那晚，我們首次升起了 puniq，來了將近三十位的部落青年，來自不同的部落，也來自不同宗教的青年會，更是來自不同的家族。夜晚時刻，永遠的畫面，也許吹的熄燃起的火，但吹不去當下烙印心中的感動，大家聚集在一起，看見了重新點燃烤火房的 puniq，更是首次由部落青年所點燃的 puniq，燃燒得如此興旺，也許是新生的動力吧！在跳躍著的火。

持續燃燒的 puniq

「我們雖都渺小，卻是這地盼望的新生。」回家這段路也許可以很簡單地走回來，不過總不清楚回來的目的，其實我也曾如此懊惱過，總會期盼、總會想像回鄉後的抱負，但總會被現實打轉好幾圈。幾年前部落族人們一同建起了烤火房，點燃了 puniq，對天告知這事，對地訴說起盼望這地成為青年心中重要的家。

在傳統的泰雅族社會建起的烤火房，賦予的意義也許和現今有些落差，但唯一的核心就是緊緊彼此的心，建起合一的心。烤火房從一開始由部落前輩們用汗水推積而成的成果，中期階段成了 yaya、yaki 們的「部落廚房」，用自己的方式照顧部落的長輩們，而到了今日承接給部落青年們來重建這地，用泰

圖九：第一次的勒巴彥青年聚會，來自各部落的青年聚集在 Syaw na hongu utux。（李真理提供）

雅族的彩虹橋為此命名「彩虹角落」。

在部落的一個小角落，有這樣溫暖的地方存在，如同彩虹橋的連結，將每個人緊緊在一起，在這連結了每個青年不同的生命故事，學會分享、傾聽，彩虹角落這地方，擁抱了悲傷，但也分享著喜悅。

《臺灣原住民文學選集・散文》作者名錄

散文（一）作者

高一生（'Uongu Yata'uyungana，矢多一生）
黃貴潮（Lifok 'Oteng）
高英傑（Yavai Yata'uyungana）
伐依絲・牟固那那（Faisx Mxkxnana，劉武香梅）
奧崴尼・卡勒盛（Auvinni Kadreseng，邱金士）
夏本・奇伯愛雅（Syapen Jipeaya）
胡德夫（Parangalan）
孫大川（paelabang danapan）
伊替・達歐索（itih a ta:oS，根阿盛）
浦忠成（pasuya poiconx）
夏曼・藍波安（Syaman Rapongan）
林志興（Agilasay Pakawyan）
瓦歷斯・諾幹（Walis Nokan）

散文（二）作者

瓦歷斯・諾幹（Walis Nokan）
里慕伊・阿紀（Rimuy Aki，曾修媚）
拉黑子・達立夫（Rahic Talif）
啟明・拉瓦（徐趙啟明）
達德拉凡・伊苞（Dadelavan Ibau）
桂春・米雅（Kuei Chun Miya）
林佳瑩
悠蘭・多又（Yulan Toyuw）
打亥・伊斯南冠・犮拉菲（Tahai Isnangkuan Pa'lavi）
馬紹・阿紀（Masao Aki）
利格拉樂・阿𡠄（Liglav A-wu）
董恕明
多馬斯・哈漾（Tumas Hayan，李永松）
亞榮隆・撒可努（Sakinu Yalonglong）
幸光榮（Tiang Matuleian Tansikian）
Nakao Eki Pacidal（拿瓜）

散文（三）作者

乜寇・索克魯曼（Neqou Soqluman）
陳宏志（Walice Temu）
余桂榕（Adus Palalavi）
田雅頻（Robiaq Umau）
胡信良（Lulyang Nomin）
姜憲銘（Tupang Kiciw Nikar）
沙力浪・達岌斯菲芝萊藍（Salizan Takisvilai
趙聰義）
馬翊航（Varasung）
程廷（Apyang Imiq）
陳孟君（Tjinuay Ljivangraw）
潘一帆（Maqundiv Binkinuan，馬昆帝夫・
努安）
甘炤文（勒虎）
然木柔・巴高揚（Lamulu Pakawyan）
亞威・諾給赫（Yawi Yukex）
游以德（Sayun Nomin）
鄧惠文（Veneng）
黃璽（Temu Suyan）
潘貞蕙（Yaway Suyang）
潘宗儒（paljaljim paljatja）
麗度兒・瓦歷斯（Lidur Walis）
李庭宇（Hemuy Alan）
李真理（Yaway）

——感謝各界協助出版——

原住民族委員會
國立臺灣文學館
國家人權博物館

大塊文化出版股份有限公司
九歌出版社有限公司
山海文化雜誌社
幼獅文藝
玉山社出版事業股份有限公司
印刻文學生活雜誌出版股份有限公司
放映週報
前衛出版社
耶魯國際文化事業有限公司
城邦文化事業股份有限公司麥田出版事業部
害喜影音綜藝有限公司
時報文化出版企業股份有限公司
晨星出版有限公司
電影欣賞
稻香出版社
遠流出版事業股份有限公司
聯合文學出版社股份有限公司
FA 電影欣賞

臺灣原住民文學選集・散文（一）~（三）

2025年1月初版　　定價：新臺幣1550元

作者	高一生等
主編	孫大川
副主編	馬翊航
執行主編	林宜妙
叢書主編	孟繁珍
特約編輯	邱芊樺
	鄭之雅
打字校對	邱芊樺
	鄭之雅
內文排版	劉琦
	溫盈盧
封面繪圖	蔡佩含
封面設計	兒日

選文暨編輯團隊
召集人：孫大川
行政統籌：林宜妙
小　說：蔡佩含、施靜沂
詩　歌：董恕明、甘炤文
文　論：陳芷凡、許明智
散　文：馬翊航、陳溱儀

出版者	原住民族委員會
	中華民國台灣原住民族文化發展協會
	山海文化雜誌社
	聯經出版事業股份有限公司
地址	新北市汐止區大同路一段369號1樓
叢書主編電話	(02)86925588轉5318
台北聯經書房	台北市新生南路三段94號
電話	(02)23620308
印刷者	世和印製企業有限公司
總經銷	聯合發行股份有限公司
發行所	新北市新店區寶橋路235巷6弄6號2樓
電話	(02)29178022

編務總監	陳逸華
總編輯	涂豐恩
總經理	陳芝宇
社長	羅國俊
發行人	林載爵

行政院新聞局出版事業登記證局版臺業字第0130號

本書如有缺頁，破損，倒裝請寄回台北聯經書房更換。　　ISBN 978-957-08-7509-6 (平裝)
聯經網址：www.linkingbooks.com.tw
電子信箱：linking@udngroup.com

國家圖書館出版品預行編目資料

臺灣原住民文學選集・散文（一）～（三）/高一生等著．
孫大川主編．初版．新北市、臺北市．原住民族委員會、中華民國
台灣原住民族文化發展協會、山海文化雜誌社、聯經．2025年1月．
共1400面．14.8×21公分．
ISBN　978-957-08-7509-6（平裝）

863.855　　113015045